本书系 2020 年度国家社会科学基金重大项目"古典学与中国早期文学的历史格局研究"（20 & ZD263）的阶段性成果

早期中国文学与历史批评

傅道彬 主编

人民文学出版社

图书在版编目（CIP）数据

早期中国文学与历史批评／傅道彬主编. --北京：人民文学出版社，
2024

ISBN 978-7-02-018638-9

Ⅰ.①早… Ⅱ.①傅… Ⅲ.①中国文学-古典文学研究 Ⅳ.①I206.2

中国国家版本馆 CIP 数据核字（2024）第 078417 号

责任编辑　李　昭　杜广学
装帧设计　黄云香
责任印制　张　娜

出版发行　人民文学出版社
社　　址　北京市朝内大街 166 号
邮政编码　100705

印　　刷　三河市龙林印务有限公司
经　　销　全国新华书店等

字　　数　305 千字
开　　本　880 毫米×1230 毫米　1/32
印　　张　12.625　插页 3
版　　次　2024 年 4 月北京第 1 版
印　　次　2024 年 4 月第 1 次印刷

书　　号　978-7-02-018638-9
定　　价　82.00 元

目　　录

综合研究

六经与文学

子学时代与诸子文学

出土文献与古典学术

早期文学理论与批评

域外汉学

综合研究

"三代之学"与中国古典学的
本体构成和精神接续

傅道彬

引　言

　　古典学研究越来越引起中国学术界的瞩目。古典学又称古代研究、古典文明研究,古典学的英文一词 classics,来源于拉丁文的 classicus,意谓"高级的"、"权威的",有经典和权威之义。作为一门学科,古典学是对古希腊和古罗马文明进行综合研究的学问和艺术。德国古典学家尤里奇·冯·维拉莫威兹(Ulrich von Wilamovitz-Moellendorff, 1848—1931)在《古典学的历史》中,对古典学的定义颇具启示意义,他说:

　　　　从本质上看,从存在的每一个方面看都是希腊—罗马文明的研究。该文明是一个统一体,尽管我们不能确切地描述这种文明的起始与终结;该学科的任务就是利用科学的方法来复活那已逝的世界——把诗人的歌词、哲学家的思想、立法者的观念、庙宇的神圣、信仰者和非信仰者的情感、市场与港口热闹生活、海洋与陆地的面貌以及工作与休

闲中的人们注入新的活力……由于我们要努力探询的生活
是浑然一体的,所以我们的科学方法也是浑然一体的。把
古典学划分为语言学和文学、考古学、古代史、铭文学、钱币
学以及稍后出现的纸草学等等各自独立的学科,这只能证
明是人类对自身能力局限性的一种折中办法,但无论如何
要注意不要让这种独立的东西窒息了整体意识,即使专家
也要注意这一点。①

从这里我们可以得到这样的认识:

第一,古典学是以古希腊和古罗马为代表的古典文明为研
究对象的。古典文明是一个统一体,既包括古希腊和古罗马之
前的原始文明,也包括深受古希腊和古罗马文明影响的整个西
方文明和文化,但本体古希腊和古罗马文明的研究,即维拉莫威
兹所谓"每一个方面看都是希腊—罗马文明的研究"。

第二,古典学研究运用文学、语言、历史、哲学、政治、文化、
地理、考古、考据等的综合方法,而特别重视文献、辑佚、考据、考
古等实证手段。古典学萌芽于公元前 3 世纪亚历山大里亚学派
对古文献的整理与校订。这就是维拉莫威兹所说的"利用科学
的方法"。该学派成员以缪斯殿堂(Mousaion)附近的图书馆为
阵地,长期从事于希腊古典文明的研究。以泽诺多托斯亚(Ze-
nodotus)、阿波罗纽斯(Apollonius Rhodius)、埃拉托色尼(Era-
tosthenes)、阿里斯托芬(Aristophanes)、卡利马科斯(Callima-
chus)等人为代表的研究者,分别从《荷马史诗》校订、文字辨

_____

① 〔德〕尤里奇·冯·维拉莫威兹著,陈恒译:《古典学的历史》,生活·读
书·新知三联书店,2008 年,第 1—2 页。

别、目录整理等角度重新归纳古希腊早期的文献资料,由此形成了西方古典学重实证、重考据的学术品格。

第三,古典学研究重视历史的还原和生活场景的再现。以考据和实证方式还原历史真实,重返历史现场,对古典时代的社会生活进行全景式记录。维拉莫威兹一方面强调了"复活",一方面强调了描述。再现的是诗人、哲学家、立法家的思想和精神,以及庙宇的神圣、信仰者和非信仰者的情感,描述的是"市场与港口热闹生活、海洋与陆地的面貌以及工作与休闲中的人们",这是一种具体的世俗生活和全景式的社会实录。

第四,古典学的本质是接续古典精神,是一种精神的回归。维拉莫威兹特别强调了"就是利用科学的方法来复活那已逝的世界",这也是梁启超在《清代学术概论》中提出的"以复古为解放",以古典精神激活现代人的生命力量,这才是古典学最根本的意义。

西方古典学的理论对我们描述早期中国文化的历史风貌,发掘中国文化的精神蕴涵,建立中国古典学的学术体系,也有借鉴意义。

一、三代文明与中国古典学的本体形态和历史线索

关于中国古典学的概念,有四种较为典型的理解方式:

一是以学术论,认为传统的经学和国学即是中国的古典学。

二是以方法论,将考据、训诂、辑佚、考古等古典语文学视为古典学。

三是以经典论,认为古代六经、诸子等经典著作即为古典

学,其中裘锡圭、刘钊和陈家宁等学者的意见颇具代表意义。

　　裘锡圭先生在《出土文献与古典学重建》一文中提出的观点:"我所理解的'古典学',系指对于蕴含在中华文明源头的先秦典籍的整理和研究。我们过去虽然没有用'古典学'这个名称,但是实质上,古典学早就存在了。发源于孔子及其弟子的经学,就属于古典学的范畴。"①刘钊、陈家宁在《论中国古典学的重建》中认为:"虽然中国古典学的名称出现很晚,但实际上这种学问的产生却很早。传统的经学、古史学和先秦诸子学实际上就是中国古典学的前身。它们在历史上是不断演进变化的,正是它们构成了中国学术发展史的主流。"②

　　四是以文明论,将古典学看作研究汉代以前中国文明的学问。日知(林志纯)先生是最早明确提出中国古典学的理论概念并作了大量实际研究的学者,他对中国古典学的定义更为准确,对古典学历史线索的描写也更为清晰:

　　　　太史公于《三代世表》,曰"自黄帝讫共和";于《十二诸侯年表》,曰"自共和讫孔子";于《六国表》,于《秦楚之际月表》,则自孔子讫陈涉、项羽、刘邦,盖接入汉帝国,秦是六国之一也。凡此诸阶段,皆属古典时代,共和之前,古典之五帝三代;共和之后,古典之春秋时代,前者属王政时代,后者属霸政时代,亦即公卿执政时代,执政之公卿发展为当权在位之国君,乃至称"王",即战国之形势。然后由战国

---

　　①　裘锡圭:《出土文献与古典学重建》,《光明日报》2013年11月14日第11版。

　　②　刘钊、陈家宁:《论中国古典学的重建》,《厦门大学学报》(哲学社会科学版)2007年1期。

发展为帝国,汉帝国是矣。六国或战国,为向古帝国之过渡,皆属古典时代。①

日知认为中国的先秦时期即是典范的文明时代,他以司马迁《史记》中的《年表》为依据,清晰地描写了古典文明的历史线索:古典之五帝三代——古典之春秋时代——古典之战国时代。日知在研究古典文明的过程中,一直有一个理念,即以城邦为核心。秦王朝的建立意味着中央集权的帝国时代的到来,失去了城邦精神,因此也就不在古典文明的范围之内了。

而李学勤先生的看法也颇有代表意义,颇具影响力。他说:"中国古代文明研究,指的是中国文明起源及其早期发展过程的考察,其时代下限可划在秦的统一,甚或汉武帝以前。"②李学勤进一步强调这一时期的古代文明不仅在时间上有特殊的意义,在文明形态上和研究方法上也与后来的文明迥然有别:"中国古代文明的起源,以至于夏商周三代这一大段,既不同于史前考古的纯依据考古,又有别于秦汉以下的文献完备,必须同时依靠文献和考古两者的研究,这与世界其他古代文明的情形是一样的。"③也就是说,以夏商周为主时段的中国古代文明不仅有特殊的时间区段,也有"文献与考古"并用的独特研究方法。曹峰先生则认为,古典学有广义、狭义之分:"从广义上讲,我们可以把清代为止的中国古代知识体系和为学方式当作古典学研究的对象,而从狭义上讲,我们常常把最早期的古代文明当作古典

---

① 日知:《中西古典学引论》,东北师范大学出版社,1999年,第558页。
② 李学勤:《中国古代文明十讲》,复旦大学出版社,2003年,第16页。
③ 同上,第1—2页。

学研究的对象。"①其实所谓广义、狭义之分,也是古典学的本体和衍生之分,以夏商周三代为代表的古典文明是本体的,发源的,而广义的古典文明则是衍生的、发展的。前者属于古典文明,后者属于古典学术,核心则是夏商周三代文明。在对中国古典学的讨论中,我们应该有几点清醒认识:

首先,古典学的意义是蕴藏在中国古典文明的深层结构中的。虽然中国古典学的名字是后起的,但其先没有命名,却有其本质,正如裘锡圭、刘钊等学者指出的,在传统的史学、经学、文学、诸子学等文化现象中,古典学早就存在了。

其次,应该看到,虽然经学、国学等古代学术是古典学的重要内容,但并不是全部,古典学的内涵远远大于经学和国学的范围,甚至可以进一步说古典学这一概念本质上含有对经学、国学的批判和超越的意义。传世经典、出土文献是古典学的重要文献载体,但这种载体依然只是古典学的部分,而不是整体。

再者,古典学研究需要历史、艺术、文学、哲学、地理、天文等知识储备,需要考据、考古、训诂、辑佚等证明方法,但是知识和手段本身并不是学术自身,因此,古典学这一概念,只能相对于整个古典文明和古典精神才有意义。在汉语语境中,以夏商周三代文明为代表的先秦之学才是中国古典学的本体形态。

中国古典学虽然历史悠久,涵盖广泛,却以夏商周三代之学为代表为最高成就。夏商周三代是典范的古典文明形态,三代之学以夏商周三代的历史发生、器物演进、制度变化、经典书写、文化兴盛、哲学突破为研究对象,本质上是中国的古典学。三代

---

① 曹峰:《20 世纪学科体制全球化背景下的中国古典学——兼论出土文献在古典学复兴中的作用》,《社会科学战线》2013 年 8 期。

文明经历了夏商周三代漫长的时间积累,完成了中国文化的哲学和文学突破,中国文化自此有了稳定的历史河床和历史趋向。近年来大量地下文献的出土为三代之学的研究提供了新的学术支撑,使得三代之学的研究出现新的发展机遇。

三代之学是中国古典文明发展中的辉煌时期,"三代之文"、"三代之美"、"三代之盛"、"三代之德"等语词屡屡出现在古代经典中,虽然包含着托古,包含着夸饰,但却是华夏民族经久不衰的文化记忆,代表着古代思想家政治家的理想追求。夏商周三代文明是一个古老的学术概念,而周代还没结束,也就是说三代文明还在进行中时,已经有人提出了"三代"的理论概念。《国语·周语中》记晋国的随武子聘于周,听到周定王纵论周代宴飨礼节,自己无言以对,回到晋国便"讲聚三代之典礼,于是乎修执秩以为晋法"。随武子从周室归来,受到强烈震动,即以"三代之典礼"为蓝本,制定了晋国的国家礼法。韦昭注:"三代,夏商周也。"[1]"三代之典礼"即夏商周三代的典礼制度、礼乐文化、学术体系,这也是"三代之学"的原始形态。夏商周虽然有自身的兴亡盛衰,有治世、有乱世,但是三代连称的时候,往往强调的就是它的礼乐之盛、文明之盛。孔子对三代文明是高度欣赏的,他不仅提出理想的国家应该是"行夏之时,乘殷之辂,服周之冕",以三代文明为中心,构建理想社会的文化体系,而且对三代时的人伦道德也称誉有加。《论语·卫灵公》中说:"斯民也,三代之所以直道而行也",何晏《论语集解》引马融曰:"三代,夏、商、周,用民如此,无所阿私,所以云直道而行也。"春秋以来三代一词流传更为广泛,而在流传的过程中不断融入文

---

[1] 《国语·周语中》,上海古籍出版社,1978年,第66页。

化与思想的意味,成为政治昌明和文化兴盛的代名词。例如:

> 三代之令王皆数百年保天之禄。夫岂无辟王?赖前哲以免也。(《左传·成公八年》)
>
> 孔子曰:"大道之行也,与三代之英,丘未之逮也,而有志焉。"(《礼记·礼运》)
>
> 孔子遂言曰:"昔三代明王之政,必敬其妻子也。"(《礼记·哀公问》)
>
> 子夏曰:"三王之德,参于天地,敢问:何如斯可谓参于天地矣?"孔子曰:"奉三无私以劳天下。"(《礼记·孔子闲居》)
>
> 夏曰校,殷曰序,周曰庠,学则三代共之,皆所以明人伦也。(《孟子·滕文公上》)

三代文明不能概括整个古典文明,它从原始文明发展演化而来,有漫长的历史过程,却是古典文明时代具有典型意义、最具代表性的时代。三代文明寄托着孔子的政治和文化理想,《史记·孔子世家》谓:

> 孔子之时,周室衰微而礼乐废,《诗》、《书》缺。追迹三代之礼,序《书传》,上纪唐虞之际,下至秦缪,编次其事。曰:"夏礼吾能言之,杞不足征也。殷礼吾能言之,宋不足征也。足,则吾能征之矣。"观殷夏所损益,曰:"后虽百世可知也,以一文一质。周监二代,郁郁乎文哉,吾从周。"故《书传》、《礼记》自孔氏。

　　面对着宗周衰微、礼乐废弛的政治局面,孔子力图以三代文明作为蓝本构建理想社会模式,"追迹三代之礼",就是要重建三代文明,恢复夏商周三代的礼乐之盛。孔子言"夏礼",言"殷礼",言"周礼",还是把三代礼乐文明看成是一个连续的不割裂的整体,而根本目的还是强调文明之间的相互继承,以建立强大的周代礼乐文明体系,从这个意义上说,孔子是三代之学的开创者,是古典文明的倡导者。

　　《三代世表》是《史记·年表》中的是第一篇,虽然《三代世表》中有五帝的内容,但是相当简略①,最清晰最完整的还是三代。在历史叙事上,司马迁也将三代作为历史年代叙事的基点,足见其意义重大。应该指出的是,无论是《左传》、《国语》、《礼记》,还是孔子、孟子、司马迁,他们的三代的起止年限都止于西周,司马迁《三代世表》止于共和,即公元前841年的厉王奔彘、周邦无君、周公召公"二相行政"的时期。经史学家们的三代概念是不包括以春秋战国为中心的东周时代的,因为他们是站在经学的立场上,对东周以来的政治、文化的态度是批判的否定的。而从古典学的立场上看,一方面是因为春秋战国还属于历史上的东周时期,是周文化的延续;另一方面春秋战国正处于历史的"轴心时代",是中国古典文明发生质变的时期,三代文明正是在这一时期实现了历史跨越,达到了发展的最高阶段,因此以夏商周文明为代表的古典时代,无论如何是不能缺少春秋战国这一关键历史时期的。据此,可以将中国古典学的本体构成和历史发展脉络作如下表示:

---

　　①　张守节《史记正义》谓:"五帝久古,传记少见。夏殷以来,乃有《尚书》略有年月,比于五帝事之易明,故举三代为首表。表者,明也。"

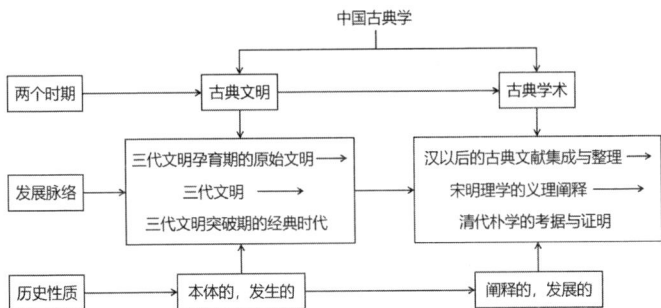

从整体上说,中国古典学划分为两个时期:即古典文明与古典学术。从历史性质上说,古典文明是本体是发源,是经典创立的时期;而古典学术则是派生是发展,是经典阐释的时期。中国古典学的历史脉络可以这样描述:古典文明时期包括整个先秦时期,以三代文明为中心,在公元前800年至公元前200年的"轴心时代"达到高潮;古典学术时期是以整理和解释古典文明时期的经典文献为重点的,而划分为两汉古典文献的整理集成、宋明理学的义理阐释和清代朴学的考据与证明等三个重要阶段。

二、城邦、礼乐、器物:三代文明的生长空间、
历史土壤和证明形式

城邑、文字、建筑是文明的基本要素。李学勤先生说:"近些年国内论著常加征引的考古学'文明'要素,即(1)有5000人以上的城市,(2)有文字,(3)有大型的礼仪型建筑。"①从文明

---

① 李学勤:《中国古代文明十讲》,第27页。

三个核心要素的思路出发,可以将城邦、器物、礼乐作为中国古典文明的基本构成,以城邦对应 5000 人以上的城市;以器物对应文字,因为文字总是刻写在器物上的,例如甲骨、青铜、简帛,而器物涵盖的内容比起文字更广泛,更具文明的代表性;以礼乐对应礼仪型建筑,礼仪型建筑是礼乐文化的组成部分,礼仪型建筑是适应礼乐文化的需要而产生的。城邦社会、礼乐文明和器物艺术不仅在中国古典学中占有重要地位,也是中国古典学区别于西方古典学的主要标志。

1. 城邑文明与中国古典文明的生长空间

城邑既是古典文明生长的摇篮,也是古典文明活动的舞台。城邑的成熟在人类文明史上具有革命性的意义。英国史学家柴尔德(Prof. V. G. Childe)在《远古文化史》一书中指出,史前时代有两次重要的革命:一次是新石器时代的工具革命,一次是城市革命。正是有了这样的革命,人类的文明才得以延续和发扬[1]。城邑在中国古典文明的历史发展中具有里程碑意义。张光直先生在《中国青铜时代》一书中指出:"在人类社会史的研究上,城市的初现是当做一项重要的里程碑来看待的。"[2]中国城邑文明的历史大致经历了城邑的初现——城邑的国家形态——城邑的国家联盟形态——诸侯城邦形态——城邑的帝国形态等几个历史阶段。

城邦社会为三代文明提供了充分发展的生长空间。城邑是古典文明最适宜的土壤,正是因为城邦社会的政治空间,古代文

① 详见 V. G. 柴尔德著,周进楷译,周谷城校订:《远古文化史》第五章"新石器时代的革命"、第七章"城市革命",中华书局,1958 年,第 60—96,131—168 页。
② [美]张光直:《中国青铜时代》,生活·读书·新知三联书店,1999 年,第 28 页。

明在夏商周时期有了生长的充分条件。夏代城邑缺少明确的考古证明,但可以肯定的是,这一时期中国已经进入城邑建设的繁盛时期。而殷商一朝已经有了成熟的青铜文明、甲骨文字等城邦社会的标志性成果,因此侯外庐、林志纯、贝塚茂树等学者特别强调殷商时代是"城市国家"。"周监于二代,郁郁乎文哉,吾从周"(《论语·八佾》),有周一代既是古典文明高度发展的时期,也是城邑文明、城邦社会发展最为充分、最为典型的时期。

封建制度本质上是一种城邦封建,即是封邦建国。"封"是确立统治区域,是封土;而"建"是营筑统治的城邑。《周礼》每篇开头都以"惟王建国,辨方正位,体国经野,设官分职,以为民极"开头,"体国经野"即把城市与乡村区别开来,即强调国野之分。封建一方面划分城乡,突出了"国"对"野"的统治地位,另一方面,封建是一种世袭封建,确立了宗族与家族对封土世世代代的统治权力,解决了生产资料的所属问题。马克思在《资本论》中说在东方亚细亚的国家里,"国家"是一个抽象的概念,而对于具体的人来说,只能是生产资料的占有者,而不是所有者。占有而不是所有,决定人们对生产资料的处置是短期行为,而封建制度是世代所有,从而解决了生产资料的主人问题,不是短期占有,而是长期所有。这使得封建领主有了极大的政治和经济野心,调动了他们创造财富、开疆拓土的贪欲和积极性,封建城邦文明得以迅速扩展开来,社会的经济财富得以迅速积累。

国野之分不仅划分了城乡,还划分了阶级。居住在城邦里的人是"国人"、"君子",而居住在乡野的人则是"野人"、"小人","君子"一词的含义最早是阶级的,而渐渐演化成文化的道德的和人格的。亚里士多德说:"城邦出于自然的演化,而人类自然是趋向于城邦生活的动物(人类在本性上,也正是一个政治动物）。凡人由于本性或由于偶然而不归属于任何城邦的，他如果不是一个鄙夫，那就是一位超人。"①沿着亚里士多德的思路说下去，在中国古典城邦里一个人不属于城邦，便是野人、小人，而城邦是属于君子的。

城邦社会推进了知识的进步和传播。亚里士多德在《政治学》中特别强调对城邦公民进行古典共和主义的教育，知识训练是成为城邦公民的前提。中国古典城邦与古希腊城邦一样十分重视对城邦贵族特别是青年贵族的知识和道德教育，形成了以"六艺"为核心的知识体系。《周礼·保氏》载："保氏掌谏王恶，而养国子以道。乃教之六艺：一曰五礼，二曰六乐，三曰五射，四曰五驭，五曰六书，六曰九数。"按照郑玄的解释，这是一个严格规范而知识完备的教育体系，五礼包括吉、凶、宾、军、嘉，六乐包括《云门》、《大咸》、《大韶》、《大夏》、《大濩》、《大武》；五射包括白矢、参连、剡注、襄尺、井仪；五驭包括鸣和鸾、逐水曲、过君表、舞交衢、逐禽左；六书包括象形、会意、转注、处事、假借、谐声；九数包括方田、粟米、差分、少广、商功、均输、方程、赢不足、旁要。六艺的知识体系中包括礼仪、音乐、历史、射击、驾驭、文字、数学等广泛的知识，有些知识我们已经不甚了解，足见三代知识水平已经达到相当高的程度。所谓礼乐射御书数，还只是"小艺"，"大艺"则是指《诗》、《书》、《礼》、《乐》、《易》、《春秋》的经典教育，如果说"小艺"侧重的是实践技能培养的话，"大艺"则指向人的精神陶冶和心灵滋养，是转移人心的教育②。

---

① ［古希腊］亚里士多德著，吴寿彭译：《政治学》，商务印书馆，1965年，第4页。

② "小艺"、"大艺"说见《大戴礼记·保傅》："古者八岁而就外舍，学小艺焉，履小节焉；束发而就大学，学大艺焉，履大节焉。"

经典是周代贵族的主要知识构成,是士大夫必备的精神修养,引证经典显示当时人的知识修养与风雅精神。

2. 礼乐文化与中国古典文明的历史土壤

礼乐是贯穿于三代文明的一条主线,这条主线在三代文明的发展中,或明或暗,却连绵不绝,不断演进,最终形成了一整套宗教仪式、政治制度、日常规范、行为准则、精神修养等完备的社会体系,成为三代文明的生长土壤和典型的代表形式。孔子十分重视夏商周三代之间礼乐文明的相互联系和充分吸纳:

子曰:"殷因于夏礼,所损益可知也;周因于殷礼,所损益可知也。其或继周者,虽百世可知也。"(《论语·为政》)

子曰:"夏礼吾能言之,杞不足征也;殷礼吾能言之,宋不足征也。文献不足故也,足则吾能征之矣。"(《论语·八佾》)

子曰:"行夏之时,乘殷之辂,服周之冕,乐则《韶》舞。放郑声,远佞人。郑声淫,佞人殆。"(《论语·卫灵公》)

夏商周三代之间虽然政治上朝代更替,此消彼长,而礼乐文明的传统却一脉相传,三代之间政治上波谲云诡、起伏跌宕,而文化上却一直保持了文化的稳定性、延续性、继承性,夏礼、殷礼、周礼礼乐相承,共同构成了古典文明的主体结构。

礼乐文化决定了夏商周三代的基本政治结构。夏商周三代的政治架构是以宗族血缘关系为基础的,血缘关系的远近决定政治关系的远近。《尚书·禹贡》中的"五百里甸服"、"五百里侯服"、"五百里绥服"、"五百里要服"、"五百里荒服"的地理划分,看似是一个地理区域的划分,而实际上是以血缘关系远近来确定的。按照《史记·夏本纪》记载"禹为姒姓,其后分封",仅姒姓被分封的就有十二姓之多。商代有着发达的宗族体系,而以商王族最有代表性。殷墟卜辞对商代宗族情况多有记载,有族、王族、子族、多子族、某族、三族、五族等名称。而西周宗族更是形成了一个网状的庞大而复杂的社会结构,以姬姓为中心组成严密的社会系统。《左传·桓公二年》描述了这个社会结构:"天子建国,诸侯立家,卿置侧室,大夫有贰宗,士有隶子弟,庶人、工、商各有分亲,皆有等衰。是以民服事其上,而下无觊觎。"礼制确保了整个社会各司其职,秩序井然。这个结构系统里有两点特别值得注意,一是宗族分封,一是嫡长制君主继承,这些礼制成为整个社会的安定和谐的政治基础。

礼乐文化决定了夏商周三代的基本文化形态。"文化"一词出自《周易·贲·彖》"观乎天文,以察时变;观乎人文,以化成天下",人文之化,乃为文化。文化的过程也是礼化的过程,即将礼乐文明的外在形态,转化为整个社会成员的内在行为和精神。而在三代思想观念里特别强调诗礼一致,《礼记·孔子闲居》中孔子提出过所谓"志之所至,诗亦至焉。诗之所至,礼亦至焉。礼之所至,乐亦至焉。乐之所至,哀亦至焉"的"五至"理论,孔子将志、诗、礼、乐、哀看成是一个彼此联系相互沟通的逻辑体系,礼的文化形态充满诗乐的艺术精神。古典时代的文化经典就是适应礼乐文化的需要而产生的,《诗经》的整理编辑、《尚书》的文献集成、《周易》的哲学阐释、《春秋》的历史记录等都有强烈的礼乐教化目的。

礼乐文化决定了夏商周三代的基本人格规范。礼乐文化的政治结构与文化形态最终是要通过人来实现的,因此礼乐文化的终极目的还是指向人的精神世界,塑造人的精神品格。《尚书·舜典》就提出了"慎徽五典,五典克从"的思想,孔安国注所谓"五典",即"父义、母慈、兄友、弟恭、子孝"的基本人伦关系，在此基础上以孔子为代表的春秋思想家进一步提出了"君君、臣臣、父父、子子"的主张，增加了"君君"，从而完整地建构了政治与伦理一体的人伦思想体系。尽管五典的人伦思想在现实生活中，时常被打破、被僭越，但它却是整个社会稳定的基本原则。《礼记·礼器》云："经礼三百，曲礼三千。"曲，为细行之礼。在人格建设方面，礼乐文化并不仅仅提出宏观的理论原则，更注重具体的行为规范，而这些细行之礼从世俗和日常生活方面，对贵族子弟的言行提出了细化与雅化的要求，举手投足间都符合礼义的规范。比起祭祀、婚姻、官职、乡饮、乡射等重大的群体的礼节，曲礼则更细化、更生活化。

　　3. 器物艺术与中国古典文明的证明形式

　　文明既是精神的，也是物质的，精神总是凭借物质的基础而生长而表现，器物既具有实用的功能，也是一种文化呈现，是礼乐制度的体现，蕴藏着丰富的文化内容。上古时代的石器、玉器、陶器、甲骨文字、青铜铭文等器物上表现出广泛而深刻的思想意味和艺术精神，因此古典学研究不能忽视器物形式与内容的研究。古典学区别于一般性哲学、历史、文学等研究的特点，就是它更重视考古手段，更注重以器物分析来证明古典文明的历史意味和艺术精神。

　　现代考古学和器物发掘是中国古典学的学术依据。1921年，瑞典人安特生对中国仰韶文化遗址的发掘，标志着中国考古学的建立，现代考古学意义上的中国器物研究也肇始于此。1999年，苏秉琦的《中国文明起源新探》出版。苏秉琦提出了著名的"满天星斗"、"三阶段"、"三部曲"之说。苏秉琦认为，中原文化不是中华文化形成的唯一源头，在漫长的历史时间和广大的地域空间范围内,中国分布着属性不同的六大区域文化。苏秉琦通过对古代考古挖掘的器物和遗址的总结,认为中国文化的形成方式可以视为不同文化裂变、撞击、融合三种形式,而不同的文化类型可以分为原生型、次生型、续生型。苏秉琦的学说,打破了中国传统的考古学、史学和文明研究中的"中原文化"一元论,而代之以"区域文化"的综合研究。其学说虽然是就考古学整体而言,但它为器物艺术的研究指明了一个更大的方向,拓宽了一个更大的视野。

甲骨与青铜是中国古典学最具代表意义的器物形式。文字是文明的三大要素之一,甲骨学的研究是与古典时代的文字研究联系在一起的。而彻底说来,甲骨文并不仅仅属于文字学,甲骨书写是一种文化书写,反映着这一时期的祭祀、宗教、制度、历史、艺术、文学等综合的思想观念,显现的是整个殷商人的全面的精神世界。

青铜器的出现在古典文明史上是具有里程碑意义的,所谓"青铜时代"构成了古典文明的重要阶段。张光直先生将中国的青铜时代定义在"公元前 2000 年到公元前 500 年这段时期"[①],这既是中国古典文明的发生期,也是兴盛期。青铜时代一方面标志着科学技术水平已经达到一个相当高的历史水平,另一方面也标志着文学、艺术、美学等也已经进入一个新的历史阶段,灿烂的青铜文化是灿烂的古典文明的代表形式。"国之大事,在祀与戎。"(《左传·成公十三年》)中国青铜器有容器、炊器、食器等多种形式,而最重要的是兵器与礼器。张光直先生说:"青铜硬度大,是可以制作生产工具的,但是,在中国它却用

---

① 张光直:《中国青铜时代》,第 2 页。

来制作政治的工具，用以祭祀和打仗。"青铜本来是可以制作农耕之类的生产工具的，但在中国古代却主要用于战争和礼典，之所以如此，张光直认为是由于"中国古代的青铜器等于中国古代政治权力的工具"[①]，青铜成了国家权力的象征，因此传承权力也就是传承钟鼎等权力象征的青铜礼器。《墨子·耕柱》记载：

> 九鼎既成，迁于三国。夏后氏失之，殷人受之；殷人失之，周人受之。

有学者指出中国文明最主要的特点是整体性连续性，三代青铜钟鼎相传，就是古典文明连续性的证明。"夏、商、周王朝的君王如此看重青铜器的政治含义，其他各级贵族也纷纷效仿，因而青铜器在很大程度上又成为区分各级贵族的一种重要标志物"[②]，青铜期的大小、陈列的多寡，不仅出于生活的需要，而且是身份的象征，这样普通的器物便具有了礼器的意义。

值得指出的是，礼器不仅是具有政治权力的工具，还具有艺术和审美的意义。青铜重鼎在追求稳定的政治意义的同时，也体现了造型艺术上雅正庄谨的审美追求。青铜乐器悠扬神圣的乐音，也给人以气势磅礴的艺术美感。商周青铜的文饰十分丰富，饕餮纹、云雷纹、夔纹、鸟纹、蝉纹等，多姿多彩，寓意深刻，体现出形式多样的审美风格。

在三代器物研究上，李泽厚《美的历程》运用克莱夫·贝尔

---

① 张光直：《中国青铜时代》，第 476 页。
② 韩巍编著：《黄土与青铜》，北京大学出版社，2009 年，第 39 页。

"艺术是'有意味的形式'"的理论,分析三代陶器、玉器、青铜器的文饰之美,引起了学术界的广泛注意,为古典文明的艺术研究提供了理论支持。"有意味的形式"是英国美学家克莱夫·贝尔(Clive Bell)的著名观点。从贝尔的理论出发,李泽厚认为原始艺术中的几何文饰中看似纯形式的东西,其实里面包含着丰富的历史意味。早期陶器上的鱼纹、鸟纹、蛙纹等表面上看来是纯粹的形式,其实这是历史意味长期积淀的结果。李泽厚将考古器物与美学的历史阐释完美地熔于一炉,向人们展示了"美学考古"的精神魅力。

三、经典时代与早期中国文学书写的特殊意义

西方古典学的研究是从《荷马史诗》开始的,最早起源于公元前3世纪亚历山大里亚学派对以《荷马史诗》为主的古文献的整理与校订。西方古典学研究正是从这里起步,从这个意义上说,古典学起源于萌芽于古希腊的古典诗学和文学。

近代古典学建立于14—16世纪的西方文艺复兴时期,其核心是从文学和修辞学的角度切入。洛伦佐·瓦拉(Lorenzo Valla,1407—1457)作为拉丁古典学的创始人,其代表作《拉丁文是优雅语言》(*Elegantiae Linguae Latinae*)试图在文体、修辞等方面恢复古罗马拉丁文的纯正、典雅、流畅等特征,以此纠改中世纪拉丁文的颓废与没落(A. Moss, *Renaissance Truth and the Latin Language Turn*, Oxford University Press, 2003, pp. 36—37)。这在一定程度上否定了经院派对于中世纪拉丁文及圣经教义的专断解释,从而提升了古典修辞在现实生活中的应用,并为随后的欧洲思想解放潮流奠定了基础。

现代古典学诞生于 18 世纪的德国,重返古希腊精神源头,重新阐释古希腊文学经典是现代古典学的主要方向。现代古典学学科创始人弗雷德里希·奥古斯特·沃尔夫(Friedrich August Wolf)的著作《荷马导论》(*Prolegomena ad Homerum*,1795)在梳理荷马本人的文学形象和史诗内容的基础上,分析了《奥德赛》《伊利亚特》等史诗的文本思想,以此发掘包括《荷马史诗》在内的古希腊文学的人文精神。而另一位德国古典学家、考古学家奥特弗里德·缪勒(Otfried Müller,1797—1840)的《希腊起源和城市史》(*Geschichte Hellenischer Stamme und Stadte*,1820、1824)、《考古艺术手册》(*Handbuch der Archaologie der Kunst*,1830)、《古希腊文学史》(*History of the Literature of Ancient Greece*,1840)等作品,都侧重古希腊文学艺术的研究,还原古希腊、古罗马文学文本内容和文学精神。

文学研究始终主导着西方古典学的前进方向。荷马、希腊、雅典、罗马、亚里士多德、诗学一直是古典学研究的中心语词。20 世纪后半叶的古典学坚持以古希腊和古罗马文学阐释为基础,以此追溯西方古希腊时期的人文精神和文艺复兴的时代思想,从而弥补二战给欧洲带来的巨大创伤。近几十年,古典文明接受史研究(classical reception studies)逐渐成为西方学术界在古典学领域的热点,尽管学术研究的手段和方法有了新的变化,但是古典学以文学为本的基本特点却始终没有改变,多学科的介入并没有改变文学为主的方向。查尔斯·马丁代尔(Charles Martindale)1993 年出版的《拯救文本:拉丁诗歌与接受史研究的诠释》是近年古典学研究代表性著作之一,作者强调了古典文明研究的方法论变革,但其研究方向仍然是以文学文本的阐释和接受为基础的。

在中国古典学建立过程中,文学关注和文学研究仍然是最敏感、成果最为丰富的领域。王国维、梁启超、鲁迅、郭沫若、闻一多、陈寅恪、钱锺书等都曾以理论的敏感和学术的实践,推进了中国古典学的发展,但他们核心的领域仍然是文学。因此,现代中国古典学的研究也应该坚持文学本位的立场,对早期中国文学的历史格局和书写方式进行全面描述和研究。

1. 早期中国文学的恢宏开篇

中国文学有着气象恢宏的历史开篇。早期中国文学充满了自然而浪漫、绚丽而庄严的青春般的艺术风范,其所达到的思想与艺术高度不是简单的发源草创,而是奠基与繁荣,是质变的突破与跨越。

神话代表着人类的想象力和诗性思维。在中国古典神话中的女娲补天、夸父逐日、精卫填海以及盘古开天等故事下面,潜藏着早期人类对世界神秘性的思考,旺盛的想象力反映着原始人类征服自然的理想和高昂的生命精神。在早期文学中,巫术也是艺术,祭坛也是诗坛,宗教活动也是文学活动。甲骨卜辞中许多祭祀仪式、祈祷仪式等都是具有宗教意义的艺术活动。甲骨文中有"奏舞"的记载,于省吾先生说"卜辞'奏'字,多用为乐舞之义"①,"奏"是一种且歌且舞的巫术仪式,而其中蕴涵着浓厚的艺术意味。问日、问雨、问梦、问年景等卜筮仪式中往往伴随着诗乐舞一体的艺术活动。

礼乐歌诗是周代文学的代表样式。歌诗而不是诗歌,诗歌往往是即兴的、个人的,而歌诗则是集体的、宏大的,是一种出于宫廷的典乐制度。"典乐"一词在《尚书·尧典》中就已经出现,

---

① 于省吾:《甲骨文字诂林》,中华书局,1996年,第478页。

由专人掌管音乐教化天下。《礼记·郊特牲》记："殷人尚声，臭味未成，涤荡其声。乐三阕，然后出迎牲。声音之号，所以诏告于天地之间也。"按照《礼记》的叙述，殷人祭天，崇尚音乐，以乐歌的形式述说对上苍的祈祷感恩之情，激昂的乐歌回荡在天地之间。

周人完成了对乐歌的体系化建设，将乐歌与礼仪结合起来，形成了礼乐一体、诗乐相成的礼乐文化体系。围绕礼乐歌诗，周代宫廷建立了一系列严格而完备的礼乐制度体系。周代歌诗制度从上古的"典乐"制度而来，在此基础上建构了一套集典礼文本、官制乐器、典礼仪式、艺术理论等于一体的一套完备的礼乐文化体系。《周礼·春官》谓大司乐："掌成均之法，以治建国之学政，而合国之子弟焉。""均"、"韵"相通，所谓"成均之法"，即是"成韵之法"，即职掌整个乐礼制度和音乐教育。汉代蔡邕所撰《独断·宗庙所歌诗之别名》中论述《周颂》三十一篇"皆天子礼乐也"①。

礼乐歌诗气势宏伟、气象博大，即兴的朴素的原始诗歌因为有了强大西周王朝的政治支撑而成为代表周代艺术的典型形式。但也应该意识到正因为歌诗的本质是一种宫廷艺术，其艺术风格、审美形态、结构样式都带有宫廷政治和礼乐文化的特色。

2. 早期中国文学的历史演进

以先秦文学为代表的早期中国文学不仅自成风格，而且有自身独特的发生、发展、繁荣、总结的演变规律。一般的断代文

---

① 〔汉〕蔡邕：《独断》，《风俗通义　独断　人物志》合集，上海古籍出版社，1990年，第10页。

学发展常常表现出发生、发展、繁荣和衰落的特征,而先秦文学却是在繁荣中进入总结期,是在经典文化、诸子文学与楚辞屈赋等文学形式充分发展的高潮中结束的。就其历史演进而言,有几点特别值得注意:

一是从英雄向君子的形象转变。早期历史的书写通常是宏大叙事,历史的书写者往往以一种俯瞰苍生的姿态出现,对历史作出英雄式的全知全能的判断和预言,其描写的笔法也是史诗式的庄重与神圣。亚里士多德在《诗学》中说:"史诗(epos,epē,epopoiia)是一种古老的诗歌形式,其产生年代早于一般的或现存的希腊抒情诗和悲剧。希腊史诗的前身可能是某种以描述神和英雄们的活动和业绩为主的原始的叙事诗。"①英雄叙事是史诗的思想和艺术土壤,英雄人物是史诗描写歌咏的主要对象,英雄成为以史诗为代表的早期文学叙事的主角。英雄史诗深刻影响中国早期的经典书写,《尚书》、《诗经》等经典文献记载了许多在华夏民族发展史上影响深远的英雄人物。英雄史诗所表现英雄人物常常具有"天命神授"的神性、传奇的生活经历、非凡的历史贡献、某种悲剧式的生命结局。《尚书》也记载和描写了以尧舜为代表的早期英雄的群像,他们是人类的先知先觉者,集人类的真善美于一身,具有半人半神的品格。与西周以前的英雄叙事不同,以《诗经》、《左传》、《国语》、《论语》为代表的春秋文学描写了君子人格的群体形象。他们不像"半人半神"的英雄那样高居云端,完美无缺,而是充满人间的烟火气。他们属于日常生活,并不完美,有现实的喜乐忧伤,却代表了一种文学的

①　[古希腊]亚里士多德著,陈中梅译:《诗学》,商务印书馆,1996年,第246页。

新形象、新人格,君子群体形象的出现具有重要的文学史意义。

二是从旧体文言向新体文言的语言转变。三代的文学历史产生了从笔语到口语,从旧体文言到新体文言的语言革命。商周通行的是一种凝重庄谨的旧体文言,而春秋时代完成了先秦时期旧体文言到新体文言的历史转变。与商周以来的古体文言相比,春秋时期的"新文言"呈现出表现方法自由灵活、修辞手段广泛应用、语言鲜活生动、形式多变、骈散结合、语助词普遍使用等特征。新体文言的成熟使得中国文学的发展有了新的格局与气象:各种文体逐渐完备,文学创作出现繁荣局面,"建言修辞"成为时代风尚,独立的文人阶层趋向形成,文学理论表现出体系性成熟。春秋时代的"文言"变革与文学繁荣标志着这一时期的中国文学已经进入全面成熟和自觉的历史时期,古人的思想不仅表现在他们说了什么,而且表现在他们做了什么以及如何做。因此,思想考察应该从语言的物质载体和物质表现入手。《尚书》体的古体文言语言简奥朴素,不尚修饰,修辞方法的运用相对简单,句式古拙,较少变化,罕用"之乎者也"之类的语助词。比起商周以来的古体文言,春秋时期的"新文言"呈现出的显著特征是:表现方法自由灵活,风格华美;善于修饰,修辞手段广泛应用;语言鲜活生动、典雅蕴藉;语句形式多变,骈散结合、语助词普遍使用等。

三是由"书写"到"文本"的形式转变。书写是一个具有整体性的理念,包括从主体产生创作意图,直至形成文本并持续演变的全过程及其所有结果,文本是书写的一种结果。从文本上来看,则经历了以王官之学为指导的六经文本,到以诸子之学为内核的诸子文本的转变。无论是从语言,还是从文本的书写方式上来看,早期文学都经历了巨大的变化。而通过对出土文献与传世文献的对读,我们可以从写本的具体形态,内容的流传与变异,版本考察等方面,梳理这一变化的具体细节。

经典是一个过程,经典的形成本身也是一个文献不断整理、选择、写定的过程。远古的历史文献是经典的原初形态,经典是对文献的总结整理和思想升华。"轴心时代"以前的历史属于文化的前经典时代,前经典时代为经典时代的成熟做了资料和思想的准备。这一过程总体上表现为从底层向宫廷集中,从纷纭累积向集约精粹发展。

《周易》形成的过程最有典型意义。《汉书·艺文志》在论述《周易》的产生过程时说:"人更三世,世历三古。"即以汉代为坐标,经历上古、中古、近古时代,而以伏羲氏的八卦、周文王的六十四卦、最后到孔子的《易传》为标志。从伏羲到孔子不仅历时久远,也是历史从野蛮到文明的历史过程。从远古到近古,原初《周易》是卜筮的、宗教的,而到孔子为《易传》,则将《周易》从卜筮带入了哲学的领域,实现了从神学到哲学的思想跨越。

3. 经典时代与文学书写的历史突破

中国古典文明总体上呈现出连续性、整体性的特点,但中国古典时代不是平铺直叙的,而是波澜壮阔的,是有历史高峰和历史突破的。轴心时代是古典文明的历史突破期,也是文学出现革命意义变化的历史突破期。

轴心时代这一概念是德国哲学家雅斯贝斯在《历史的起源与目标》一书中提出的,而轴心时代又以经典的出现为重要标志,因此轴心时代又称为经典时代。中国的"轴心时代"是以"六经"的完成为标志的。"六经"之名,始见《庄子》,《庄子·天运》谓:"丘治《诗》、《书》、《礼》、《乐》、《易》、《春秋》六经,自以为久矣。"这是传世文献中第一次提出"六经"的概念,但是

《诗》、《书》、《礼》、《乐》、《易》、《春秋》等"六经"的产生却是在"前经典时代"两千多年间的文化土壤上生长期孕育而成的,大约在公元前6世纪至前2世纪逐渐完成。《论语》、《墨子》、《老子》、《孟子》、《庄子》、《荀子》、《韩非子》等诸子著作也在这一时期成书,从而支撑起中国古典文化的骨架。这也意味着中国的经典时代包括两方面内容,一是在春秋末期相继完成的六经,一是在战国时代完成的诸子著作。六经与诸子时代的哲学经典不仅完成了中国古典文化的哲学突破,也实现了文学突破。

经典带给中国学术以深刻的影响。孔子、墨子、子思、孟子、庄子、荀子、韩非子等思想家都征引《诗》、《书》等文化经典,"六经"既是哲学家的思想武库,也是文学家的艺术引领者。"六经"的诗性品格既决定了诸子哲学的诗化倾向,也决定了整个古典哲学的艺术品格。孔子重视诗乐教育,强调"不学《诗》,无以言"(《论语·季氏》);他对《雅》、《颂》做了文献整理,"吾自卫返鲁,然后乐正,《雅》、《颂》各得其所"(《论语·子罕》);他赞同向往"暮春者,春服既成。冠者五六人,童子六七人,浴乎沂,风乎舞雩,咏而归"(《论语·先进》)的诗化人生境界。子思、孟子、荀子等儒家代表人物,步其踵武,不断强化儒家思想的诗学精神。

而道家哲学则在逻辑与秩序的反叛中,建立起一种自然畅达、不事雕琢的哲学品格。老庄哲学表面看是反美的、反艺术的,却又是极美的、极艺术的。徐复观先生在《中国艺术精神》一书中说:"老庄思想当下所成就的人生,实际上是艺术的人生;而中国的纯艺术精神,实际上系由此一思想系统中导出。"①

---

① 徐复观:《中国艺术精神》,九州出版社,2014年,第57—58页。

在徐复观看来,道是彻头彻尾的艺术精神,既表现为人格的,更表现为哲学本体的。老庄哲学在反艺术中建立了新的艺术审美原则,在反诗中建构起新的人生诗性的哲学体系。

四、"以复古为解放":中国古典学的学术变革与精神接续

中西古典学的相遇是20世纪初的事情,在此之前中西古典学是在各自独立的空间里生长的,中西古典学的历史相逢,对中国现代学术品格的建立产生了重要影响。而随着出土文献的大量涌现,使得古典学在21世纪的当下有了新的发展机遇,中国古典学有了新的气象。

1. 中国古典学的独立生长

中国古典学独立成长的特点是没有古典学的名称,却有古典学的事实,正如裘锡圭先生所云:"我们过去虽然没有用'古典学'这个名称,但是实质上,古典学早就存在了。发源于孔子及其弟子的经学,就属于古典学的范畴。"中国古典学是在本民族的文化土壤上独立生长起来的。古典学术经历了三个重要的代表时期:

第一,汉代以来的文献搜集与注疏。秦火之后,古典时代终结,对于汉代学术而言,首先面对的就是文献的重新搜集与整理,以丰富的文献作为古典学术的根基。汉惠帝四年解除"挟书律","汉兴,改秦之败,大收篇籍,广开献书之路"(《汉书·艺文志》)。汉代的经典文献的来源一是民间文献的广为收集,一是宫廷文献的系统性发掘整理,而不同的文献来源、书写形式,带来了不同的学术风格和学术流派,今古文之争由此产生。汉

代学术以经典的注疏见长，以郑玄为代表的经学家实事求是，遍注群经，为中国古典学术建立规范，将古典学术推向新的境界。至有唐一代，孔颖达作《五经正义》，博综古今，集其大成，充分体现了唐人在文化上也具有总揽全局、登高望远的气象。

第二，宋明以来的义理阐发与升华。宋明理学代表着古典学术的一种转向，即从立足经典的客观的文本训诂，转向从经典生发开来的主观的思想引申。

两汉以来的经典注疏核心在于用各种手段证明经典的本体本义是什么，而宋明以来的理学、心学则强调人们能从经典中认识什么、说明什么、生发什么。周敦颐、张载、二程等或将气，或将理，看成是世界的本源和基础，从而为宋代理学思想奠定基础。朱熹的理学思想体系又有更深刻的古代经典背景，正是在对《四书》《五经》的系统阐释的基础上，朱熹全面构建了包含本体论、社会观、自然观、人性论的思想体系。明代王阳明曾笃信朱熹的"格物致知"的理论阐释，而在实践中他背离了"格物致知"的思想，而转向心学。认为"格物"不是外在的探索，而是内在的醒悟，"格物者，格其心之物也，格其意之物也，格其知之物也"（王阳明《传习录·答罗整庵少宰书之三》）。王阳明的心学虽然陷入了主观唯心主义的范式，颠倒了世界发生的顺序，却在哲学上高扬了人的主体精神，将人的心灵从种种外在束缚中解放出来。

宋代以后求新求变、惑经疑古的思想开始在学术界流行，对《尚书》、《周易》、《诗经》、《春秋》、《周礼》等传统经典，学者们公开质疑，对汉唐的经典注疏，学者们更敢于提出不同见解，辩驳问难，不遗余力，显示出宋学越来越鲜明的批判风格。欧阳修、司马光、王安石、苏轼、苏辙、李觏、晁说之等都是庆历以后不惮疑古、转变学风的中坚人物。而宋人的学术视野也渐渐从纸质的经典文献离开,转向金石、器物等更广泛的学术领域。刘敞的《先秦古器图碑》、欧阳修的《集古录》、吕大临的《考古图》、王黼的《宣和博古录》、赵明诚的《金石录》、薛尚功的《历代钟鼎彝器款识法帖》等,已经将古典学术带入一个新的领域。

第三,清代朴学的经典考据与证明。朴学是相对于宋学、理学这一概念提出的,面对宋明理学、心学以来的抛弃经典而空谈心性,清代朴学在批判的基础上,提出了回归三代元典、回归汉学精神,回归素朴的学术追求,提倡对历史资料"有证据的探讨",从而从根本上动摇了宋明理学的学术基础。有学者批评清代考据学是哲学贫困基础上的畸形学术繁荣,本质上缺少哲学精神;其实,哲学不仅仅是对世界的终极思考,也是对现实世界的具体关怀;哲学不仅仅是宏大的理论阐述,也是具体问题的科学证明。从这个意义上说,清代朴学回归历史源头的精神指向和实事求是的科学证明,本质上也是一种哲学精神的体现,而就古典学的历史而言,清代朴学是具有历史转折意义的。

清代朴学的精神指向是回到经典,回到经典产生的历史源头。清代学术的代表人物顾炎武、戴震、阮元、王引之、崔述等,都强调"圣人之道,在六经而已矣"①,只有剥去蒙蔽在经典上的层层积尘,才能回到六经,才能回到源头体验圣人之道。清代朴学家们不仅提出了重返经典的思想理念,更指出了"由小学以通经明道"的具体学术路径。戴震终身坚守从小学、制度、名物

---

① 〔清〕崔述:《考信录提要》卷上《释例》,《崔东壁遗书》,上海古籍出版社,1983年,第2页。

入手探求六经之道的学术理念,取得了许多垂范后世的成果,产生了广泛影响。有清一代的学术从理念到实践,都对后世产生了积极影响,这也为二十世纪西学东来,中西古典学的相逢准备了充足的条件。

2. 20 世纪中西古典学的历史相逢

中西古典学相遇在 20 世纪东西文明的交流里,相逢在西学东渐的过程中。19 世纪末已经开始有西方文学作品的翻译,19 世纪西方传教士对于古希腊、古罗马的古典学知识的引入和推广,构成了近代中国古典学的最初发展因素。尽管近代传教士对于西方古典学作品的译介和传播带有文化殖民的目的,但这些作品无论是从翻译的内容,还是编排的体例,都在一定程度上让处于封闭状态的中国人了解到西方古代文明的辉煌,并为中国未来的古典学建设提供了条件,做了准备。

中西古典学真正学术意义上的相逢源于 20 世纪初。这一时期的梁启超不遗余力地介绍古希腊文明,他办《新民丛报》时写了很多关于古希腊的文章,他在 1923 年时所提到的"古典考释学"的概念也是受到西方古典学中文献学和语言考释方法的影响,中西古典学由此有了学术意义上的交流,中国学术界也开始用古典学的目光审视经典、审视中国文化的发源。此外,周作人、罗念生、陈康等人翻译了大量古希腊文献,也对西方古典学的传播做了重大贡献。

中西古典学的相逢引起了中国现代学术界巨大的心理震动,整理国故既是这种相逢带来的学术反映,也是中国古典学兴起的萌芽。所谓的"国故"即是指中国古代传统的文化与学术,这点和古典学所强调的"古代经典文献与知识"具有相同的指归。"整理国故"潮流的出现,在很大程度上是应对清末时期西方学术和知识体系对于中国传统文化的冲击,并从中国本土的学术立场维护、整理、发展自己的传统文献典籍。章太炎在其专著《国故论衡》一书中,从文学、语言学、音韵学、文字学等角度,对先秦古籍的文字做出了细致的考证与辨伪。

如果说章太炎等人对于古代典籍的发掘和研究是基于中国自身的传统治学之精神,那么以五四新文化为代表的一些学人则试图以西方的学术体系和学科方法,研究中国的传世经典。傅斯年认为:"研究国故必须用科学的主义和方法,决不是'抱残守缺'的人所能办到的。"[1]新文化运动的另一位健将胡适则更加推动这种"西化"的治学策略。1919年胡适发表《新思潮的意义》一文,将"整理国故"看作是新文化运动不可分割的部分,并一再强调用科学方法来整理国故。[2] 在胡适看来,所谓的"国故"等同于"国学",即赞成用西方的学术体系和方法对中国的古代典籍进行新的整理和探究,系统归纳中国传统而杂乱无章的文献资料。这实际而言,就是西方古典学在中国的本土化移植,更进一步讲,是中国古典学在面对西学来袭之时,于近代所开展的一系列的早期实践活动与方法探索。尽管中西古典学的历史相遇,是在激荡的历史风云中进行的,交流中的矛盾心理和精神震荡是强烈的,但从学术意义上,其进步意义还是明显的,这里特别应该强调两点:

第一,古典学与中国现代学术的理论视野。清代朴学以重考据、重证明而见长,这对于纠正宋明以来只讲心性的学风是具

---

① 傅斯年:《国故和科学的精神·附识》,《新潮》1919年1期。

② 参见曾平《"整理国故"与"再造文明"的不同路径——从民国时期"整理国故"运动考察当时学界的不同文化理念及其冲突》,《中华文化论坛》2007年3期。

有重要意义的，但其流弊则是细琐破碎，缺少整体性，多有现象的描述，少有透彻的分析。古典学以理论的整体性、方法的多样性给中国古典学术研究带来了新的目光，给人以耳目一新的感觉。特别是马克思主义理论指导下的古典学术思想的影响，大大促进了古典文明和古代社会的研究。1929年出版的郭沫若的《中国古代社会研究》，就是在恩格斯《家庭、私有制和国家的起源》的影响下，研究中国古代社会问题的著作。侯外庐1946年完成的《中国古代社会史论》运用马克思亚细亚生产方式的理论，研究中国古代社会的文明起源，分析了中国古代"城市国家"的构成形态，是古典学研究的代表性著作。1989年日知的《古代城邦史研究》，系统地运用古典学理论分析中国古代城邦社会的特点，显示了中国古典学理论的成熟。

第二，古典学与中国现代学术的方法突破。古典学立足于多学科的求证方式，带给中国现代学术方法论革命性的变化。王国维对于西方学问与中国的传统治学有着较为清晰的认识。他十分重视出土文献和考古成果，提出了"二重证据法"的学术方法，取得了学术方法的历史突破。所谓"二重证据"即"于纸上之材料外，更得地下之新材料"，他把求证的视野从单纯的纸上文献带入丰富的考古世界，实现了地上文献与地下文献的融合，这是古典学研究领域的扩展，也极大推动了中国古典学研究水平的提高。陈寅恪在《王静安先生遗书序》中将王国维的"二重证据"，进一步扩展为"三重证明"，即"一曰取地下之实物与纸上之遗文互相释证"，"二曰取异族之故书与吾国之旧籍互相补正"，"三曰取外来之观念与故有之材料互相参证"，这是陈寅恪对王国维学术方法的拓展，也是陈寅恪自己的学术追求。钱锺书强调"打通"，即中外之间打通、古今之间打通、学科之间打通,无论是"二重证据",还是"三重证明",本质上都是打通,这正是古典学方法论的根本特征。

3. 出土文献与中国古典学发展的历史机遇

陈寅恪在《陈垣敦煌劫余录序》中说:"一代之学术,必有新材料与新问题。取用此新材料,以研求问题,则为此时代学术之新潮流。治学之士,得预此潮流者,谓之预流。"从这个意义上说,20世纪初以来大量地下文献的出现是"新材料",而以出土文献的"新材料"来审视中国古典文明和中国历史的发源,便是"新问题",由此形成了中国现代学术的"新潮流",也是中国古典学术的"预流"。

20世纪初殷墟甲骨文献的发现,对中国古典文明研究具有特殊意义。安阳一带所谓医用的"龙骨",被王懿荣、刘鹗、孙诒让、罗振玉等学者发现收藏,开启了甲骨文研究的历史。其中王国维的研究成就最为突出,1917年王国维发表《殷卜辞所见先公先王考》和《殷卜辞所见先公先王续考》两篇文章,以"新材料"的释读证实了《史记·殷本纪》所载有商一代先公先王世系的可靠性,为中国古典学术研究开辟了新的道路。而大量青铜铭文的出现,也与甲骨文的出土相呼应,共同构成了中国古典学的"新问题"——金文甲骨学。金文甲骨的出现,极大丰富了传统文字学的研究资料,促成了20世纪古典文字学研究的繁荣。许多学者用此新材料研究中国古典文明问题,也使中国古典文明的研究达到了一个新的境界。

20世纪出土文献被学者称为"大发现时代"(李学勤《中国古代文明研究》),而20世纪70年代以来又被称为出土文献的井喷时代。尤其是70年代以来,陆续发现了大量汉代和战国时代所抄写的古书,如阜阳双古堆、临沂银雀山、定县八角廊等汉墓出土的竹书,长沙马王堆汉墓出土的帛书,慈利石板坡、荆门郭店等战国楚墓出土的竹书等,为古典学提供了一大批极为宝贵的新资料。王国维的"二重证据法",就是建立在对出土文献的大量考察之上的。

20世纪以来学术界流行的疑古思潮怀疑历史,怀疑传说,特别是对先秦经典的怀疑,使得传统经典的地位不断动摇,一度造成了上古时代文献的贫乏。而不断出土的甲骨、铭文、木牍、绢帛、竹书等文献,不断为许多先秦两汉文化经典的存在提供科学依据,早期文学的研究视野也因此而拓宽。70年代马王堆汉墓帛书和阜阳汉简的出土促进了《周易》《诗经》等经典的研究,而90年代出土的郭店楚简则大大提升了诸子学的研究水平。2000年11月,上海古籍出版社出版了《上海博物馆藏战国楚竹书》(一),其中的《孔子诗论》引发学术界异常热烈的反响,围绕着文字释读、竹简编联以及孔子的诗学思想等问题,进行了广泛而有深度的探讨,迅速形成了以诗学研究为中心而跨越多种学科的"显学"。2008年,清华大学图书馆收藏的战国简(简称"清华简"),不仅对解读《周易》《尚书》《诗经》《左传》等经典文献意义重大,对理解中国诗歌、小说、散文的起源与原初形态也有文学史的补正意义。而随着近期出土的安徽大学、北京大学、海昏侯汉墓等竹简的整理出版,必将对《诗经》《论语》以及秦汉制度等领域的研究产生深远的影响。

20世纪以来,我国现代考古学的建立不仅带来了文献的支撑,对我们重新思考古典文明也大有裨益。时至今日,一批批重要的文物随着考古研究相继问世,中国迎来了一个考古大发现的时代。李济的"考古重建"、郭沫若的"古代研究"均为"走出疑古"起到了重要的作用,促使我们再度重新思考早期文明的历史状态。

依赖于出土文献和考古成果的有力支撑,中国学术界终于发出了"走出疑古时代"、"重建中国古典学"的有力声音。李学勤先生在 20 世纪 80 年代就认为:"考古学新取得的一系列成果,已经提出很多有深远意义的课题,这必将对人们关于古代的认识产生根本性的影响。重新估价中国古代文明的时机,现在业已成熟了。"①裴锡圭在此基础上进一步认为,应该用"古典学"这个词来统摄"蕴含着中华文明源头的先秦典籍的整理和研究"②出土文献的发掘不仅有利于追溯中国古代文明早期的文字形态与社会风貌,同时也有助于勘校传世文献的不足与残缺,弥补相关史料的空白。

20 世纪 70 年代以后大量出土文献的发掘,为中国古典学的发展提供了有力的材料支持。20 世纪 80 年代初,日知先生就主张以古典学的目光研究中国古典文明和城邦社会,并出版了《古代城邦史研究》、《中西古典学引论》等著作。冯友兰曾将古典学术研究概括为"信古——疑古——释古"的"三个阶段",李学勤先生后来强烈呼吁"走出疑古时代",以为"在现在条件下,我看走出'疑古'的时代,不但是必要的,而且也是可能的了"③。有响斯应,裴锡圭先生则明确提出了"重建古典学"的主张,强调"发展古典学已经成为时代的要求。我们不能照搬在很多方面都早已过时的传统古典学,也不能接受那种疑古过了头的古典学,必须进行古典学的重建。出土文献对古典学的发

---

① 李学勤:《李学勤集》,黑龙江教育出版社,1989 年,第 15 页。
② 裴锡圭:《出土文献与古典学重建》,《光明日报》2013 年 11 月 14 日第 11 版。
③ 李学勤:《走出疑古时代》,辽宁大学出版社,1997 年,第 19 页。

展有举足轻重的作用"①。随着出土文献研究的深入,重建古典学的呼吁得到了越来越多学者的响应,以古典学命名的学术机构纷纷建立。

4. 古典学研究的本质是一种精神接续

古典学的本质并不是简单的学术求证和方法训练,而是指向遥远的古典时代,指向伟大的古典精神。维拉莫兹在《古典学的历史》中这样描述古典学的目标:"该学科的任务就是利用科学的方法来复活那已逝的世界——把诗人的歌词、哲学家的思想、立法者的观念、庙宇的神圣、信仰者和非信仰者的情感、市场与港口热闹生活、海洋与陆地的面貌以及工作与休闲中的人们注入新的活力。"也就是说,古典学中"科学的方法"的目的是"复活那已逝的世界",而那个已逝的世界是由"诗人的歌词、哲学家的思想、立法者的观念、庙宇的神圣、信仰者和非信仰者的情感"等文化现象构成的宏大精神体系,终极则是面对人,是对那些"工作与休闲的人们",以古典精神给现代生活注入"新的活力"。

梁启超提出的"以复古为解放"的思想,应该说是对古典学"复活那已逝的世界"、"注入新的活力"的中国注解。1920年春,梁启超游欧归来,在《清代学术概论》的写作中,他明确提出了"以复古为解放"的写作纲领,其谓:

> 综观二百余年之学史,其影响及于全思想界者,一言蔽之,曰"以复古为解放"。第一步,复宋之古,对于王学而得解放。第二步,复汉唐之古,对于程朱而得解放。第三步,

---

① 裘锡圭:《出土文献与古典学重建》。

复西汉之古,对于许郑而得解放。第四步,复先秦之古,对
于一切传注而得解放。夫既已复先秦之古,则非至对于孔
孟而得解放焉不止矣。①

　　在梁启超笔下,从清初顾炎武对王学的反动到康有为颠覆
一切经典,清代学者们以考据为手段节节复古,最终收获到的是
思想的层层解放。从复古立场的出发,实现精神解放的目的,复
古是手段,解放才是本质。这个解放的过程是渐进的,有层次
的,由清而复宋之古,由宋而复汉唐之古,由汉唐而复先秦之古,
先秦之古即是三代,这正到达了古典文明的本体。而一路走来
是不断挣脱束缚、卸去盔甲的过程,直至最后连孔孟也摆脱,回
到历史的起点,生气盎然,天机一片。
　　古典学发展的历史也确实走过了"以复古为解放"的过程。
近代古典学建立于14—16世纪的西方文艺复兴时期,其本质就
是以追溯古希腊和古罗马时代的古典文明为目标,力图打破中
世纪的思想黑暗和文化钳制。古典学家通过对文献科学详细地
整理,对典雅、流畅的修辞学表达的推崇,也是对抗经院派僵化
蛮横的治学方式,反映着一种人文主义的精神追求,为后来欧洲
的思想解放运动廓清道路。
　　从18世纪开始的现代古典学,开始就以发掘包括《荷马史
诗》在内的古希腊文学的人文精神为目的。19—20世纪的西方
古典学研究侧重于传统方法的应用,其具体表现在对古希腊、古
罗马传世经典的语言考察与文本解读,以此还原古典文明的内
在价值与思想。20世纪后半叶的古典学无不专注于传统思路

---

① 梁启超:《清代学术概论》,上海世纪出版集团,2005年,第6页。

的扩展,并希望以此追溯西方古希腊时期的人文精神和文艺复兴时期的时代思想,从而弥补二战给欧洲带来的巨大创伤。也就是说,古典学的本质一直是实现对古典文明的精神接续,古典学术本身也一直是充满怀疑和批评精神的,而怀疑、批判是新的思想和学术生长的前提。

中国古典学在建立过程中也一直注意精神的发掘。鲁迅对于中国古典学的研究最早始于中西比较的范畴。他以"自树"署名撰写的《斯巴达之魂》一文,主要以叙述《希腊波斯战争史》的内容为脉络。此外,鲁迅曾在1908年8月《河南》杂志上发表的《文化偏至论》一文中,以尼采的个人哲学为理论依托,从"掊物质而张灵明,任个人而排众数"等角度,分析了中国近代落后的原因,进而与古希腊古罗马文明相比较,主张学习"尊个性而张精神"、"首在立人"等西方古典学的人文精神。

古典精神本质上是一种人的精神。人的精神和价值的发现是一个漫长而苦难的过程,经历了从蒙昧、野蛮到达文明的转变,是一个从黑暗到光明的历史,是从殷墟殉葬坑的累累白骨到轴心时代人的生命被尊重、人的精神被高扬的历史。

马克思对古典时代的探讨集中于人的精神探讨,一方面指出古代人的自由意识受到了时代因素的桎梏,一方面也讴歌古代文明中积极的人性之光:"希腊人将永远是我们的老师,因为这种素朴性把每一事物可以说是毫无掩饰地、在其本性的净光中亮出来——尽管这光还是晦暗的。"①

轴心时代是古典时代的辉煌时期,这一时期人性的光芒照亮了人类的精神世界,这种人性深深嵌入人类的精神深处,成为

---

① 《马克思恩格斯全集》第40卷,人民出版社,1982年,第148页。

历久弥新的文化记忆。每次回忆人之本质被发现、人之价值被肯定的历史,都有一种亲临往古踏上漫漫长路的亲切感、神圣感。重温历史,回到古典时代,正如瑞士心理学家 G.G. 荣格(Carl Gustav Jung,1875—1961)所描绘的找到了原始意象、找到了心理原型:"当原型的情境发生之时,我们会突然体验到一种异常的释放感也就不足为奇了,就像被一种不可抗拒的强力所操纵。这时我们已不再是个人,而是全体,整个人类的声音在我们心中回响。"①那种"原始情境"就是维拉莫威兹所说的"复活已逝世界"的"复活",而那种"异常的释放感",就是梁启超所说的"以复古为解放"的"解放"。到达古代世界,重温往古文明,我们获得的不是个人的,而是一个集体的、一个民族的整体释放。

(哈尔滨师范大学文学院)

---

① [瑞士]荣格:《论分析心理学与诗的关系》,译文见叶舒宪选编《神话——原型批评》(增订版),陕西师范大学出版社,2011 年,第 96 页。

六经与文学

《左传》写人的事、言、谶三维笔法

杨金波

《史通》云:"盖叙事之体,其别有四:有直纪其才行者,有唯书其事迹者,有因言语而可知者,有假赞论而自见者。"何新文认为:"刘知几虽在论'叙事之体',实际上已是说'写人之法'了。"[1]深以为是。其中的"纪其才行"和"书其事迹",自然指向人物,而"因言语而可知"和"假赞论而自见",可为释"义",观之《左传》,论人者亦多。就《左传》人物形象塑造而言,"直纪其才行者"和"假赞论而自见"虽各具书写现场,但形式常出于一体,多见于语言中,故与"因言语而可知"三者略可合而为一。由是,《左传》之人物形象塑造,可见三法:曰事、曰言、曰谶。事者,以事见人,论"郑伯非义"则曰"克段于鄢";言者[2],藉言断志,有"远礼即死"知"二子门焉";谶者,预决吉凶,闻"叔向族灭"思"狼子野心"。

此三者,或交错并举,或一例先发,以镜头化的呈现方式,书

---

① 何新文:《关于〈左传〉的人物评论》,《文学评论》2004 年第 5 期。

② 人物语言之外,《左传》亦见评价性语言,有单纯的人物评价,有的则伴生于预见结果的文字,介于言与谶之间。

写了生动立体的《左传》人物谱。是为《左传》人物形象塑造之三维笔法，亦可见《左传》之三维叙事。

一、三维笔法举例

对于《左传》中的人物，评价历代凡多，单个人物论断之外，司马迁《史记》又依人物身份为"年表"、"世家"、"列传"等，班固《汉书》之《古今人表》，则分人物为"上智"、"中人"、"下愚"共"九等之序"，其中出于或同见于《左传》者众多。专述春秋时期人物者，顾栋高之《春秋大事表》尤可参考。人物专论之外，其有《列国姓氏表》、《卿大夫世系表》、《鲁政下逮表》、《楚令尹表》、《宋执政表》、《郑执政表》等，更有《乱贼表》、《列女表》和《人物表》，《左传》之主要人物，大抵收录。

《春秋大事表》之《人物表》录贤圣十五人，纯臣十三人，忠臣合孝子二十三人又附两人，功臣二十一人，独行八人又附两人，文学十一人，辞令七人，佞臣及倖臣十五人，谗臣十五人，贼臣三十人，乱臣八十四人，侠勇四人，方伎十九人。此举其贤圣、纯臣、佞臣，以求略见《左传》以事、言、谶三维志人之法。

贤圣无疑首推至圣先师孔子。夫子之言首见《左传》文公二年，因所谈为人物形象，此类引言论事者不计。

其"在场"之事首见于昭公十七年，郯子论"少皞氏鸟名官"之故，"仲尼闻之，见于郯子而学之"。有言："吾闻之：'天子失官，(官)学在四夷'，犹信。"其后定公元年，有鲁"葬昭公于墓道南。孔子之为司寇也，沟而合诸墓"。定公十年，相鲁公会齐侯，齐人欲"以兵劫鲁侯"时，"孔丘以公退"。有言："士，兵之！两君合好，而裔夷之俘以兵乱之，非齐君所以命诸侯也。裔不谋夏,夷不乱华,俘不干盟,兵不逼好。于神为不祥,于德为愆义,于人为失礼,君必不然。"齐人于盟书加"齐师出竟,而不以甲车三百乘从我者,有如此盟"时,"孔丘使兹无还揖对,曰:'而不反我汶阳之田,吾以共命者,亦如之。'";齐侯将享鲁定公时,有言:"齐、鲁之故,吾子何不闻焉?事既成矣,而又享之,是勤执事也。且牺、象不出门,嘉乐不野合。飨而既具,是弃礼也;若其不具,用秕稗也。用秕稗,君辱;弃礼,名恶,子盍图之?夫享,所以昭德也。不昭,不如其已也。"定公十二年,公山不狃等袭鲁"入及公侧"时,"仲尼命申句须、乐颀下,伐之"。哀公十一年,孔文子欲攻大叔疾时,"仲尼止之",有"胡簋之事,则尝学之矣。甲兵之事,未之闻也"之言;且以"鸟木之择"自喻,以"岂敢度其私",又"鲁人以币召之,乃归"。哀公十二年,昭公夫人孟子卒时,"孔子与吊,适季氏","放绖而拜"。哀公十四年,"钼商获麟,以为不祥,以赐虞人","仲尼观之,曰:'麟也。'然后取之"。同年,齐陈恒弑其君时,"孔丘三日齐(斋),而请伐齐三",有言:"陈恒弑其君,民之不与者半。以鲁之众,加齐之半,可克也。"又曰:"吾以从大夫之后也,故不敢不言。"

夫子之言见于上列事件之外,另有昭公二十年,"琴张闻宗鲁死,将往吊之"时,有言:"齐豹之盗,而孟絷之贼,女何吊焉?君子不食奸,不受乱,不为利疚于回,不以回待人,不盖不义,不犯非礼。"同年,闻子产卒,出涕曰:"古之遗爱也。"哀公三年,时孔子在陈,闻鲁火,有言:"其桓、僖乎!"同年冬十二月,季孙问蠡,有言:"丘闻之,火伏而后蛰者毕。今火犹西流,司历过也。"哀公十五年,闻卫乱时有言:"柴也其来,由也死矣。"

有关夫子之谶语,见于《左传》昭公七年,为述后事,言出于孟僖子:

礼，人之干也。无礼，无以立。吾闻将有达者曰孔丘，圣人之后也，而灭于宋。其祖弗父何，以有宋而授厉公。及正考父，佐戴、武、宣，三命兹益共。故其鼎铭云："一命而偻，再命而伛，三命而俯。循墙而走，亦莫余敢侮。饘于是，鬻于是，以糊余口。"其共也如是。臧孙纥有言曰："圣人有明德者，若不当世，其后必有达人。"今其将在孔丘乎？

上列观之："见郯子"知好学；"命乐颀"知用武；"鸟木择"知自省；"涕子产"知悯才；"论蒍时"、"曰麟也"知博闻；"会齐侯"、"请伐齐三"知善政；"言桓、僖"、"曰由死"则为见时知几。而通览《左传》所记夫子之言与事，有涉"礼"、"义"者颇多，是有夫子"将有达"，为"礼"故，实知来藏往之甚也。

纯臣拟论晋之士燮。

宣公十七年，士燮带着其父士会"喜怒以类"的嘱托与希望，接过了范氏家族在晋国政治舞台上的接力棒，在成公二年晋楚城濮之战后，以不"代帅受名"使其父有"吾知免矣"欣慰之言，对晋侯更有"燮何力之有焉"的恭谨，做到了"从二三子唯敬"。但成公六年，矛盾便露出了端倪，在是否"怒楚师"的问题上，士燮同其他公族产生了分歧。此次虽然为公事，又属于集体决策，更以"三比八"之劣势完胜并获得好评，却至少为士燮留下了一个是否"怒楚师"的魔咒。这一"魔咒"是在晋楚鄢陵之战中迸发的，士燮"立于戎马之前"，曰："君幼，诸臣不佞，何以及此？君其戒之！"可以想象，作为纯臣之士燮，在当时是如何的动容与推心置腹。后来，成公十七年，即鄢陵之战之次年，带着"难将作矣"的忧患，晋范文子（士燮）"使其祝宗祈死"，"六月戊辰,士燮卒"。

不计盟会等礼仪性外交活动,《左传》中关于士燮之事、言、谶,要列如下。

其事也简。集中于晋楚鄢陵之战时,"五月,晋师济河。闻楚师将至,范文子欲反";"六月,晋、楚遇于鄢陵。范文子不欲战";"甲午,范匄趋进⋯⋯文子执戈逐之"。要而言之,"不欲战"。

其言也繁。可见忠君者,如成公八年到鲁国商讨"伐郯"之事,鲁君希望通过贿赂士燮而"缓师",士燮曰:"君命无贰,失信不立。礼无加货,事无二成。君后诸侯,是寡君不得事君也。燮将复之。"论德义仁信者,如成公九年晋侯以"南冠而絷者"钟仪之事问于士燮,士燮曰:"楚囚,君子也。言称先职,不背本也;乐操土风,不忘旧也;称大子,抑无私也;名其二卿,尊君也。不背本,仁也;不忘旧,信也;无私,忠也;尊君,敏也。仁以接事,信以守之,忠以成之,敏以行之。事虽大,必济。君盍归之,使合晋、楚之成。"又如,成公十六年"晋人执季文子"后,范文子谓栾武子曰:"季孙于鲁,相二君矣。妾不衣帛,马不食粟,可不谓忠乎?信谗慝而弃忠良,若诸侯何?子叔婴齐奉君命无私,谋国家不贰,图其身不忘其君。若虚其请,是弃善人也。子其图之!"体现其政治意识和政治手段者,如成公九年,"诸侯贰于晋",晋惧而欲"寻马陵之盟"时,对应季文子的"德则不竞,寻盟何为?"士燮曰:"勤以抚之,宽以待之,坚强以御之,明神以要之,柔服而伐贰,德之次也。"又如,成公十一年秦、晋将会于令狐寻盟时,斟酌当时的情况,士燮质疑:"是盟也何益?齐盟,所以质信也。会所,信之始也。始之不从,其何质乎?"

其谶也奇。鲁成公十二年,晋郤至到楚国聘问,受到了不合规格的接待,归晋以后同士燮说了这一情况后,士燮曰:"无礼,必食言,吾死无日矣夫!"我们看到,除卜筮以外,不具逻辑关系的谶语或预言,在《左传》中并不多见。

佞臣可看郑之申侯,《左传》记其事与言,共见于三处。

倒叙来看,僖公七年,郑杀申侯以说于齐。观《左传》所记申侯有关齐国之事,前虽有郑文公"吾知其所由来矣。姑少待我"之言,却并不能看到杀申侯何以"说(悦)"齐。[①] 而再看申侯与齐国相关之事,只僖公四年齐伐楚退师之后,确定行军路线时有言:

> 师老矣,若出于东方而遇敌,惧不可用也。若出于陈、郑之间,共其资粮屝屦,其可也。

于齐而言,"出于陈、郑之间"实为上策,《公羊传》记"于是还师滨海而东,大陷于沛泽之中",也以事实证明了申侯所建议之回军路线的正确性。

如上言申侯与齐关联。申侯被杀的第二个原因是"且用陈辕涛涂之谮也"。"谮"于《左传》记事初见隐公十一年:"羽父惧,反谮公于桓公而请弑之",有关鲁隐公被弑之事,杨伯峻《春秋左传注》解释"谮"为"以言语毁人",《左传》他处用此字,其意亦大略如此。由此可见,《左传》即使对申侯之死的这一层原因不报同情,起码对申侯的对立面辕涛涂,是持否定态度的。在

---

① "说于齐"为僖公七年"齐人伐郑"时之事,僖公六年夏"诸侯伐郑"原因为郑文公"逃止首之盟"和郑筑城"不时",此役以楚围许救郑,"乃还"。则七年齐伐郑,为此事之续,我们更应从"止首之盟"中言及的"不朝于齐"中寻找原因,当与申侯之事不相干。

人们的习惯思维中，反面人物的对立面，是正面人物。而《左传》叙事之本于事实，更体现其对人物性格之立体化和复杂化的思考与辨别判断。再说本事，"辕涛涂之谮"在僖公五年，有关《左传》所记申侯两事之其一：筑城。大意为辕涛涂怂恿申侯在其封邑筑城，并代替申侯向诸侯请求此事，然后向郑文公告发"美城其赐邑，将以叛也"，《左传》明言"申侯由是得罪"。辕涛涂为什么这么做呢？原因有关《左传》所记申侯事之其二：僖公四年，申侯向齐侯建议行军路线之前，辕涛涂曾给齐侯另一个建议"循海而归"，重要的是，在向齐侯陈述前，辕涛涂同申侯说了此意，而申侯的回答是"善"。由此，则辕涛涂"被执"既不考虑自己因素即建议的优劣，也未怨恨"执"人者齐侯，而是归罪于只言一"善"字的申侯。《左传》曰"谮"，公道人心自见。

或者有人以为，辕涛涂言"师出于陈、郑之间，国必甚病"，申侯言"若出于陈、郑之间，共其资粮屝屦"，申侯是出卖国家利益。"烛之武退秦师"为人所乐道，且看僖公三十年烛之武在"退秦师"时是怎么说的：

> 若舍郑以为东道主，行李之往来，共其乏困，君亦无所害。

小国为大国之"东道主"，实在不涉及是否出卖利益问题，也许可以选择，在不同阶段，将利益出卖给谁。或者还有人以为，"烛之武退秦师"时，是晋、秦兵临城下，不得已之言。齐国攻楚不得志而回军，也不是随便回来的。其事不同，其势同也。僖公"四年春，齐侯以诸侯之师侵蔡。蔡溃。遂伐楚"。既然"蔡溃",齐侯为什么不原路返回呢？一方面可以看辕涛涂"循海而归"建议的前提是"观兵于东夷"，另一方面也可以看齐侯回师后的"讨陈"和两次"伐郑"。大国与小国的关系，不是"不朝"或"逃归不盟"就可以解决的。

所以，郑杀申侯，"说于齐"和"用陈辕涛涂之谮"，只是表层原因。郑文公杀申侯的根本原因，可以看"杀申侯"之后，以"初"补入的一段谶语：

> 唯我知女，女专利而不厌，予取予求，不女疵瑕也。后之人将求多于女，女必不免。我死，女必速行。无适小国，将不女容焉。

此为楚文王之言，关键词为"专利而不厌，予取予求"。共叔段为郑庄公之胞弟，生母为之请此"岩邑"①，尚且不得，申侯为一外臣，以齐之助而强据虎牢，更"城其赐邑"，岂可"不免"？

《左传》于夫子之事、言、谶，三者统一，合为一意；于士蔿之事、言、谶，似浮光掠影，走马观花；于申侯之事、言、谶，则"彼亦一是非，此亦一是非"②，仁智各见。何则？《左传》旨在记事，不专志人，若以人物形象统一、全面、典型论之，实不相宜。

旨在记事，不专志人，似乎在说《左传》叙事的一种遗憾，实则不然。正是基于这种的旨在记事、不专志人的书写形态，使后人得以见到诸多立体、形象，具有多维性格特征的原型人物，下略述之。

---

① 杨伯峻《春秋左传注》以为，虎牢即"隐元年传之制，为郑之岩邑"。
② 方勇译：《庄子译注》，上海古籍出版社，2019 年，第 126 页。

二、三维笔法与多维形象

评价一个人物，人们最朴素的观念是，好人或坏人，如果文雅一点，就说，是正面人物还是反面人物，这一观念大约是在诸多类型化人物的熏染中养成的。但类型化人物，当然不是中华文化人物书写的全部。顾栋高《春秋大事表》之《人物表》有叙，云：

> 以余观《春秋》二百四十二年，人物号为极盛，无论孔子大圣垂法万世，即如柳下惠之和圣，季札、蘧伯玉之大贤，亦古今罕俪，而谗佞乱贼之徒，后世之殊形诡状者，亦莫不毕见于春秋之世。无他，国异政则贤否绝殊，世变亟则奸邪辈出也……凡孔门弟子之见于《左传》者，靡不具载，所谓附骥尾而名益显，其余宁慎无滥。而向戌、栾书之列于馋臣，卫子鲜之不得列于独行，亦《春秋》推见至隐，原情定罪之意云。

顾氏区分之贤、忠、谗、佞，在"异政"之时，有"变亟"之势，更为"推见至隐，原情定罪"之论故。所谓时也，势也，所见也。"周公恐惧流言日，王莽谦恭未篡时。向使当初身便死，一生真伪复谁知。"[①]

《春秋大事表》论人，自有其法言之凿凿，然昭以《左传》，也

---

① 白居易：《放言五首其三》，《白居易全集》，上海古籍出版社，1999年，第637页。

觉偶有不淑,是作《卫蘧伯玉论》:"及观左氏传于襄十四年孙、甯逐其君衎,逮二十五年衎复入,伯玉俱不对,从近关出。曰:'嗟乎!左氏所称,殆不可信。'如果有之,是春秋之冯道也,尚安得为伯玉乎哉!"前既言"附骥尾而名益显",此有嫌画蛇后添足。而顾氏此论,对我们实有启发者,则《左传》为"春秋"之信史,却非"春秋"之全部,"笔则笔,削则削",实为《左传》成书之必然。我辈乃由之管窥"春秋笔法",且于此放言人物之多维形象。

来看楚灵王:"从鲁襄公二十七年,晋、楚再盟于宋起,一直到定公四年晋为召陵之会侵楚为止,约有四十年的时间,中原总算走入了和平阶段。"[①]其中昭公二年至十三年,楚国的主政者为楚灵王,这一时间甚至也可以再向前推。此一时期内对楚灵王之事,《左传》着墨甚多,昭公四年几乎只记其与叔孙豹之事。《左传》所记关于楚灵王的事、言、谶,以及当时与其相关的"社会舆论",下择其要述之。

其一,《左传》中的楚灵王是一个什么样的国君。

昭公元年,楚灵王弑楚王郏敖及其二子,自立为王。昭公三年,"郑伯如楚,子产相。楚子享之,赋《吉日》",然后到江南的云梦去打了个猎。昭公四年,"使椒举如晋求诸侯",求什么呢?"晋、楚之从,交相见也",收获和巩固"宋盟"中楚国的胜利果实[②]。此事件中,楚灵王还征求了子产的意见,并"问礼于左师与子产"。昭公五年,楚灵王"以屈申为贰于吴"为由,杀了他。

---

① 童书业:《春秋史》,上海古籍出版社,2003年,第179页。

② 童书业先生言:"晋、楚以外,盟宋的八国中,只有陈、蔡、许三小国是从楚的;余外鲁、宋、卫、郑诸中等国家都是晋属;鲁属了楚,邾、莒等国都跟了去,宋属了楚,滕、薛等国也都跟了去,再添上曹国,晋国要吃了一大半的亏。"

讨论如何对待晋国使节的时候，有"不穀之过也，大夫无辱"的自我批评。伐吴不得志后，"使沈尹射待命于巢，薳启彊待命于雩娄"，不能进，但要自保。昭公六年，"徐仪楚聘于楚。楚子执之，逃归。惧其叛也，使薳泄伐徐"，合五年杀屈申事，似有"宁我负天下人"和"斩草除根"的王者杀伐决断。昭公七年，"楚子成章华之台，愿与诸侯落之"，要彰显盛世之大国气象。昭公八年，"使穿封戌为陈公"，不计前嫌。昭公十一年，"伏甲"杀蔡公，灭蔡而"使弃疾为蔡公"，任用贤者①。昭公十二年，与子革夜谈，"馈不食，寝不寐"。昭公十二年关于楚灵王的书写方式，在《左传》中是不多见的，既有环境渲染，又有人物服饰描写，更有动作细节展示。而"馈不食，寝不寐"，亦令人感慨。

昭公十三年，乱作。夏五月癸亥，知"大福不再"，不肯"只取辱焉"的楚灵王，"缢于芋尹申亥氏"。"缢"，需要勇气和血性。

其二，《左传》中的楚灵王是一个什么样的人。

"誉满天下，未必不为乡愿；谤满天下，未必不为伟人。"②但"谤满天下"，显然是每个人都不希望的，观于《左传》，楚灵王在这方面的指数，无疑独占鳌头。如果将"五子拜璧"看作是对康、灵、平三王等事的共同预指，其外直接有关楚灵王的谶语仍有十三条之多，其中有理性分析与评论，但提前预知结果，我们只能将其视之为谶语。至于所谓"社会舆论"，如前之言，《史通》"假赞论而自见"，多指向《史记》、《左传》中的"论赞"，只是人物谈话中的只言片语。其中针对楚灵王的，数量也很可观。

---

① 昭公六年，公子弃疾如晋，有礼仪，"郑三卿皆知其将为王也"，可见有贤名。
② 梁启超:《李鸿章传》，陕西师范大学出版社，2009年，第9页。

昭公元年,楚灵王"寻宋之盟"而会诸侯于虢时,晋祁午谓赵文子曰:"今令尹之不信,诸侯之所闻也。"结盟结束后,更是出现了鲁叔孙豹、郑子皮、蔡子家、楚伯州犁、郑行人挥、郑行人子羽、齐国子、陈公子招、卫齐子、宋合左师、晋乐王鲋等来自九个国家共十一人参与的大讨论。这可以看作是一场讨论,也可以说是一次讨伐。同年,楚灵王让公子黑肱和伯州犁筑城,子产将其解释为:"不害。令尹将行大事,而先除二子也。祸不及郑,何患焉?"上述是在楚灵王做令尹时发生的事,舆论的焦点在其是否会当楚王。在楚灵王弑君自立后,焦点专为"汰侈",舆论有两次:一为昭公四年伍举如晋求合诸侯时,晋司马侯有言:"楚王方侈,天或者欲逞其心,以厚其毒而降之罚,未可知也。"一为昭公五年晋韩宣子到楚国来,途径郑国,子大叔言:"楚王汰侈已甚,子其戒之。"上列评论,自有其话语环境和道理,但听起来总不如夫子之言宽大仁厚。昭公十二年,记录那个风雨飘摇的不眠之夜之后,《左传》记夫子语:"古也有志:'克己复礼,仁也。'信善哉!楚灵王若能如是,岂其辱于乾谿?"

其三,《左传》对楚灵王有无主观立场。

《左传》中记录的有关楚灵王的"社会舆论",确实不能说都是客观的,有的甚至连程序上的正义都没有做到,比如子产的评论。对于楚灵王,《左传》在叙事上,有无自己的立场或指向呢?

楚灵王之过,当然首先在弑君。高士奇站在周王室的立场上有言:"子围手弑其君,又杀其君之子,此涒灈之所不赦也。当时诸侯坐视其滔天稔恶,而莫敢有一旅问罪之师,又复援天以自解免,反助之逆,而共相推戴焉。使一时冠带之国,灭者灭,迁者迁,以致欲盈气惰,抵龟诟天,而谓是区区者之不予畀也。吁!

楚灵不死,周室其殆哉!"①而起一旅问罪之师,又如何?不见宋
弑昭公后,"晋荀林父以诸侯之师伐宋","取赂而还"否?②

当然,我们主要的讨论对象,是《左传》如何记述这一问题
的。十一人讨论事件,《左传》是这样记述的:

> 三月甲辰,盟。楚公子围设服离卫。叔孙穆子曰:"楚
> 公子美矣,君哉!"郑子皮曰:"二执戈者前矣!"蔡子家曰:
> "蒲宫有前,不亦可乎?"楚伯州犁曰:"此行也,辞而假之寡
> 君。"郑行人挥曰:"假不反矣!"伯州犁曰:"子姑忧子皙之
> 欲背诞也。"子羽曰:"当璧犹在,假而不反,子其无忧乎?"
> 齐国子曰:"吾代二子愍矣!"陈公子招曰:"不忧何成,二子
> 乐矣。"卫齐子曰:"苟或知之,虽忧何害?"宋合左师曰:"大
> 国令,小国共。吾知共而已。"晋乐王鲋曰:"《小旻》之卒章
> 善矣,吾从之。"

《国语》是这样记述的:

> 虢之会,楚公子围二人执戈先焉。蔡公孙归生与郑罕
> 虎见叔孙穆子,穆子曰:"楚公子甚美,不大夫矣,抑君也。"
> 郑子皮曰:"有执戈之前,吾惑之。"蔡子家曰:"楚,大国也;
> 公子围,其令尹也。有执戈之前,不亦可乎?"穆子曰:"不
> 然。天子有虎贲,习武训也;诸侯有旅贲,御灾害也;大夫有
> 贰车,备承事也;士有陪乘,告奔走也。今大夫而设诸侯之

---

① 〔清〕高士奇:《左传纪事本末》,中华书局,2015年,第697页。
② 事见宣公元年传文。

服,有其心矣。若无其心,而敢设服以见诸侯之大夫乎？将不入矣。夫服,心之文也。如龟焉,灼其中,必文于外。若楚公子不为君,必死,不合诸侯矣。"公子围反,杀郏敖而代之。

参与讨论人员的差别外,二者的主要区别在于:《左传》中叔孙豹言"君哉",《国语》中则言"抑君矣",程度不同;《左传》中提到了"五子拜璧"之预言,照应整体事件;《国语》中有"若楚公子不为君,必死",提供了楚灵王弑君的另一个观察视角。

楚灵王的"社会形象"不好,《左传》记的第二个事实是"与穿封戌争功"。于此,《上海博物馆藏战国楚竹书(六)》有《庄王既成·申公臣灵王》①之文,兹录如下:

> 禦(御)于枊述,陈公子皇捷皇子,王子回(围)敚(夺)之,陈公争之。王子回(围)立为王,陈公子皇见王,王曰:"陈公忘夫枊述之下虜(乎)?"陈公曰:"臣不知君王之将为君,女(如)臣知君王之为君,臣将或至(致)安(焉)。"王曰:"不穀以笑陈公,氏(是)言弃之。含(今)日陈公事不穀,必以氏(是)心。"陈公危(跪)拜,起答:"臣为君王臣,君王免之死,不以晨斧锧,可(何)敢心之又(有)?"

《左传》对此事的记载分在两处,一见襄公二十六年:

> 楚子、秦人侵吴,及雩娄,闻吴有备而还。遂侵郑,五

---

① 马承源:《上海博物馆藏战国楚竹书六》,上海古籍出版社,2007年。

月,至于城麇。郑皇颉戍之,出,与楚师战,败。穿封戌囚皇颉,公子围与之争之。正于伯州犁,伯州犁曰:"请问于囚。"乃立囚。伯州犁曰:"所争,君子也,其何不知?"上其手,曰:"夫子为王子围,寡君之贵介弟也。"下其手,曰:"此子为穿封戌,方城外之县尹也。谁获子?"囚曰:"颉遇王子,弱焉。"戌怒,抽戈逐王子围,弗及。楚人以皇颉归。

一见昭公八年:

> 使穿封戌为陈公,曰:"城麇之役,不谄。"侍饮酒于王,王曰:"城麇之役,女知寡人之及此,女其辟寡人乎?"对曰:"若知君之及此,臣必致死礼以息楚。"

两相比较,主要可见三处差别。首先,《申公臣灵王》中的谈话过程是比较轻松的,以"陈公忘夫朸述之下乎"开始,类似叙旧;更有"不榖以笑陈公,是言弃之。今日陈公事不榖,必以是心",以一"笑谈"解除尴尬气氛;同时明言"是言弃之",也就是"是事弃之",放弃隔阂;要求陈公以"是心"事己,则是水到渠成之事,这也是二人谈话的重点。上述两句话,《左传》未记。其次,《申公臣灵王》中,从陈公的行为可以判断,对楚灵王的要求,陈公是给予正面反馈的,《左传》中则有"致死礼以息楚"之说。再次,《申公臣灵王》中对"争功"之事一笔带过,《左传》则记之甚详,伯州犁之"上、下其手"尤其形象生动。此外,《申公臣灵王》中楚灵王一直称穿封戌为陈公,《左传》的对话中则以"汝"代替。楚简与"鲁史",有所不同。

如果说还有楚灵王的个人性格缺点,昭公七年的"楚子享公于新台,使长鬣者相,好以大屈。既而悔之"。当是无信之表现。但此类事件在《左传》中,并不寡见,并非楚灵王一人如此,如僖公十八年即:"郑伯始朝于楚,楚子赐之金,既而悔之,与之盟曰:'无以铸兵。'故以铸三钟。"昭公十三年《左传》记公子弃疾即位后的第一次外交活动是:"使枝如子躬聘于郑,且致犫、栎之田。事毕,弗致。"当枝子"降服而对"时,楚平王握住他的手说:"您不要委屈自己,暂且回去,我如果有事,会告诉您的。"

事、言、谶三维呈现下的楚灵王,是可以远合诸侯而弱晋、近并陈蔡而谋吴的能者,是为臣思王而不忠、汰侈争功且少信的奸佞,也是有松柏不宜之昌、肘加弗终之克的历史过客。于此,《左传》成"圣文之羽翮,记籍之冠冕"①,亦可见仁见智,做国史之思。

三、三维笔法与《左传》叙事

《左传》旨在述事,不专志人,其目标指向为经,其书写核心是事。所以,即使作者有主观的情感倾向,也要受到保持事件完整性和真实性的限制,不随人物形象塑造需要叙述事件。比如,《左传》借楚灵王之口言"众怒不可犯也",说出了其当时的处境。《左传》中"弃疾即位"后的首个事件是"杀囚取葬",目的在"以靖国人"。史笔史心,俯拾皆是。

事、言、谶之三维笔法,在人物形象塑造方面决定了《左传》人物性格的复杂立体,不整齐划一,真实生动。而于整体叙事而言,事为本体、言以明义、谶主启承,三者交错出现,搭建了《左

---

① 周振甫:《文心雕龙今译》,中华书局,2013年,第142页。

传》"镜头化"的历史书写平台,形成了《左传》"画面式"的历史书写形态。正可凭借这一帧帧画面,去勾连历史的本来面貌,更在这一帧帧画面所构成的具有无限张力的空间中,勾勒只属于自己的历史,或者寻找自己的感受。

关于空间张力,可以换一个角度思考。文学、历史学、和哲学共同脱胎于经学这一母体,其联系万缕千丝。如果以事和理为关照对象试图区分,可观察事与理在其中的模糊程度:模糊程度低则为历史,模糊程度高则为哲学,而文学,介于历史和哲学之间。这里所说的模糊程度,在叙事层面上,可以等同于空间张力。

张素卿认为:"《左传》之为'解经',其解释的经典是《春秋》,其解释的层面包括训诂词文、述说物事与诠明礼义,其解释方式则可区分为论说经义与叙事解经两大类型。"[1]若以"解经"论之,其言为确,而对照同文中对"叙事"的概括:"概略而言,'叙事'指以'事'为主而依时序始末载述其发展脉络,'原始要终'是其形式特征。"则《左传》中将有部分传文无所归属,此所指非独谓"无经之传"。也就是说,在"论说经义与叙事解经"之外,《左传》仍有依经记事及单独记事现象之存在。若只以《左传》本文论之,并不明确,可比照《左传》和《穀梁传》中关于楚灵王的记录。

《左传》文见昭公四年:

> 将戮庆封。椒举曰:"臣闻无瑕者可以戮人。庆封唯

---

[1] 　张素卿:《叙事与解释——〈左传〉经解研究》,花木兰出版社,2008年,第163页。

> 逆命，是以在此，其肯从于戮乎？播于诸侯，焉用之？"王弗听，负之斧钺，以徇于诸侯，使言曰："无或如齐庆封，弑其君，弱其孤，以盟其大夫。"庆封曰："无或如楚共王之庶子围，弑其君、兄之子麇而代之，以盟诸侯。"王使速杀之。

《穀梁传》文如下：

> 灵王使人以庆封令于军中，曰："有若齐庆封弑其君者乎？"庆封曰："子一息，我亦且一言。"曰："有若楚公子围弑其兄之子而代之为君者乎？"军人粲然皆笑。

以叙事言之。《左传》之文，地点承上文；时间为"将戮庆封"；起因在"以（之）徇于诸侯"；事件的高潮在于"王使言"与"庆封曰"的不同，有曲折而富有戏剧性；结局则为"速杀之"。是一个具有画面流动感的精彩小故事。《穀梁》之文，虽有"军人粲然皆笑"，但总体上只是对事件的简单记录，画面单一凝滞。以释义言之。《穀梁》在此文后明言，"《春秋》之义：用贵治贱，用贤治不肖，不以乱治乱也。"但事与义脱节，实难从文字中感受到，且"军人粲然皆笑"在很大程度上削弱了"王使言"与"庆封曰"的对比度。而《左传》以伍举"臣闻无瑕者可以戮人"之言和楚灵王"使速杀之"的行为，以"王使言"与"庆封曰"的鲜明对比，告诉人们，"以乱治乱"，徒留笑柄。再从接受的角度看。《左传》之文至少留下三种思考：为什么楚灵王要以此方式"戮"庆封；为什么"徇于诸侯"要"负之斧钺"；为什么同样有悖国君而一者"戮"人一者受"戮"。两相比较，表达效果高下自见。

　　《左传》编年叙事，使在同一时段发生的历史事件间的联系清晰明了,此为其长处与贡献,而以人物命运观之,或者昙花一现,或者分记各处,总有读之"不顺畅"之憾。何则?今人多处于"大一统"的时代,主观上愿意相信个人在历史中的决定性作用,客观上也有此愿望。而实际上,"总有一些什么,是我们所不知道的,不然,草木怎么会有序的生长",只有历史前进的步伐是不可阻挡的。与其后时代的文本不同,《左传》告诉人们,唯一不变的是变化。以人物塑造代替事件叙述,遏制了"悲剧"这一文学题材在中国的发生发展,人们甚至难以看到真正生活化的作品。所以,今人要读《左传》,要看事件。真正真实的叙事,一定是间断性的,因为生活不会只属于某个人,何况历史。

（宿迁学院中文系）

流亡者的脚步：春秋时代世族的
避乱出奔及文化意义

王　洋

春秋时代，世族出行的一种情况是避乱出奔。杜预谓："奔者，迫窘而去，逃死四邻，不以礼出也。"①考之典籍，"奔"、"出奔"、"出居"、"孙于"等字样频繁出现。据学者统计，此类事件在《春秋》一书中共有 87 事，《左传》共有 191 事，去其重者，可得 201 事②，而有的学者据《春秋》、《国语》、《左传》三书统计，"涉及周王室和 25 个诸侯国，总计出奔 280 人次，集体出奔 5 起"③。学者们在统计方法、原则方面可能有所不同，但无论如何，"出奔"类事件在春秋时代的数量都是庞大的，由此也可见此类事件在春秋时代的重要性。

一、出奔的主要原因

在本文的统计中，"出奔"的人物，有周王室的天子、王子、

---

① 〔清〕阮元校刻：《十三经注疏·春秋左传正义》，中华书局，2009 年，第 4049 页。

② 徐杰令：《春秋邦交研究》，中国社会科学出版社，2004 年，第 171 页。

③ 张彦修：《春秋"出奔"考述》，《史学月刊》1996 年第 6 期。

卿士、大夫,有诸侯国的国君、公子、大夫、家臣。出奔的形式,有主动的出奔,也有被动的出奔。从"出奔"的原因来看,主要有如下几点:

(一)争夺君长之位导致的世族出奔

权位的争夺,首先是国君之位和族长之位的争夺。

王国维《殷周制度论》谓:"周人制度之大异于商者,一曰立子立嫡之制,由是而生宗法及丧服之制,并由是而有封建子弟之制、君天子臣诸侯之制……其旨则在纳上下于道德,而合天子、诸侯、卿、大夫、士、庶民以成一道德之团体。"[①]周人制度,简言之,是以父家长制、一夫一妻多妾制、封建制、礼乐制度以及由此而衍生出的制度的综合体。有妻妾之分,而有嫡庶之别。周王之嫡长子为天王,其余诸子为诸侯或为王室卿士;诸侯之嫡长子为诸侯,其余诸子则为大夫。同时,围绕嫡长子继承制又有一系列的补充规则:"太子死,有母弟则立之,无则立长。年钧择贤,义钧则卜,古之道也。"(《左传·襄公三十一年》)这即是说,在嫡长子去世的情况下,其余的非嫡长子也有了竞争君位的权利。这使春秋时代君位的争夺成为可能,许多内乱都因此而起。

嫡长子继承制与封建制相伴而行,天子有封邦建国之权,诸侯有封土建家之权。天下、国、家为一体,尊尊、亲亲之义以生,"以成一道德之团体"。但在春秋时代,宗法制度被严重破坏。王室和诸侯内部嫡庶子弟之间的君位之争异常激烈。同时,周代的封建制度又决定了一些世家大族的产生,他们或者是周王或诸侯的同姓宗族,或者是异姓宗族有功而得封者。因而,王族

---

① 王国维:《观堂集林》(外二种),河北教育出版社,2003 年,第 232 页。

（周王之族）、公族（诸侯之族）、氏族（大夫之族）并立而生，形成了一支支不可忽视的力量。如鲁国有三桓之族，郑国有七穆之族，宋国有庄、戴、桓之族，晋国有六卿之族，齐国有国、高、田、鲍之族，楚国有若敖之族等等。这些族群，在嫡庶公子的君位竞争中，往往持不同的立场，或与国君或与其他宗族，因为利害关系所持有的倾向性不一致，经常导致内斗。内斗中胜利的一方成为君主和既得利益者，失败的一方则往往只能选择逃亡或被杀。

就王室和公室而言，争夺君位失败逃亡的著名的人物，如周王室的王子克（《左传·桓公十八年》）、王子颓（《左传·庄公十六年》）、王子带（《左传·僖公十二年》）、王子朝（《左传·昭公二十六年》）事件；其他诸侯国的国君或公子逃亡的人物，如宋公子冯（《左传·隐公三年》）、郑昭公（《左传·桓公十一年》）、卫惠公（《左传·桓公十六年》）、郑子如（《左传·成公十年》）、齐孝公（《左传·僖公十七年》）等；就公族和大夫而言，在君位继承中因立场不同而参与作乱，最终失败逃亡的人物，则有鲁国的庆父（《左传·闵公二年》）、宋国南宫万（《左传·庄公十二年》）等。

就公族而言，因为争夺族长继承人位置而失败出奔的，主要是鲁国孟孙氏事件：

> 孟孙恶臧孙，季孙爱之。孟氏之御骓丰点好羯（孟孙氏庶子）也，曰："从余言，必为孟孙。"再三云，羯从之。孟庄子疾，丰点谓公鉏："苟立羯，请雠臧氏。"公鉏谓季孙曰："孺子秩（孟孙氏长子）固其所也。若羯立，则季氏信有力于臧氏矣。"弗应。己卯，孟孙卒。公鉏奉羯立于户侧。季

孙至，入，哭，而出，曰："秩焉在？"公钼曰："羯在此矣。"季
孙曰："孺子长。"公钼曰："何长之有？唯其才也。且夫子
之命也。"遂立羯。秩奔邾。

（二）争夺执政主导权导致的出奔

权位的争夺，其次是家族与家族、家族与国君之间的执政主
导权、利益的争夺。

春秋各诸侯国多世家大族，国君与大族之间、大族与大族之
间既有利益上的一致性，也有发展上的不均衡性。就一致性而
言，他们同属于一个国家，当面临外敌入侵或守护国家利益时，
他们往往是团结的。但是，当国内相对和平，某世家大族势力一
家独大、他族相形见绌、公室卑弱之时，他们之间的斗争就成了
矛盾的主要方面。以晋国为例，晋楚鄢陵之战时，士燮（范文
子）不欲战：

吾先君之亟战也，有故。秦、狄、齐、楚皆强，不尽力，子
孙将弱。今三强服矣，敌楚而已。惟圣人能外内无患。自
非圣人，外宁必有内忧，盍释楚以为外惧乎？"（《左传·成
公十六年》）

鄢陵之战之前，秦、齐、狄三强国都已经对晋归服，唯有楚国
兴起成为晋人的强敌。士燮认为"多难兴邦"，如果打败楚国，
则晋国再无真正的敌手，此时国内各股势力之间的矛盾就会凸
显出来。因此，当晋楚鄢陵之战胜利后，士燮惶惶不可终日，使
"祝宗祈死"：

> 晋范文子反自鄢陵,使其祝宗祈死,曰:"君骄侈而克敌,是天益其疾也,难将作矣。爱我者唯祝我,使我速死,无及于难,范氏之福也。"(《左传·成公十七年》)

> 反自鄢,范文子谓其宗祝曰:"君骄泰而有烈。夫以德胜者,犹惧失之,而况骄泰乎?君多私,今以胜归,私必昭,昭私,难必作,吾恐及焉。凡吾宗祝,为我祈死,先难为免。"七年夏,范文子卒,冬,难作,始于三郤,卒于公。(《国语·晋语六》)

形势的发展果如士燮所料,鄢陵之战的胜利让晋国君臣骄奢淫逸,晋厉公、三郤之族纷纷开始了自己的权利诉求:

> 晋厉公侈,多外嬖。反自鄢陵,欲尽去群大夫,而立其左右……栾书怨郤至,以其不从己而败楚师也,欲废之……胥童曰:"必先三郤。族大,多怨。去大族,不逼;敌多怨,有庸。"公曰:"然。"……胥童以甲劫栾书、中行偃于朝……(《左传·成公十七年》)

晋厉公与大夫之族的矛盾已经势成水火,私下扶植亲信党羽,急欲去之;晋国栾氏与三郤之间的矛盾,也由鄢陵之战一次小小的龃龉而爆发。其间的原因,晋厉公的宠臣胥童一语道破天机:"族大,多怨。"世家大族的一家独大,往往导致政治权力的不平衡和利益的不平衡,晋国君臣、世族之间的矛盾急转直下,最后以三郤灭族、晋厉公被弑而告终。其后,有范氏与栾氏矛盾,最终导致栾盈被逐、栾氏灭族。再其后,有赵鞅(赵氏)因与赵氏小宗邯郸午的矛盾，直接与范氏、中行氏发生内斗。

类似的事件也发生在其他各国，如：鲁昭公谋去季氏，结果昭公出奔齐、晋，最终卒于乾侯。鲁哀公谋去三桓，最后出奔邾国。叔孙侨如（叔孙氏）谋去季氏，最终出奔齐国。宋国桓族与庄、戴之族内斗，结果导致华元出奔晋，鱼石出奔楚。宋元公欲去华、向之族，最终导致各自同党先后出奔。卫国灵公恶公孙戍之富，且公孙戍欲去夫人之党，公孙戍最终出奔于鲁。郑国七穆则有西宫之难、纯门之师、伯有之乱、子晳之乱等众多的内斗事件。西宫之难，侯晋逃亡到晋国，堵女父（堵氏）、司臣（司氏）、尉翩（尉氏）、司齐（司氏）出奔宋。郑群公子谋子驷，失败出奔。

政治的核心要义是均衡，诸侯与公族之间如此，公族与公族之间如此，公族与家臣之间也是如此。一旦这种均衡被打破，处于弱势的一方自然要谋求削弱强势的一方。因而，在《左传》的记载中，"××谋弱××室"、"××分××室"、"××乱××室"、"××治××室"的字样不绝于书，如"宋荡泽弱公室"、"宋华臣弱皋比之室"、"郑子展、子西率国人伐子孔而分其室"、"齐陈、鲍分栾、高之室"、"鲁叔孙豹家臣竖牛欲乱其室而有之"、"齐子旗欲治子尾室"等。"谋弱其室"、"分其室"、"乱其室"、"治其室"既可能是矛盾双方最终斗争的结果，也可能是矛盾双方发生内斗的起因，但无论如何，它都是一种明火执仗的极为直接的侵略性举动，因而它招致的反抗往往是非常激烈的。按照政治斗争的惯例，失败的一方就只能面临出奔或被杀的命运。相比较而言，"××恶××"、"××与××有恶"、"××与××相恶"、"××不礼××"、"××害××"可能是矛盾双方一种更为婉曲的表达形式，如宋国"宋寺人柳有宠，太子佐恶之"、"宋元公无信多私，而恶华、向"、"宋襄夫人，襄王之姊也，昭公不礼焉";卫国"公孟恶北宫喜、褚师圃","卫侯始恶于公叔戍，以其富也";郑国"子皮之族饮酒无度，故马师氏与子皮氏有恶";鲁国"季、臧有恶"，"季平子立，而不礼于南蒯";晋国"韩简子与中行文子相恶，魏襄子亦与范昭子相恶"，"晋三郤害伯宗"……"相恶"、"不礼"的最终目的，是"欲去之"。《左传》中这种类似结构的语法表达，充分说明了政治失衡的恶果，这种恶果则最终导致了世族的出奔。

在矛盾潜伏的情况下，春秋的世族们彼此之间还是能以礼相待的。但是，如果政治的不均衡性已经存在，那么一个偶然性事件就会触发其早已存在的矛盾：

1."贪货"可以导致出奔。

> 初，虞叔有玉，虞公求旃。弗献。既而悔之，曰："周谚有之：'匹夫无罪，怀璧其罪。'吾焉用此，其以贾害也？"乃献之。又求其宝剑。叔曰："是无厌也。无厌，将及我。"遂伐虞公。故虞公出奔共池。（《左传·桓公十年》）
>
> 宋公子地嬖蘧富猎，十一分其室，而以其五与之。公子地有白马四，公嬖向魋，魋欲之。公取而朱其尾、鬣以与之。地怒，使其徒抶魋而夺之。魋惧，将走，公闭门而泣之，目尽肿。母弟辰曰："子分室以与猎也，而独卑魋，亦有颇焉。子为君礼，不过出竟，君必止子。"公子地出奔陈，公弗止。辰为之请，弗听。辰曰："是我迂吾兄也。吾以国人出，君谁与处？"冬，母弟辰暨仲佗、石彄出奔陈。（《左传·定公十年》）

文中虞公因为贪恋虞叔的宝玉，又求其剑，因而被伐出奔。

宋国的公子地因贪恋其货,与宋公的嬖臣发生矛盾,间接地挑战了君权,因而出奔。从表面看,虞公是贪婪的,公子地是吝啬的,正是因为"贪货"而造成了二者的出奔。但是,如果深究下去,在"贪货"的背后隐藏的其时还是强势世族与弱势世族之间的矛盾,"贪货"不过是二者之间矛盾的一个触发点。

2. 误会可以导致出奔。

> 栾针曰:"此役也,报栎之败也。役又无功,晋之耻也。吾有二位于戎路,敢不耻乎?"与士鞅驰秦师,死焉。士鞅反。栾黡谓士匄曰:"余弟不欲往,而子召之。余弟死,而子来,是而子杀余之弟也。弗逐,余亦将杀之。"士鞅奔秦。(《左传·襄公十四年》)

秦晋"迁延之役",晋国无功而返,栾针为之感到耻辱,有感于其言,与士鞅反攻秦师,死于军阵。历史仿佛着意要在栾氏和范氏之间开一个玩笑,与栾针同至秦军的士鞅却全身而返。这引起了栾黡的误会,认为是士鞅提议冲击秦军导致了栾针的死亡,欲治以罪,导致了士鞅的出奔。历史总是因为自身的偶然性而充满了无数的可能性。但是,在士鞅获罪出奔的偶然性事件背后,隐藏的却是晋国诸卿之间深层次的矛盾,它早晚要爆发,不是以这种形式,就是以那种形式。士鞅最终出奔秦国,他以现身说法的形式描述了晋国内部存在的矛盾:"武子之德在民,如周人之思召公焉,爱其甘棠,况其子乎?栾黡死,盈之善未能及人,武子所施没矣,而黡之怨实章,将于是乎在。"(《左传·襄公十四年》)

士鞅一句"黡之怨实章",道出了"族大多怨"的实情,也隐约蕴含了晋国诸卿内斗的事实。秦景公似乎也看明了这一点，因而护送士鞅回晋。秦景公明白，晋国的内斗对秦国争霸之路无疑是一种莫大的助益，护送士鞅回国，实际就是搅动晋国内乱的一颗重要棋子。

（三）其他原因导致的世族出奔

1. 诸侯侵伐导致的世族出奔

春秋时代，大国争霸，秦齐晋楚先后代兴，众多小国夹在大国之间，从彼则此伐，从此则彼伐，首鼠两端，或从或叛，无有定数。受制于大国的征伐和淫威，小国内部的政治集团往往也分化为两派，一派可能主张从晋，另一派可能主张从楚。国君、大夫一着不慎选择失误，就有可能招致大国的征伐。结果无非几种，一则结城下之盟，与之行成；二则国君大夫灭国出奔；三则国君、大夫被国内的反对派驱逐出境，出逃他国。此类世族出奔的例证，如齐伐许，许庄公出奔卫；齐伐谭，谭子奔莒；楚子灭弦，弦子奔黄；晋灭虢，虢公丑奔京师；邾人灭须句，三须句子奔鲁；晋侯伐卫，卫侯欲与楚，国人不欲，故出其君，以说于晋，卫侯出居于襄牛；齐侯灭莱，莱共公浮柔奔棠，正舆子、王湫奔莒；齐高发师师伐莒，莒子奔纪鄣……此类例证，不胜枚举。

2. 放弃君位导致的世族出奔

这方面的典型例证，是曹国的子臧：

> 十五年，春，会于戚，讨曹成公也。执而归诸京师。书曰"晋侯执曹伯"，不及其民也。凡君不道于其民，诸侯讨而执之，则曰："某人执某侯"，不然则否。诸侯将见子臧于王而立之。子臧辞曰："前志有之曰：'圣达节，次守节，下

失节。'为君非吾节也。虽不能圣，敢失守乎？"遂逃，奔宋。
（《左传·成公十五年》）

吴国的延陵季子亦步其后尘：

吴子诸樊既除丧，将立季札。季札辞曰："曹宣公之卒
也，诸侯与曹人不义曹君，将立子臧。子臧去之，遂弗为也，
以成曹君。君子曰'能守节'。君，义嗣也，谁敢奸君？有
国，非吾节也。札虽不才，愿附于子臧，以无失节。"固立
之，弃其室而耕，乃舍之。（《左传·襄公十四年》）

3. 知乱将作，明智出奔

初，襄公立，无常。鲍叔牙曰："君使民慢，乱将作矣。"
奉公子小白出奔莒。（《左传·庄公八年》）

二年，春，虢公败犬戎于渭汭。舟之侨曰："无德而禄，
殃也。殃将至矣。"遂奔晋。（《左传·闵公二年》）

齐侯好内，多内宠……孝公奔宋。（《左传·僖公十七
年》）

宋高哀为萧封人，以为卿，不义宋公而出，遂来奔。书
曰"宋子哀来奔"，贵之也。（《左传·文公十四年》）

子鲜曰："逐我者出，纳我者死。赏罚无章，何以沮劝？
君失其信，而国无刑，不亦难乎！且鱄实使之。"遂出奔晋。
（《左传·襄公二十七年》）

4. 个人道德原因导致的主动出奔

如楚国申侯依仗楚王恩宠,贪利专货,在楚王的建议下出奔:

> 初,申侯,申出也,有宠于楚文王。文王将死,与之璧,使行,曰:"唯我知女。女专利而不厌,予取予求,不女疵瑕也。后之人将求多于女,女必不免。我死,女必速行,无适小国,将不女容焉。"既葬,出奔郑。(《左传·僖公七年》)

再如鲁国叔孙侨如因淫乱齐国公室,事后悔悟而主动出奔。

> 齐声孟子通侨如,使立于高、国之间。侨如曰:"不可以再罪。"奔卫,亦间于卿。(《左传·成公十六年》)

此类事件,再如楚国申公巫臣携夏姬主动奔晋,卫国太叔疾因妻室众多而被夺车蒙羞,事后耻而主动出奔。

二、世族出奔引发的历史哲学思考

世族的出奔,在春秋时期引起了极大的思想震动。一方面,世族们自身艰难地跋涉在出奔的路途上;另一方面,他们的行迹也引发了春秋士人的思考。中国古代的史学讲求"究天人之际,通古今之变",历史中总是包含着一定的规律,这种规律最终可以上升为一种历史哲学,开拓思想史和政治史的新局面。虽然这是汉代司马迁提出的史学目标,但是实际上,这种思考早在春秋时代就开始了。世族的出奔,导致了春秋时代历史哲学的诞生。

春秋时代的历史哲学，首先是围绕出奔世族的"出奔—回归"的行程而展开的：

> 子干归，韩宣子问于叔向曰："子干其济乎？"对曰："难。"宣子曰："同恶相求，如市贾焉，何难？"对曰："无与同好，谁与同恶？取国有五难：有宠而无人，一也；有人而无主，二也；有主而无谋，三也；有谋而无民，四也；有民而无德，五也。子干在晋，十三年矣。晋、楚之从，不闻达者，可谓无人。族尽亲叛，可谓无主。无衅而动，可谓无谋。为羁终世，可谓无民。亡无爱征，可谓无德。王虐而不忌，楚君子干，涉五难以弑旧君，谁能济之？有楚国者，其弃疾乎！君陈、蔡，城外属焉。苟慝不作，盗贼伏隐，私欲不违，民无怨心。先神命之，国民信之。芈姓有乱，必季实立，楚之常也。获神，一也；有民，二也；令德，三也；宠贵，四也；居常，五也。有五利以去五难，谁能害之？"（《左传·昭公十三年》）

鲁昭公十三年，楚灵王对外贪功冒进，政法无度，天怒人怨，在国内多树政敌，"蔓氏之族及薳居、许围、蔡洧、蔓成然，皆王所不礼也"，楚灵王的政敌们"因群丧秩之族"群起作乱。蔡国朝吴欲趁乱复国，以蔡公之命召出奔在外的子干、子皙，强迫二人与盟加入叛乱阵营。其真实目的，无非是因为子干、子皙与楚灵王皆为楚共王之子，裹挟二人参与叛乱，可以获得楚国内部支持二人的楚国大族支持。因为楚灵王的无道，已经失去了国人的支持，因而叛乱的结局已经可以预料：蔡国复国，楚国君主易位。然而,接下来的问题是,子干和子皙谁会是将来的楚王？在流亡晋国的子干奔赴楚国的时刻,晋国的韩宣子向贤臣叔向问到了这一问题。

叔向以历史的眼光,做出了总结性的回答。叔向的高明之处,是以子干为例将春秋时代世族的流亡与复国,提升到了历史哲学的高度。在叔向看来,出奔的世族复国有五难:第一,得到宠爱而无贤人相助;第二,有贤人相助而无人做主内应;第三,有人做主而缺少谋略;第四,有谋略而没有国人的支持;第五,有人民拥护而自己没有德行。与之相对,出奔的世族复国需要有五个条件:第一,获得神灵的庇佑;第二,获得国人的支持;第三,世族自身要有美好的德行;第四,受到爱宠身份尊贵;第五,合乎立为国君的常规。然而,子干出奔晋国三十年,追随他的人没有贤明之人,族人被灭尽,亲戚也都背叛了他。楚国内部没有空子可钻却轻举妄动,可以说是缺少智谋;终生在流亡,没有人民怀念您,可以说是没有国人拥护。然而,与子干致命性的"五难"不同,子皙却尽得"五利"。因而,叔向判定子干必然失位,子皙必然复国。接下来,叔向以齐桓公和晋文公的流亡为例,具体说明了二者复国得位的原因,其要旨无非在于尽得"五利"而无"五难"之患。

值得指出的是,齐桓公和晋文公是春秋时代出奔世族的典型代表者,其自身的出奔—复国具有极强的典型意义。因而,叔向有关"五难"和"五利"的论述,就不单纯是个案式的分析,而是一种对春秋世族出奔—复国的整体关照,是一种对历史规律的总结和升华,具有极强的历史哲学意味。

同样做出类似历史哲学总结的人,在叔向之外还有子贡:

> 卫出公自城鉏使以弓问子赣,且曰:"吾其入乎?"子赣稽首受弓,对曰:"臣不识也。"私于使者曰:"昔成公孙于陈,宁武子、孙庄子为宛濮之盟而君入。献公孙于齐,子鲜、子展为夷仪之盟而君入。今君再在孙矣,内不闻献之亲,外不闻成之卿,则赐不识所由入也。《诗》曰:'无竞惟人,四方其顺之。'若得其人,四方以为主,而国于何有?"(《左传·哀公二十六年》)

鲁哀公二十六年,出奔到宋国的卫出公从城鉏派出使者向子贡询问自己未来的复国之路。卫国国君历来少有贤者,卫出公更是卫国国君中著名的恶君。在位其间,他不体谅褚师比因残疾不脱袜而登席,夺取公孙弥牟的封邑,免去司寇亥的职官,甚至任性地将公文懿子的车子扔进水池。他因夫人年老色衰,而治妻弟司徒期之罪,役使工匠无度,甚至被拳弥诓骗了全部宝物而出奔到宋国。卫出公的宠臣祝史挥到越国请求出兵,以帮助出公复位。当越国的军队打败击溃的卫军之后,他因怨恨驱逐他的褚师比,暴虐地将褚师比父亲褚师定子之墓掘开曝尸以泄愤,完全失去了国君应有的德行。待到从越国撤军回国无望之时,他见到了出使越国的妻弟司徒期。此时,一切的怨恨都发作了。他命令所有与妻子有怨恨的人,都可以向她报复,杀害了自己的太子以宣泄自己对于司徒期的愤怒。

在这样一个狂暴成性、毫无底线的君王面前,子贡已经料定他无法复国。子贡以卫国历代出奔的国君(卫成公、卫庄公)为例,指出了他回国的困难:第一,在内没有像跟随卫献公那样的亲信(子鲜、子展);第二,在外没有像跟随卫成公那样的卿士(宁武子、孙庄子)。

与叔向的结论相参照,子贡的论述与之构成了互补的正论和反论。叔向论述的是以齐桓公、晋文公为代表的出奔世族中的杰出人物,子贡论述的则是以卫国国君为代表的出奔世族中的负面人物。二者的论述有繁与简之分,有细密与粗疏之分,但它们都是对历史的规律性总结。

春秋时代的历史哲学,其次是围绕出奔世族的君臣关系的思考而展开的:

> 赵简子问于史墨曰:"季氏出其君,而民服焉,诸侯与之;君死于外而莫之或罪,何也?"对曰:"物生有两、有三、有五、有陪贰。故天有三辰,地有五行,体有左右,各有妃耦,王有公,诸侯有卿,皆有贰也。天生季氏,以贰鲁侯,为日久矣。民之服焉,不亦宜乎!鲁君世从其失,季氏世修其勤,民忘君矣。虽死于外,其谁矜之?社稷无常奉,君臣无常位,自古以然。故《诗》曰:'高岸为谷,深谷为陵。'三后之姓于今为庶,主所知也。在《易》卦,雷乘乾曰大壮,天之道也。昔成季友,桓之季也,文姜之爱子也。始震而卜,卜人谒之曰:'生有嘉闻,其名曰友,为公室辅。'及生,如卜人之言,有文在其手曰'友',遂以名之。既而有大功于鲁,受费以为上卿。至于文子、武子,世增其业,不废旧绩。鲁文公薨,而东门遂杀适立庶,鲁君于是乎失国,政在季氏,于此君也四公矣。民不知君,何以得国?是以为君慎器与名,不可以假人。"(《左传·鲁昭公三十二年》)

鲁昭公三十二年,在外流亡八年之久的鲁昭公在乾侯去逝。鲁国似乎并没有人关心这个流亡的国君去世的消息,一直到鲁定公元年秋天的七月，鲁昭公的灵柩才正式被迎回鲁国下葬。对昭公心怀怨恨的季孙氏，甚至准备不让昭公进入鲁国国君的祖墓，同时又打算赠昭公以恶谥。虽然季孙氏的行为最后被劝止，但是这也充分说明了鲁国君臣之间的嫌隙之深。

晋国的赵简子被这一系列的事件深深地触动了，他带着巨大的疑问询问史墨："季孙氏驱逐他的国君，而人民服从于他，诸侯亲附于他，国君死在外面，却没有人向季孙氏问罪，这究竟是为什么呢？"史墨是晋国史官，上古巫史不分，史官即是所谓的"知天道者"。因而，史墨先从哲学的角度出发论述"天道"。史墨认为，事物的存在，有的成双，有的成三，有的成五，有的有辅佐之物。从这一原则出发，史墨进而论述"人道"，他认为王有公，诸侯有卿，各有各的辅佐，这本身就是"天道"的反映。落实到鲁国，就形成了"天生季氏，以贰鲁侯"——上天降生季氏，让他辅佐鲁侯。接下来，他谈到了终极的"人道"："社稷无常奉，君臣无常位，自古以然。"何以知之？史墨举出《诗经》中"高岸为谷，深谷为陵"的自然界的"天道"做例证，又举《周易》的《大壮》卦中"雷乘乾"的"天道"做例证。史墨的论述，始终是将"天道"和"人道"，哲学和历史结合在一起的，他历数季氏家族在鲁国兴起的历史，论证自己的结论。

其实，史墨的论述不啻对春秋时代历史的最终总结。在春秋的历史上，哪里仅仅是"天生季氏，以贰于鲁"？又何尝没有"天生六卿，以贰于晋"？又何尝没有"天生七穆，以贰于郑"？又何尝没有"天生竖牛，以贰叔孙"？又何尝没有"天生阳虎，以贰季孙"？其原因在于，"王有公，诸侯有卿，皆有贰也"。因而，史墨的哲学—史学论述，就不单纯是对鲁国季孙氏君臣一家而发，而是具有普适性的历史哲学意味。

三、世族出奔的文化传播意义

世族的出奔,在一定程度上也促进了春秋各国的文化交流,拓宽了世族的思想世界。春秋时代种族有夷夏之分,地理有南北之别,中原诸侯又各有不同的风尚。出奔的世族们在他们纷乱的行迹里,默默地、无意识地携带着文化的火种,点燃了一座座文化的灯塔。在文化的交融里,有中原的理性现实精神,也有南国的非理性的、浪漫的迷狂色彩。《左传》记宋公享晋侯于楚丘,请以《桑林》,结果晋悼公到达雍丘后,就被宋国迷狂的舞乐吓病;吴国延陵季子观周乐,而有"观止"之叹;徐国被吴国灭国,徐子章禹断其发,携其夫人以逆吴子;鲁庄公如齐观社,一定要观看一下齐国异于他国的风俗。这一切都反映了春秋时代文化现象的丰富性以及世族对异域文化的接触与交流。

在春秋时代的世族出奔的行列里,王子朝出奔楚是具有重大意义的文化事件。据载:

> 尹氏、召伯、毛伯以王子朝奔楚。(《春秋·昭公二十六年》)
>
> 十一月辛酉,晋师克巩。召伯盈逐王子朝,王子朝及召氏之族、毛伯得、尹氏固、南宫嚚奉周之典籍以奔楚。(《左传·昭公二十六年》)

鲁昭公二十六年,起于昭公二十二年的"王子朝之乱"终于有了一个初步的结果。王子朝在发表了一番洋洋洒洒的遍告诸侯的出逃之文后,带着一群叛乱的同党和周王室的典籍出奔楚国。

关于跟随王子朝出奔的同党，《春秋》的记载与《左传》的记载存在着一定的差异：

其一，《春秋》认为随王子朝出奔的是"召伯"，《左传》则认为是"召氏之族"。

杜预认为《春秋》记载不确："召伯当言召氏，经误也。尹、召族奔，非一人，故言氏。"①孔颖达谓："《传》言'召伯盈逐王子朝，朝及召氏之族奔楚。召伯逆王于尸，与王入于成周'。则召氏族出奔，召伯身不奔也。知召伯当为召氏，经误也。"②童书业说："案：此文经传违异。经以为召伯与王子朝奔楚，传以为召伯逐王子朝而逆王，与王子朝奔楚者，仅为召氏之族。疑经、传各有所据，传所据者似更可信，以其言之甚详，似所据者为晋、楚之史，晋、楚近周也。"③如此，则与王子朝一同出奔者非"召伯"，而是"召氏之族"。

其二，《春秋》认为随王子朝出奔的是"尹氏"，《左传》则认为是"尹氏固"。

杜预认为："尹、召二族皆奔，故称氏。重见尹固名者，为后还见杀。"④杜预以为，依《左传》所言，尹氏、召氏都是全部族人一起逃奔楚国的。尹固中途返回，被周人所杀，仍被列入出奔人员之列。

如上论列，则与王子朝一同的出奔的王室卿士为：召氏之族（不含召伯盈）、尹氏之族（不含尹固，尹固中道返周被杀，未至楚）、毛伯得、南宫嚚。按，召氏之族、尹氏之族、毛氏之族、南宫

---

① 《十三经注疏·春秋左传正义》，第4588页。
② 《十三经注疏·春秋左传正义》，第4588页。
③ 童书业：《春秋左传研究》，上海人民出版社，1980年，第284页。
④ 《十三经注疏·春秋左传正义》，第4590页。

氏之族,都是周王室的世卿巨族和历世王官。

召氏之族,为周文王之子姬奭的后裔,世为召公。

毛氏之族始封君为文王第九子(庶子)叔郑①,《史记》载其曾侍于武王侧"奉明水"②,毛叔郑的后人有毛公班,活跃于周穆王时代,是穆王的宠臣,其后有毛公,为周厉王重臣,世传《毛公鼎》,厉王命其"庶出入事于外,敷命敷政,艺小大楚赋"③,统领周王朝的两大官僚集团——"卿事僚、太史僚",一时权倾朝野。东周时代,毛伯卫、毛伯过、毛伯得世为王室卿士,俱见于《左传》。

尹氏之族以官名得氏,在商、西周时期是辅弼天子的重臣。在《诗经》中"师尹"连称。《诗经·节南山》:"赫赫师尹,民具尔瞻。"《毛传》曰:"师,太师,周之三公也;尹,尹氏,为太师。"西周中期,尹氏仍为重要的执政大臣。《诗经·节南山》:"尹氏大师,维周之氏。秉国之钧,四方是维。"可见,尹氏掌握着国家的权柄,是周朝的中流砥柱。在《左传》的记载中,则有尹武公、尹文公、尹固、尹言多、尹辛之名。

南宫氏是否为周王室同宗不可考,但早在武王克商以前,即有南宫括之名。《史记·周本纪》谓:"命南宫括散鹿台之财,发巨桥之粟,以振贫弱萌隶。命南宫括、史佚展九鼎保玉。"④可见南宫氏在周武王时已为周室重臣。

---

① 林屋公子:《先秦古国志》,华文出版社,2015年,第234页。

② 《史记·周本纪》载武王诛斩纣后,明日除道修社及商纣宫,"周公旦把大钺,毕公把小钺以夹武王……毛叔郑奉明水。"

③ 中国社会科学院考古研究所编:《殷周金文集成·鼎类·毛公鼎》,中华书局,2007年,第1541页。

④ 〔汉〕司马迁:《史记》,中华书局,1982年,第126页。

这些世家大族从西周初年一直是世袭职掌的官守，是周朝权力、知识与文化的占有者。西周时代，学在王官，因而召氏之族、毛氏之族、尹氏之族、南宫之族，都是周代文化的重要承载者和传承者，对于周代文化、典籍极为熟稔。数量如此众多的"王官之族"的出奔，无疑为楚国带去了丰富的文化火种，为楚国的思想文化繁荣提供了有力的人才保障。汉代班固言先秦诸子之学来源于周代"王官之学"，在这样的意义上，以召氏之族为代表世家大族的出奔，无疑也为先秦时代的"诸子争鸣"提供了必要的文化养分。

王子朝本人所带去的周代文化典籍，历来为学者们所关注，宋代学者王应麟谓：

> 及王子朝以典籍奔楚，阎按："奔楚，在鲁昭公二十六年，事在倚相之后。"于是观射父、倚相何云："左史倚相，子朝以前人。"皆诵古训，以华其国，以得典籍故也。[1]

王应麟对王子朝奔楚带去的周代文化典籍的文化意义，予以了高度赞美，其中甚至有溢美之辞和错误结论。值得指出的是，在王氏的论述中，除去左史倚相在王子朝之前，其所诵《三坟》、《五典》、《八索》、《九丘》与王子朝所携周代典籍无关外，其余大体不差。《国语》载周王室王孙圉聘晋言"楚宝"："楚之所宝者，曰观射父，能作训辞，以行事于诸侯，使无以寡君为口实。又有左史倚相，能道训典，以叙百物，以朝夕献善败于寡君，使寡君无忘先王之业。又能上下说于鬼神，顺道其欲恶，使神无

---

[1] 〔宋〕王应麟著，〔清〕翁元圻辑注，孙通海点校：《困学纪闻注》，中华书局，2016年，第943页。

有怨痛于楚国。"①左史倚相与王子朝同时，观射父生活于楚昭王时代。左史倚相所诵读的古代历史典籍虽然与王子朝无关，但这并不意味着他在王子朝奔楚之后对其所携带的典籍未加阅读。观射父生活于楚昭王时代，他应该有幸见过王子朝带去的周代文化典籍。《国语·楚语》所载的观射父"绝地天通"之论，涉及诸多古代历史和文化史，有学者专门对此加以研究，认为其所引上古历史与王子朝所携带的周王室的文化典籍有关。②

除去对历史典籍和思想的传播以外，王子朝所携带的周代典籍的最大意义，是促进了楚国文学的发展，清代学者惠栋谓："周之典籍尽在楚矣。《三坟》、《五典》、《八索》、《九丘》，左史倚相、观射父读之。而楚《梼杌》之书颇可观，《国语》采之。流及屈、宋，而楚骚比于周雅。书之益人如是。"③

在惠栋看来，王子朝所携带的典籍"流及屈、宋，而楚骚比于周雅"。简单说来，就是促进了楚辞的诞生，丰富了楚辞的内容，最终使《楚辞》与《诗经》比肩。征之于《楚辞》，《天问》所载的古史神话历史系统来源于此；《九歌》所载的九歌十神系统，学者认为屈原有以《礼记》所载的诸神系统纠正楚地原始宗教的意味④；《九章》之《橘颂》，则是明显糅合了《诗经》与楚地语言的产物。惠栋感叹地说："书之益人如是"，也主要是在这样的意义上说的。

在王子朝的出奔行列里，还有一位被《春秋》和《左传》忽略

① 徐元诰：《国语集解》，中华书局，2002年，第526页。
② 罗家祥主编：《华中国学》第2卷，华中科技大学出版社，2014年，第67页。
③ 〔清〕洪亮吉：《春秋左传诂》，中华书局，1987年，第777页。
④ 何新：《圣灵之歌：〈楚辞〉新考》，中国民主法制出版社，2008年，第246—247页。

的周太史。

《左传·哀公六年》记，楚昭王救陈时，病在军中，正好遇天上"有云如众赤鸟，夹日以飞三日"，楚昭王于是就此天象问诸周大史，周大史曰："其当王身乎，若禁之，可移于令尹、司马。"关于《左传》的这一段文字，聂石樵曾评论说："这说明昭王时周已遣太史入楚，教习周朝的令典。可能楚人受封之日，周即派太史去楚，然书缺有间，不可详考。"以聂石樵的设想，接受楚昭王咨询的"周大史"是由周朝派遣而来"教习"楚人的，但这种说法没有任何文献上的证据。从时间上来看，"王子朝奔楚"发生在楚昭王元年，这位随军的周大史更有可能是随王子朝一同出奔至楚的周朝史官。对这位出奔楚国的周太史，李炳海以为即藏室史老子的上级长官——太史[1]。

李炳海的论据主要有如下几条：

第一，《史记·老子韩非列传》称老子为"楚人"、"隐君子"，对此先秦的其他多种文献也曾反复提及，这就证明老子曾经入楚。

第二，《史记》言老子"见周之衰，乃遂去"，"周之衰"指的就是王子朝之乱。

第三，王子朝入楚携带了周室大量典籍，而太史对典籍的管理和保护有不可推卸的责任，所以必然随同前往，老子作为下属也定然与之赴楚。

李先生的考据是扎实而有力的，老子应该有过奔楚的经历。可以认定，与王子朝一同奔楚的人群，尚应加入周太史和老子。

---

[1] 李炳海：《孔子赴周学礼、老子由周入楚考辨》，《山西大学学报》（哲学社会科学版）2012 年第 3 期。

在这样的意义上，王子朝的出奔，对楚国而言实在是一件莫大的文化盛事，楚国文化的发展获得了难得机缘，中原文化与楚地文化的交流也获得了一个天赐的机遇。

除去王子朝而外，《左传》中还有一个需要重要的文化传播者。此人的文化作用历来为人所忽视，但他的确又极为重要。他就是流亡楚国的郑国公族子革，《左传》载：

> 郑子孔之为政也专，国人患之，乃讨西宫之难与纯门之师。子孔当罪，以其甲及子革、子良氏之甲守。甲辰，子展、子西率国人伐之，杀子孔而分其室。书曰："郑杀其大夫"，专也。子然、子孔，宋子之子也；士子孔，圭妫之子也。圭妫之班亚宋子，而相亲也；二子孔亦相亲也。僖之四年，子然卒；简之元年，士子孔卒。司徒孔实相子革、子良之室，三室如一，故及于难。子革、子良出奔楚。子革为右尹。（《左传·襄公十九年》）

鲁襄公十九年，郑国公族内乱，子革出奔楚国，楚国任命其为右尹。鲁昭公十二年，好大喜功的楚灵王大兴干戈，征伐吴国，有荡平天下之志。楚灵王在乾溪驻扎时，一时间踌躇满志，对自己征伐列国的国策产生了些许的不自信，于是他召见子革以对问。楚灵王对诸侯在周初皆得分封都得到了证明自己名位的宝器，而楚国独无表示不满。于是他打算派人到周室强行索取，问子革此事是否可行。此后，灵王又问自己筑城陈蔡，诸侯是否会因此而畏惧叛晋。对两件事，子革都以"捧杀"的心态予以了肯定回答。在君臣对答的过程中，左史倚相趋廷而过，灵王说：王曰："是良史也，子善视之！是能读《三坟》、《五典》、《八索》、《九

丘》。"(《左传·昭公十二年》)

楚灵王对左史倚相非常器重，推介子革要好好向他请教。但是，在这位被王孙圉称为"楚宝"的史官面前，子革却表现出了相当的傲慢：对曰："臣尝问焉：昔穆王欲肆其心，周行天下，将皆必有车辙马迹焉。祭公谋父作《祈招》之诗以止王心，王是以获没于祇宫。臣问其诗而不知也。若问远焉，其焉能知之？"(《左传·昭公十二年》)

子革曾向左史倚相问起祭公谋父劝谏周穆王所作的《祈招》之诗，但这位渊博的史官居然不知。子革带着不屑的口吻说："若问远焉，其焉能知之？"如果问起更久远的历史，他恐怕就更加不知了。言外之意，子革对历史、文献知识的把握，更在左史倚相之上。

接下来，在灵王的追问之下，子革对答了《祈招》一诗的全篇：王曰："子能乎？"对曰："能。其诗曰：'祈招之愔愔，式昭德音。思我王度，式如玉，式如金。形民之力，而无醉饱之心。'"(《左传·昭公十二年》)

值得注意的是，在《左传》的记载中，子革在他处并非以博见多闻而著称。然而，恰恰就是这样一位平常的郑国出奔公族，却敢于以非常的底气蔑视左史倚相，并以实际的诵读证明了自己实力，这无论如何是不能不让人感到惊叹的。从此次君臣对答推测，子革对史籍、文学的把握能力，是超出楚国其他君臣之上的。这一方面说明了春秋时代中原各国出奔世族良好的文化修养，一方面也暗示了子革对周代典籍文化在楚地的传播中无疑会发挥更大的作用。

不应被忽略的还有孔子。鲁襄公十二年，因"桓子卒受齐女乐，三日不听政"，又因"孔子为鲁司寇，不用，从而祭，燔肉不至,不税冕而行"。季孙氏侮慢孔子,且用齐国女乐,最终导致孔子出奔。在孔子周游列国的行迹中,曾经到过楚国。在叶地,孔子见过叶公:明年,孔子自蔡如叶。叶公问政,孔子曰:"政在来远附迩。"他日,叶公问孔子于子路,子路不对。孔子闻之,曰:"由,尔何不对曰其为人也,学道不倦,诲人不厌,发愤忘食,乐以忘忧,不知老之将至云尔!"(《史记·孔子世家》)

在蔡地,孔子见过长沮、桀溺、荷蓧丈人,怃然曰:"鸟兽不可与同群,吾非斯人之徒与而谁与。天下有道,丘不与易也。"(《论语·微子》)在楚国,孔子见到了楚狂接舆:"欲与之言,趋而辟之,不得与之言。"(《史记·孔子世家》)

孔子在楚地与叶公的会见,传达了"柔远能迩"的王道理念,《尚书·舜典》谓:"柔远能迩,惇德允元。"《诗·大雅·民劳》谓:"柔远能迩,以定我王。"这一执政理念,与春秋时期的"霸道"构成了鲜明的对比,传达了自周代以来的文武治国方略。而孔子遇到的四位隐者,都对孔子表示了担忧和不满,也传达出"有为"与"无为"文化理念的冲突。章太炎将楚狂接舆等隐者归入"道家者流"的行列:"故自《论语》所记之避世之士,进而为杨朱,更进而为庄周,亦势所必至者尔。"①如果从这样的意义上讲,孔子与楚国隐者的对话则又带有了儒家与道家对话的意味。

(哈尔滨师范大学东语学院)

---

① 陈柱、蒋伯潜、章太炎:《诸子启蒙》,江西教育出版社,2014 年,第 304 页。

《左传》预言的依据类型与结构意义

徐佳超

  《左传》所记二百五十五年之间,用预言处百例有余。其始于仲子"生而文其在手,曰为鲁夫人"①,终于陈成子"知伯其能久乎"②,以征兆开始,以预测作结,中间篇篇置预,处处写兆,可谓时时、事事皆有预言。预言的作用涵盖了政治和社会生活的各个方面,如"验战争之成败,兆国家之灾祥,警朝纲之治乱,测个人之祸福,见爵禄之予夺,明行为之进退,辨才性之优劣"③等等。作出预言的依据也各有不同,有星官仰观天象,有巫史龟卜易筮,有鬼神怪异突显,有梦境联想合契,亦有政治家据礼下断言,相面者以形测福佑,于此《左传》形成了丰富的预言系统,凭借幻诞之笔,写史叙事,而在这种好奇称怪的表象之外,亦有其结构上的重要意义。

---

  ① 〔清〕阮元校刻:《十三经注疏·春秋左传正义》,中华书局,2009 年,第 3718 页。

  ② 《十三经注疏·春秋左传正义》,第 4742 页。

  ③ 张高评:《春秋书法与左传学史》,上海古籍出版社,2005 年,第 40 页。

一、预言的依据类型

所谓预言,就是人物以不同的依据对将要发生的事情进行预测,通常是针对人物命运或事件走向作出的断言。《左传》中政治家或思想家的预言依据是多方面的,占卜、梦境、异象、逻辑推理、观测容貌等等。需要注意的是,预言必须有一个明确的指向,即当下的情况在预言者眼中一定会产生相应的后果,且这个后果是不可逆的。所以这就和步步为营的筹划区别开来,在军事对战前或宫廷权变当中,臣子们在讨论按照不同的行动会产生相应的结果,这种欲以人为干预使事件按照既定方式发展的讨论性言辞,并不属于预言一类;但战前根据天象或人事预测战果,则属于预言。相应的,有些劝谏之辞只有警醒作用而没有明确指向的断言,亦不是预言;另外,《左传》中部分诅咒发愿的言辞,它并不是预言之属,不在本文讨论范围之内。

1. 由形见果,以貌预测

这包含了两种意思:其一是以人的体态相貌判断人的吉凶福祸。《汉书·艺文志》称:"形法者,大举九州之势以立城郭室舍形,人及六畜骨法之度数、器物之形容以求其声气贵贱吉凶。"[1]陶弘景《相经序》中云:"盖性命之著乎形骨,吉凶之表乎气貌。"[2]通俗来讲,也就是民间所谓的"相术"。其二,是通过个

---

① 〔汉〕班固撰,〔唐〕颜师古注:《汉书·艺文志第十》,中华书局,1962年,第1775页。

② 〔清〕严可均编:《全上古三代秦汉三国六朝文·全梁文》,中华书局,1958年,第3219页。

人当时的气色神情或言谈举止,进行预测。

识相观人的预测,在《左传》中有四例。一是文公元年,周内史叔服到鲁国会葬,公孙敖听说他懂相术,便让两个儿子面见叔服,叔服认为"谷也丰下,必有后于鲁国"。从《左传》的记载来看,自谷以下,后嗣世代为鲁卿,称孟氏。二是楚国令尹子上以相貌判断太子商臣"蜂目而豺声,忍人也","忍人"即残忍的人,文公元年,商臣杀死父亲楚成王即位。三是宣公四年,楚国灭了若敖氏。当初楚国令尹子文曾预言他的侄子越椒是导致氏族灭亡的凶手,"是子也,熊虎之状而豺狼之声;弗杀,必灭若敖氏矣"。四是叔向的母亲在听到自己孙子出生啼哭后说道:"是豺狼之声也。狼子野心。非是,莫丧羊舌氏矣。"昭公二十八年,晋国灭了羊舌氏。

荀子曰:"相形不如论心,论心不如择术。"①荀子认为"择术"(即考察立身处世)的方法更重要。立身处世的方法可以从一个人的具体表情、行为、言谈来获得,《左传》中从当时人物的言行举止来预测吉凶的例子较多。桓公十三年,斗伯比从莫敖屈瑕出发前"举趾高,心不固矣"的情态,料定楚国此次征伐罗国一定失败。举手投足的动作可以反映人物当时的思想态度,而这种思想态度往往决定了事情的成败,有时甚至导致整个群体的败亡,如成公十四年,郤犨傲慢对待卫侯的款待,宁惠子推测:"苦成家其亡乎!……今夫子傲,取祸之道也。"秦晋崤之战前,秦军经过周之北门,王孙满说:"秦师轻而无礼,必败。"

---

① 〔清〕王先谦撰,沈啸寰、王星贤点校:《荀子集解》,中华书局,1988年,第72页。

　　人的情绪是不容易隐藏的,欢喜则手舞足蹈、愤怒则捶胸顿足,情绪感受通过身体的动作表情表现出来,据此做出的判断实际上是有一定的心理学和哲学依据。成公二年,阳桥战役之前,楚共王派申公巫臣到齐国聘问,申书跪说:"夫子有三军之惧,而又有《桑中》之喜,宜将窃妻以逃者也。"巫臣想到可以拥有美丽的夏姬,所以即使举家逃走,也掩饰不住内心的喜悦。文公十二年,晋臾骈在观察了使者的表情并结合使者的说辞后,认为使者"目动而言肆,惧我也,将遁矣"。

　　臾骈的事例说明,不仅人物行动举止,人物语言传递出的信息也是预测的重要依据。昭公元年,诸国在虢地会盟。会盟时,"楚公子围设服离卫"的行为引起了各国代表的讨论。盟会结束后,子羽根据每位代表的言辞作出了预言,并对子皮强调了"言以知物"的能力。

　　2. 征引史事,历史警示

　　较之依据言谈举止来预测福祸,更进一步的是《左传》将各种言谈举止发生的一瞬与过去进行比较,考虑这一瞬的举动与过去、未来的关系,预言者会征引古代的典范作为效仿的对象,以此来考察当下的举动是否会对未来产生相应的影响。换句话说,《左传》一部分预言是以历史作为考量依据的。

　　这种类型依然包含两种形式:一是以历史事实为效仿对象,模仿历史则可以得到相似的结果。如僖公十九年记载:

　　　　秋,卫人伐邢,以报菟圃之役。于是卫大旱,卜有事于山川,不吉。宁庄子曰:"昔周饥,克殷而年丰。今邢方无道,诸侯无伯,天其或者欲使卫讨邢乎?"从之,师兴而雨。

干旱属于天灾,如何才能免除这种上天的惩罚?在卜筮并不理想的情况下,宁庄子将历史中的相似情况与现实联系,猜测上天的意图是攻打无道的邢国,果然伐邢而甘霖普降。征引的逻辑思维很简单,效仿从前成功的例子就会得到好的结果,反之亦然。昭公二十八年,叔向之母反对儿子娶申公巫臣的女儿为妻子,她征引后夔娶玄妻而被有穷氏灭亡、夏商周三代之亡、晋太子申生被废除,皆为美丽女子招来的祸患,进而预言"夫有尤物,足以移人。苟非德义,则必有祸。"后来当她听到孙子的哭声后,更加肯定了她的预测。

征引的第二种形式,是将历史事实进行总结和概括,这些积累下来的经验教训一般写进《诗》、《书》、《易》等上古典籍之中或者形成谚语警句,预言者将其作为判断依据进行预言。僖公九年,秦穆公与公孙枝在讨论夷吾是否可以安定晋国时,公孙枝征引《诗》道:

> 臣闻之:唯则定国。《诗》曰:"不识不知,顺帝之则",文王之谓也。又曰:"不僭不贼,鲜不为则",无好无恶,不忌不克之谓也。今其言多忌克,难哉!

公孙枝通过《诗》中留下的警示与夷吾的言行进行对比,预测了他不能安定晋国。成公十六年,周大夫单襄公预言晋国郤至将要败亡,单襄公征引《夏书》说:"怨岂在明?不见是图。"因为郤至自夸伐楚之功,而这必然会招来晋国同僚的怨恨,《夏书》的说法反映了怨恨逐渐发展最终导致败亡的趋势。僖公五年,宫之奇极力劝谏虞国国君不能助晋灭虢,宫之奇称引谚语"辅车相依,唇亡齿寒"来阐述虞和虢的紧密关系,断定"虢亡,虞必从之"。以谚语警句的预言每见于《传》：

> "非我族类,其心必异。"（成公四年）
> "多行无礼,必自及也。"（襄公四年）
> "服美不称,必以恶终。"（襄公二十七年）

这些谚语警句,是前贤遗留的智慧和自然的规律,亦反映了春秋时代的文化信息,具有朴素的哲学意义。

3. 以"礼"推论,果下断言

周代是讲求"礼"的社会,在这样的背景下,人物的品行会时刻受到审视:既要把人物言行放到历史脉络中,判断其言行是否效仿过去的正确姿态,又要考察他们的言行对当前政治和社会秩序带来何种结果。因此,《左传》中的多数预言也是敦促君主的谏言,意在劝告君主们不要违背礼仪制度,当然这种礼仪有时也是一种历史的经验教训,但与上节所说的史事和警句不同,周礼是秩序化的、带有神圣的性质,在周人看来,违礼一定会带来严重的后果。

《左传·隐公三年》叙述了卫庄公对小儿子过于纵容宠爱。从礼制的角度讲,长兄慈爱、弟弟恭敬是人伦规范,如果父亲对小儿子过度宠爱则会损害继承人的威严,石碏预言"去顺效逆,所以速祸也"。卫庄公并未听从石碏的警示,卫国因此也开启了祸乱的肇端。与之类似,晋国早期公室内部的持续争斗,《左传》将原因归咎于晋穆公命名长子"仇"、次子"成师",师服感到非常奇怪：

> 夫名以制义,义以出礼,礼以体政,政以正民,是以政成

> 而民听。易则生乱。嘉耦曰妃,怨耦曰仇,古之命也。

在师服看来,正确的命名合于义、礼,是取得政治成功的关键,违礼则会滋生祸端。由此师服准确地预言了晋国以后的争夺和祸乱。

《左传》中非常重视两性关系的礼仪,不当的两性关系或者违背男女各自应遵守的礼仪一定会招致祸患。桓公十八年,鲁国君主欲带姜氏到齐国聘问,鲁国大夫申缟提醒桓公:"女有家,男有室,无相渎也。谓之有礼。易此必败。"不出申缟所料,姜氏与自己的哥哥(齐襄公)通奸并将桓公杀死。因为混淆男女各自的礼仪,鲁国不止一次地上演了类似的悲剧。庄公二十四年,当鲁庄公准备迎娶哀姜时,御孙警告他:

> 男贽,大者玉帛,小者禽鸟,以章物也。女贽,不过榛、栗、枣、修,以告虔也。今男女同贽,是无别也。男女之别,国之大节也;而由夫人乱之,无乃不可乎?

从后来《左传》叙事来看,正是哀姜与庆父(庄公同父异母的弟弟)私通,从而导致了鲁国公族巨大的混乱,应了御孙那句"由夫人乱之,无乃不可乎?"哀姜后来引发的混乱看似与庄公混淆男女之别的逾礼行为关系不大,但哀姜正是齐襄公的女儿,齐襄公杀死了庄公的父亲鲁桓公,当庄公以奢华的贽礼迎娶哀姜时也就说明他并不在意杀父之仇,这种纵容间接的为混乱的重复上演提供了基础。

4. 音乐预兆,歌谣先觉

"凡音之起,由人心生也……乐者,音之所由生也,其本在人心之感于物也。"①音乐的本源乃是人心对外界事物的感受，它是从生命的根本之处流淌出来的。快乐的人发出的音乐是舒缓而轻快的，愤怒的人发出的音乐是粗狂而严厉的，古代圣王非常注意用礼来引导人的意志，用乐来调和人的性情，《礼记·乐记》和《荀子·乐论》中都强调了音乐对个人和政治的影响。所以在春秋时代，音乐被视为礼乐仪式的重要元素，与宴享、祭祀、教育等政治生活关系密切。进一步说，在不同场合要使用规定的音乐，它是身份的象征。相应而言，使用不相匹配的音乐反映出个人身份的逾礼，昭示了人物的灾难，甚至揭示社会秩序的混乱。

庄公二十年，王子颓用六代之乐来宴享他的五位支持者，郑厉公明确地指出其有篡位的野心：

> 哀乐失时，殃咎必至。今王子颓歌舞不倦，乐祸也……奸王之位，祸孰大焉？临祸忘忧，忧必及之。

第二年郑厉公联合虢叔恢复了周惠王的天子之位，并杀死作乱的王子颓和他的同党。如果说王子颓音乐"失时"有人为因素的话，郑厉公接下来"效尤"的行为，亲自使这个依据坐实。在助周惠王恢复王位后，郑厉公效仿了子颓遍舞六代之乐的行为，原庄伯据此预见了厉公的灾祸——"郑伯效尤，其亦将有咎！"同年五月，郑厉公死亡。在这个事件中，音乐本身并不是取祸之源，不当的音乐使用才是灾祸的象征。襄公二十九年，季札再一

---

① 〔清〕孙希旦撰，沈啸寰、王星贤点校：《礼记集解·乐记》，中华书局，1989年，第976页。

次阐释了这种观点,他在听到戚地的钟声时感慨道,孙文子得罪了国君本应该谨慎害怕,而且国君又没有安葬,在这种情况下听钟取乐必然会招致杀戮①。

除此之外,音乐本身的好坏有时也可作为预言的依据。所谓"治世之音,安以乐,其政和。乱世之音,怨以怒,其政乖。亡国之音,哀以思,其民困"②。不同的政治和世道有相应的音乐,"声音之道,与政通矣"③。当然可以从音乐中判断国家的兴衰,人物的福祸。昭公二十一年,周景王铸造了无射钟,泠州鸠曾预言:"王其以心疾死乎!……天子省风以作乐,器以钟之,舆以行之。小者不窕,大者不槬,则和于物。物和则嘉成。""省风"是天子可以通过音乐来考察风俗,小的乐器发音不细小无闻,大的乐器发音不极端,所以一个"大小恰当的乐器所传达出来的音乐能带来万物的和谐,而这种和谐的声音又能融入整个道德—社会—政治的秩序之中,为人民带来安乐"④。而大钟的铸造则破坏这种和谐,极端的声音聚集扰乱了听觉感官导致内心不安,这也就预示了灾祸。

当然赋《诗》言志的风流雅会中,通过所赋之诗句,也能判断赋《诗》者的态度,从而预言他的结局。垂陇之会后,赵孟对郑国七子的命运作了预测"伯有将为戮矣"、"其余皆数世之主也"。《左传》中还记载了两处利用歌谣进行预言的例子,一是

---

① 《十三经注疏·春秋左传正义》,第 4361 页。"闻钟声焉,曰:异哉! 吾闻之也辩而不德,必加于戮。夫子获罪于君在此,惧犹不足,而又何乐? 夫子之在此也,犹燕之巢于幕上。君又在殡,而可以乐乎?"

② 〔清〕阮元校刻:《十三经注疏·毛诗正义》,中华书局,2009 年,第 564 页。

③ 《礼记集解·乐记》,第 978 页。

④ 〔美〕李惠仪著,文韬、许明德译:《〈左传〉的书写与解读》,江苏人民出版社,2016 年,第 119 页。

僖公五年晋国卜偃将童谣作为预测晋国战胜虢国的时间①；二是昭公二十五年，师己引文武之世的童谣预言鲁昭公奔亡之祸②。《诗》、歌谣或者童谣，与音乐相通，亦是出自内心的自然流露，因此将歌谣预言与音乐预兆归置一处，以此作一类处理。

5. 依照情理，逻辑推断

《左传》中的不少预言，往往预测的结果是通过预言者掌握的信息推断分析而来的。

如隐公九年，北戎侵袭郑国，郑公子突向郑庄公建议，北戎的军队既轻敌又贪利，这样的军队获胜互相争夺、失败又不会相互救援。因此，派遣一支队伍诈败而诱敌深入，并在险要之处设下埋伏，北戎的军队贪功必定会追击，遇伏后必定奔逃不施援手。按照突的计谋，果然郑庄公歼灭了北戎的军队。公子突掌握了戎人性格习惯，预见了戎人战争策略，从而制定谋略获得成功。与之类似，桓公五年，郑子元也从现实情况出发，预见了周王组建的征伐大军并没有凝聚力：

> 陈乱，民莫有斗心。若先犯之，必奔。王卒顾之，必乱。蔡、卫不枝，固将先奔。既而萃于王卒，可以集事。

子元准确地预测了陈国因为国内动乱而没有斗志，以陈作为突

---

① 《十三经注疏·春秋左传正义》，第3897页。"童谣云：丙之晨，龙尾伏辰。均服振振，取虢之旂。鹑之贲贲，天策焞焞。火中成军，虢公其奔。其九月、十月之交乎！丙子旦，日在尾，月在策，鹑火中，必是时也。"

② 《十三经注疏·春秋左传正义》，第4580页。"童谣有之曰：鸲之鹆之，公出辱之。鸲鹆之羽，公在外野，往馈之马。鸲鹆跦跦，公在乾侯，征褰与襦。鸲鹆之巢，远哉遥遥。稠父丧劳，宋父以骄。鸲鹆鸲鹆，往歌来哭。童谣有是。今鸲鹆来巢，其将及乎！"

破口打乱联军的部署,从而取得战争的胜利。

春秋之人并不是仅仅在战争中才拥有如此紧密的逻辑推理能力,在政治生活中同样如此。僖公二年,晋献公谋划借道虞国攻打虢国犹豫不决,大臣荀息认为宫之奇从小在宫中长大,"懦而不能强谏",挡不住晋国假途灭虢。楚文王了解他的宠臣申侯贪婪而不知节制,所以嘱咐他"无适小国,将不女容焉",申侯不听,僖公七年被郑所杀。

再如重耳奔亡曹国遭到无礼对待,曹国大臣僖负羁之妻观察了重耳的随从并预言重耳必定复国即位:

> 吾观晋公子之从者,皆足以相国。若以相,夫子必反其国。反其国,必得志于诸侯。得志于诸侯,而诛无礼,曹其首也。子盍蚤自贰焉!

这些都是从已知的信息中,一步一步情理分析、逻辑推理而出的预言,中间省略了形象描述,但却有一个明显的逻辑线索①。

6. 神鬼异象,痕迹暗示

当人们不能从已知的内容做出判断也无法获得更多的信息时,就需要从痕迹当中获得灵感。这种预测思维可能源于狩猎为生的原始社会,古代猎人在狩猎的过程中,需要仔细辨别动物

---

① 王立先生将此类与本文提到的"征引史事、历史警示"中据历史经验总结而出的谚语警句放置在一处,统归为"情理分析,抽象推论"。参见其文章《"预见"信奉与〈左传〉的叙事艺术》(《毕节师专学报》1995 年第 4 期)。实际上,谚语警句不需要分析推导,它直接是历史经验的遗留供后人参考。而此节讨论的预言,重在步步分析和推导,需要预言者掌握足够的信息进行判断,因此本文将二者分开讨论。

留下的痕迹去追踪猎物,春秋的预言家也需要寻找到事件的痕迹线索来做出预测和决定,化用卡洛·金斯伯格的说法:"两者都与辨认痕迹的经验有关。"①

在齐鲁长勺之战中,经过齐国三鼓以后,曹刿才建议全军出击;并在击退敌人后,下车仔细观察了齐军的痕迹后下令追击敌人。曹刿两次进行预测,一是他根据现实情况"一鼓作气,再而衰,三而竭"预见了敌人锐气已减而我军士气正盛,所以克敌制胜。二是在根据敌人车辙已乱、旗帜已倒判断出敌人不是诈降。曹刿第二次的预测,就是本节讨论的痕迹暗示。庄公二十八年,楚子元帅师侵伐郑国,郑人本来已经要逃走,但当听到间谍说"楚幕有乌"后停止了逃跑的计划,原因就在于只有荒废的军帐才会被乌鸦围绕。在其后的叙事中,叔向亦通过"城上有乌"判断出齐军已经逃跑。

当人间的痕迹难以寻觅的时候,那么仰观天象,向天空中寻找痕迹亦成为一种预测依据。天体的运动周期尤其是日月的变化规律很早就被人们应用到农事当中,同时古人在观测天象时,也"开始探寻日月的变化与人间事务特别是政治之间的神秘对应关系"②。《左传·桓公十七年》载"天子有日官,诸侯有日御",日食是天象客观的变化规律,但在昭公七年,晋国士文伯与晋侯讨论"谁将当日食"的时候,士文伯则以此预言了卫国国

---

① ［意］卡洛·金斯伯格（Carlo Ginzburg）:《线索、神话和历史方法》(*Clues, Myths and the Historical Methods*), The Johns Hopkins University Press, p. 103. 其原文为:"Perhaps the actual idea of narration (as distinct from charms, exorcisms, or invocation) may have originated in a hunting society, relating the experience of deciphering tracks. "

② 薛亚军:《〈左传〉灾异预言略论》,《镇江师专学报》1997 年第 1 期。

君、鲁国上卿将承受这次灾祸。同日食一样，其他星宿的变化也让人感到不安，襄公二十八年，先是梓慎说"岁在星纪，而淫于玄枵"，因此"宋、郑其饥乎"；同年裨灶认为"岁弃其次，而旅于明年之次，以害鸟帑"，以此预测周王和楚子的灾祸；昭公十年，裨灶又以"岁在颛顼之虚"预测了晋君将死；昭公十七年，申须、梓慎、裨灶三人皆以彗星和大火星预言宋、卫、陈、郑的火灾。

《左传》不仅从天象中寻找痕迹，还将怪异和反常的现象看作自然的痕迹线索以预测未来。如庄公十四年，郑厉公杀死子仪及其子嗣，再次登上君主之位，《左传》补叙了六年前的一件怪事"初，内蛇与外蛇斗于郑南门中，内蛇死"。内蛇死预兆了厉公最终胜利的结果。与之类似的异象在《左传》中并不少见：

> 秋七月，有神降于莘。（庄公三十二年）
>
> 秋，狐突适下国，遇太子。（僖公十年）
>
> 秋八月辛卯，沙鹿崩。（僖公十四年）
>
> 陨石于宋五……六鹢退飞，过宋都。（僖公十六年）
>
> 有蛇自泉宫出，入于国，如先君之数。（文公十六年）
>
> 八年春，石言于晋魏榆。（昭公八年）
>
> 吾见赤黑之祲，非祭祥也，丧氛也。（昭公十五年）
>
> 雄鸡自断其尾。（昭公二十二年）
>
> 有云如众赤鸟，夹日以飞，三日。（哀公六年）

需要注意的是，《左传》在利用自然异象和天文现象进行预言时，并未将事情叙述的玄远而神秘，而是认为自然和人间存在一定的呼应关系，反常的异象与人类的行为有关。申繻解释道"妖由人兴也。人无衅焉，妖不自作"，周内史叔兴也表达了同样的看法——"吉凶由人"。晋国的绛人和师旷提出更接近科学的解释：土壤腐朽导致山川崩坏；石头不能说话，或许是民众听错了。并且应对这一类异象，只要采取相应的办法恢复正常的礼乐秩序，而不必去深究它们是否有所预兆，这种思想为此类预言提供了理性的解释。

7. 龟卜易筮，符号证同

《汉书·艺文志》载：

> 蓍龟者，圣人之所用也。《书》曰："女则有大疑，谋及卜筮。"《易》曰："定天下之吉凶，成天下之亹亹者，莫善于蓍龟。""是故君子将有为也，将有行也，问焉而以言，其受命也如向，无有远近幽深，遂知来物。非天下之至精，其孰能与于此！"及至衰世，解于齐戒，而屡烦卜筮，神明不应。故筮渎不告，《易》以为忌；龟厌不告，《诗》以为刺。[1]

"龟曰卜，蓍曰筮"[2]，从现存的文献来看，龟卜应该起源于更早的兽卜，新石器时代的龙山文化就发现了大量的兽卜痕迹[3]，不过到商代以后，龟卜逐渐取代兽卜成为主要的卜问形式。易筮兴起较龟卜稍晚，有学者推测，可能卜问过于频繁加之气候变化导致龟卜的原料出现短缺，而且卜问的事情渐渐复杂，龟卜不能

---

① 《汉书·艺文志》，第 1771 页。

② 颜师古注"龟曰卜，蓍曰筮"，《礼记·曲礼》曰："龟为卜，莢为筮。"不管是蓍草还是竹子，终究不过是通过一种坚韧的植物来运算推演得出卦象而已。

③ 张之恒、周裕兴：《夏商周考古》，南京大学出版社，1995 年，第 134 页。"到新石器时期晚期的龙山文化时期，占卜习俗在黄河流域和中国北方地区逐步兴起，二里头文化时期普遍盛行。"

满足要求,所以占筮渐渐受到青睐①。从《左传》叙事来看,春秋时期龟卜易筮两者皆存,在迟疑不决时两者也可以同时使用,如僖公二十五年载狐偃劝说晋文公勤王,卜偃占卜得到黄帝战于阪泉的吉兆,晋文公犹豫不决又进行了卜筮,得"大有䷍之睽䷥",亦是吉兆。不过从"筮短龟长,不如从长"来看,显然龟卜更易被人信服,《左传》中占卜约70例,以筮卜问约占总数1/5,这也说明占卜手段是龟卜为主易筮为辅。从这些占卜记录来看,大到征伐的胜负、祭祀的福祸、会盟的利弊,小到婚嫁的吉凶、疾病的康否等等,几乎遇事必占卜。以往学者利用这些材料来重构占卜的过程并对卜筮做具体研究②,此节不再赘述。

龟卜第一次使用是鲁庄公同出生时(桓公六年),"卜士负之";易筮第一次使用则是在庄公二十二年,周史占筮陈国敬仲的命运:

> 遇观䷓之否䷋,曰:"是谓'观国之光,利用宾于王。'此其代陈有国乎? 不在此,其在异国;非此其身,在其子孙。光,远而自他有耀者也。坤,土也;巽,风也;乾,天也。风为天于土上,山也。有山之材,而照之以天光,于是乎居土上,故曰'观国之光,利用宾于王'。庭实旅百,奉之以玉帛,天地之美具焉,故曰'利用宾于王'。犹有观焉,故曰其在后

---

① 参见乾元亨:《卜筮起源与筮法》,《周易研究》1992 年第 3 期。

② 可参阅李镜池《〈左传〉〈国语〉中〈易〉筮之研究》、高亨《〈左传〉〈国语〉的〈周易〉说通释》、尚秉和《〈左传〉〈国语〉〈易〉象解》,三篇文章编入《周易研究论文集·第二辑》,黄寿祺、张善文辑,北京师范大学出版社,1988 年。刘玉健《中国古代龟卜文化》(广西师范大学出版社,1992 年)中第六章对春秋占卜事例亦有具体论述。

> 乎！风行而著于土，故日其在异国乎！若在异国，必姜姓
> 也。姜，大岳之后也。山岳则配天。物莫能两大。陈衰，此
> 其昌乎！"

周太史的占筮与懿氏其妻的龟卜之兆象非常吻合，当初懿氏的
妻子用龟卜占问是否可以将女儿嫁给敬仲时，得到吉兆：

> 吉。是谓"凤皇于飞，和鸣锵锵。有妫之后，将育于
> 姜。五世其昌，并于正卿。八世之后，莫之与京。"

懿氏妻这八句极富韵律的话，是龟卜后得到兆象的繇辞；而周太
史占筮得到观卦，六四阴爻变卦为阳爻，得否卦。观卦六四爻辞
正是"观国之光，利用宾于王"。以此看来，卜得兆，筮得卦，是
两者的根本区别。《左传》中利用卜筮预言的事件，吉凶祸福灵
验不爽，此法有其哲学上的依据，也能做出思想逻辑上的解释，
同时龟卜易筮加入了文学的因素，为后世积累了审美质素。

8. 梦境联想，梦验合契

《左传》还有一种相当有意味的预言依据，是根据梦境来判
断事理、决定行动举措，因为梦是一个符号、一个象征，当时的人
们完全相信梦境当中所描绘的景象可以映照到现实的生活当
中，"他们完全相信他们在梦里见到的那一切的实在性。"①所
以，梦可以"给做梦者带来启示，或预言未来的事件。"②

---

① ［法］列维·布留尔著，丁由译：《原始思维》，商务印书馆，1985年，第48
页。

② ［奥］弗洛伊德著，张燕云译：《梦的释义》，辽宁人民出版社，1987年，第3
页。

　　《左传》记梦,或噩梦,或美梦,或梦祖先,或梦鬼神,时有将战而梦,疾病而梦,间或梦死亡,梦即位等等,虽然梦的内容不同,但都表现了梦的预见性。梦的解释手段也比较丰富,当梦象比较明确的预示生死福祸的时候,直接按照梦境正向解释是《左传》解析梦最惯常的手段,如韩厥梦见子舆告诫他明早在战斗中要避开左右两边的位置,果然第二天韩厥因此得以保全性命(成公二年)。当然,利用梦象反向解释也偶有运用,如晋文公与楚决战悬而未决时,他梦见"楚子伏己而盬其脑",子犯反向解释认为是吉兆,"我得天,楚伏其罪,吾且柔之矣"。

　　解梦者有时以触类引申来解释梦,也就是说对梦进行固有模式的模拟,如声伯梦到渡过洹水,有人给他死者口含的琼瑰,三年后当声伯门客充盈以为自己误解了梦境时,死期即至(成公十七年)。解梦者有时也利用"同梦"或者"协梦"现象,以证梦验。如晋荀偃梦见晋厉公将自己的头部打掉,荀偃捧着头遇见了梗阳的巫皋。巫皋也做了同样的梦,并预言了荀偃将死而晋军获胜(襄公十八年)。又如卫国孔成子梦见康叔让自己扶持元即位,并派苟与圉辅佐元,史朝的梦与孔成子的梦两者相合(昭公七年)。

　　有时梦象含糊不清较难理解,则要占卜、观星等综合理解。最典型的就是昭公三十一年载赵简子梦见小孩子赤身裸体的载歌载舞,第二天又出现了日食现象。赵简子并不明白梦预示的意义,但他害怕日食是凶兆,因此请来史墨进行占卜。史墨解释了占卜的结果,预言了六年之后吴军将进入楚国都城,但最终却未能征服楚国。

　　需要注意的是,我们不能将《左传》中的梦理解成神秘的感应或者宿命的写照。在大多数例子中,梦的功能清晰可见,它解释了事件的起因,暗示了情节的发展,突出了人物心理刻画,增添了叙事的奇幻色彩和艺术魅力。

二、预言的结构意义

里蒙·凯南说:"故事次序和本文次序之间的差异——热奈特称之为错时——主要有两类:一类通称为'闪回'或'回顾';另一类通称为'伏笔'或'预示'。为了避免这些术语的心理内涵和影视内涵,我将仿效热奈特,分别把他们重新命名为'回叙'和'预叙'。"①

《左传》的叙事中,这种故事次序和本文次序的差异频繁出现,但左氏并不是有意为之,一方面因为左氏遵循《春秋》的时间纲目,按照现实发生时间记述事件,这造成其主体部分是按照本文次序记述事件的;另一方面左氏又有着叙事自觉,欲在某一个时间点将事件的前后因果、婉转曲折处交代完整,叙事出现了故事次序。至于里蒙所谓的"回叙"和"预叙",在传统叙事艺术的研究中,《左传》会在文本中用"初"来实现"回叙"的功能,而前文提到的这些预言之依据则更多的指向"预叙"。就文本结构而言,这些预言②的意义首先就在于它将分年散见的事件联结成完整的叙事单元,形成整体的文本结构。其次,不同类型的

---

① [以色列]里蒙·凯南:《叙事虚构作品》,生活·读书·新知三联书店,1989年,第83页。

② 文章第一部分讨论的八种预言依据类型,是春秋士人根据当时的人事、天象等做出断言的依据,由这些依据直接预言事件的结果。人的形象、举止、言行、占卜的卦象、梦的情境等类型,严格地说是预兆,而预兆实际上也带有预言的功能,故为叙述简洁,以上八种预言依据类型,后文皆简称为"预言"。

预言叠加使用,使文本获得张力,使叙事具有气脉,叠加的方式形成整体的背景,推动着因果向前发展,累积成为势能。

1. 联结整体

《左传》中的部分预言首先承担了预先叙述的功能,将事件的进行伏笔或预示。有时预言的出现,看似闲笔,实际将断裂的话头重新拾取,似断实续,或应合前文或转接后事。当预言成为整个事件的关键线索,它联结了编年体割裂和分散的叙事单元,将时间跨度较大的事件进行技巧性的设计,让叙述篇章更加完整。

以秦晋崤之战为例,战争发生在鲁僖公三十三年(公元前627年),如果将时间线向前考索,其实在《蹇叔哭师》一节就已经预示了战争的结果。实际上,左氏以预言将三个小的叙事段落《蹇叔哭师》①、《秦师袭郑》②、《秦晋殽之战》③联结成一篇首尾完整的叙事单元,预言在当中既有首尾呼应又包含前后伏应。

《蹇叔哭师》一段中(公元前628年),晋文公的尸体"柩有声如牛",以及卜偃得到的启示"将有西师过轶我,击之,必大捷焉"。已为秦晋之战的结局埋下了伏笔。当穆公向蹇叔征求意见时,蹇叔的预言可以分成三段与《秦师袭郑》一节两两对应:

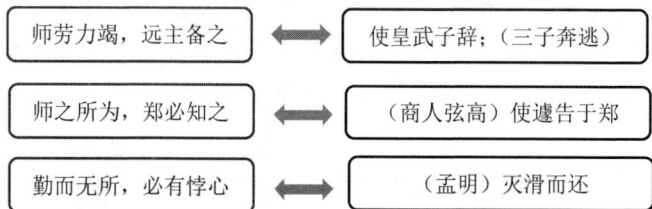

师劳力竭,远主备之	⟷	使皇武子辞;(三子奔逃)
师之所为,郑必知之	⟷	(商人弦高)使遽告于郑
勤而无所,必有悖心	⟷	(孟明)灭滑而还

① 《蹇叔哭师》一段以"杞子自郑使告于秦"至"秦师遂东"。
② 《秦师袭郑》一段以"秦师过周北门"至"灭滑而还"。
③ 《秦晋殽之战》一段以"晋原轸曰"至"且吾不以一眚掩大德"。

如果说蹇叔的预言注脚了秦国袭郑不能成功，那么蹇叔哭孟明、哭其子，"必死其间，余收尔骨"则直指秦晋崤之战中秦国的失败。《秦师袭郑》一段，王孙满观察了秦师的举止状态，断言其"轻而无礼，必败"，在这又插入一则预言，既承接前文，又应合了结局。

林纾先生赞曰："通篇为前后两篇作过脉文字，明乎蹇叔之意，全注在霸余之晋国。而此篇偏不题起'晋'字，如雷声将起，先密布下无数阴云，而云中隐隐已泄电光……然文字虽属过脉，而起讫仍然自成章法。"①"过脉"即是"过渡"，《秦师袭郑》一段妙在不仅照应了蹇叔之言，王孙满的预言更是联结前后两个部分，既回应了蹇叔，又再一次为秦师失败埋下伏笔，伏应中嵌套伏应，文章自成章法。

《左传·昭公十三年》补充了楚共王选择继承人的事件，当初楚共王从得宠的五个儿子中间做选择，他遍祀星辰山川的神灵，将玉璧埋在祖庙的庭院里，让五个儿子按长幼次序依次下拜，楚康王两脚跨在玉璧之上、楚灵王的胳膊放在了玉璧之上，楚平王由人抱着下拜，两次都压在璧纽上。这则预言收束了从楚康王到楚平王的一段楚国历史，为何会在叙事的过程中插入这一段叙述？左氏的目的，似乎在于解释楚国的动荡皆因此而起。而从结构上说，补叙这一预言的意义在于，预言不仅仅让叙事前后完整，它亦解释了楚国纷纷扰扰的内乱在此之前既有预兆，毕竟当初几人皆未正中玉璧，更重要的是，这也预示了楚国霸业的凋零。实际上，预言是楚国由盛转衰的关键线索。

---

① 林纾撰，潘林编：《左传两种读法·左传撷华》，华东师范大学出版社，2018年，第40页。

于此相类似的还有"季札聘上国"①。潘万木教授对这段文字盛赞有加，并称此段预言暗藏了《左传》的创作动机。左氏"巧借他（指季札）的出场，在叙事中从容收拾起前半部的轰轰烈烈，然后把后半部的大事——提起，为诸侯国大夫执政，春秋霸主霸业凋零与衰败的变局预作收场。史中的一个偶然事件，如此顺理成章，成为左氏叙事的一个关键线索……似可用来标志《左传》的一个总体构思，它与一人、一事、一国各个层次的预言，共同构成《左传》的叙事手段。"②

2. 积累势能

古人为文，讲究"得势"："文之雄健，全在气势。气不王，则读者固索然；势不蓄，则读之亦易尽。"③这种势，林纾引魏伯子的话解释道："文章大势，正如云中山，虽未分明，而偏全正侧，胚胎已具备。"④"势"是文章下笔前，关于结构的整体构思，是了然于胸的全局把握。杨义将"势"的概念进一步升华，借用近代物理学"势能"的概念——物体间存在相互作用而具有的能量，赋予"势"气脉流动，更多的强调"势"的动态，认为文本结构存在本体势能、位置势能和变异势能，对结构运转中的能量进行动力学的解读⑤。

本文所说的势能与杨义所论相近，左氏利用预言，不仅将事件的整体轮廓进行预示，而且在叙述过程当中，左氏又利用不同

---

① 《季札聘上国》一段以"吴公子季札来聘"至"必思自免于难"。

② 潘万木：《〈左传〉叙述模式论》，华中师范大学出版社，2004年，第210页。

③ 林纾著，舒芜点校：《春觉斋论文·气势》（合订本），人民文学出版社，1998年，第76页。

④ 《春觉斋论文·气势》（合订本），第77页。

⑤ 参见杨义著：《中国叙事学》，商务印书馆，2019年，第106—120页。

类型的预言，灵活地运转和整合，以提醒读者，这种层层累积，不断积蓄能量，"势"在结构进展中，推动事件不断向最终的结果发展。如《左传·襄公十八年》：

> 楚师伐郑，次于鱼陵。右师城上棘，遂涉颍。次于旃然。蔿子冯、公子格率锐师侵费滑、胥靡、献于、雍梁，右回梅山，侵郑东北，至于虫牢而反。子庚门于纯门，信于城下而还，涉于鱼齿之下。甚雨及之。楚师多冻，役徒几尽。晋人闻有楚师，师旷曰："不害。吾骤歌北风，又歌南风，南风不竞，多死声。楚必无功。"董叔曰："天道多在西北。南师不时，必无功。"叔向曰："在其君之德也。"

在对楚师败退的预测中，左氏连用三种不同类型的预言：师旷歌唱了南北音调，董叔观察了岁星的移动，叔向则以人为因素做出推测。南风音弱、岁星位移、楚王德行，三种类型的预言层层叠加，不仅为整个叙事增添了玄奥的神秘色彩，而且强有力的推动事件的结果向着不可改变的方向发展——楚军必败。预言的叠加不断增强了应验的必然性，也使得叙事一气贯通，具有气势。需要注意的是，三种类型的预言中，叔向的预言放置在最后，语言之外的结构意义则显露无遗，楚国的失败重点在于人事——楚康王对令尹子庚的猜忌、子庚对伐郑的犹豫以及郑国加强守备。

密集的预言在叙述过程中层层递进，不断积累势能，推动着情节向应验结果发展。左氏有时将预言的位置变换、拉长，散布成各自独立的、小的叙事段落，又将这些小的段落组成一个完整的辉煌篇章。在累叠回环中，预言在其中不断地制造悬念，亦不断增强势能。

　　春秋前期晋国灭虢国是比较重要的历史事件。晋与虢的纠缠最早要追溯到隐公五年,周天子刚刚帮助了曲沃庄伯(晋穆侯次子成师之子)攻打晋国都城,不久曲沃就背叛了周天子,于是"王命虢公伐曲沃,而立哀侯于翼"。这可能为后来晋国吞灭虢国埋下了仇恨的种子。有些讽刺的是,曲沃正式被册封为诸侯,也是虢公奉使周天子的命令——"使虢公命曲沃伯以一军为晋侯"。鲁庄公二十六年,虢人同年两次侵袭晋国,正式揭开了晋献公灭虢国的序幕。第二年晋献公打算攻打虢国,被士蒍劝止,士蒍预言了虢公不能爱护人民而屡次作战,必定会失败。在晋灭虢的事件中,士蒍第一次预言了虢国的失败[①]。

　　第一次预言后,叙事的过程告一段落,叙述的势能有所衰减。六年后,当听闻虢公对莘地之神的做法后,肯定了虢必亡国下场,而虢史嚚亦做出了同样的预言"虢其亡乎!"两个人的预言将晋灭虢的事件重新接续,并为叙述进行充能。在之后的叙事中,《左传》又不断地强调虢国失败的必然性,闵公二年借舟之侨之口预测"殃将至矣",僖公二年再一次以晋国卜偃预言:"虢必亡矣……不可以五稔。"后面两则预言的时间间隔越来越短,使得气氛渐渐急促,势能逐渐加强,也促使读者变得焦虑而快乐[②]。终于在僖公五年有了结果,通过卜偃预言——灭虢应验的最简单的结构作为最后的交代。

---

　　① 士蒍曰:"……无众而后伐之,欲御我,谁与?……虢弗畜也,亟战将饥。"

　　② 罗兰·巴特说:"一方面,悬念已维持一个开放性序列的办法(已种种延宕和重新推出的手法)加强同读者(听众)的接触,具有交际功能;另一方面,悬念使畸变受到未完成序列的威胁。读者以焦虑而快乐(因为逻辑混乱最后总是得到了弥补)的心情享受这种逻辑的混乱,受到开放性的聚合的威胁,也就是说,受到逻辑混乱的威胁。"参见罗兰·巴特《叙事作品结构分析导论》。

这个结构很完满,通过步步向前、层层展开的方式,将各个看似独立的叙事段落连缀成一篇完整的小国灭亡史,预言在其中既显示了联结的结构意义,又不断在结构发展中积累叙述的势能,将结果推向必然的应验,同时亦达到似断实续、续而不乱的审美效果。

小　结

《左传》中的八种预言依据类型,或者说是八种预言模式,其间多交叉互补,一种预言可能既是梦的启示也需要占卜的解读,既是违礼的惩罚也是逻辑分析的结果,所以每种预言并不是孤立的,在《左传》叙事中经常会有综合使用不同类型的预言来预测同一件事的情况,可以说八种预言模式共同构成了《左传》丰富的预言系统。而《左传》中预言屡屡应验,其原因多数是以主体的认知水平做判断,这既反映出春秋时期人的自然观念和社会观念,亦呈现了民族的道德思想和审美意识;更重要的是,预言也体现出《左传》编撰者对自然、人事关系的深层探索,以及对现实社会秩序进行重塑的努力,因此不能将预言看作是神秘的玄学,也不应认为是左氏附会自造。

就文本结构而言,预言具有起承转合的结构作用,起到伏笔应和、伏脉千里的审美效果。语言勾连了小的叙事段落并将其联结为完整的叙事单元,使得叙事更加完满。同时层层叠加的预言推动了事件步步向前,在这个过程中,叙述势能不断丰富、充实和壮大,拓展了结构力度,导向事件最终的应验结果,叙述的层次也因此更加丰满。

（哈尔滨师范大学文学院）

晋国赋诗言志之风与晋人用《诗》的独特风范

——以《左传》为研究对象

梁晓颖

　　春秋时期是用诗时代,诗被广泛地应用于祭祀场合、外交场合和日常生活。各个诸侯国间频繁举行会盟宴飨,诗礼风流盛行一时,赋诗言志成为一种政治性、功利性很强的外交用诗形式,这种艺术化的外交方式是一种高雅的、富有诗意的抒情言志方式。这种长达一百三十多年的赋诗之风表明中国古代贵族文化已经发展到一种极优美、极细腻、极雅致的时代。

　　晋国赋诗言志之风为各国之最盛。春秋各诸侯国赋诗场面共 32 处,晋国赋诗有 12 处,占了三分之一还多,如果加上引诗、解诗那就更多了。《左传》中晋国部分占了相当大篇幅,有关晋人赋诗的很多描述反映了晋人赋诗的独特风范,说明春秋时期晋人相当重视诗教。春秋时代城邑文明成熟,《左传·襄公二十九年》载:公告叔侯,叔侯曰:"虞、虢、焦、滑、霍、扬、韩、魏,皆姬姓也。晋是以大。若非侵小,将何所取。武、献以下,兼国多矣。"①晋国的迅速崛起是依靠一个个城邑掠夺与兼并实现的。

---

　　①　〔清〕阮元校刻:《十三经注疏·春秋左传正义》,中华书局,1980 年,第2006 页。

晋国贵族居住在城邦之中，钟鸣鼎食，锦衣狐裘，享受着城邑文明背景下高度发达的礼乐文化，拥有悠久的诗书礼乐文化传统。晋国世卿贵族频繁参加盟会宴飨，深知诗书礼乐在祭祀、外交及日常生活的重要性，多以其教育自家子弟，以求在国内政治斗争中保住自己的家族利益，在盟会宴飨中能熟练应对种种复杂的外交环境。

一、赋诗言志与晋国悠久的用《诗》传统

晋国作为春秋最重要的诸侯国之一，有赋诗外交、和亲外交和音乐外交等多种外交手段。晋国的上卿频繁参加盟会宴飨，相互聘问中，赋诗言志成为一种重要的外交手段。

在晋人赋诗的 12 处，11 处都是外交赋诗，分别是对秦国、对鲁国、对齐国、对楚国、对卫国、对郑国等。晋人赋诗只有一次不是外交赋诗：那就是荀林父劝同行先蔑，勿去秦国请公子雍而赋诗《大雅·板》。曾任晋国第七任中军帅的荀林父性格忠厚，精通诗书。晋襄公去世时赵盾派先蔑与士会去秦国接公子雍回国继位，荀林父悄悄劝先蔑：兄弟，本国有太子了，又去外国请公子回国继位，这件事儿基本上就行不通，肯定成不了。你要是去了，到时候一定把自己弄得里外不是人，背黑锅的一定是你。荀林父修仁怀义，见先蔑执迷不悟，情急之下赋《大雅·板》："我虽异事，及尔同僚。我即尔谋，听我嚣嚣。"其意是说我们是同事，给你提点建议。我是为你着想，你可得听我忠言。可惜最终先蔑还是没听荀林父建议去了秦国接公子雍。事后赵盾反复无常，重立缪嬴之子晋灵公，在令狐歼灭护送公子雍归晋的秦军，结果先蔑被迫逃往秦国。荀林父赋诗劝先蔑勿去秦国，不仅表

明他有政治远见,同时也说明他精通诗书。

晋国国君、世卿贵族多擅长赋诗。晋文公、晋襄公、晋平公都曾赋诗,反映了晋国上层贵族赋诗风气之盛,也反映了晋国上层社会悠久的诗书礼乐传统。从郤縠开始,晋国二十几任中军帅及其领导下的六卿团队,大都知诗书懂礼乐。重耳在流亡过程中与秦穆公的赋诗是《左传》中记录的最重要的赋诗活动之一。重耳赋诗是在赵衰指导下进行的,作为晋文公的师傅,赵衰精通诗书,本人是谦谦君子,职位最高时曾任晋国中军佐,其让贤、荐贤之举为晋国早期称霸打下了坚实基础。由于其家族诗学渊源,终于在第四代培育出晋国赋诗名家赵武,即晋国第十五任中军帅。

在晋国,精诗书懂礼乐成为从政的重要条件。晋文公时代设三军,上军中军下军,每军由帅、佐两人领导,中军帅为最高执政,战时负责军事,平日负责国内政事。《左传·僖公二十七年》载:晋国为救宋国而欲与楚战,谋三军元帅,赵衰荐贤以为郤縠可。赵衰称誉郤縠之言曰:"说礼乐而敦诗书。"晋文公听从师傅赵衰之推荐,郤縠因知礼乐懂诗书而成为晋国首任中军帅。

重耳继位后,重视文化建设。"文公以诗书礼乐教民,是以成伯主也。"①由于晋国民众具有较强的文化基础和军事基础,在此后的一百多年,晋国得以成为春秋历史上称霸时间最长的诸侯国。晋国的诸侯卿大夫多接受贵族教育,自幼学《诗》,从摄政上卿到异族狄戎,都可以赋诗。宗庙祭祀,外交盟会,生活教育各个领域都充斥着《诗》的气息,让诗性世俗化,让世俗泛

---

① 曾勤良:《〈左传〉引诗赋诗之诗教研究》,文津出版社,1993年,第451页。

诗化。

二、晋国赋诗名家与其诗学成就

晋国在春秋时为北方各诸侯国领袖,长期与南蛮楚国争霸。在朝聘盟会,收取贡纳,觐见周天子等频繁的国事外交活动中,相继涌现出一批诗礼名家。最著名者为士匄、赵武、韩起、叔向等人。

(一)士匄外交赋诗与其诗学成就

士匄又称范匄,即范宣子,晋国赋诗名家,法家先驱,曾制定刑书,因封于范,以封邑为姓。士匄为晋国第八任中军帅士会之孙,从襄公十九年(前554年)至襄公二十五年(前548年)执晋国国政七年,为晋国第十四任中军帅。《左传》记载了与士匄相关的三次赋诗活动。

1. 士匄访鲁赋诗

襄公八年(前565年),晋国士匄出使鲁国。此时士匄是晋国中军佐,希望鲁国出兵与晋国合力攻打郑国,乃赋《摽有梅》。"摽有梅,其实七兮。求我庶士,迨其吉兮"本是渴望得到爱情的情诗。季武子听后马上明白:士匄是想请鲁国能出兵与晋国携手攻打郑国,虽然鲁国实在不愿意出兵,也不得不好言答复:晋国就像花果,鲁国就像花果上的香味。这香味是依附于花果的,你们晋国这个霸主国家有吩咐,我们敢不从命。随后季武子为士匄赋《角弓》《彤弓》两诗,用"兄弟昏姻,无胥远矣"与"我有嘉宾,中心喜之"含蓄表达晋鲁两国的兄弟之情,期待晋国能再次建立功业,重获王赐,小国对大国的谄媚阿谀与不得不服从之无奈全在赋诗中表露无遗。

晋文公时,春秋赋诗之风初兴,所以赵衰会对所赋之诗加以解释。一百多年后至士匄时,随着赋诗的普及,赋诗的解释少了,"以微言相感"成为外交场所赋诗的明显特点。此次赋诗,用原本青春萌动的诗篇,化作请求出兵的信号,诗的本义与赋诗者所表达的意义完全两回事,但是由于春秋时代,诗学名家之间"微言相感",用"诗以合意"的方法,用《诗》的语言作为自己的语言,所以赋诗者与听诗者都能领会彼此之意。

2. 鲁国季武子访晋时士匄赋诗

襄公十九年(前554年),荀偃去世,士匄刚刚从晋国中军佐晋升为中军帅,正值春风得意之际。季武子访晋,士匄赋诗《黍苗》,以"悠悠南行,召伯劳之"自比召公,季武子意识到士匄源于大国的霸凌之气与初为执政的傲骄之情,马上随声附和,以雨露比晋国,把鲁国比为期待甘霖雨露之禾苗,渴望得到大国的雨露庇护,赋《六月》,以"共武之服,以定王国"表达鲁国愿意跟随晋国,会与晋国同心同德。

士匄与鲁国季武子所赋之诗看着是否有些眼熟?《国语·晋语四·秦伯享重耳以国君之礼》谈及公子重耳与秦穆公赋诗:秦伯赋《采菽》,公子赋《黍苗》表达渴望秦君"庇阴膏泽之";秦伯赋《鸠飞》,公子赋《河水》,秦伯赋《六月》,表示愿意帮公子重耳归晋。《黍苗》与《六月》在两次赋诗中均出现过,但双方地位心态却截然不同。当年公子重耳赋《黍苗》是求秦伯帮忙护送归晋,一百多年后士匄赋《黍苗》是表达晋国愿意庇护鲁国。

"诗以合意",大家都用诗作为自己的语言,表达的意思却大相径庭,但"微言相感"的方式,大家都能听懂却不至于产生误会。赋《诗》有时可以两国修好,有时可以解决彼此争端。重耳与秦穆公赋诗,在优雅雍容的礼仪中秦晋之好的政治交易得以达成,士匄的赋诗则是强国外交柔性手段的展示。

3. 戎子驹支与士匄赋诗

从众多赋诗引诗事例可以看出:春秋时代不仅把《诗》视为文学经典,在反复的应用中,诗还成了外交工具。春秋大国熟谙诗礼,一些小国为了外交需要,也不得不研究诗礼,以免在国际舞台上贻笑大方,这才有了春秋后期孔子说的"不学《诗》,无以言"。就连周边的戎狄,也加入了赋诗行列,《左传·襄公十四年》记载了戎子驹支对士匄赋《青蝇》一事。

此次戎子驹支赋诗的背景是:士匄与吴国闹矛盾后,拘禁了莒国公子,说其私通楚国,然后迁怒于驹支,指责他泄露秘密,离间诸侯与晋国的关系。士匄此时是晋国中军佐,戎子驹支面对大权在握的士匄无缘无故的指责,从容赋《青蝇》应对:"营营青蝇,止于樊。谗人罔极,构我二人。"戎子驹支以青蝇喻谗佞之人,以君子比士匄,意谓"谗人说话坏透了,扰乱各国友好,离间我们两个人",劝士匄不要信谗佞之人所言。"饮食衣服不与华同"的戎人尚能赋诗,可知当时诗教之深入、用诗之广泛。

在赋诗断章中,诗的原意被忽视,赋诗者观诗者从《诗》中引申出所要表达的意义,诗作为文学的灵动性、隐喻性、象征性呈现出来。此处士匄的错误在于违背了"修辞以立诚"的原则,看似霸气,实则无中生有。戎子驹支辞婉理直,处处以历史事实立论,对士匄进行批驳,指出其言辞的荒谬之处。当时士匄为晋国中军佐,作为大国上卿的蛮霸不讲理显而易见,但又常常囿于礼乐文明而不得不在某些方面做出让步。戎子驹支以微言相感,士匄诗学修养极佳,因诗观志能力超强,马上明白戎子驹支赋诗中所隐含的意义,立刻道歉,同意戎子驹支继续参加盟会。

（二）赵武外交赋诗与其诗学成就

赵武又称赵孟,为晋国第十五任中军帅,谥号"文",即赵文子,后世著名戏剧《赵氏孤儿》中那个身世悲惨的孤儿原型。赵武之祖父赵盾是晋国第五任中军帅,曾在晋国主政二十几年。赵武从襄公二十五年(前 548 年)到昭公元年(前 541 年)任晋国中军帅,执晋国国政八年,礼合诸侯,以彬彬君子风度荣获一代贤臣的上佳声誉。赵武的诗学成就主要体现在他对"诗礼"的透彻把握,不同场合的灵活应对,还有"诗以言志"和"因诗观志"功能的实践操作。《左传》中记载了与赵武相关的三次赋诗。

1. 赵武访郑之垂陇之会

襄公二十七年(前 546 年),赵武第一次赋诗于郑国设宴的垂陇之会,与郑国七位上卿赋诗。赵武让子展等七子赋诗以观其志。郑国子展赋诗《草虫》,用"亦既见止"、"我心则说"把赵武比作君子,抒发他见到赵武的喜悦之情,赵武听后谦逊地表示实不敢当。伯有赋《鹑之贲贲》,中间有"人之无良,我以为君"的激愤之词,流露出对郑国国君的怨恨之意,赵武意识到其在含沙射影地攻击郑国国君,便在宴会上含蓄地表示:"床笫之言不逾阈,况在野乎? 非使人之所得闻也。"赵武觉得如此赋诗不合礼仪,明白后当场并未说破。宴会结束后,他私下对叔向说:"《诗》以言志,志诬其上,从伯有所赋之诗看,他将会被杀呀。"事实果真如此,没多久,伯有被杀。子西赋诗《黍苗》,用"肃肃谢功,召伯营之"将赵武比为古之召伯,夸赞他为晋国立下了大功,可以说是对赵武夸赞到极致了。赵武听后马上说:国君还在,自己可不敢当。子产赋《隰桑》,用"既见君子,其乐如何"将赵武比作君子,表达见到赵武的快乐,而赵武说"武请受其卒章"。赵武接受的卒章"中心藏之,何日忘之"表达的意思是:我内心会记住你的好意。子大叔赋《野有蔓草》,用"有美一人,清扬婉兮"来比美晋国贵客赵武,用"邂逅相遇,适我愿兮"表达见到赵武的心仪之情。赵武听后马上说"吾子之惠也",感谢他的夸赞。郑国印段赋《蟋蟀》,"今我不乐,日月其除"认为流光易逝,人应有责任心事业心,此中哲学意蕴深得赵武赞赏,因而称其为"保家之主也"。最后一位公孙段赋《桑扈》,诗中"君子乐胥,受天之祜"是祝愿赵武接受上天赐福保佑之意,"万邦之屏"则是对晋国作为霸主能够保卫各诸侯国的赞颂。赵武对此做了积极的响应,表示正合己意。

面对郑国七卿赋诗,赵武各以诗意应对他们的一一赞誉,是为温雅之君子,不能不令人叹服。赵武是想通过郑国诸卿赋诗来观察他们对晋国的政治态度,郑国赋诗者将自己的心志用对应的《诗》来表达,赵武作为听诗者根据自己对《诗》的理解对郑人所赋之诗及时评论。这里因诗观志的"志"不仅是赋诗者的个人感情,更是赋诗者政治上的邦国之愿。看似用赋诗来表达各自情怀,实际双方赋诗都是带有政治意图的外交辞令。

2. 郑国诸侯会盟时赵武赋诗

赵武第二次赋诗是昭公元年(前541年),郑伯宴享晋国、鲁国、曹国各国使臣时会盟,弦歌鼓舞、其乐融融中,各国的外交使节都通过赋诗言志这种形式来实现自己的政治目的,其中赵武是这次宴会的中心人物。

晋国称霸百年,郑国、鲁国、曹国都是春秋小国,仰仗晋国保护,赵武作为晋国之中军帅,掌握着晋国内政外交大权,各小国上卿自然都竭力讨好恭维。赵武谦恭有礼,首先赋《瓠叶》,以"君子有酒,酌言酬之"感激主人盛情。鲁国穆叔赋《鹊巢》,"维鹊有巢,维鸠盈之"实际是感谢赵武保护之恩。因为此前盟会楚国曾找借口欲杀穆叔,赵武以晋国中军帅身份出言力保,穆叔得以幸免,故比赵武为鹊,以鸠自比,言自己因赵武保护才得以保全,赵武当即谦恭地表示不敢当。郑国子皮赋《野有死麕》,"无感我帨兮! 无使尨也吠"意思是郑国跟定了晋国,别让楚国欺负郑国。赵武立刻做答《常棣》,"兄弟阋于墙,外御其务"是说郑国与晋国乃同姓兄弟之国,要共同御敌,实际暗含晋国会保护郑国之意。赵武在赋诗中进退有度,表现出彬彬君子风范。看似谦让委婉,其实他表现出来的谦恭有礼都是以晋国身为霸主为前提的。如果晋国不是霸主,如果晋国不具有巨大的政治军事实力,如果各小国不仰承晋国保护,何用如此讨好他、恭维他。

3. 赵武访楚赋诗

第三次赋诗也是昭公元年(前 541 年),这是赵武任晋国中军帅的最后一年,楚令尹王子围宴享赵武。王子围当时野心勃勃赋《大明》,"有命自天,命此文王"是以周文王自比,显露出其不臣之心的同时,更显露出其欲吞周王而御诸侯之野心。赵武因诗观志,马上意识到王子围有篡位野心,于是赋《小宛》,以"各敬尔仪,天命不又"警告王子围要自重,要安分守礼,不可利令智昏,否则天命是不会保佑你的。面对不可一世的楚国令尹王子围,赵武赋诗既不失大国正气,又能做到有的放矢,彰显北方盟主之威仪。事实上楚国王子围事后也真的篡了位,是为楚灵王,并欲称霸,这也侧面证明了赵武因诗观志的眼光确有独到之处。

（三）韩起外交赋诗与其诗学成就

韩起即韩宣子，晋国第十六任中军帅，昭公元年（前541年）至昭公二十八年（前514年）执晋国国政二十七年，是晋国第十一任中军帅韩厥之子。作为赋诗名家，韩起善于从对方所赋之诗揣摩其寓意，并能准确地作出恰如其分的评价，其精通诗学，应对娴熟，堪称赋诗之妙。《左传》记载其赋诗三次，一次是访鲁赋诗，一次是访郑赋诗，一次是与卫国北宫文子赋诗。此处通过前两次外交赋诗分析韩起的诗学成就。

1. 韩起访鲁赋诗

昭公二年（前540年），韩起以晋国中军帅身份访鲁，展示出晋国作为霸主的雍容大度，并对鲁国悠远的历史文化给予由衷的褒扬。韩起高度评价鲁国的礼乐文明，能总结出"周礼尽在鲁矣"至少说明韩起深谙诗书礼乐。

宴飨时鲁国季武子赋《绵》，"虞芮质厥成，文王蹶厥生"是以虞芮两国结盟比拟晋鲁结盟，以文王比晋侯，将韩宣子比作四辅之臣。韩宣子赋《角弓》，"兄弟昏姻，无胥远矣"意思是各位兄弟，不要疏远啊，表示要与鲁国结成兄弟之国。季武子感激下拜，赋《甘棠》，"蔽芾甘棠，勿翦勿伐，召伯所茇"是将韩起比作召公，表示鲁国渴望得到晋国这棵大树的庇护。季武子是鲁国赋诗名家，作为小国上卿，献媚大国权臣之情态与无奈，通过外交赋诗这种应对方式直接表现出来。韩起作为晋国赋诗名家火速应对"起不堪也"，态度谦恭，充分展示大国看似平等的外交风范。

2. 韩起访郑赋诗

昭公十六年（前526年），韩起以晋国中军帅身份访郑。韩起与郑国六卿赋诗时提出"二三君子请皆赋,起亦以知郑志"。较之赵武的"请皆赋"、"武亦以观七子之志",韩起的"赋不出郑志"又进了一层。赵武要听郑卿赋诗,只想通过郑卿赋诗观其志,对所赋之诗没有要求,所以郑卿选诗范围广泛,有《召南》、《小雅》、《郑风》、《唐风》、《鄘风》。而韩起提出的具体要求"赋不出郑志"则限定了郑国六卿赋诗的范围:要用《郑风》里的诗歌来表情达意。

赋诗能力是春秋时代礼乐文化土壤下贵族教育的成果,王侯和卿大夫等贵族阶层大都学习诗书礼乐等经典文献。郑国六卿赋诗水平普遍高超,赋的全是《郑风》,以个人的诗化语言表达其邦国之志。子蟜所赋《野有蔓草》,以"邂逅相遇,适我愿兮"表达自己见到韩起的喜悦之情以及对韩起的欢迎。子产所赋《羔裘》是赞美正直官吏的,以诗中"彼其之子,邦之彦兮"赞美韩起堪称真男子,是国之俊杰。子游赋《风雨》,用"既见君子,云胡不喜"表达与韩起见面的相逢之喜。子旗赋《有女同车》,诗曰"彼美孟姜,德音不忘",用孟姜之美以喻韩起,并夸赞韩起有德。子柳赋《蘀兮》,诗曰"叔兮伯兮,倡予和女",意思是:叔啊伯啊你快来,你来唱歌我来和。郑国晋国原本是叔伯宗亲,要有唱有和互相合作啊。这几篇表达的都是一种友好态度,剖白郑国愿意与晋国和谐友好并顺从晋国。只有子大叔的赋诗值得深思,子大叔所赋《褰裳》本是男女情歌,"子惠思我,褰裳涉溱。子不我思,岂无他人"意思是:你要真心思念我,就提起衣裳过溱河。你若是变心不想我,难道没有其他情哥哥? 与以上几位单纯夸赞不同,子大叔以此告诫韩宣子:你们晋国要对我们郑国主动友好点,要不楚国就来拉拢我们郑国啦。韩宣子马上赋《我将》"我其夙夜,畏天之威,于时保之",断章取义可释之为："我在这里，会敬畏天威保护你们的。"郑六卿表达愿意和晋国交好的迫切心情，韩起听后非常高兴，表示要保护姬周之邦郑国并与之交好。韩起应对娴熟，对郑国六卿所赋之诗的深意都能准确把握并作出恰如其分的评价。

此次赋诗的背景是："宣子有环，其一在郑商。"韩起想以大国执政身份通过郑卿关系从郑商手中强行买玉，然而子产说：那块玉不是官府的器物，不归我管，我不知道。后来"韩起买诸贾人"，交易达成，郑商一定要告知郑国"君大夫"。子产则以"出一玉以起二罪，吾又失位"和"今吾子得玉而失诸侯，必不为也"为由，拒绝了韩起凭大国之权势强买郑国商人之玉的想法。子产的论据是：大国要讲"礼"，要讲究德行，不能太贪，不能因为一块玉而强买强卖，得到玉而失去诸侯的拥护是得不偿失的。韩起听完子产之言，马上意识到自己身份，向子产道歉："起不敏，敢求玉以徼二罪。敢辞之。"在辞玉之后韩起才参加这次郑国六卿在郊外为他举行的宴会。

有观点认为此次赋诗是郑六卿为曲意逢迎晋国，其实不尽然。此时，韩起身为晋国执政，晋国第十六任中军帅，放弃了他一心想从郑商手中强行买玉的想法参加宴会，郑国作为小国，自然应该热情欢迎。面对小国的热情，韩起心花怒放，表示要与郑国友好共处，保护郑国，因此喜曰："皆昵燕好也。"事实上韩氏为晋国后兴起的世卿，家境并不富裕，所以才有"宣子忧贫，叔向贺之"的名文，但韩起还是很大方地送给每位郑国上卿马匹作为礼物。子产阻止韩起买玉，以礼德谏之，韩起则虚怀若谷，虚心接受，宴会之后还私下另赠子产玉和马，对子产的劝谏表示感谢。

"赋诗断章"并不是对《诗》的任意曲解。符合"诗以合意"

原则,选取合适的诗句,或对诗句进行一些引申,是赋诗引诗的方法。韩起受过良好的《诗》《书》教育,用"诗以合意"之法委婉含蓄地表明了本人想法,还避免了作为大国中军帅要不到玉璧的尴尬。春秋初期郑国强大,曾一度小霸,但是后来晋国、楚国等大国崛起,郑国逐渐沦为小国,依附于霸主国家。郑国的外交政策是"唯强是从,晋来从晋,楚来从楚",晋国打来依附于晋国,楚国打来依附于楚国。此时郑国六卿赋诗的政治目是相同的:渴望得到霸主国家晋国的庇护,但是六卿对诗的运用充满了赋诗者的志趣,他们都能熟练应用《郑风》准确表达自己细微的情感,反映了他们深厚的诗学修养,也反映了他们对本国民歌《郑风》的熟识和热爱,否则不能在外交场合"微言相感",表达自己的政治意图。在这个富有政治意味的饯行宴会中,郑国六卿的政治目的,全都隐藏在言笑晏晏的赋诗之中。因诗观志,韩起能从郑国六卿所赋之诗了解对方的志向。这里的"诗以言志"不仅仅是抒发自己的个人情感,也是抒发邦国之志,是修养,是交际,更是外交辞令。

三、外交宴飨中晋人用《诗》的独特风范

晋国赋诗名家在言笑晏晏的盟会宴飨中,在辞采风流的赋诗中,将卓越的外交才能与高远的政治见识相结合,达到所要追求的政治目的,表现出独特的用《诗》风范。

(一)世代传承的诗礼名家

叔虞封唐后,晋国作为周王室小宗,继承了宗周礼乐文化传统,非常重视诗书礼乐教育,这铸就了晋国贵族深厚的诗学修

养。晋国赋诗者多是晋国君主与晋国上卿,且上卿多做过中军帅。这是因为赋诗名家都出生于上层贵族,本身具有诗书礼乐素养,同时能代表国家参加盟会宴飨的只有上卿才有机会,下层很少有机会参与这类贵族盟会。

晋国诗礼名家世代传承。晋国卿大夫世袭爵禄,重视子弟的文化教育,诗礼文化世代传承,所以晋国经常会出现家族式的"诗礼"名家。如晋国赵衰精通"诗礼",到了第四代赵武,"诗礼"成就更是青出于蓝而胜于赵衰。士蒍为晋献公时司空,面对晋献公责问,能随口引诗《大雅·板》,阐明不为二位公子筑城的原因,说服晋献公,这证明了其精通诗书。其孙士会也精通"诗礼",到了士会之孙士匄终成晋国诗学名家,在外交场合频频赋诗,展示晋国大国风范的同时展示范氏风采。

晋人赋诗具有家族性特征的原因,与晋国政治特点有关。晋国在晋献公时灭公族,行"尚贤"、"尚功"之政治,由军功贵族掌政。赵盾时建议晋成公立异姓为公族,从此晋国公室日渐衰微,权力下移,逐渐被赵、魏、韩、范、中行、智、栾等几个大家族掌控。这些大家族世袭掌管政治权力,入则为政,出则为战,频繁参加各类盟会聘问,同时非常重视后代教育。在当时下层民众很难接受贵族教育,即使普通士人中偶有精通诗礼者,也很难有机会参加这些高层外交场合,所以《左传》中见到的赋诗者、观诗者都是受过良好贵族教育的世卿贵族子弟。

(二)霸气风范的同时明德守礼

春秋时期,赋诗言志首先是一种政治现象、外交现象,然后才是文学现象。宗法制背景下,各诸侯国为了利益一方面勾心斗角,一方面有着千丝万缕的亲戚关系,需要温情脉脉的面纱,于是战场杀伐间以诗赠答，文采风流的赋诗言志成为春秋时代独特的文化景观。

晋人赋诗的主导原则是维护自己的霸主利益。因为晋国是大国，是盟主国家，其它小国赋诗时都恭维晋国以求得自身利益，所以晋人赋诗看似谦恭，骨子里却有着隐隐的霸气。如《左传·襄公二十六年》晋平公释卫献公的一次赋诗。这次赋诗的背景是：卫国内乱，卫献公复辟后卫国侵戚东鄙，杀了晋国三百多人，晋国赵武刚晋升中军帅，大怒之下，会盟诸侯于澶渊，要惩处卫国。以晋国为首的联军击败卫军，逮捕其将领宁喜、北宫遗，还囚禁了卫献公。

齐景公与郑简公千里迢迢来到晋国为卫侯求情，晋平公设宴招待两国国君，晋平公的太傅叔向也参加了这次宴请。晋平公赋诗《嘉乐》①，意在赞美和祝福齐国国君与郑国国君。齐国国景子赋《蓼萧》，将晋国与其它小国关系比作蒿与露的关系，希望晋国将恩泽及于诸侯，"宜兄宜弟"是各国就像兄弟一样，夸赞晋国国君有德行，希望晋国放过卫国国君。郑国子展赋《缁衣》："缁衣之宜兮，敝，予又改为兮。适子之馆兮，还，予授子之粲兮。"其意表达各小国不敢有违于晋国，您还是放人吧，有讨好晋国之意，也有为卫君求情之真诚。

齐侯、郑伯都讲情了，但晋平公余怒未消，还是不肯放卫献公。私下里齐国国景子派晏平仲找叔向求情，宣扬晋君之德，讲为盟主之道，事后叔向报告中军帅赵武。当时赵武刚刚执政晋国一年，一心想德合诸侯，认为"今为臣而执君"于礼不合，向晋平公为卫献公求情。但是晋平公数落卫献公多重罪过，就是不

---

① 《嘉乐》为《诗经·大雅》篇名。今本《诗经》篇名为《假乐》。

放。国景子又赋《辔之柔矣》,"马之刚矣,辔之柔矣"是说晋国要宽政以安诸侯,若柔术辔以御刚马。郑国子展赋《将仲子》,"诸兄之言,亦可畏也"暗指:大家都是兄弟国家,你们晋国作为盟主做的要是太过分,叫其他兄弟国家如何说你呀。

因诗观志,晋平公在听了这两首优美的富含艺术感染力的诗歌后,意识到晋国若要长久称霸,就要明德守礼,要考虑小国意向,于是"晋侯乃许归卫侯"。一个"许"字,强调是"口头答应"释放卫献公。然而历史发展到此时,重视礼、重视德都成了宴飨表面现象。实际的历史事实是:此次赋诗发生于襄公二十六年七月,五个月后的十二月,卫国把"公主"嫁给晋平公后,晋平公才放了卫献公。"卫人归卫姬于晋,乃释卫侯。君子是以知平公之失政也。"晋侯失德于诸侯,晋国霸业从此衰落。

春秋犹尊礼重信,晋国赋诗名家多深于诗,达于礼,明于德,娴于辞令,在复杂的国际环境中应对自如,展现出高超的外交才能和文学修养。晋人赋诗明德守礼的同时充满灵活性,具体到实际情况时,能做到进退有据。晋国的士匄、赵武、韩起等赋诗名家,通过赋诗外交来实现其追求"霸主"的政治目的,在外交活动中看似对鲁国、郑国、卫国等小国的恭维谦恭有礼,实则谦恭的背后是因为晋国实力强大而霸气十足,往往用天下共主的语气与各诸侯国交流,然后在这些小国如是讨好晋国的场景中,展示出晋国世卿贵族明德守礼的彬彬君子一面。

(三)主观功利的实用理性

实用理性是春秋赋诗各国都有的特点,在晋国则更为显著。这种实用理性是指:赋诗从实践经验出发,从自身利益出发,主观性太强,感性而缺乏逻辑关系。李泽厚认为:"中国实用理性的传统既阻止了思辨理性的发展,也排除了反理性主义的泛滥。它以儒家思想为基础构成了一种性格——思想模式,使中国民族获得和承续着一种清醒冷静而又温情脉脉的中庸心理:不狂暴、不玄想、贵领悟、轻逻辑、重经验,好历史,以服务于现实生活。"①先秦时代中国人轻逻辑的特点,在先秦典籍多有表现,《左传》中的赋诗亦如是。这些人往往为了本国利益而不顾事实,强词夺理。他们的赋诗重实用,重历史经验,讲的都是感性的,以服务于本国外交为目的,不讲逻辑思维,"断章取义"的赋诗外交看上去很美,实际缺乏逻辑性。

晋人赋诗的实用理性着重表现在晋国灵活的外交政策,那就是既有原则性又有灵活性:赋诗表面以礼乐文化为原则,实际上为了满足自己的政治利益灵活应变。春秋时期的思维方式是"引譬连类",这就是轻逻辑,贵领悟的非思辨理性。春秋时期赋诗断章的目的是"余取所求",所用的往往不是诗句本来含义,只是用诗的某一外在特征进行类比,断章取义,在事物的表象进行类比,取自己想要之意,类比中事物的本体和喻体之间并无实质的逻辑联系。

晋人赋诗并不是站在客观角度,而是因为利益而主观改变观点,具有明显的主观功利性。从《诗》诞生之日起,就具有强烈的社会功用色彩。尽管这些宴会有着深厚的政治功利色彩,但聆听钟鼓之乐,享受着东道主国盛情的同时,赋诗、观诗成为精心准备的艺术表演。诗乐舞一体的艺术形式所具有的审美作用让外交活动多了诗意,少了杀气,这是春秋赋诗外交的一大重

---

① 李泽厚:《中国古代思想史论》,生活·读书·新知三联书店,2008 年,第323 页。

要功能。晋国身为春秋大国,深受西周礼乐文化影响,加之地处中原称霸百年,与各国交往频繁,因此晋国涌现出一批赋诗能手,他们的赋诗虽有主观功利性,但客观上对于春秋赋诗风尚起到推动作用,促进了《诗》的传播。

四、赋诗的作用与晋人用《诗》的影响

赋诗言志,称诗喻志与因诗观志的文学活动,可以述自己的政治情怀,亦可观家邦兴亡,其意义在外交盟会中至关重大。春秋时代的主题可以概括为:战争与和平。赋诗中包含了大量的礼乐文化内容,在唱和应答中化解了战争杀伐之气。赋诗本身是诗的传播方式,是普及和强化其权威的文化实践。"诗书所代表的文本的权威和经典化的形成,是在春秋时代。而这一经典化过程的特色在于,它是文明的经典,而不是宗教的经典。"①事实上,春秋时代《诗》承担着重要使命,人们把《诗》看成具有教科书性质的素材,在赋诗及答诗中表达各自情感,尤其在外交宴飨中,其乐融融间以诗赠答常常能化干戈为玉帛。

晋国作为称霸百年的诸侯国,参与了一场又一场战争,也参加了一次又一次盟会宴飨,赋诗言志影响了彬彬君子的灵魂,也构成了晋国世卿贵族生活的一部分。晋人盟会宴飨中频繁赋诗,对于春秋时代的赋诗风尚起到推动作用。当赋诗成为风俗,成为外交工具时,一些小国也不得不研究诗礼,如《左传·昭公十七年》载小邾国朝鲁时邾穆公淡然赋诗《菁菁者莪》,以"既见

---

① 陈来:《古代思想文化的世界——春秋时代的宗教、伦理与社会思想》,生活·读书·新知三联书店,2002年,第217页。

君子,乐且有仪"表达对"鲁国这个大国"惠爱小邾国的感激之情,也用"乐且有仪"提醒季平子注意摆正位置,不要越礼。一个偏安一隅的小邾国,对诗礼竟然娴熟到如此程度! 前文曾提到,身为戎狄的戎子驹支尚且能随口赋诗,可以想见,当时诗礼传播程度之广,实用价值之高。

中国文学史上真正意义上的"诗学"是从赋诗引诗开始的。《左传》真实地再现了特定历史场景下特定历史人物的赋诗盛况,再现了晋人一次次赋诗的历史背景以及晋人如何赋诗的一幅幅动态画面。会盟宴飨,促成用《诗》的热潮,晋国世卿以诗礼立身,把诗与礼相结合,让诗礼世俗化,让世俗泛诗化,演绎出春秋时代《诗》学史上最鲜活灵动的一幕。

（吉林师范大学文学院）

子学时代与诸子文学

《庄子》"卮言"再辨

侯　敏

　　《庄子》之文，"有天地来止有此一种至文"①，"其言宏绰，其旨玄妙"②。庄子把自己的这种语言表达，概括为"三言"：

　　　　《庄子·寓言》："寓言十九，重言十七，卮言日出，和以天倪。"③

　　　　《庄子·天下》："以卮言为曼衍，以重言为真，以寓言为广。"④

　　其中，寓言最好理解，"藉外论之"（《庄子·寓言》），就是借助它事它物以阐释道理。这种手段是先秦诸子广泛运用的。重言也是"藉外论之"，是借助先年耆艾之口，反复论证。只是

---

①　〔清〕林云铭撰，张京华点校：《庄子因》，华东师范大学出版社，2011 年，第 11 页。

②　〔清〕郭庆藩撰，王孝鱼点校：《庄子集释·庄子序》，中华书局，2016 年，第 3 页。

③　《庄子集释》，第 947 页。

④　《庄子集释》，第 1100 页。

对"卮言"的理解，最为广泛，众说纷纭。

一、关于"卮言"的几种说法

（一）酒器说

从词源的角度释义，卮是古代的一种酒器。存在盛酒器和饮酒器两种说法。最早持这种观点的是晋人郭象，在《南华真经注疏》中："夫卮，满则倾，空则仰，非持故也。况之于言，因物随变，唯彼之从，故曰日出。"①从酒器"因物随变"的角度把卮言释为自然流露之言。唐成玄英承袭郭说，并进一步引申："卮，酒器也。日出，犹日新也。天倪，自然之分也。和，合也。夫卮满则倾，卮空则仰，空满任物，倾仰随人。无心之言，则卮言也。是以不言，言而无系倾仰，乃合于自然之分也。"②

卮为酒器，从酒器着手考虑，郭象解说的出发点是对的。但是成玄英引申的有点过了。因物随变自然流露，不等于无系倾仰无心之言。还有学者把无心之言解释成"未经刻意思考，从而不带任何成见之言"③。这对庄子未免不公。庄子的无心不等于不经思考的胡言乱语，恰恰相反，每一句话都是深思熟虑，有着深深用意的。陈鼓应对"卮言"的解释比较恰切："卮是酒

---

① 〔晋〕郭象注，〔唐〕成玄英疏，曹础基、黄兰发点校：《南华真经注疏》，中华书局，1998年，第538页。

② 《南华真经注疏》，第538—539页。

③ 曾昭示：《庄子的"寓言"、"重言"、"卮言"论式研究》，《哲学动态》2015年第2期。

器,卮器满了,自然向外流溢。"①自然流露,顺势流淌,才有"以卮言为曼衍"的说法。

(二)酒语说

既然"卮"是酒器,那么"卮言"就是与酒相关的话语,甚至是酒后醉语。张洪兴认为卮言是"如酒之言"②;吴根友、王永灿认为卮言是"饮酒者在酒桌上所说的语言,但不一定是祝辞、优语等确定类型的语言,可能与这类语言的言说方式有关。例如今日酒桌上'福如东海,寿比南山'的祝辞……也可以是胡言乱语,不必要负什么责任,当然也可以是意趣相投的有味之言"③;王葆玹认为卮言是"酒徒的自语"④等等。虽然庄子说:"以天下为沉浊,不可与庄语。"(《天下》)故经常用"谬悠之说,荒唐之言,无端崖之辞"戏谑怒骂、吊诡恢谲、荒诞不羁、汪洋恣肆的语言说话,但可不是酒徒醉酒后失去理性的诳语。没有任何证据证明庄子是个酒徒,更不用说"和以天倪"的卮言,庄子是不会用类似酒桌上的话来言说的。而认为卮言为醉语的学者们,都没能确切地举例指出,《庄子》中到底哪言哪句是不负责任胡言乱语的卮言。

(三)漏卮说

有学者认为卮为漏卮,仍然是与器皿有关,就是我们生活中常用的漏斗。张默生说:"卮是漏斗,卮言就是漏斗式的话……

---

① 陈鼓应注译:《庄子今注今译》,商务印书馆,2016 年,第 837 页。
② 张洪兴:《庄子"三言"研究》,学苑出版社,2011 年,第 79 页。
③ 吴根友、王永灿:《"天籁"与"卮言"新论》,《哲学动态》2014 年第 9 期。
④ 王葆玹:《黄老与老庄》,中国人民大学出版社,2012 年,第 212 页。

漏斗之为物,是空而无底的,你若向里注水,它便立刻漏下……庄子卮言的取义,就是说,他说的话,都是无成见之言,正有似于漏斗。他是替大自然宣泄声音的。"①这种说法也有不合理的地方。寓言和重言也是替大自然宣泄声音的,为什么就不用漏斗式的语言?漏卮是随注随漏,漏下去的就不应该只是卮言。寓言也会漏下去,重言也会漏下去。这样说来,"三言"还是无从区分。

(四)危语说

有从形训角度解释"卮言"的,如常森《论〈庄子〉的"卮言"乃"危言"之讹》认为:"它原本作'危言',因形近而讹变,才成了'卮言'。"②常文从文学的自觉、文学语言发展的角度,指出"卮言"就是与"兴言"相对的"直言",是《庄子》中的"危言正论"。比如《逍遥游》从"故夫知效一官"到"至人无己,神人无功,圣人无名"一段皆是;"内七篇中,使用危言最多的是《齐物论》。"常森是在反驳了张默生"《庄子》全书皆卮言,故不复以数计之"③的基础上,提出该观点的。

笔者倒是觉得,类似《逍遥游》那段的文字和《齐物论》中大多数文字,属于《庄子》中正常的基础语言、行文语言。而寓言、重言在行文中占十之八九、十之六七(寓言中可包含重言,重言中也可包含寓言),而卮言则是时不时地出现。如果正常的行文语言就是卮言,没必要单拿出来说。《庄子》语言就像一篮水

① 张默生著,张翰勋校补:《庄子新释》,新世界出版社,2007年,第10页。
② 常森:《论〈庄子〉的"卮言"乃"危言"之讹——兼谈庄派学人"言无言"的理论设计和实践》,《安徽大学学报》(哲学社会科学版)2018年第5期。
③ 《庄子新释》,第409页。

果,其中有苹果、有香蕉,还有樱桃,就没有必要说还有水果。所以,卮言应该和寓言、重言一样,自有其独特的一面,它也可以是非庄语,也可以是危言。

(五)祝酒辞与优语说

近些年,还有从文化学角度对卮言进行的解说。如李炳海的《庄子的卮言与先秦祝酒辞》;过常宝、侯文华的《论庄子卮言即优语》等,都提出了独到的见解。但祝酒辞源于儒家礼仪,最反对儒家繁文缛节、仁义道德束缚人性的庄子,是会反其道而说话的。类似说法,认为卮言是俳优在酒桌上的语言表演的"优语",也无确证。

(六)支离说

以上都是用义训的方法,对卮言进行的解说。也有从音训的角度来解释的。唐陆德明《经典释文·庄子音义》:"卮,音支……司马云,谓支离无首尾言也。"①曹础基《庄子浅注》:"支离的合音则为卮。日出,时常出现。和,合。天倪,自然。可见,卮言是穿插在寓言与重言之中,随其自然,经常出现的一些零星之言。"②

《庄子》里有一个非常著名的"支离疏"者,到了"支离"之言的时候,庄子怎么就用"卮"了呢?解释不通。曹先生的支离合音说虽有牵强,但对"日出"的解释是准确的。郭象、成玄英

---

① 〔唐〕陆德明撰,张一弓点校:《经典释文·庄子音义》,上海古籍出版社,2012年,第602页。
② 曹础基:《庄子浅注》,中华书局,2014年,第496页。

等将"日出"解释成"日新",这是强说。"日"是每天、随时,"出"怎么就是新呢?"出"就是出现。曹说"卮言是穿插在寓言与重言之中,随其自然,经常出现的一些零星之言",是对的。这就解释了,为什么"寓言十九"、"重言十七",而"卮言"并没有比重。

二、卮言并非《庄子》中不可或缺的语言

卮言既然是因物随变,随其自然,时常出现的一些零星之言,它在《庄子》中非但不是通篇皆是的语言,更不是不可或缺的语言。也就是说,这些时常出现的零星之言,是可以去掉的。去掉之后,并不影响庄子哲学思想的表达。比如:

> 《逍遥游》:"北冥有鱼,其名为鲲。鲲之大,不知其几千里也。化而为鸟,其名为鹏。鹏之背,不知其几千里也;怒而飞,其翼若垂天之云。是鸟也,海运则将徙于南冥。"①

《逍遥游》开篇,庄子想表达的是一只由鲲变化来的大鸟,要从北海飞到南海去。其中的"怒而飞,其翼若垂天之云",这只大鸟振翅而飞,它的翅膀像天边的一片云一样。这一句即使去掉,一点也不影响观点的表达,我们依然能知道这只大鸟要从北海飞到南海去。再如:

> 《齐物论》:"昔者庄周梦为胡蝶,栩栩然胡蝶也,自喻

---

① 《庄子集释》,第2页。

适志与！不知周也。俄然觉,则蘧蘧然周也。"①

从前庄周梦见自己变成蝴蝶,感到很惬意。不知道自己原本是庄周。突然间醒过来,原来还是庄周。庄子要表达的就是这个意思,那么文中的"栩栩然蝴蝶也"、"蘧蘧然"都是可以去掉的,没有"栩栩如生"的蝴蝶和"惊惶未定"的庄周,物我两忘的意思丝毫未变。再比如:

《逍遥游》:"夫列子御风而行,泠然善也,旬有五日而后反。"②

庄子说的是列子可以凭借着风而行,十几天后在返回。没有"泠然善也",这个意思也已经表达得很清楚了。

这些可以去掉,又不影响庄子哲学思想表达的语言,就是卮言。时不时地穿插在大鹏鸟、梦蝶、列子等寓言之中,因着所描绘的事物,随意而出。写展翅鲲鹏,大若天边的一片云;写梦中蝴蝶,栩栩如生;写御风而行的列子,轻盈美好的样子。

先秦诸子中,庄子具有独特的文学修养和艺术魅力。读《庄子》要从两面去欣赏,一面是诗意的哲学思想,比如精神自由的逍遥思想,比如万物为一的齐物思想等,这些属于哲学的范畴。一面是属于文学范畴,即哲学思想的诗意表达。"三言"都是属于文学范畴的。例如鲲鹏的形象,从哲学的角度说,它与小学鸠、小斥鷃,甚至一粒尘埃都没什么两样,都是有所待而不自

---

① 《庄子集释》,第119页。
② 《庄子集释》,第19页。

由的。但是从文学的角度说，鲲鹏就是一个志向高远、意志坚定、目光远大的正面形象。而同样有"飞之至也"的小学鸠，则是胸无大志、自鸣得意、目光短浅的反面形象。这就是文学效果。庄子之文的文学效果，多得力于三言，尤其是卮言。寓言是一种表达手段，其他诸子也多用到，但卮言却是庄子独具的，是庄子独特的文学创造力的表现。

三、《庄子》卮言的文学特质

去掉卮言的《庄子》，其哲学思想还是能够表达出来，但我们会感觉少了些什么。少了文学的描绘，少了艺术的感染，少了诗意的庄子，少了庄子不同于其他诸子的独特性。

（一）描绘形象

《庄子》中的卮言，在写法上多表现为描绘性的语言。刘固盛说："凡是描述道的性质、总结道的功用、阐述道的特点以及从道的角度观照天地万物的言论，都是卮言。"[1]描述说对了，只不过不是描述道，而是形容一个形象，行文中多用"然"字句，如上述"栩栩然"形容蝴蝶生动活泼的样子，"蘧蘧然"形容梦中觉醒的庄周惊魂未定的样子。再如：

> 《德充符》："国无宰，寡人传国焉。闷然而后应，氾若辞。"[2]

---

[1] 刘固盛：《老庄学文献及其思想研究》，岳麓书社，2009年，第62页。
[2] 《庄子集释》，第214页。

庄子写一个相貌丑陋但德比圣贤的哀骀它,面对功名利禄的态度。如果只是哲学描述,一应一辞就可以了。但庄子一定要加上"闷然"、"氾然"的形容,一个淡泊散散的人物形象也就出来了。又如:

> 《逍遥游》:"尧治天下之民,平海内之政,往见四子藐姑射之山,汾水之阳,窅然丧其天下焉。"①

志得意满的帝尧,见到得道四子后,怅然若失的样子,就在"窅然"中。

类似这样的卮言都有明显的标志,就是"……然",即"……的样子"。"倏然而往,倏然而来","凄然似秋,煖然似春"(《大宗师》)。

(二)修饰行为

《庄子》的卮言,还常常表现为对行为动作的修饰上。《庄子》寓言中常用人或物的形象做比喻。前面我们看到的是人或物的形容状态,这里则是对人或物行为动作的修饰。去掉这些修饰,并不影响意思的表达。加上这些修饰,则人物形象就生动起来。

> 《逍遥游》:"怒而飞,其翼若垂天之云……而后乃今培风;背负青天而莫之夭阏者,而后乃今将图南。"

---

① 《庄子集释》,第35页。

这两句本身属于卮言,其中"怒"就是对大鹏鸟"飞"的动作的修饰;"背负青天而莫之夭阏"是对"培风图南"行为的修饰。有了这些修饰,大鹏鸟坚定不移、勇往直前的形象就表现出来了。还有那个长得畸形残缺的支离疏,天子惠民救济贫病时,他因残疾可以申请领到柴米油盐。而当政府征兵役徭役的时候,"则支离攘臂而游于其间"(《人间世》)。就是想说支离疏因残疾而免于兵役徭役,但庄子一定要加上"攘臂而游"一句,来描写那个无用大用且得意洋洋的人物形象。

> 《德充符》:"适见豚子食于其死母者,少焉眴若皆弃之而走。"、"勇士一人,雄入于九军。"

写小猪们发现自己正在乞食的母亲已经死去,就"弃之而走"。前面有了"眴若"瞪大了眼睛的修饰,活灵灵表现出小稚子们惊慌失措的样子。勇士入九军,意思很明晰了。用"雄"修饰"入于九军",更进一步强调了勇士的英雄气概。

这些修饰都是文学手段和文学效果,去掉这些卮言,不影响庄子哲学思想的表达。但加上这些修饰,就加强了《庄子》文学的形象和艺术的效果。

(三)描写情境

《庄子》的卮言,有时还表现为一段情境的描绘中。情境对于以表达观点为主的哲学来说,不是必需。而对于以情感的烘托和渲染为主的文学来说,则是必不可少的。庄子并不是为文学而文学,但庄子的文学性是掩饰不住而自然流露的,所以卮言才是因物随变、即兴而发的。

> 《逍遥游》："藐姑射之山，有神人居焉，肌肤若冰雪，淖约若处子。不食五谷，吸风饮露。乘云气，御飞龙，而游乎四海之外。其神凝，使物不疵疠而年谷熟……之人也，物莫之伤，大浸稽天而不溺，大旱金石流土山焦而不热。"

这是《逍遥游》中关于神人的描写，都是卮言。庄子充满深情地为我们描绘出一个美丽纯洁、宁静高远的得道者形象。《逍遥游》最后一段："今子有大树，患其无用，何不树之于无何有之乡，广莫之野，彷徨乎无为其侧，逍遥乎寝卧其下。不夭斤斧，物无害者，无所可用，安所困苦哉！"

写一棵"大本拥肿而不中绳墨，其小枝卷曲而不中规矩"的大而无用的树。庄子却想到把它种在无何有的广漠之野。接下来的卮言，充满了安闲自在的诗情画意和令人向往的艺术感染力。"不夭斤斧，物无害者"是庄子的哲学用意，而"彷徨乎无为其侧，逍遥乎寝卧其下"，则是庄子的文学之笔。

"三言"中"卮言"的比重可能是最小的，但"卮言"的呈现却是最灵动的。"卮言"对庄子的哲学影响可能是最微弱的，但"卮言"对庄子的文学意义却是最强大的。

（哈尔滨师范大学文学院）

《庄子》"适"的审美范畴论

赵德鸿

庄子的全部探索都是在追求"人在'道'中"究竟该如何生存的问题。德国哲学家卡尔·雅斯贝尔斯说过:"真正的哲学家直接产生于个体哲学家在其生存环境即历史环境中所遭遇的问题"①。庄子所遭遇的时代是战国时期,战国在我国的历史上是一个自然灾害不断、诸侯争地以战、智愚绞斗的时代,也是摧毁一切传统美好记忆的时代。恰如陈鼓应所说:"生逢乱世,庄子的心情是很痛苦,很矛盾的。如果他不关心社会和人民的命运,就不会'著书十余万言'来表达他对时代的感受,从而提出其哲学主张。他之所以采取'无用之用'的态度,实际是为了避免于险恶处境的不得已的出路。庄子反抗权威,对统治者采取不合作的态度,在历史上也有一定的作用。他另辟一个精神境界,以求自我安适,实际上他是寄沉痛于悠闲,内心还是具有很深的时代忧患感的。"②陈鼓应先生对于庄子的判断是公允的,

---

① [德]卡尔·雅斯贝尔斯著,王玖兴译:《生存哲学》,上海译文出版社,2005年,第1页。

② 陈鼓应:《尼采新论》,上海人民出版社,2006年,第123页。

庄子是深切了解历史的苦难和残酷的现实的人,又是对于人的生存苦难给予最彻底同情的人,故而他才会思考如何摆脱苦难,并一直以带有浪漫的诗意的生命姿态,为一切有生命的生灵寻找适宜而且适意的栖居。

有人认为庄子是"把老子的无为学说引向了脱离社会的出世主义,这种出世主义,不是宗教式的出世,不是消解的身体上的避世和出走,而是对于精神上的解脱,形成避世、隐世、玩世的伦理精神。庄子的伦理精神是把老子发展到极端的产物,其主要特点是在人际关系中的逍遥与超脱。庄子的道德观对中国人的伦理精神发生了更直接、更现实的影响,即使在现代人的精神结构中,我们仍能发现这位'南华真人'的影子"①,其实不然,庄子绝非出世主义者,正如清代林云铭《庄子因·庄子杂说》描述的:"庄子似个绝不近情的人,任他贤圣帝王,矢口便骂,眼大如许,又似个最近情的人,世间里巷家室之常,工技屠宰之术,离合悲欢之态笔笔写出,心细如许。"②可以说庄子就徜徉在人间,熟知百工各业,木匠、铁匠、梓匠、陶工、相士、武士、儒生、辩士、渔夫、工倕、农夫、虞人、操舟的、斗鸡的、相马的等等都是庄子所熟悉的,并深知百姓疾苦,其穿梭于街头巷尾、村野林间,因不齿于为暴君庸王卖命,故而远离庙堂,追求自由自在、无拘无束、自得其乐的"适意"的生活。

王先谦在《庄子集解·题解》中说过:"人间世,谓当世也。事暴君,处污世,出与人接,无争其名,而晦其德,此善全之道。

---

① 樊浩:《中国伦理精神的历史建构》,江苏人民出版社,1992年,第155页。

② 谢祥皓等辑校:《庄子序跋论评缉要》,湖北教育出版社,2001年,第300页。

末引接舆歌云:来世不可待也,往世不可追也。此漆园所以寄慨,而以《人间世》名其篇也。"①庄子对于自己所处的社会和时代显然是不满意的,但是既无法回到往世,又无法等待来世。庄子所遭遇的问题,如刘向在《战国策序》中的描述:"仲尼既没之后,田氏取齐,六卿分晋,道德大废,上下失序。至秦孝公,捐礼让而贵战争,弃仁义而用诈谲,苟以取强而已矣。夫篡盗之人,列为侯王;诈谲之国,兴立为强。是以转相放效,后生师之,遂相吞灭,并大兼小,暴师经岁,流血满野,父子不相亲,兄弟不相安,夫妇离散,莫保其命,潜然道德绝矣。"②生存在这样一个"暴师经岁,流血满野"的朝不保夕、没有秩序的世界里,究竟选择一个什么样的生存方式,究竟如何面对他所遭遇的世界,究竟怎样为自己,也为所属的人类去寻找一个安生之道,就不能不成为庄子哲学最大的思考了。

庄子面对自己所遇的时代,乃至这个时代给予他的启发,庄子给自己,也给所有的生灵,寻找了一个无论"遇与不遇"都要有所"适"的生存安放。

纵观《庄子》三十三篇,"适"字共出现86次。首先"适"有作为动词的,用作"去、往、到、出嫁、满足"等意思,比如"适莽苍者,三餐而反,腹犹果然;适百里者,宿舂粮;适千里者,三月聚粮。之二虫又何知","有鸟焉,其名为鹏,背若泰山,翼若垂天之云,抟扶摇羊角而上者九万里,绝云气,负青天,然后图南,且适南冥也","宋人次章甫而适诸越,越人断发文身,无所用之"

---

① 〔清〕王先谦:《庄子集解》,中华书局,2012年,第32页。
② 〔清〕严可均辑,任雪芳审订:《战国策书录》,商务印书馆,1999年,第380页。

148

（《逍遥游》），"故解之以牛之白颡者，与豚之亢鼻者，与人有痔病者，不可以适河。此皆巫祝以知之矣，所以为不祥也。此乃神人之所以为大祥也"，"孔子适楚，楚狂接舆游其门"（《人间世》）。其次"适"有作为副词的，有表达"恰巧、刚刚"等意思，比如《养生主》里的"适来，夫子时也；适去，夫子顺也。安时而处顺，哀乐不能入也，古者谓是帝之县解"，"夫爱马者，以筐盛矢，以蜃盛溺。适有蚊虻仆缘，而拊之不时，则缺衔毁首碎胸。意有所至而爱有所亡。可不慎邪"（《人间世》），"又三年，东游，过有宋之野，而适遭鸿蒙"（《在宥》），"丘也尝使于楚矣，适见豚子食于其死母者。少焉眴若，皆弃之而走。不见己焉尔，不得类焉尔"（《德充符》）。最后"适"有作为形容词的，用作"符合、舒服、满足、惬意、怡然自得"等意思，比如"昔者庄周梦为胡蝶，栩栩然胡蝶也，自喻适志与"（《齐物论》），"不识今之言者，其觉者乎？其梦者乎？造适不及笑，献笑不及排，安排而去化，乃入于寥天一"（《大宗师》）。作为形容词的"适"恰恰是庄子最为满意的人生状态，并成为庄子内心深处潜意识的人生追求。

白居易在《适意》里就说过："人心不过适，适外复何求？"①。苏轼在《石苍舒醉墨堂》也说过："自言其中有至乐，适意无异逍遥游。"②苏辙在《武昌九曲亭记》就描述过其兄"以适意为悦"的情形："每风止日出，江水伏息，子瞻杖策载酒，乘渔舟乱流而南。山中有二三子，好客而喜游，闻子瞻至，幅巾迎笑，相携徜徉而上。穷山之深，力极而息，扫叶席草，酌酒相劳，意适忘反。往

---

① 袁湘生：《白居易诗词新释》，经济日报出版社，2014 年，第 126 页。

② 曾枣庄、舒大刚主编：《苏东坡全集》（诗集卷六），中华书局 2021 年，第 271 页。

往留宿于山上。以此居齐安三年，不知其久也。"①可见"适"曾经被士大夫文人认为是人生在世的最好状态。

在《庄子》文本里，"自适"则一共出现了4次，"适人"出现了3次，"忘适"出现了1次，"造适"也出现了1次。用庄子自己的话去表达"适"的感受和状态就是"无言而心悦"（《庄子·天运》）。郭象注："心悦在适，不在言也。"②可见，"适"会引起主体或是客体的心理愉悦和情感满足。适意就是"符合我愿、恰合我意、契合我心"的内心愉悦，并有满足之感、舒服之意、欢欣之情。恰如苏格拉底所言："一切事物，对它们所适合的东西来说，都是既美又好，而对于它们所不适合的东西，则是既丑又不好。"③其实，庄子的全部文本，都在为生灵寻找心悦的满足，都在表达着选择决定命运的人生主题。庄子把人生选择和生存状态分成三类：一是"适人之适"，二是"自适之适"，三是"忘适之适"。庄子认为最佳的生存状态就是"忘适之适"，实则就是"相忘于江湖"的人生状态。

一、"适人之适"即为"他乐"之境

庄子一向追求无拘无束，悠然自得的生活情状，看不惯"适人"之累，也对一味"适人之适"者的主体价值的消解予以了同情和批判。"适人之适"者是把主体完全交给他者，命运全由他者支配和使用。

① 曾枣庄、曾涛选注：《三苏选集》，巴蜀书社，2018年，第599页。
② 〔晋〕郭象注，〔唐〕成玄英疏：《庄子注疏》，中华书局，2011年，第276页。
③ 〔古希腊〕色诺芬著，吴永泉译：《苏格拉底回忆录》，商务印书馆，1984年，第114页。

"故尝试论之：自三代以下者，天下莫不以物易其性矣！小人则以身殉利；士则以身殉名；大夫则以身殉家；圣人则以身殉天下。故此数者，事业不同，名声异号，其于伤性以身为殉，一也。"①（《庄子·骈拇》）庄子认为，自从虞舜拿"仁义"招牌来号召天下，天下的人们就没有谁不是在为仁义争相奔走了，这岂不是用仁义来改变人性吗？从夏、商、周三代以来，天下没有谁不因为外物来改变自身本性的，平民百姓为了私利而牺牲，士人为了名声而牺牲，大夫为了家族而牺牲，圣人则为了天下而牺牲。所有这些人，所从事的事业不同，名声也有各自的称谓，而他们用生命做出牺牲以损害人的本性的事情却是同一样的。在庄子看来，这些都是"仁义"的蛊惑，而使得更多的人以身为殉，忽略了自身的快乐，来实现他者的快乐。恰如李斯在他做秦朝宰相集富贵功名集于一身的时候，何曾想到会有被拘下狱之时，所以他临死而叹："昔者桀杀关龙逢，纣杀王子比干，吴王夫差杀死伍子胥，此三臣者，岂不忠哉，然而不免于死，身死而所忠者非也。"②（《史记·李斯列传》）李斯所感叹的，庄子早就发现和指出了，多少达官显贵红极一时、显于当世，然而终不免要沦为阶下囚的命运。"夫不自见而见彼，不自得而得彼者，是得人之得而不自得其得者也，适人之适而不自适其适者也。夫适人之适，而不自适其适，虽盗跖与伯夷，是同为淫僻也。余愧乎道德，是以上不敢为仁义之操，而下不敢为淫僻之行也。"（《庄子·骈拇》）庄子认为不能发现自己而只能发现别人，不能自我实现而是只能够看着别人实现的人，这就是"得人之得而不自得其得"

---

① 《庄子注疏》，第 178 页。
② 〔汉〕司马迁：《史记·李斯列传》，岳麓书社，2002 年，第 519 页。

的人，也就是一贯跟着别人后面跑而不能够自己独立实现自己的追求的人，即使盗跖与伯夷，也都同样是邪僻的行径。在《庄子·马蹄》篇里，庄子就通过"马"在自然状态下和人为力量介入下的对比，说出了按照别人所需的"适人之适"的悲惨结局。"马，蹄可以践霜雪，毛可以御风寒。龁草饮水，翘足而陆，此马之真性也。虽有义台路寝，无所用之。及至伯乐曰：'我善治马。'烧之剔之，刻之雒之，连之以羁絷，编之以皂栈，马之死者十二三矣。饥之渴之，驰之骤之，整之齐之，前有橛饰之患，而后有鞭箠之威，而马之死者已过半矣。"①人类为了满足自己的喜好，不惜牺牲马的自然属性，最后导致"马之死者已过半"的结局，庄子试图用"伯乐和马"的故事，告诉世人，自然里的自己才是最舒服的自己。可以看出庄子否定一切的人为，在现实的世界里，一切的人为都是对自然天性的破坏。

"若狐不偕、务光、伯夷、叔齐、箕子、胥余、纪他、申徒狄，是役人之役，适人之适，而不自适其适者也。"②（《庄子·大宗师》）庄子列举了一系列"适人之适"者的人生选择和结局。认为狐不偕等人都是被别人所役使，使得别人快活，而不能够自求快活的人。像狐不偕为尧时贤人，尧让天下于他而不受，就投河而死的方式加以拒绝。务光为隐士，汤伐桀前，曾请务光出谋划策，但是务光认为这不是他应该做的事，拒绝参与。汤请他推荐其他人，他也拒绝回答。汤建立商朝后，想让位给务光，务光认为"非其义者，不受其禄；无道之世，不践其土"，不但推辞不受，并且因为觉得羞耻，负石而自沉于庐水（《庄子·让王》）。伯

---

① 《庄子注疏》，第182页。
② 《庄子注疏》，第129页。

夷、叔齐是商末孤竹君的两个儿子,孤竹君死后,叔齐让位给伯夷,伯夷不受,叔齐也不愿继位,两兄弟于是隐居在首阳山。周武王伐纣,二人扣马谏阻。武王不从,武王灭商后,他们耻食周粟,采薇而食,饿死于首阳山(《史记·伯夷列传》)。箕子为殷商末期人,是纣王的叔父,官太师,封于箕,箕子佐政时,见纣王进餐必用象箸,感纣甚奢,叹曰:"彼为象箸,必为玉杯;为杯,则必思远方珍怪之物而御之矣。舆马宫室之渐自此始,不可振也。"人或曰:"可以去矣。"箕子曰:"为人臣谏不听而去,是彰君之恶而自说于民,吾不忍为也。"①因其道之不得行,其志之不得遂,于是箕子披头散发,假装疯癫做了奴隶,并隐居弹琴聊以自慰(《史记·宋微子世家》)。申徒狄非其世,将自投于河,崔嘉闻而止之曰:"吾闻圣人仁士之于天地之间也,民之父母也。今为儒雅之故,不救溺人,可乎?"申徒狄曰:"不然。桀杀关龙逄,纣杀王子比干,而亡天下。吴杀子胥,陈杀泄冶,而灭其国。故亡国残家,非无圣智也,不用故也。"②遂抱石而沉于河(《韩诗外传》)。庄子笔下的狐不偕、务光、伯夷、叔齐、箕子、胥余、纪他、申徒狄等人,都是以丧失自我为代价去追求所谓的"仁义礼智信",最终又被"仁义礼智信"所害之人,都是"适人之适",而导致了自我的毁灭。就如《庄子·骈拇》里所说的:"天下尽殉也,彼其所殉仁义也,则俗谓之君子;其所殉货财也,则俗谓之小人。其殉一也,则有君子焉,有小人焉。若其残生损性,则盗跖亦伯夷已,又恶取君子小人于其间哉!"天下的人们都在为某种目的而献身:那些为仁义而牺牲的,世俗称他为君子;那些为财货而

---

① 〔汉〕司马迁:《史记·宋微子世家》,岳麓书社,2002年,第229页。
② 〔汉〕韩婴著,许维遹校释:《韩诗外传集释》,中华书局,2020年,第25页。

牺牲的,世俗称他为小人。他们为了某一目的而牺牲是同样的,而有的叫做君子,有的叫做小人。倘若就残害生命、损伤本性而言,那么盗跖也就是伯夷了,又怎么能在他们中间区分君子和小人呢!庄子在这里彻底撕去了"仁义"的伪装,以此警醒世人放弃"适人之适",而努力追求自己的人生意义。

庄子对狐不偕、务光、伯夷、叔齐、箕子、胥余、纪他、申徒狄等历史人物的判断是"役人之役,适人之适,而不自适其适者也",显然,庄子予以他们否定和批判的态度。他们自己的人生选择始终依附于某种文化,依附于别人的好恶,受社会思想的奴役,一头栽倒在社会文化的牢笼里而迷失了自我存在。在《庄子·外物》里,庄子进一步强调了"役人之役,适人之适"的社会危害。"演门有亲死者,以善毁,爵为官师,其党人毁而死者半。尧与许由天下,许由逃之;汤与务光,务光怒之;纪他闻之,帅弟子而踆于窾水,诸侯吊之。三年,申徒狄因以踣河"[1]。说的是宋国都城演门那里有个死了亲人的人,因为他格外哀伤日渐消瘦而被宋君加官晋爵,封为官师,他的同乡竞相效仿,为此居丧损害身体而死的就有超过半数的人。尧要禅让天下给许由,许由因而逃到箕山。商汤想把天下禅让给务光,务光大发脾气。纪他知道了这件事,率领弟子隐居在窾水一带,诸侯纷纷前往慰问,过了三年,申徒狄仰慕纪他其名而投河自溺了。今天看来,就像追星族一般,盲从和跟风导致迷失自我,把自己完完全全交给他者的做法就是庄子彻底否定和批判的"适人之适"。

"且夫待钩绳规矩而正者,是削其性者也;待绳约胶漆而固者,是侵其德者也;屈折礼乐,呴俞仁义,以慰天下之心者,此失

---

[1] 《庄子注疏》,第492页。

其常然也。天下有常然。常然者,曲者不以钩,直者不以绳,圆者不以规,方者不以矩,附离不以胶漆,约束不以缅索。故天下诱然皆生,而不知其所以生;同焉皆得,而不知其所以得。故古今不二,不可亏也。则仁义又奚连连如胶漆缅索而游乎道德之间为哉!使天下惑也!"(《庄子·骈拇》)庄子认为,依靠曲尺、墨线、圆规、角尺而规整事物形态的,这是损伤事物的本性;依靠绳索胶漆而使事物紧紧粘固的,这是伤害事物天然禀赋的做法;运用礼乐对人民生硬地加以改变和矫正,运用仁义对人民加以抚爱和教化,从而抚慰天下民心的,这样做也就使人失去了人的常态。天下的事物都各有自己的本性常态。所谓本性常态,就是弯曲的不依靠曲尺,笔直的不依靠墨线,正圆的不依靠圆规,端方的不依靠角尺,使离析的东西附在一起不依靠胶和漆,将物品捆束在一起不依靠绳索。于是,天下万物都不知不觉地生长而不知道自己为什么生长,同样都不知不觉地有所得而不知道自己为什么有所得。所以古今道理并没有两样,不可能出现亏缺呀。那么仁义又为什么无休无止得像胶漆绳索那样人为地夹在天道和本性之间呢? 使天下处于惑乱状态呢?

现实生活里,很多人都不是他们自己想要做的那种人,但是他们又不得不做。"适人之适"者也许都有自己的苦衷,特别是在那个丧失理性的战国时代,"适人之适"不失为一种自我保护的生存策略。《庄子·人间世》:颜阖将傅卫灵公太子,而问于蘧伯玉曰:"有人于此,其德天杀。与之为无方则危吾国,与之为有方则危吾身。其知适足以知人之过,而不知其所以过。若然者,吾奈之何?"蘧伯玉曰:"善哉问乎! 戒之,慎之,正女身哉! 形莫若就,心莫若和。虽然,之二者有患。就不欲入,和不欲出。形就而入,且为颠为灭,为崩为蹶;心和而出,且为声为名，为妖为孽。彼且为婴儿，亦与之为婴儿；彼且为无町畦，亦与之为无町畦；彼且为无崖，亦与之为无崖；达之，入于无疵。"①在这里蘧伯玉劝诫将去给卫灵公太子做老师的颜阖时说的，就是如何通过"适人之适"以自保。蘧伯玉告诫颜阖，太子他如果像婴儿那样天真无知，你也和他一样天真无知；太子他如果像田地那样没有界限约束，你也和他一样没有界限约束；太子他如果放荡不羁，你也和他一样放荡不羁。顺着太子的意愿，就会进入没有过失的境地，这样就能够全身保命，但是，这样的人生，势必是一个彻底丧失了自己做自己主人的人生，庄子借此告诫世人，那些一味"适人之适"者，如果不能够"自适其适"，就等同于失去了生命的意义。

二、"自适之适"即为"自乐"之境

《吕氏春秋·仲夏纪》："耳之情欲声，心不乐，五音在前弗听；目之情欲色，心弗乐，五色在前弗视；鼻之情欲芳香，心弗乐，芳香在前弗嗅；口之情欲滋味，心弗乐，五味在前弗食。欲之者，耳目鼻口也；乐之弗乐者，心也。心必和平然后乐。心必乐，然后耳目鼻口有以欲之。故乐之务在于和心，和心在于行适。"②在人类的历史发展长河中认识自我成为人类一个永恒的追问。德国哲学家卡西尔认为："认识自我乃是哲学探索的最高目标。"③应该说这是传承于苏格拉底哲学的核心命题"认识你自

---

① 《庄子注疏》，第90页。
② 廖名春、陈兴安译注：《吕氏春秋全译》，巴蜀书社，2004年，402页。
③ ［德］卡西尔著，甘阳译：《人论》，上海译文出版社，2004年，第1页。

己"的进一步延续。每个人都在寻找自己如何存在,乃至为什么而存在的问题,这也是人类生存的终极追问。美国心理学家亚伯拉罕·马斯洛在《人类激励理论》一文中就提出:人类需要像阶梯一样从低到高按层次,分别是生理需要、安全需要、爱与归属需要、尊重需要和自我实现需要,自我实现需要成了人类最高层次的需要。所谓的"自我实现需要"。无外乎要满足个人情感、实现个人理想抱负、进入独立自由选择境界,"可与不可"全由自己掌握。显然,为满足自我实现需要所采取的途径是因人而异的,正如庄子所说的,有靠依附他人的"适人之适"者之乐,有靠自我实现的"自适之适"者之乐,有靠安时处顺的"忘适之适"者之乐。

《庄子·骈拇》:"夫适人之适,而不自适其适,虽盗跖与伯夷,是同为淫僻也。"当然,庄子鼓励世人的是要抛弃"适人之适"的被动人生选择,要做人生的主人,不做人生的奴仆。要敢于摆脱和挑战陈旧的世俗观念,冲破固有秩序的约束和限制,回归到自我的主体意识中来,强调主体意识的实现,自我追求适意的人生,力求做到"自适之适"的人生境界。正像陈鼓应在《庄子浅说》里概括庄子渴望构建的价值世界那样:在一个混乱的社会里,庄子为人们设计了自处之道。在他所建构的价值世界中,没有任何的牵累,可以悠然自处,怡然自适。可见,"自适"的人生状态是庄子对于现实世界的基本要求,他的一生能够不被功名利禄所累所困,也都是出于"自适"人生的理想追求。

庄子在《秋水》篇中就明确地表达了自己追求"自适之适"的"自乐"人生境界:庄子钓于濮水,楚王使大夫二人往先焉,曰:"愿以境内累矣。"庄子持竿不顾,曰:"吾闻楚有神龟,死已三千岁矣。王巾笥而藏之庙堂之上。此龟者,宁其死为留骨而贵乎？宁其生而曳尾于涂中乎？"二大夫曰："宁生而曳尾涂中。"庄子曰："往矣！吾将曳尾于涂中。"庄子认为，宁可选择"曳尾于涂中"，也不选择"留骨而贵"。与其位列卿相，受爵禄、刑罚的管束，倒不如安于贫贱，过着无拘无束自由自在的生活。庄子的"持竿不顾"就像一个特写镜头，成为历史上一个永远闪耀着独立无倚精神光芒的达者的画面。

　　黄庭坚在《二十八宿歌赠别无咎》里有过评论："有心无心材慧死，人言不如龟曳尾。"①王维有一首《自适》也述说了与庄子相通的审美追求："山南结其蔽庐，林下返吾初服。宁为五斗折腰，何如一瓢满腹。"②在庄子的内心深处一直更向往的是乡野山林之乐，"山林与，皋壤与，使我欣欣然而乐与"（《庄子·知北游》），晋代陶渊明在《归园田居·其一》里描述的生活，正是庄子认为的"自适之适"的美好愿景。"少无适俗韵，性本爱丘山。误落尘网中，一去三十年。羁鸟恋旧林，池鱼思故渊。开荒南野际，守拙归园田。方宅十余亩，草屋八九间。榆柳荫后檐，桃李罗堂前。暧暧远人村，依依墟里烟。狗吠深巷中，鸡鸣桑树颠。户庭无尘杂，虚室有余闲。久在樊笼里，复得返自然。"③诗里诗外无不散发着脱离官场之后的那种轻松之感，返回自然的那种欣悦之情，字里行间都表达了诗人对官场生活的强烈厌倦，对田园生活的沉浸与陶醉，对自然、自由的无限祈望和热爱。陶渊明在诗里所描绘的社会生活，正是庄子渴望的自得其乐的人

---

　　① 任继愈主编：《中华传世文选宋文鉴》，吉林人民出版社，1998 年，第 282 页。

　　② 〔明〕黄凤池等编绘：《唐诗画谱说解》，齐鲁书社，2005 年，第 161 页。

　　③ 〔清〕沈德潜编，东篱子译：《古诗源全鉴》，中国纺织出版社，2022 年，第 162—163 页。

间烟火,也是庄子在现实生活里的最大希冀和向往。

在古代的先秦诸子中,庄子是最想做自己的一个人,就如康德所言"我是孤独的,我是自由的,我是自己的帝王"①。庄子始终追求的就是人生自由,就是要做自己人生的帝王,不畏惧权贵,不羡慕功名,不抗拒贫困,不惧怕生死。大有唐寅《把酒对月歌》里所说的人生状态:"我也不登天子船,我也不上长安眠。姑苏城外一茅屋,万树桃花月满天"②的人生旷达与恬淡,更有司空曙《江村即事》里所畅想的"钓罢归来不系船,江村月落正堪眠。纵然一夜风吹去,只在芦花浅水边"③的自在与自适之乐。庄子就像自己笔下的鹓雏一般,"非梧桐不止,非练实不食,非醴泉不饮"④(《庄子·秋水》),鹓雏的形象就宛如庄子为"自适之适"者的画像。

庄子反对强加于事物本性的任何干扰因素,强调顺化自然。"民湿寝则腰疾偏死,鳅然乎哉?木处则惴栗恂惧,猨猴然乎哉?三者孰知正处?民食刍豢,麋鹿食荐,蝍蛆甘带,鸱鸦耆鼠,四者孰知正味?猨,猵狙以为雌,麋与鹿交,鳅与鱼游。毛嫱丽姬,人之所美也;鱼见之深入,鸟见之高飞,麋鹿见之决骤,四者孰知天下之正色哉?自我观之,仁义之端,是非之涂,樊然淆乱,吾恶能知其辩。"⑤(《庄子·齐物论》)人睡在潮湿的地方,就会患腰痛或半身不遂,泥鳅则不然。人爬上高树就会惊惧不安,猿

---

① 《网络与书》编辑部编:《少于两个人的世界:一个人》,现代出版社,2011年,第54页。

② 羊春秋注释:《明诗三百首》,东方出版中心,2020年,第153页。

③ 周振甫主编:《唐诗宋词元曲全集·全唐诗(第6册)》,黄山书社,1999年,第2191页。

④ 《庄子注疏》,第328页。

⑤ 《庄子注疏》,第51页。

猴则不然。这种到底是谁的生活习惯才合乎标准呢？人吃肉类，麋鹿吃草，蜈蚣喜欢吃小蛇，猫头鹰和乌鸦却喜欢吃老鼠，这种又到底应该按照谁的口味才合乎标准呢？狙和雌猴作配偶，麋和鹿交合，泥鳅和鱼相来往。毛嫱和丽姬是世人认为最美的，但是鱼见了就要深深地钻进水底，鸟见了就要飞入高空，麋鹿见了就要奔走不顾；这又究竟哪一种美色才算是最高标准呢？显然，庄子是说事物各有其不同，各有其本性，不该主观臆断地用自己认为的标准强加于其他事物。就像鲁侯养鸟一样，"昔者海鸟止于鲁郊，鲁侯御而觞之于庙，奏《九韶》以为乐，具太牢以为膳。鸟乃眩视忧悲，不敢食一脔，不敢饮一杯，三日而死。此以己养养鸟也，非以鸟养养鸟也"①（《庄子·至乐》）。这里庄子给我们讲述了，鲁国的城郊飞来了一只海鸟。鲁王从来没见过这种鸟，以为是神圣，就派人把他捉来，亲自迎接供养在庙堂里。鲁王为了表示对海鸟爱护和尊重，马上吩咐把宫廷最美妙的音乐奏给鸟听，用最丰盛的筵席款待鸟吃。可是鸟呢，它体会不到国王这番招待盛情，只吓得神魂颠倒，举止失常，连一片肉也不敢尝，一滴水也不敢沾，这样，只三天就活活饿死了。这篇寓言告诉我们：不同的对象，应当用不同的方式方法对待。对待海鸟我们应该以鸟养养鸟，"宜栖之深林，游之坛陆，浮之江湖，食之鳅鲦，随行列而止，委蛇而处"（《庄子·至乐》）。否则，像鲁王那样，用供养自己的方法供养海鸟，尽管主观愿望很好，也难免要失败。

"彼正正者，不失其性命之情。故合者不为骈，而枝者不为跂；长者不为有余，短者不为不足。是故凫胫虽短，续之则忧；鹤

---

① 《庄子注疏》，第358页。

胫虽长,断之则悲。故性长非所断,性短非所续,无所去忧也。"
(《庄子·骈拇》)所谓的至理正道,就是不违反事物本性而使其
各得其所。所以说合在一块的不算是并生,而旁出枝生的不算
是多余。长就长,短就短,长的不算是有余,短的不算是不足。
因此,野鸭的小腿虽然很短,续上一截就有忧患;鹤的小腿虽然
很长,截去一段就会痛苦。事物原本就很长是不可以随意截短
的,事物原本就很短也是不可以随意续长的。这段话正是证明
了庄子崇尚事物各安其本性,顺应自然的"自适之适"的人生价
值选择。

三、"忘适之适"即为"忘乐"之境

白居易在《隐几》里就描述过忘适的境界:"身适忘四支,心
适忘是非。既适又忘适,不知吾是谁。"①庄子本人最为满意的
人生场景是"忘适之适",其在行文里不时散发出一种"相忘"的
旷达之情,面对宇宙天地和生老病死的现实苦难,庄子深感无奈
和无助。"泉涸,鱼相与处于陆,相呴以湿,相濡以沫,不如相忘
于江湖。"(《庄子·大宗师》)庄子认为,泉水干涸了,鱼儿困在
陆地上相互依偎,大口喘气来互相取得一点湿气,以唾沫相互湿
润,如此的互相爱护的确很感人,但是与其这般艰难受罪,倒不
如他们在江湖里的时候彼此不相识不爱护,也都自由自在。现
在的彼此记住和关爱,是彼此以受罪为代价,如果彼此不受罪,
各自安好,即使彼此不识或是忘记有又何妨?苏轼当年想念弟
弟苏辙而不得的时候,就同样发出过不得不旷达的"但愿人长

---

① 周振甫主编:《唐诗宋词元曲全集·全唐诗(第8册)》,第3085页。

久，千里共婵娟"的人生祈愿。

"忘适之适"出自《庄子·达生》："工倕旋而盖规矩，指与物化而不以心稽，故其灵台一而不桎。忘足，履之适也；忘要，带之适也；知忘是非，心之适也；不内变，不外从，事会之适也；忘适之适也。"①"倕"传说为尧时之能工巧匠。"盖"借为盍，合。宣颖在《南华经解》云："盖，犹过也，谓掩过之。但以手运旋，而巧过于规矩，精之至也。"显然把"盖"解释为"高过"是错误，也是不符合客观事实的解释。这句话的意思是说，能工巧匠以手以手旋物即能测定其方圆，而且都能够符合圆规与矩尺的标准。"稽"是存留之意。言手指随物测定，不须存留于心，再去有言度量。"灵台"是指心灵。"桎"通"窒"，滞塞之意。"要"同"腰"。之所以忘记腰的存在，一定是因为带子合适的。庄子认为，本来自性与外物是相适应的，如心存适应观念，还是把己与物分开，还不是真正的相适应，只有忘记适应，消除物我界线，才是真正无所不适。能工巧匠捶旋物而能够随心所欲就符合了规矩测量的标准，他的手随物而变化，不须存留于心，无需有意度量，所以他的心志专一而没有滞碍。之所以忘掉脚的存在，是因为鞋子特别合适；之所以忘记腰的存在，是因为带子特别合适；之所以忘记了是非的存在，是因为心无是非的干扰，从而无所不适；持守自性，不随物迁变，与外物交接无不适应。本来自性与外物是相适应的，而要达到无所不适应，就忘记为了适应而适应。这个就是从简单的自然性进入社会性，庄子说的是非，"是"是肯定、同意，"非"是否定、不同意，选择也是如此，取这样，舍那样，这些都是是非。我们平常都在取舍之中，都在判断

---

① 《庄子注疏》，第355页。

之中,也就承担着各种荣辱是非,不管你是喜怒哀乐,只要心还在挂牵着,就离不开是非。"知忘是非,心之适也",你心里如果没有了是非,就不会有烦恼,你的心就舒服自在了。就如宋代禅师无门慧开有一首诗偈描述的那样:"春有百花秋有月,夏有凉风冬有雪。若无闲事挂心头,便是人间好时节。"心无挂碍,正所谓"心中有事天地小,心中无事一床宽"。

怎样使自己"忘是非"呢?庄子告诉大家"不内变,不外从,事会之适也"。只有"不内变,不外从",内心不随外缘而动,你才真正达到"事会之适也"。"始乎适而未尝不适者",我们的心里进入了自在无碍的境界,能够打成一片,把对外在的自在舒服的感觉全部化掉,化得没有了,忘记了还有这种舒服的存在,这才是"忘适之适也"。

庄子认为"适"的最高境界是"忘","适"的最高追求是"乐",而"乐"的最高境界是"至乐无乐,至誉无誉"(《庄子·至乐》)。在庄子看来,所谓"至乐"也就是"无乐",也就是不感受到"乐",而是处于"忘乐"的状态,就是因为"忘适之适",才能够彻底实现"忘乐之乐"的人生状态。"造适不及笑,献笑不及排,安排而去化,乃入于寥天一。"(《庄子·大宗师》)庄子认为"忘适之适",就像心境遇到快适的满足却来不及笑,笑声忽然而出却没有经过安排和彩排。一切按照自然的安排,顺应自然而然的变化,去掉死亡的变化而带来的悲哀,于是就浑然进入了"天地与我并生,万物与我为一"的与自然同化的境地(《庄子·齐物论》)。

可以说,庄子的"相忘"之境,以及庄子所追求的"至乐"之境和"至德"之境,都是一脉相通的。庄子的社会主张是摒弃差别、是非和等级,回归到一个未曾浸染的世界当中,这是庄子的理想社会梦境。"相忘"之境，不仅是说守道之人能够做到"相忘以生"和"相忘于江湖"，只要彼此安生，莫逆于心，无害无累，无需彼此相守，相忘即是安生。"至乐"之境更是说顺道之人能够做到"应之以人事，顺之以天理，行之以五德，应之以自然"，从而进入一个"至乐无乐"的状态。"无乐"方为"至乐"。真正达到了"忘乐之乐"就是庄子最为崇尚的"忘适之适"的一种人生存在。"至德"之境，就是他渴望的"至德之世"，庄子试图就是通过"不尚贤，不使能"，让社会百姓"其行填填，其视颠颠"，行为端正，基本不用仁义忠信，"端正而不知以为义，相爱而不知以为仁，实而不知以为忠，当而不知以为信，蠢动而相使不以为赐"。百姓过着无忧无虑的生活，"甘其食，美其服，乐其俗，安其居，邻国相望，鸡狗之音相闻，民至老死而不相往来。"(《庄子·胠箧》)这完全是庄子的一个"忘适之适"的社会图景。其所崇尚的"至德之世"主张，也正是遭到后人诟病最为集中的地方，为此有人说其开了历史的倒车，也是一个"此梦只应天上有"的无法实现的梦境。

（哈尔滨师范大学文学院）

精、阴阳、德与《吕氏春秋》道论的生成

郑晓峰

道论在《吕氏春秋》中主要集中在《季春纪·圜道》、《仲夏纪·大乐》、《有始览·有始》等篇中。"道"被描述成"视之不见,听之不闻,不可为状。有知不见之见、不闻之闻,无状之状者"①(《大乐》)。道仍然是无形无声的,显系承继老子道论而来,但它又表现出新变:《大乐》:"道也者,至精也,不可为形,不可为名,强为之,谓之太一。"②道心精微,无形无名,命名为"太一",以一听政,以一治身,以一治国,以一治天下,实则以道治,可以成大化。此处道即为一。"一也者至贵,莫知其原,莫知其端,莫知其始,莫知其终,而万物以为宗。"③(《圜道》)许慎《说文解字》("一"字条)注为:"惟物大极,道立于一,造分天地,化成万物。"④道与一、太一、太极可视为异名而实同。《大乐》之

---

① 陈奇猷:《吕氏春秋校释》,学林出版社,1984年,第256页。
② 《吕氏春秋校释》,第256页。
③ 《吕氏春秋校释》,第172页。
④ 〔汉〕许慎撰,〔清〕段玉裁注:《说文解字注》,上海古籍出版社,1981年,第1页。

"太一出两仪,两仪出阴阳。阴阳变化,一上一下,合而成章"①,此句甚为关键,"阴阳变化"似与"精气一上一下,圜周复杂,无所稽留"②(《圜道》)相类,"造分天地,化成万物"。故本文需先辨识"精"、"精气"之关系,方可言道。

(一)道与精、精气之关系

吕氏对精等的论说主要集中在《本生》、《尽数》、《先己》、《论人》、《圜道》、《大乐》、《禁塞》、《精通》、《下贤》、《勿躬》、《具备》、《博志》、《士容》等篇中。

《大乐》:"道也者,至精也,不可为形,不可为名,强为之,谓之太一。"道是至精之物,高诱注:"精,微。"③《秋水》亦有"夫精,小之微也"④,高注或本于此。道是至精至微的无形无名勉强命名的太一。道即是太一。《淮南子·诠言》:"洞同天地,混沌为朴,未造而成物,谓之太一。"⑤《大乐》:"万物所出,造于太一,化于阴阳"⑥,太一则是天地混沌的未造始之物。

《君守》曰:"至精无象,而万物以化;大圣无事,而千官尽能。"⑦至精即道,无象无为,万物得以化育。此与《大乐》旨意同。"精"在《吕氏春秋》中多为达到道的媒介,《勿躬》云:"凡君也者,处平静,任德化,以听其要,若此,则形性弥赢,而耳目愈精;百官慎职,而莫敢愉綖;人事其事,以充其名。名实相保,之

---

① 《吕氏春秋校释》,第 255 页。
② 《吕氏春秋校释》,第 171—172 页。
③ 《吕氏春秋校释》,第 264 页。
④ 〔清〕郭庆藩撰,王孝鱼点校:《庄子集释》,中华书局,2016 年,第 574 页。
⑤ 何宁:《淮南子集释》,中华书局,1998 年,第 991 页。
⑥ 《吕氏春秋校释》,第 255 页。
⑦ 《吕氏春秋校释》,第 1049 页。

谓知道。"①此处之精,体现在君主要收敛形体天性,使"千官尽能",绝非一味的单纯"无事",才能做到耳聪目明,精明得体治好国家。明显体现了黄老道学臣劳君逸的治国理政思想。

《具备》曰:"故诚有诚乃合于情,精有精乃通于天。乃通于天,水木石之性,皆可动也,又况于有血气者乎?"②精诚所至,金石为开。《论人》曰:"无以害其天则知精,知精则知神,知神之谓得一。"③不损害天性就懂得道的高妙。《博志》云:"用志如此其精也,何事而不达?何为而不成?故曰精而熟之,鬼将告之。非鬼告之也,精而熟之也。"④《禁塞》曰:"日夜思之,事心任精,起则诵之,卧则梦之。"⑤精诚,保有天性,用心精熟,用尽精力皆是达道的充要条件。这几处"精"只能说是与道关系极为密切,尚不足以说明精即道;而至精即道,则似可观。

在《尽数》篇中,"形气亦然,形不动则精不流,精不流则气郁。郁处头则肿为风,处耳则挶为聋,处目则瞹为盲,处鼻则为鼽为窒,处腹则为张为府,处足则为痿为蹶"⑥。在此可以看到"精"是联系"形"与"气"的媒介,形动则精动,精动则气动。精非形与气,但感觉与"气"极为近似。

下面提到的精,则与上文意有较大不同。《精通》:"夫贼害于人,人亦然……神者先告也。身在乎秦,所亲爱在于齐,死而志气不安,精或往来也。"⑦此处之精当为精气,精气相通、往来,

---

① 《吕氏春秋校释》,第 1079 页。

② 《吕氏春秋校释》,第 1226 页。

③ 《吕氏春秋校释》,第 159 页。

④ 《吕氏春秋校释》,第 1619 页。

⑤ 《吕氏春秋校释》,第 401 页。

⑥ 《吕氏春秋校释》,第 136 页。

⑦ 《吕氏春秋校释》,第 507 页。

可以"异处而相通,隐志相及,痛疾相救,忧思相感,生则相欢,死则相哀,此之谓骨肉之亲。神出于忠而应乎心,两精相得,岂待言哉?"①"行不动则精不流,精不流则气郁。"②"精通乎鬼神,深微玄妙,而莫见其形。"③(《勿躬》)这些精具有流动感,是人与自然的感应,显非他精,实为精气。《本生》、《下贤》言精即为此意。

> 天全则神和矣,目明矣,耳聪矣,鼻臭矣,口敏矣,三百六十节皆通利矣。若此人者:不言而信,不谋而当,不虑而得;精通乎天地,神覆乎宇宙;其于物无不受也,无不裹也,若天地然;上为天子而不骄,下为匹夫而不惛;此之谓全德之人。④(《本生》)

> 以天为法,以德为行,以道为宗,与物变化而无所终穷,精充天地而不竭,神覆宇宙而无望,莫知其始,莫知其终,莫知其门,莫知其端,莫知其源,其大无外,其小无内,此之谓至贵。士有若此者,五帝弗得而友,三王弗得而师,去其帝王之色,则近可得之矣。⑤(《下贤》)

《本生》虽是阴阳家谈养生之要诀,亦如《庄子·养生主》一样借养生言道。本性全存的精神贯通天地,充斥宇宙间,若"精神安乎形,而年寿得长矣"(《尽数》)。若士具备"充斥天地宇

---

① 《吕氏春秋校释》,第508页。
② 《吕氏春秋校释》,第136页。
③ 《吕氏春秋校释》,第1078页。
④ 《吕氏春秋校释》,第21页。
⑤ 《吕氏春秋校释》,第878—879页。

宙"的精神则可让五帝、三王礼遇贤达,师友待之。若宗道、行德、法天就可与物变化推移以致无穷无尽。精神无论是从宇宙天地生成的宏观看,还是从个体生命的微观看,无处不在且功效甚巨。道、德、天、精(实为精气)、神在《吕氏春秋》中皆为同一概念,异名而实同。由此也可见出吕氏气化宇宙观的雏形。

《圜道》曰:"精气一上一下,圜周复杂,无所稽留,故曰天道圜。"①在此明确提出精气这一概念,天道之所以为圜,是因为精气的上下流动,复杂运动的结果。"精气之集也,必有入也。集于羽鸟与为飞扬,集于走兽与为流行,集于珠玉与为精朗,集于树木与为茂长,集于圣人与为敻明。精气之来也,因轻而扬之,因走而行之,因美而朗之,因善而长之,因智而明之。"②(《尽数》)精气运动一定会进入个体之中,汇集成羽鸟、走兽、珠玉、树木、圣人身上,就可使之具备相应之物性。"精气生物"的思想表达得非常充分。其后的《周易·系辞上》亦有:"精气为物,游魂为变,是故知鬼神之情状。"③精气积聚而为万物,也是与之相类的思想。

《达郁》曰:"血脉欲其通也,筋骨欲其固也,心志欲其和也,精气欲其行也"④,精气游走周身,则血脉通畅,筋骨加固,心志调和,进而气不郁积,身体达道境矣。这是在养生层面的体现,可看作是对精气说的一种发展。

这些论说精气处与《内业》不谋而合,皆可说道即精气。

---

① 《吕氏春秋校释》,第171—172页。
② 《吕氏春秋校释》,第136页。
③ 〔宋〕朱熹注:《周易本义》,上海古籍出版社,1987年,第57页。
④ 《吕氏春秋校释》,第137页。

（二）精气说与太一阴阳化生论的结合

《大乐》提及"阴阳"：

> 音乐之所由来者远矣，生于度量，本于太一。太一出两仪，两仪出阴阳。阴阳变化，一上一下，合而成章。浑浑沌沌，离则复合，合则复离，是谓天常。天地车轮，终则复始，极则复反，莫不咸当。日月星辰，或疾或徐，日月不同，以尽其行。四时代兴，或暑或寒，或短或长。或柔或刚。万物所出，造于太一，化于阴阳。萌芽始震，凝寒以形。形体有处，莫不有声。声出于和，和出于适。和适先王定乐，由此而生。①

用音乐言道由来久矣，《庄子·养生主》之庖丁解牛时"合于桑林之舞，乃中经首之会"。《大乐》借乐本于太一，言说宇宙生成之道。二者殊途同归。在此，可以看出宇宙生成的具体路径：太一——两仪——阴阳——四时。

《知分》："凡人物者，阴阳之化也。阴阳者，造乎天而成者也。"②说的很明确，天造成阴阳，阴阳分化为人和物。

这样在《吕氏春秋》中产生了一个重要问题：吕氏所谈的阴阳是明确指阴、阳二气吗？牟钟鉴认为："阴阳是什么？既指自然界两种对立的势力，也指这两种对立势力的承担者，即'气'。《大乐》说：'阴阳变化，一上一下，合而成章。'《圜道》又说：'精

---

① 《吕氏春秋校释》，第 255 页。
② 《吕氏春秋校释》，第 1346 页。

气一上一下，圜周复杂，无所稽留，故曰天道圜。'可知阴阳是指精气。"①这种推导过程明显过于直白。我们有必要回溯一下把阴阳理解为气的学术史。

阴阳为气最早是在《左传》中被明确地提出来：

> 天有六气，降生五味，发为五色，征为五声，淫生六疾。六气曰：阴、阳、风、雨、晦、明也。分为四时，序为五节，过则为灾。阴淫寒疾，阳淫热疾，风淫末疾，雨淫腹疾，晦淫惑疾，明淫心疾。②（《左传·昭公元年》）

六疾与六气紧密相连，阴阳二气与寒热之疾对应的关系，风、雨、晦、明对应末、腹、惑、心等。可见阴阳二气只是自然的存在物，还没有上升阴阳化生万物的高度。到了《孟子》那里变成了至大至刚的充斥天地之间的"浩然之气"。《老子》中说得更清晰："道生一，一生二，二生三，三生万物。万物负阴抱阳，冲气以为和。"③道生成一气，一气生成阴阳二气，二气生成三气，三气生成万物。万物皆是怀阴抱阳，使阴阳二气感应的冲气，合和生物，生成万物。这就是气化宇宙论的雏形。

《应同》中说："芒芒昧昧，因天之威，与元同气。"④与宇宙生成论相应的四时运行表现出了"天人和谐"的意味。顺应天的威力，与天地初始同气息，没有不协调的。这样"与元同气"思

① 牟钟鉴：《〈吕氏春秋〉与〈淮南子〉思想研究》，人民出版社，2013年，第34页。
② 〔清〕阮元：《十三经注疏》，中华书局，2009年，第4396—4397页。
③ 陈鼓应：《老子注释及评介》，中华书局，1984年，第232页。
④ 《吕氏春秋校释》，第678页。

想在自然与社会政治上均表现出了普适性。天人相关,阴阳二气的消长与四时的推移,"顺之者昌,逆之者不死则亡。未必然也,故曰'使人拘而多畏'。夫春生夏长,秋收冬藏,此天道之大经也"①(《史记·太史公自序》)。阴阳家的历法对社会生活乃至政治哲学都产生了深刻的影响。以文献定型的《吕氏春秋》就是典型代表。在《十二纪》中,四时流转是阴阳二气消长的自然结果。

> 是月也,天气下降,地气上腾,天地和同,草木繁动。(《孟春纪》)

> 行冬令,则阳气不盛,麦乃不熟,民多相掠。(《仲春纪》)

> 是月也,生气方盛,阳气发泄,生者毕出,萌者尽达。(《季春纪》)

> 太簇之月,阳气始生,草木繁动。(《季夏纪·音律》)

> 应钟之月,阴阳不通,闭而为冬。(同上)

> 孟秋行冬令,则阴气大胜,介虫败谷,戎兵乃来。行春令,则其国乃旱,阳气复还,五谷不实。(《孟秋纪》)

> 是月也,日夜分……杀气浸盛,阳气日衰。(《仲秋纪》)

> 是月也,天子始裘,命有司曰:"天气上腾,地气下降,天地不通,闭而成冬。"(《孟冬纪》)

> 是月也,日夜分,雷乃发生,始电。(《仲春纪》)

> 是月也,日长至,阴阳争,死生分。(同上)

---

① 〔汉〕司马迁:《史记》,中华书局,2013年,第3967页。

是月也，日夜分，雷乃始收声。(《仲秋纪》)

是月也，日短至，阴阳争，诸生荡。(《仲冬纪》)

日长至即夏至，仲春时，"日夜分，雷乃发生，始电"，指的是阴阳二气势均力敌，雷电发生；至夏至时，阳气变盛变强，其势不可阻挡。仲秋时，"日夜分，雷乃始收声"，到此时阴阳二气又重新平衡。日短至即冬至，至冬至时，阴气强盛壮大，寒气生发。从自然层面看，阴阳二气交替相争，四时运转，循环往复。这体现了大自然的不可抗争性，不以人的意志为转移的绝对性。这正是道的基本特点，也是《吕氏春秋》精气说与阴阳化生论结合的具体内容。由此可知，在《吕氏春秋》中，精气与阴阳合一，化生万物。

《吕氏春秋》之道由抽象的存在转化为实体的精气，带有主观色彩的"精"与实体的"气"相结合，使精气带有自然色彩，尤为关键的是带有人性化味道。自然、人事皆与精气关联甚巨。

立春之日，天子……以迎春于东郊，还，乃赏公卿诸侯大夫于朝。命相布德和令庆行施惠，下及兆民，庆赐遂行。

牺牲无用牝，禁止伐木，无覆巢，无杀孩虫胎夭飞鸟。

是月也，不可以称兵。(《孟春纪》)

立夏之日，天子……以迎夏于南郊，还，乃行赏，封侯庆赐，无不欣悦。乃命乐师习合礼乐。(《孟夏纪》)

立秋之日，天子……以迎秋于西郊，还，乃赏军率武人于朝。天子乃命将帅，选士厉兵，简练桀隽，专任有功，以征不义，诘诛暴慢。

命有司，修法制，缮囹圄，具桎梏……决狱讼……戮有

罪……天地始肃,不可以赢。(《孟秋纪》)

　　立冬之日,天子……以迎冬于北郊,还,乃赏死事,恤孤寡……察阿上乱法者则罪之,无有掩蔽。(《孟冬纪》)

　　春生夏长秋收冬藏,四季与人事发生关联,十二纪即政治月令,四季阴阳之气相争相斗,春天气暖,万物复苏,禁止杀生、砍伐以及动用军队,有伤生之活动不可为;夏天阳气最盛,喜乐欢欣,习礼作乐,"春夏教以礼乐";秋天金风肃杀,可征讨不义之师,断决狱讼,杀戮死刑囚犯;冬天则体恤百姓,赏罚分明。道即为效法自然。按照自然流转安排人事,能够天地人和谐共处,否则,将受到天地惩戒。《圜道》:"精气一上一下,圜周复杂,无所稽留,故曰天道圜……精行四时,一上一下,各与遇,圜道也。"精气周而复始,循环往复,一刻不停地在天地之间流转,精行于四时,随着阴阳二气的消长,呈现不同的人事变化,可视为后来天人感应说的思想基础,精气感物,"精通乎鬼神,深微玄妙,而莫见其形"(《勿躬》),精气不仅与人事相感,而且也与鬼神相通。在精气与自然、人鬼相通之时,派生出了很多伦理之道。比如信、诚、神等。

　　　　天行不信,不能成岁。地行不信,草木不大。春之德风,风不信,其华不盛,华不盛,则果实不生。夏之德暑,暑不信,其土不肥,土不肥,则长遂不精。秋之德雨,雨不信,其谷不坚,谷不坚,则五种不成。冬之德寒,寒不信,其地不刚,地不刚,则冻闭不开。(《贵信》)

　　自然流转以信相托,春夏秋冬皆守信而来,从不拖延变序,给人以伦理示范意义。

> 故诚有诚乃合于情,精有精乃通于天。水(火)木石之性,皆可动也。又况于有血气者乎?(《具备》)
>
> 圣人南面而立,以爱、利民为心,号令未出而天下皆延颈举踵矣,则精通乎民也。夫贼害于人,人亦然。今夫攻者,砥厉五兵,侈衣美食,发且有日矣,所被攻者不乐,非或闻之也,神者先告也。身在乎秦,所亲爱在于齐,死而志气不安,精或往来也。(《精通》)

精诚所至,可以睹事于未萌。精诚感动于民,民则引颈相望。此则从人伦视角肯定了精诚之心可以感天动地,可以沟通民意,稳固国家的重要作用。精诚之心是精气往来的重要依凭。《精通》又云:

> 周有申喜者,亡其母,闻乞人歌于门下而悲之,动于颜色,谓门者内乞人之歌者,自觉而问焉,曰:"何故而乞?"与之语,盖其母也。故父母之于子也,子之于父母也,一体而两分,同气而异息。若草莽之有华实也,若树木之有根心也,虽异处而相通,隐志相及,痛疾相救,忧思相感,生则相欢,死则相哀,此之谓骨肉之亲。神出于忠,而应乎心,两精相得,岂待言哉?

母子存有心灵感应,这份感应来自精、神的媒介之灵。申喜与其母离散,后能相逢,正是一体两分,同气异息,精气相通的结果。这份"神"就是伦理交感,人伦孝情的体现。

（三）德即道：从"法天地"到"同天地"

先秦的天是神秘的至上神的代表，带有原始宗教色彩。笔者依据《尚书》文本以为，周人用天命改造殷商的帝命，首先破除殷商帝命相对的无条件的给予，改造成有条件给予的天命。周人观念中"天"不是喜怒无常、变幻莫测的暴君，而是善恶有所准、刑罚有所据的裁决者。明德、慎罚、谋福利、不弃祭祀、戒酒等成为"天命"庇佑周的基本条件。在周人观念中，道德的人文精神开始张扬，而原始宗教的色彩开始发生变化，其地位开始动摇且渐趋下降。还应看到，天命观的变化还体现在先秦诸子学派对此问题的理性分析上。

儒家学派之孔子一方面"畏天命"，另一方面"畏大人、畏圣人言"。可以说孔子把天命高悬起来，给人提供道德的准据，其理论的落脚点依然是"人事之所当为"。子思的《中庸》说的更清晰"天命之谓性，率性之谓道"，既说人性由天所命，又说道由率性而来，道直接出于性。很明显，这与道家的"天法道，道法自然"不同，如果说道家的天与道之间是无隔阂的，直接是效仿与被效仿的关系，那么，子思的道与天之间则中间隔了一环，即性。如果说，《老子》是用"无"的观念来描述"道"体，用形而上学的抽象之思来替代传统的原始宗教人格神的"天"、"帝"，那么，儒家学派开始注目自身，"尽其心者，知其性也。知其性，则知天矣"[1]（《孟子·尽心上》），从人性、人心思考道体的问题。而《墨子》重视天志，由假借历史中的鬼故事来证明有鬼，也是从经验界推知天志。综合来看，至春秋之时，天的宗教神格正在

---

[1] 　杨伯峻：《孟子译注》，中华书局，2008 年，第 233 页。

打破,学派在构建哲学体系时更多考虑到人的主体性问题。天人合和的关系开始走向"天人分途",当然,道体在此表现了更多的人化色彩。但是,到了《吕氏春秋》这种情况出现了一点变化。在《十二纪》中,明显可以看出著者重建天对人发生作用的主观意志。用阴阳观念与四时五行结合起来,使精气变化对人的作用建立直接的联系,通过四时天气的变化使人感知到天变化的明显。正如徐复观所说,"由阴阳五行所构造的天,不是人格神,不是泛神,不是静态的法则;而是有动力、有秩序、有反应(感通)的气的宇宙法则,及由此所形成的有机体的世界"①。实际上,这种变化不是服务于天神对人的掌控这一直接目的,而是通过这种行政月令,肯定人的法则,对人事强行运转的理论依据从天的视角重新加以界定,天的重要地位的肯定不是简单意义上回归宗教至上神的时代,而是借助天的力量限制君主的权威,用自然法则的不可违抗对抗天之子——君王的绝对权威,从这个意义上讲,《吕氏春秋》的"天"之变完全是出于人的本体的政治需求的一次回归。

基于此点,《吕氏春秋》中另一个与道密切相关的概念登场了,即是"德"。

> 万人操弓共射一招,招无不中。万物章章,以害一生,生无不伤;以便一生,生无不长。故圣人之制万物也,以全其天也,天全则神和矣,目明矣,耳聪矣,鼻臭矣,口敏矣,三百六十节皆通利矣。若此人者:不言而信,不谋而当,不虑而得,精通乎天地,神覆乎宇宙;其于物无不受也,无不裹

---

① 徐复观:《两汉思想史》,九州出版社,2014年,第76页。

也,若天地然;上为天子而不骄,下为匹夫而不惛,此之谓全德之人。① (《本生》)

身在乎秦,所亲爱在于齐,死而志气不安,精或往来也。德也者万民之宰也……圣人行德乎己,而四荒咸饬于仁。② (《精通》)

圣王……养其神,修其德而化矣,岂必劳形愁弊耳目哉……神合乎太一……精通乎鬼神。深微玄妙,而莫见其形。③ (《勿躬》)

凡君也者,处乎静,任德化,以听其要。若此,则形性弥嬴,而耳目愈精。④ (《勿躬》)

在《吕氏春秋》的论述中,明显可以看到,精、神、德与君、圣人、圣王结合在一起的政治伦理架构。圣王若能养神修德就可以精通鬼神,合乎太一,往来于天地宇宙之间,成为全德之人、知道之君。

德是道的现实落实与显现,道与德实为一体。"道生之,德畜之"⑤ (《老子》),"有一而未形。物得以生,谓之德"⑥ (《庄子·天地》),"虚无无形谓之道,化育万物谓之德","德者,道之舍,物得以生","德者,得也","以无为之谓道,舍之之谓德,故道之与德无间"⑦ (《管子·心术》)。道与德具有生养万物之

① 《吕氏春秋校释》,第21页。
② 《吕氏春秋校释》,第507页。
③ 《吕氏春秋校释》,第1078页。
④ 《吕氏春秋校释》,第1079页。
⑤ 《老子注译及评介》,第261页。
⑥ 《庄子集释》,第433页。
⑦ 〔唐〕房玄龄注,〔明〕刘绩增注:《管子》,上海古籍出版社,1989年,第126、127页。

功,差别在于"道生一"的"一"即为德,道德之间稍有等差,老子呼喊的"失道而后德,失德而后仁,失仁而后义,失义而后礼"①。虽然是从社会伦理层面着眼,道德沦丧的次序,但是,也表现了二者的次序关系。在《论语·述而》中"志于道,据于德,依于仁,游于义"②,道德这一术语在儒家学派也是其理论的逻辑起点,次序性也很明显。《荀子·劝学》"故学至乎礼而止矣。夫是之谓道德之极"③,则从礼的角度实践道德。如果说老庄学派是从形而上的角度认识道德的宇宙生成到人伦社会的逻辑次序,那么儒家学派则从仁、义、礼的具化角度落实了道德的现实指向。

这样,在天人关系的探讨中,《吕氏春秋》又发展了一步,不再单纯的机械的模仿自然,而是强调人事对天命的影响。在"十二纪"中,如果政令不恰会引起灾害,自然地惩罚来自人事政务的错谬。这是《尚书》天威示警母题的新发展,是理论的演进,不是回归,而是提升。从人法天地变成了天地变化,多少受到人的影响的客观效果。"以天为法,以德为行,以道为宗,与物变化而无所终穷,精充天地而不竭,神覆宇宙而无望,莫知其始,莫知其终,莫知其门,莫知其端,莫知其源,其大无外,其小无内,此之谓至贵。"(《下贤》)宗法天道,德行天下,精神贯通天地宇宙,与之变化,无始无终;人处其中,与天地往来变化,也就是天地与人一体,变化无穷。这充分大张了人的主体地位。在这种"同天地"的解释下,《圜道》:"天道圜,地道方,圣王法之,所

---

① 《老子注译及评介》,第 212 页;又见《庄子集释》,第 733 页。
② 杨伯峻:《论语译注》,中华书局,2006 年,第 76 页。
③ 〔清〕王先谦撰,沈啸寰、王星贤点校:《荀子集解》,中华书局,2016 年,第 14 页。

以立上下。"从法天地视角看,天圜地方对应君道圜臣道方;若从同天地的视角看,因为君道圜臣道方,所以借托天圜地方来表达人事要求;《君守》:"天无形,而万物以成;至精无象,而万物以化。"借此说明"大圣无事,而千官尽能。此乃谓不教之教,无言之诏",这也实现了借天地之道申说人事政治的目的,圣君无为正是效法天道无为而来,从而使圣君无为获得天道的印证,为臣子的参政议政,提供天理的支撑。无为的具体做法即是贵因,"因水之力也……因人之心也……因民之欲也……因其械也",顺应时势,顺应时俗,高扬仁义,就可"成起功"、"因则无敌"①(《贵因》)。所以,《吕氏春秋》已不是单纯的法天地,而是与天地混同,顺应时、势、俗而为。这也对西汉初年黄老之学成为治国理政的指导思想提供了学理上的证据支撑。

要之,本文主要从气化宇宙论、精与阴阳五行结合的认识论、天人关系的实践论对《吕氏春秋》道论进行阐发,应该说《吕氏春秋》是对先秦诸子学术道论的一次总结,整体看,略显粗疏,比如阴阳为何就是指"气"问题,在全书中没有充分的阐释,只能依靠学术史的论据推演,行文的互证,但还是略显捉襟见肘。当然,这些遗憾只能等到《淮南子》进行系统的论证、修补,生发出新的道论体系。

(哈尔滨师范大学文学院)

---

① 《吕氏春秋校释》,第925—927页。

精思著文：西汉诸子立言的学术史意义

魏　爽

从中国古代学术发展的脉络来看,西汉学术文化呈现出继往开来的宏大气象。西汉大一统政权的建立,为学术复兴铺平了道路,一方面上承先秦诸子余绪,一方面开启了经学独尊的新时代。虽然武帝之后经学成为官方学术,但百家之学并未禁绝,汉武帝推崇儒学的目的,并不是实行文化专制,而是为了实现在思想文化领域中推行大一统的梦想。因而,"罢黜百家"的实际结果是除儒家之外的各家失去了原有的政治地位,被剥夺了在野学术的资格而不得不转入民间发展。西汉诸子以较为自觉的姿态和"务为治"的使命感,对先秦诸子思想予以扬弃和改造,在此基础上有意于"作",有了"成书"的意识,其子书多为本人所亲手编定的独立运思之作,也为后人留下了大量有价值的论说文和辞赋作品,成为现存两汉文献中非常重要的组成部分。成帝时,刘向奉旨校书,其子刘歆继承父业,"乃集六艺群书,种别为《七略》"①,记录了西汉整理文献的成果。班固依此编撰《汉书·艺文志》,其中《诸子略》记录了189家著述,大部分为

---

① 〔汉〕班固:《汉书》卷三六,中华书局,1962年,第1967页。

先秦子书,其中西汉诸子著述以儒家为主,著录有陆贾、贾谊、董仲舒、桓宽、刘向、扬雄等人所作的子书,以及杂家子书《淮南子》。西汉诸子意欲借子书而留名于世,将独到的思想与社会问题结合起来"精思著文",表达出对社会的无比关切和如何实现治世的深入思考。他们的子书、论说文和辞赋等立言之作在中国古代思想史和文学史上都有着久远的意义。

一、西汉诸子有意于"作"以及对立言的追求

西汉初期,当秦王朝文化专制的桎梏被打破,新的文化专制尚未建立之际,被窒息一时的诸子之学又迅速得到恢复和发展。《汉书·艺文志》载:"汉兴,改秦之败,大收篇籍,广开献书之路",到武帝之时,"建藏书之策,置写书之官,下及诸子传说,皆充秘府"①。西汉政权宽松的文化政策,促进了诸子学术的再兴和繁荣。西汉诸子既是思想家,也是写作者,他们皆有意于"作",意欲借子书而留名于世,体现出对立言的追求和著作意识的觉醒。

子书即诸子私家著述,是展现作为思想家的诸子思想和学术的文字流传,约产生于战国初年。春秋战国之际,士阶层的崛起极大地推动了思想的传播和学术的交流,学术思想领域开始异常活跃,代表不同阶层和集团的思想家们纷纷著书立说,探寻治平天下的方略和路径,于是诞生了一批代表各家思想的子书。先秦诸子著述并非一人一时之作,大部分都可视为一个学派的思想总集。诸子的思想主张或由门下弟子分别记录,辑而编纂

---

① 《汉书》卷三十,第1701页。

成书；或诸子与弟子共同立说著书，再经后世门徒增补润色而最终定型；或以单篇文章的形式流传下来，至西汉经由学者整理编定。基于上述种种原因，战国时期所编纂的子书大多没有通行的定本，传布至汉的版本多结构芜杂，因而，流传于后世的先秦子书多经汉代学者的编次整理，纯为诸子独立撰著者几乎没有。

先秦子书多非诸子手著，已成为学界共识，孙星衍说："凡称子书，多非自著。"余嘉锡在论及先秦子书体例时谈及："或自著，或追记，或自著与追记相杂糅，其体例至为不一。"①冯友兰认为多数先秦子书，应当将之看作某子一派的作品，不是诸子一人之作，并且先秦诸子作品多以单篇文章的形式存在和传布，汉代学者整理先秦诸子作品时将同一学派的单篇文章汇编成书，题曰某子。严可均认为"先秦诸子，皆门弟子或宾客或子孙撰定，不必手著"。吕思勉说："先秦诸子，大抵不自著书，凡所纂辑，率皆出于后之人。"②由此可以得出这样的结论，先秦子书的某些篇章并非诸子本人所作，最终成书也大多非诸子本人亲自编订。先秦子书的内容早已是诸子与弟子后学共同的内容，体现出的早已是诸子与弟子后学共同的思想主张。流传于世的先秦诸子之书以及重要的儒家经典，大部分都经过汉人的审读和整理，在汉代逐渐定型。

春秋战国时期，立言写作常常是一项政治活动，君主或权贵往往招揽宾客士人集中著书，尚未普遍出现个人著书立说的自觉意识，这种观念在西汉发生了变化。西汉诸子并非如先秦诸子一般专注于讲学布道无意于"作"，而是已经有了"成书"的意

---

① 余嘉锡：《古书通例》，中华书局，2007 年，第 244 页。
② 吕思勉：《先秦学术概论》，中国人民大学出版社，2011 年，第 20 页。

识,创作出诸多富含思想性、文学性和现实性的子书,包括陆贾《新语》、贾谊《新书》、刘安《淮南子》、桓宽《盐铁论》、刘向《新序》和《说苑》、扬雄《法言》等,以及政论文、对策文、汉赋等子学文本,子书多为本人所亲手编定的独立运思之作。曹道衡说:"先秦著述和两汉以后著述颇有不同。两汉人著作,像陆贾《新语》、贾谊《新书》以及东汉王充《论衡》、王符《潜夫论》等,基本上都是个人著述……只有像《淮南子》乃刘安集门客所作。至于先秦典籍,除《韩非子》较似一人所作外,其他子书,成于一人之手者甚少。"①

先秦时代从最早的官书到战国的子书,皆没有著作权的意识,即余嘉锡在《古书通例》所言的"古书不题撰人":"周秦古书,皆不题撰人。俗本有题者,盖后人所妄增。"②先秦诸子师徒是在尚未有署名权和著作权观念的时代从事"立言"的创作活动,这是他们与汉以来写作者的最大区别。西汉是写作者建立著作权的开始,"汉代是新旧书籍观念革故鼎新的大转变时期,其中之一就是作者从不署名演变为署名。西汉作者开始署名,开始享有著作权,这是文化领域的头等大事。"③

汉代社会为诸子等作家群体的持续生成提供了制度和文化环境。汉代统治者认真总结秦王朝二世而亡的历史教训,正所谓"殷鉴不远,在夏后之世",虽然在政治制度上大体沿袭秦制,但在文化政策方面进行了较大调整,采取了一系列有利于学术发展的举措,因而在社会稳定、国力增强、经济繁荣和社会进步

---

① 曹道衡:《先秦两汉文学史料学》,中华书局,2008年,第35页。
② 《古书通例》,第202页。
③ 刘光裕:《子书崛起与书籍变革》,《文史哲》2016年第5期。

的背景下，汉代学术出现了蓬勃发展的态势。无论诸子，抑或文人、史家，其作品的数量和艺术水平都有很大的提升，文体样式、价值取向等诸多方面皆为后世树立了典范。

西汉诸子有意于"作"，体现出诸子对立言的追求和对"一家之言"的强调。立言乃《左传》提出的"三不朽"之一，春秋时期，鲁大夫叔孙豹首倡以立德、立功、立言为内容的"三不朽"，其中所说的立言，与汉以来的著书立说尚不是一回事，原意是口头提出重要见解。"三不朽"的思想被士人们认同和创新，立言发展为知识分子志在树德建言，以著书立说的方式"入道见志"，靠自己的文章著述而建立不朽之功业，从而彰名显德，实现人生的价值。"老、庄、荀、孟、管、晏、杨、墨、孙、吴之徒，制作子书，屈原、宋玉、贾逵、扬雄、马迁、班固以后撰集史传及制作文章，使后世学习，皆是立言者也。"①诸子普遍怀有以著述追求"不朽"的意愿。西汉诸子作为思想家，如同中国古代大多数士人一样，困惑于如何在有限的生命历程中实现生命的意义和寻得精神的归宿，意欲借子书而留名于世，《汉书·扬雄传》曰："实好古而乐道，其意欲求文章成名于后世。"②东汉之后借撰著子书以留名的风气更甚。章学诚说："论著者，诸子遗风，所以托于古之立言垂不朽者，其端于是焉在。"③刘勰在《文心雕龙·诸子》中说："嗟夫，身与时舛，志共道申，标心于万古之上，而送怀于千载之下，金石靡矣，声其销乎！"④虽然诸子大多在其所处的时代郁郁不得志，但志向却能够在著作中得以申说，他们将思

---

① 〔清〕阮元：《十三经注疏》（第二册），上海古籍出版社，1997年，第1979页。
② 《汉书》卷八七，第3583页。
③ 〔清〕章学诚：《文史通义》，上海书店出版社，1988年，第47页。
④ 范文澜：《文心雕龙注》，人民文学出版社，1962年，第310页。

想见解通过著述传递到千年以后，金石可以消亡，声名却不会消逝，这就是诸子立言的价值和意义所在。西汉诸子把子书创作和文学创作视为抒发抑郁之情的一种方式，作为遭受压抑以后的情怀爆发。司马迁《史记·太史公自序》曰："序略，以拾遗补缺艺，成一家言，厥协《六艺》异传，整齐百家杂语。"①道出了其整理百家之语"成一家言"的创作初衷。此种学术目标直接为东汉承袭，班固《典引》称："司马迁著书，成一家之言，扬名后世。至以身陷刑之故，反微文刺讥，贬损当世，非谊士也。"②《抱朴子·外篇自叙》曰："洪年二十余，乃计作细碎小文，妨弃功日，未若立一家之言，乃草创子书。"③即使在子学衰微的晋代，立言也首选子书。子书与其它著作体例相比，可以全面展现作者的思想，最终成一家之言，王充在《论衡·超奇》中说："故夫能说一经者为儒生，博览古今者为通人，采掇传书以上书奏记者为文人，能精思著文连结篇章者为鸿儒。"④与单篇文章的写作相比，撰著子书难度更大，需要耗费更多的心力，也更能系统体现作者的思想，因而王充认为子书作者"连结篇章，必大才智，鸿懿之俊也"。

读书仕进和精思著文而"成一家言"，是西汉及后世诸子和士人们所共同秉承的学术追求和奋斗目标。田晓菲教授指出："'一家之言'与《左传》之'三不朽'，立德、立言、立功，遥相呼应。但值得我们注意的是，到了公元三世纪，'一家之言'往往和子书写作联系在一起，而且，三世纪的'一家之言'特别强调

---

① 〔汉〕司马迁:《史记》卷一百三十，中华书局，1959年，第3319页。
② 〔清〕严可均辑:《全后汉文》，中华书局，1958年，第614页。
③ 〔晋〕葛洪:《抱朴子内外篇》，商务印书馆，1936年，第827页。
④ 黄晖:《论衡校释》卷十三，中华书局，2018年，第530页。

一己之著述如何给作者个人带来不朽的声名。"①不同时代的诸子都把论说文和子书的写作视为代表个人声音、个体生命的手段，以及实现不朽声名的重要途径。实际上，通过子书创作以实现个人对立言的追求，这种情怀在西汉诸子身上已有初步的体现，在东汉魏晋时代则体现得更为鲜明。

二、西汉诸子立言的"求治"目标

在完全不同于列国纷争的时代主题中，是什么激励了西汉诸子继续子书写作的传统？除了意欲借撰著子书以实现不朽声名之外，思想家们的立言活动突出展现了积极进取的精神风貌和"务为治"的使命意识。诸子各怀有改制救世之道术，"立德何隐，含道必授。条流殊述，若有区囿"②，"含道必授"是诸子立言著书的内在驱动力量，"著书立说，欲以改制救世"③。西汉诸子普遍具有如先秦诸子一般的救世情怀，他们所关注和思考的问题宏大而开阔，放出空前的光辉，有着持久的生命力。西汉诸子将独到的思想与社会问题结合起来"精思著文"，他们的子书或论说文，无论创作初衷抑或具体内容都与政治生活、国家命运密切相关。

创作论说文和子书，是一个士人、一个思想家对他所处的时代和社会以及自然、人生的全面看法的表达方式，是知识分子使命感和担当精神的一种体现，子书承担了这种输出个人思

① 田晓菲：《诸子的黄昏：中国中古时代的子书》，《中国文化》2008 年第 27 期。

② 《文心雕龙注》，第 310 页。

③ 蒋伯潜：《诸子通考》，岳麓书社，2010 年，第 1 页。

想——主要是政治思想的责任。在西汉时代,相较于大赋,诸子论说文和子书是最富个性化和私人化的表述方式。随着武帝"独尊儒术"文化政策的推行,以儒者为首的诸子以不同的途径入仕为官,他们真正将诸子的治国思想和政治主张实践于国家治理的各环节,积极承担士人的社会责任。同时,他们针对个人命运、为政方略和社会发展的诸多问题,精思著文,纷纷发表自己的思想见解,发出时代的强音,体现出诸子的社会批判意识和担当精神。汉代士人普遍具有朝气蓬勃的进取精神,有着建功立业的强烈期冀,追求人生的不朽和青史留名,为了实现人生的远大理想,他们在进取中忍辱负重,命运多舛。

西汉诸子通过才学进入仕途,积极为政权建设建言献策,竭忠尽智。"陆贾著《新语》,黜霸在崇王。贾谊善《政论》,法度正典章。"[1]主父偃在上书中说:"今臣不敢隐忠避死以效愚计,愿陛下幸赦而少察之。"[2]道出了自己上书的目的,就是为皇帝献良策,哪怕会使自身陷入危险也在所不惜。《淮南子·氾论》曰:"百川异源而皆归于海,百家殊业而皆务于治。"[3]西汉诸子讨论最多的是政治,一切都贴上政治学说的标签,并没有完全继承先秦诸子的学理性,西汉的诸子著作更像是政论文的集结,他们认为自己学说的功能就是为政治服务。西汉诸子多为国家官吏,切实参与政治运行,具有更多形而下的现实视野,因而思想的世俗性特征表现得十分突出,他们考虑问题的出发点和归宿点,带有更浓厚的政治色彩和社会性。

---

① 许结:《汉代文学思想史》,人民文学出版社,2010年,第1页。
② 《汉书》卷六十四,第2799页。
③ 何宁:《淮南子集释》卷十三,中华书局,1998年,第922页。

正因为如此，他们的作品指讦时政，切中时弊，见识深远，体现出了刚健自强的精神力量，展示着昂扬向上的格调。陆贾《新语》中有颇多类似"垂大名于万世"、"建大功于天下"的语句；贾谊的政论文提出了一系列旨在稳定和加强统治的积极建议，既善于总结历史教训，更勇于面对现实社会的疑难问题。不仅政论文如此，西汉诸子的其他作品如刘向的《说苑》和《新序》、扬雄的《法言》等内容博杂的子书，也体现出作者推行教化的目的性，表达了对政治的高度关注和积极参与。

刘勰在《文心雕龙·诸子》开篇云，"诸子者，入道见志之书。"指诸子作为思想家，对社会变迁和现实政治形势等问题经过思考后形成个人的见解，经由子书表达出来。诸子"立言"的目的，不仅仅是扬名于世，更是为"求治"。重视现实的人生，与政治伦理紧密联系是中国古代哲学的主要特征之一，诸子的理想始终是实现社会有序、安居乐业的美好政治愿景，探索天下秩序建构问题。西汉时期子书的内容大多关怀社会现实，以"求治"作为立论著书的最终目标，继承了先秦诸子欲以思想救时之弊的传统。即使在两汉之末，诸子士人的积极入世精神依然绽放着异彩，并产生了许多以救时之弊为主题的作品。西汉诸子将独到的思想与社会问题结合起来精思著文，"诸子思以其学易天下"，其作品代表了诸子们洞察现实和历史的睿智，具有历史深度和现实厚度，集中抒写了他们对太平治世的自豪之情和对统治危机的忧患意识，诠释了志士仁人的政治理想。西汉诸子在大一统的时代背景下，以炽烈的入世情感，关注着政治动向、社会治乱和民生苦乐，以锐意进取的创造性行为进行子书创作，正是由于西汉诸子的努力，奠定了东汉子书的兴盛与东汉学术转型的基础。

三、西汉诸子立言的学术史意义

无论是传统的诸子学研究,还是现代学术视野下的思想史研究,大多数学者的研究重点都集中于先秦诸子。普遍认为相较于先秦子书,"汉代已逊其宏深,魏晋尤难与比数"[1]。章太炎认为汉代子书"持较周秦诸子,说理故不逮,文笔亦渐逊矣"[2]。刘勰评价汉魏子书"类多依傍",是从思想缺乏创建性的角度所进行的评价。这里我们要明确一点,不同时代子书创作主体发生了变化,由学派集体转为个人独创。先秦诸子著作多为一个学派的思想凝结,倾注了众人的心血,汉代子学基本没有师徒弟子的学术传承,诸子著作只能代表作者一人之思想。西汉武帝时"立五经博士",建立博士弟子制,同时将不治儒家五经的太常诸子博士一律罢免,意味着诸子学派的终结,子学发展中诸子学派为主导的时代已经结束。余嘉锡《古书通例》云:"传注称氏,诸子称子,皆明其为一家之学也……自陆贾、贾谊以下不称子者,学无传人,未足名家也。"[3]先秦诸子著述命名为"某子书","某"可以是学派创始人姓氏或作者姓氏。而自陆贾、贾谊开始,汉魏诸子个人著述不再称"子",大概原因就在于"学无传人,未足名家也"。先秦诸子皆学有传承,形成学派,如《庄子》一书,固然庄子是主要作者,但很大程度上是庄子学派经过数百年的讨论、辩难而最终形成后人所见的著作样态。先秦子书都

---

① 刘永济:《文心雕龙校释》上册,中华书局,2007 年,第 59 页。

② 章太炎:《章太炎国学讲义》,海潮出版社,2007 年,第 17 页。

③ 《古书通例》,第 206 页。

是经过一个学派数人历经多年"精雕细琢"的功夫，是诸子的独特创造与师徒群体的集体智慧相结合的成果。而汉魏诸子往往发挥个人才智，耗费多年心血撰著子书。

人们常常拿先秦子书的特点去规范和看待汉代子书，认为汉代诸子不能成为一派或一家，其著作也就不具备子书的资格，实际上，这种规范是生硬的。大多数先秦子书在西汉经学独尊的学术态势中，少有人传承，何况新出子书，西汉鸿儒扬雄也仅有侯芭一个徒弟追随。因而不能狭隘的因西汉诸子没有清晰的师承谱系而否认其诸子的身份，从而也不能否认诸子著述的子书属性。

从西汉诸子作品的内容和行文来看，写作风格大多朴素直白，可能在后世学者看来，文采不够华美，思想又不够系统，但西汉思想家个性化的表达，经受时间的考验而流传下来，正是由于西汉诸子不懈的努力，才迎来东汉以及魏晋子书创作的繁盛。从这个角度来说，西汉诸子的精思著文活动具有承上启下的重要地位。当然，魏晋时代创作子书被视为更严肃更堂皇的事业，而且子书和诗赋创作被有意识地区别开来。

西汉诸子独立运思，精思著文，在中国哲学史和文学史上留下了光辉的一页。子书是有自己独特体系与创见的思想著作，中国古代哲学大部分内容都在诸子学术之内，当然诸子之学也有与哲学无关的内容。自中国哲学学科成立以来，有一种观点认为中国哲学有四大思想资源与思想传统，即先秦儒家、道家、中国佛学和宋明理学，但更多学者认识到全部中国哲学和每一断代中国哲学的资源和传统都是多元的，至少还有墨家、法家、名家、阴阳家等诸子百家，因而，子学是中国古代哲学的重要组成部分。冯友兰在《中国哲学史》中提出自孔子至西汉淮南王为子学时代,郭齐勇将先秦诸子百家之学和"五经"列为中国哲学发展的第一个时期,提出儒家的"仁"和道家的"道"是中国哲学最核心的范畴①。中华优秀文化的复兴,必然包括古代哲学的复兴,中国哲学的根源就在子学,胡适说:"中国哲学的未来,似乎大有赖于那些伟大的哲学学派的恢复。"②西汉诸子通过著述表达了各自的哲学思想,金春峰在《汉代思想史》自序中说:"任何一个时代的思想与文化,其灵魂或指导思想,必定是哲学。"③西汉诸子的哲学思想构成了西汉哲学的主体。西汉哲学的中心或主题,是天人关系,以董仲舒为代表的诸子哲学正是在对天人关系的探讨中建立起来的。《淮南子》在阴阳五行的基础上,论述了天人合一、天人相通思想。刘向结合现实政治,进一步发展了天人感应的灾异论说。扬雄的天人思想体现为反对创作中的谶纬神学,天人关系思想已成为西汉诸子的一种思维模式。董仲舒建立了汉代新儒学体系,以阴阳五行为基础,吸收法、名、墨、道家黄老思想,形成综合与扬弃各家的思想体系,成了时代之思潮,又依靠国家政权的力量与政治相结合,为"独尊儒术"铺平了道路。此外,董仲舒的哲学思想还体现为人性论、伦理思想、目的论思想、形而上学体系等内容。《淮南子》思想杂驳,没有始终一贯的思想体系,对自然论、人性论、认识论、辩证法思想、社会政治思想都有所论述,是研究西汉哲学必须关注的一本子书。

子学宏阔的思想视野和独特的创造能力,赋予了子学活泼

①　郭齐勇:《诸子学通论》,商务印书馆,2015年,第9页。

②　胡适:《先秦名学史》,学林出版社,1983年,第9页。

③　金春峰:《汉代思想史》,中国社会科学出版社,2006年,第1页。

多元的生命活力。"夫一经之说，犹日明也；助以传书，犹窗牖也。百家之言，令人晓明，非徒窗牖之开，日光之照也。"①在他看来，与儒家经传相比，诸子百家之言有广见闻、通古今之功效，能使人通明博见。子书的创作"无所依傍"，摆脱了经典的束缚，有别于注疏体文献。诸子注重独立思想的表达，不以注疏的方式钻研学术，造就了理论视野的宏阔。如《淮南子》一书，刘勰称其书"得百氏之华采"，其理论视野正如《要略》所云："纪纲道德，经纬人事，上考之天，下揆之地，中通诸理。"近人刘文典评《淮南子》"博极古今，总统仁义，牢笼天地，弹压山川，诚眇义之渊丛，嘉言之林府"②。西汉诸子承袭了先秦诸子"著书言治乱之事"的传统，他们对宇宙自然、社会人生的深邃思考和宏阔观照，通过论说文和子书全面呈现出来。

对语言文字的斟酌和对表达效果的自觉追求，可追溯至《诗经》成为传道的经典以及战国诸子私家著书立说。到了西汉时代，包括诸子在内的士人群体对语言有了越来越多的认识和把握。作家和作品，正是每一个时代文学精神的象征，西汉诸子是那个时代重要的写作群体，他们的作品既有思想的输出，又有情感的表达，而他们在表现思想和情感时所做出的形式上和技巧上的努力，促进了西汉文体变迁和文学观念的生成。

诸子著述"不仅是理论探索的结晶、思想斗争的记录，也是富于形象感染力和相当高的艺术性的文学散文。不但在思想史上放射出夺目的光彩，而且在文学史上也具有不朽的魅力"③。

① 黄晖：《论衡校释》卷十三，第 593 页。
② 刘文典：《淮南鸿烈集解》上册，中华书局，1989 年，第 1 页。
③ 赵敏俐，谭家健：《中国古代文学通论》（先秦两汉卷），辽宁人民出版社，2005 年，第 111 页。

春秋战国是散文创作的辉煌时代,有两类文章最为发达,一类是历史散文,另一类是诸子散文,其中诸子散文对论说文及其它各类散文的形成与发展有着示范作用。如《老子》的文简意深、辞正理备,《孟子》的雄辩多姿、情深气盛,《庄子》的雄浑奇特、恣肆汪洋,《荀子》的文辞犀利、论证绵密,这些诸子著作都从不同的角度为后世文学做出了典范。随着先秦子学的衰落和西汉时期子学的再兴,西汉诸子散文得到了新的发展,以政论文的成就尤为突出。诸子散文和子书著述不仅具有思想史的意义,也为西汉文学殿堂增添了夺目的硕果,在中国文学史上具有重要地位和影响。文史哲融为一体的综合形态是先秦两汉文学的重要特质,也是我们把握和认识先秦两汉学术思想的一个重要基点。赵敏俐指出:"当我们阅读这些先秦两汉哲人的论述之后,有谁不会为他们这种诗意的哲学而感动,为他们的诗性智慧而惊叹呢?哲学如此,历史也复如此……文学、历史和哲学这样水乳交融,既是先秦两汉文学的一种特殊形态,也是它独具魅力的地方。它产生于人类社会走向成熟的早期,是用诗性的智慧凝结成的人类精神生产的成果。"[①]

西汉时代,诸子学者精思著文,不但继承先秦诸子文风,而且在汉帝国一统的政治背景之下,进行文学思想和文学体裁的开拓和创新。诸子文章和著作具有独特的文学价值,对后世的文学观念和文体发展都有深远影响。"是汉代使产生于先秦以'文'统摄一切的人文艺术活动的主文精神得到总结和发扬,也是汉代使笼含于人文艺术活动之'文'在连续与破裂中逐渐诞育出以诗赋为主的相对独立的文学观念。在总体

---

① 《中国古代文学通论》(先秦两汉卷),第21页。

趋势上，汉代文学沿着诗、骚两大传统演进，而在具体意义上，这种演进又首先决定于汉代文化真正结束战国纷争、'道术将为天下裂'局面而形成的兼融统一态势"①。一般认为赋体文学是汉代的主流文学，真实地表现了大汉帝国的气势和声威，实际上，汉代诸子将人与自然、人类社会和个体精神、天和地都置于观照之下，体现出他们极强的自我意识和在大一统帝国中建功立业的精神气概。这种精神在他们的文章中有着淋漓尽致的体现。

汉初诸子创作了一批富有生机的政论文章，开创了沉寂几十年的文坛新气象，饱满的情感溢于言表，激动人心，具有磅礴的气势。西汉初的统治者效法周初，善于总结前朝兴衰存亡的教训，因此，批判秦朝的暴政，吸取秦二世而亡的教训，进行高屋建瓴的反思，是汉初子学的主要创作主题，陆贾、贾山、贾谊、晁错的政论文章都贯穿着此种历史批判和反思精神。西汉诸子的自主意识和社会地位经历了一个从独立到依附，再到独立的过程。汉初的诸子具有独立的人格，来去自由，兼有文人和纵横家的品性。随着西汉王朝的日益繁盛，统一王朝需要一种能够与政治相适应的思想文化，思想一统成了汉王朝无可回避的历史任务，于是从汉武帝时期开始，中央政权对思想学术的干涉和控制愈加凸显。从此，无论侍从文人还是诸子，在很大程度上为了迎合天子口味而进行创作。西汉末年，人格独立精神又重新回归士人，刘向、扬雄等人自觉或不自觉地努力按照自己的意愿进行创作，重新找回个性的独立，并达到更高的层次。

---

① 《汉代文学思想史》，第3页。

从西汉子书体式的演变来看,汉初子书的典型形式是奏疏文的文集。陆贾《新语》、贾谊《新书》成书时,诸子的自觉著书意识还不鲜明,这两部子书的篇章大多为针对具体政治形势而作的奏疏。余嘉锡认为:"古之诸子,平生所作书疏,既是著述,贾山上书,名曰《至言》;晁错上疏,谓之《守边备塞劝农力本》,并见本传。"[①]除陆贾和贾谊之外,晁错、贾山也有奏疏汇编而成的子书,从体例上讲如同后世文集。这是西汉诸子有别于先秦诸子的立言方式,即王充所谓的"上书奏记之文"。西汉诸子身处大一统国家,肩负着为政治秩序提供智力支持的责任,"上书奏记"有更直接和具体的功能,"上书陈便宜,奏记荐吏士,一则为身,二则为人"[②]。能写作奏记之文,前提是写作者须身为朝廷官吏。"上书奏记"这些本就产生于政治场域之中的文体,在补益王政、助力贤人的同时,也是其作者实现自身价值的重要途径。[③] 但这种产生于政治活动中,有感于具体的政治形势而进行的创作,逐渐只能以单篇形式存在,不能连结篇章。西汉其他诸子如董仲舒、刘向和谷永等人的奏议,只能散见于各类文献中。西汉中后期,诸子精思著文,开启了"一人一作"的著述创作模式和书籍流通模式。"扬雄之徒,发愤著书,乃欲于文章之外,别为诸子。子书之与文集,一分而不可复合"[④]。刘向、扬雄皆有着明确的著述意图,都有出自个人手定的著作问世,已接近王充所谓"兴论立说,连结篇章"的"鸿儒"了。

---

① 余嘉锡:《四库提要辩证》,中华书局,2007年,第547页。
② 《论衡校释》卷二十,第867页。
③ 刘书刚:《王充著述意识的构建与汉代子书体式的变迁》,《天中学刊》,2022年第4期。
④ 《古书通例》,第244页。

结　语

　　按冯友兰先生的划分，先秦是子学时代，两汉是经学时代，固然经学成为汉代主流学术，但子学的发展并未中断。在子学时代终结后，先秦诸子思想在汉代以后的社会中通过不同的方式获得了有机生存。西汉时期子学的再兴，一方面体现为西汉思想家对先秦诸子学术的研究与发扬，另一方面体现为西汉诸子通过立言活动，来表达自己对人生、社会和政治的看法，从而建构起西汉子学体系。西汉诸子在经学垄断学术领域的时代，找到了属于思想家群体安身立命的寄托——从事论说文及子书的写作。子学既体现了中国文化理性的光芒，也蕴含着深厚的诗性表达，这样集理性与诗性于一体的精神从先秦传至汉魏，这种思维方式和言说方式的独特性，从而使子学在中国古代学术史上具有重要地位。

　　赵敏俐论述了"文史哲"分离和"文学自觉"之后文学与纵深的历史文化的疏离，"当后人用理性的眼光把'文学'看成了一个独立的范畴，看成是需要努力经营才能得到的东西，并且美其名曰'文学自觉'的时候，也就意味着他们走出了原本与历史和哲学所组成的共同的文化大家园而且经营自己的那一方小小的天地，他们已经不可能像自己的祖先那样把认知、评价和审美有机地融为一体，用艺术的方式来把握一切了。但是，他们却不得不随时回到自己的老家去进行精神的追寻，才不至于断绝自己的民族之根，不至于使自己的诗性智慧枯竭。"①西汉诸子散文和子书，在作品的论说、辞采和叙事艺术方面，都取得了突出

――――――――――

　　①　《中国古代文学通论》（先秦两汉卷），第22页。

的成就。

西汉诸子的"精思著文"具有重要的学术史意义,鲁迅曾盛赞西汉诸子文章的价值:"惟谊尤有文采,而沉实则稍逊,如其《治安策》《过秦论》,与晁错之《贤良对策》《言兵事疏》《守边劝农疏》,皆西汉鸿文,沾溉后人,其泽甚远。"①西汉诸子创作的大量作品,包括子书和政论文、对策文、汉赋等,在文学观念、文体变迁和审美倾向上,都对后世产生了巨大的影响力和感染力。那个时代的思想家和文人用审美的眼光来看待生活,具有极强的形象思维能力和诗性的智慧,他们并没有将文学、历史和哲学严格加以区分,所进行的思考和表达,既是历史的,也是文学的,同时也蕴含着解释宇宙、社会、人生诸多问题的深刻思想智慧。

(哈尔滨师范大学历史文化学院)

---

① 鲁迅:《汉文学史纲要》,岳麓书社,2013年,第49页。

出土文献与古典学术

礼典空间与青铜器物审美幻象的生成

李振峰

"器以藏礼",三代青铜器主要是以"礼器"的面目登上中国文化舞台的①。三代青铜"礼器"与三代"礼典"相须为用,共同彰显着三代独特的艺术品格,生成了独特的审美幻象。所谓审美幻象(aesthetic mirage),是指在审美幻想、想象、幻觉中形成的幻化了的非实在的虚幻形象、影像。有审美意象的幻象和艺术形象的幻象。苏珊·朗格认为:"当某物呈现出来纯粹诉诸人的视觉即作为纯粹的视觉形式而与实物没有实际的或局部的关联时,它就变成了意象。如果我们完全看做直观物,我们就从它的物质存在抽取了它的表象。以这种方式所观察到的东西,也即成了纯粹的直观物——一种形式,即一种意象。"②从审美经

---

① 参见[美]巫鸿:《中国古代艺术与建筑中的"纪念碑性"》,上海人民出版社,2012年,第84页。关于青铜究竟用来制作生产用具还是礼器的问题,学界有过热烈的争论。唐兰认为青铜主要被用来制作生产工具,陈振中、马承源、李学勤等学者与唐兰持有相似观点。陈梦家、张光直、巫鸿等学者则认为在青铜发明之后,这种新的媒介主要服务于非生产的目的。这些非生产性青铜器主要有两类:一是礼仪中使用的容器和乐器,二是武器和车器。青铜器和实用工具有相当的区别。尽管有些出土的青铜器被冠以"工具"之名,实际上是制作礼器的工具而非生产工具。

② [美]苏珊·朗格:《情感与形式》,中国社会科学出版社,1986年,第77页。

验现象学的角度来讲,人们在观赏陈列在博物馆中的青铜器时,其切入的视角大多是纯粹观赏性的。但是,同样的青铜器物在三代人的眼中,其呈现出的"艺术光晕"(本雅明语)则是与礼典结合在一起的。应用于礼典的青铜器,不同于日常生活中使用的普通器物,其材质具有服务于礼典需要的特殊审美特性。青铜器物的材质特性,概括来说有两点:

第一是铸造青铜器物的铜料、锡料的稀缺属性。张光直说:"对三代王室而言,青铜器不是宫廷中的奢侈品或点缀品,而是政治权力斗争上的必要手段。没有青铜器,三代的朝廷就打不到天下。没有铜锡矿,三代的朝廷就没有青铜器。"①张光直通过对中国上古铜矿分布的地理研究,甚至认为三代都城之迁移皆与追求铜锡矿有关,对铜锡这一主要政治资源的战略性追求,构成了三代迁都的叙事主线。同时,铜矿、锡矿总是与三代"圣都"和"俗都"联系在一起的,夏代之二里头遗址、商代之殷墟遗址、周代之丰镐遗址的地理位置,都与铜矿、锡矿的分布有着密切的联系。三代政权通过对铸造青铜器所需的稀缺矿藏的把持,将青铜器上升到了国家政权符号的层面。

第二是器物材料自身所具有的独特美感。对于青铜器的材料特质引发的美学幻象,古人是有明确认知的。墨子说:"大钟鼎,美重器。华虫疏镂,以相缪纷。寝兕伏虎,蟠龙连组。焜昱错眩,照耀辉煌。偃蹇寥纠,曲成文章。雕琢之饰,锻锡文铙,乍晦乍明。抑微灭瑕,霜文沉居。若簟蘧篨,缠锦经冗,似数而疏。

---

① [美]张光直:《中国青铜时代》,生活·读书·新知三联书店,1999年,第36、55页。

此遁于金也。"①实际上，"寝兕伏虎，蟠龙连组"的青铜纹饰，恰恰是在"焜昱错眩，照耀辉煌"视觉效果的辉映下，才显得栩栩如生，从而生成"重器"之美的。在古人眼中，金黄色的青铜器带有太阳的光辉。《释名·释天》："光，晃也，晃晃然也。亦言广也，所照广远也。"《释名·释采帛》："黄，晃也，犹晃晃象日光色也。"黄，匣纽阳部；光，见纽阳部。二字音近义通，古书通用。《左传·襄公二十年》："陈侯之弟黄出奔楚。"《公羊传》和《穀梁传》"黄"作"光"。

用于铸造钟鼎的青铜合金的颜色呈现出金黄的色泽质地，形成了青铜礼器璀璨炳耀、灿烂辉煌的美感特征。桑塔耶纳说："任何一种形式的效果都可以通过材料的效果来提升，而且材料效果是形式效果的基础，它会进一步提高后者的力量，给客观对象的美以某种冲击力、彻底性和无限性，否则它就会缺乏这些效果。如果巴瑟农神殿（Parthenon）不是用大理石筑成，王冠不是用黄金做成，如果星星不再闪烁，那么，这些事物将会显得苍白无力、平淡乏味。材料的物质美对我们的感官刺激愈强烈，就愈会升华和强化我们的情感。"②简要而言，青铜器的器物材质是其艺术幻象生成的物质基础。

青铜器独特艺术幻象的形成，离不开三代礼典空间特殊的规定性。

《礼记·表记》谓："夏道尊命，事鬼敬神而远之……殷人尊神，率民以事神，先鬼而后礼……周人尊礼尚施，事鬼敬神而远

---

① 〔汉〕刘安编，刘文典撰，冯逸、乔华点校：《淮南鸿烈集解》，中华书局，2013年，第263—264页。

② 〔美〕桑塔耶纳（Santayana, C.）著，杨向荣译：《美感》，人民出版社，2013年，第58页。

之。"三代礼典当然有其各自不同的文化特质,但从结构上来讲,大致都包括如下几个层面:人与天神沟通层面,人与地祇沟通层面,人与鬼神沟通层面,人与人沟通层面。应当认为,这四个层面,为三代礼典所共有,构成了三代礼典内在继承的根本依据①。只不过从侧重角度来说,夏、商礼典较为侧重人与鬼神的沟通层面,而周代礼典则较为关注人与人之间的关系调节而已②。

"礼典空间"是神圣与世俗的分界线。米尔恰·伊利亚德(Mircea Eliade)曾经详细分析过神话空间与几何空间的差异。在神话空间里,行为被赋予一种内在的特性,即突显,从一种无动于衷的氛围里分离出来,通过这一特性,神圣得以与世俗区分开来。伊利亚德认为"每一个神圣的空间都意味着一个显圣物,都意味着神圣对空间的切入:这种神圣的切入把一处土地从其周围的宇宙环境中分离出来,并使得它们有了品质上的不同。"③

三代的"礼典空间",具有不同的呈现形式,它可以是郊野之地,也可以是山川河流。《周官》曰:"冬日至,祀天于南郊,迎长日之至;夏日至,祭地祇。皆用乐舞,而神乃可得而礼也。天子祭天下名山大川,五岳视三公,四渎视诸侯,诸侯祭其疆内名

①　"殷因于夏礼,所损益可知也;周因于殷礼,所损益可知也。"(《论语·为政》)

②　对此,陈来在其《古代宗教与伦理——儒家思想的根源》说:"对于天地鬼神的崇拜和祭祀,在西周以来的发展中,也越来越多地是注意其人世的社会政治功能,而不是信仰或神界本身。"(生活·读书·新知三联书店,1996年,第264页)"西周的礼乐文化的整体功能指向是人间性的秩序,而不是超世间的赐福。"(272页)

③　[罗马尼亚]米尔恰·伊利亚德著,王建光译:《神圣与世俗》,华夏出版社,2002年,第5页。

山大川。四渎者,江、河、淮、济也。"①周代青铜器《天亡簋》载:

> [乙]亥,王有大礼。王凡四方,王祀于天室,降。

铭文中的"天室",学者以为即中岳嵩山。《天亡簋》乃是武王克商之后,"巡行邦国,至于方岳下而封禅也",望祭四方山川,登嵩山而行"封禅"之礼的产物,武王于此赋《般》、《时迈》二诗②。

又,商代青铜器《作册般鼋》载:

> 丙申,王过于洹,获。王一射,赞射三,率亡废矢。

铭文记载商王途径洹水,举行射礼,商王一射,臣子佐助商王又射了三箭,箭无虚发,猎获大鼋。《左传·隐公二年》记鲁隐公"矢鱼于堂",《作册般鼋》则是商王"矢鱼"于洹水的记载③。

与山川河流等自然的"礼典空间"不同,宫庙乃是三代"礼典空间"的主要形式。宫庙"从本质上说,它原是一种纪念性的仪典中心,是一个由宫殿、庙宇、圣祠构成的复合体。"④《尚书大传》卷二《洛诰》云:"庙者,貌也,以其貌言之也。"《释名·释宫

---

① 〔汉〕司马迁:《史记》,中华书局,2013年,第1625—1626页。

② 林沄:《天亡簋"王祀于天室"新解》,《史学集刊》1993年第3期。

③ 商王"矢鱼",乃是商代常行之礼。卜辞载:"庚寅卜,翌日辛王兑省鱼,不 冓雨。吉。"(《屯南》637)"戊寅……王狩膏鱼,擒。"(《合集》10918)杨升南认为,卜 辞之"狩鱼"、"省鱼",其实就是《左传》之"矢鱼"。参氏著《商代经济史》,贵州人民 出版社,1992年,第339—340页。

④ 〔美〕刘易斯·芒福德著,宋俊岭、倪文彦译:《城市发展史——起源、演变 和前景》,中国建筑工业出版社,1989年,第65页。

室》曰:"庙,貌也,先祖形貌所在也。"又《太平御览》卷五三一引《孝经》云:"宗庙致敬不忘亲也。"又曰:"为之宗庙,以鬼享之。宗者,尊也;庙者,貌也,先祖之尊貌。所以居于宫何?以为人死精魄归乎天,形体不秽,存之即存,不存则亡,明先祖神死依人也。"

从文献记载及考古发掘来看,夏代的都城已遵循必有宗庙的制度。《墨子·明鬼》云:"昔者虞夏商周,三代之圣王,其始建国营都,必择国之正坛,置以为宗庙。"《尚书·甘誓》云:"用命赏于祖,弗用命戮于社。"据此可知,夏都内设有祖庙和社坛。从考古发现来看,二里头遗址有宗庙建筑基址。二里头遗址一号宫殿基址总面积1万多平方米,方向坐北朝南,现存夯筑台基高出当时地面0.8米,其边缘部分呈缓坡状。该基址由堂、庑、门、庭等单体建筑组成,布局严谨,主次分明。值得注意的是,二里头一号宫殿基址中庭位置有一些人骨架和兽骨坑,人骨架皆为非正常埋葬,或为躬身屈肢,或为俯身葬,其性质应为祭祀坑,人骨、兽骨应为祭祀时的牺牲。因此,一号宫殿基址应为夏代都城斟鄩的宗庙建筑遗存。至于二里头遗址二号宫殿基址,其建筑方法、布局与一号宫殿有相似之处,规模比一号宫殿基址略小,但大殿比一号宫殿基址大殿略大,殿堂后有一大基,其性质有可能也属宗庙之类的建筑。商王室宗庙群的存在也已由殷墟发掘资料证明,考古发掘的小屯东北地建筑基址被划分为甲、乙、丙三组,三组基址中,甲组在北,乙组在甲组南,丙组在乙组西南。石璋如推测甲组为宫室宴处,乙组为宗庙所在,丙组应为社的遗存,与典籍所言左宗庙,右社稷相合[①]。

---

① 石璋如:《小屯第一本·遗址的发现与发掘·建筑遗存》,"中央研究院"历史语言研究所,1959年。

　　至于商代的宗庙,学者结合卜辞与小屯北的乙组宗庙考古遗存,对于其空间分布形态大致得出如下结论:第一,整个宗庙群大致由三部分组成,即先王(先妣、母)诸宗及附属祭所,高祖、先公诸宗(即右宗,位于先王之宗西),独立于诸宗庙外的建筑(庭、大室)。第二,先王诸宗包括先王单独宗庙与合祭宗庙(大、小宗)两种。诸宗各有其门,自成体系,依王继位顺序排列。诸宗内均含有寝与若干室。大、小宗内供合祭的诸先王神主依宗法地位作有次序的排列。第三,升、祼、旦(坛)为附属于若干先王(妣、母)宗庙的祭所。升各有门,属官室建筑。祼可能近似于坛①。在殷商的宗庙建筑群的设计理念中,需要设宗的王室先人各有自己独立的宗庙建筑,且各有其门、户。其中,双开者称为"门",单开者为"户"。见于卜辞的宗庙建筑之门有:"宗门"(《合集》32035)、"丁宗门"(《屯南》736)、"父甲宗门"(《屯南》2334)、"父甲门"(《合集》30283)、"父丁门"(《屯南》1059)、"祖乙门"(同上)、"甲门"(《合集》13603)、"乙门"(《合集》12874、13598、13599、13600、113601)、"丁门"(《合集》13602,《屯南》1059)、"丁宗户"(《合集》26764,《怀特》81267)、"宗户"(《屯南》3185)。其中"宗门"、"宗户"为整个宗庙建筑群落的大门。"父甲宗门"、"父甲门"、"父丁门"、"祖乙门"是这些先王单独宗庙的门。"丁宗门"、"丁宗户"及"甲门"、"乙门"、"丁门"等是祭日名为甲、乙、丁之先王的一排宗庙之门,同祭日名的先王或先公之宗庙可能放在一起或组成一个院落。对宗庙性建筑而言,门、户具有区分神圣与世俗区域的意义。"门理所当然地代表着一种空间连续性的中断(a solution of continu-

---

　　① 朱凤瀚:《殷墟卜辞所见商王室宗庙制度》,《历史研究》1990 年第 6 期。

ity），把此处空间一分为二的门槛也表示着世俗的和宗教的两种存在方式的距离。门槛就是界限，就是疆界，就是区别出了两个相对应的世界的分界线。与此同时，正是在这种让人捉摸不透的地方，两个世界得以沟通；也正是这个地方，是世俗世界得以过渡到神圣世界的通道。"①在门、户以内的宗庙内，举行的是各种神圣性的礼典仪式②。

关于周代宗庙的设置，《礼记·王制》载："天子七庙，三昭三穆，与太祖之庙而七。诸侯五庙，二昭二穆，与太祖之庙而五。大夫三庙，一昭一穆，与太祖之庙而三。士一庙，庶人祭于寝。"《礼记·祭法》谓："王立七庙，一坛一墠。曰考庙，曰王考庙，曰皇考庙，曰显考庙，曰祖考庙，皆月祭之。远庙为祧，有二祧，享尝乃止。去祧为坛，去坛为墠。坛墠有祷焉祭之，无祷，乃止。去墠曰鬼。诸侯立五庙，一坛一墠。曰考庙，曰王考庙，曰皇考庙，皆月祭之；显考庙，祖考庙，享尝乃止。去祖为坛，去坛为墠。坛墠有祷焉祭之，无祷乃止。去墠为鬼。大夫立三庙二坛。曰考庙，曰王考庙，曰皇考庙，享尝乃止。显考、祖考无庙，有祷焉，

---

① 《神圣与世俗》，第4页。

② 殷商宗庙礼典仪式的主要内容有三：第一，举行告庙、册命之礼。告庙，是指商代遇有国家大事，商王皆要奉事先告于祖先宗庙，同时要飨祭祖先。告于宗庙的事情有：告敌方来侵，告王巡省，告族人征伐，告农事，告收成，告疾病等。告庙的目的在于祈求祖先神灵降福消灾。商王还在宗庙进行册命典礼。《小屯南地甲骨》1059即是卜向是于祖乙宗庙之门还是于父丁宗庙之门来册命商为侯。第二，遇重大事情占卜。历组卜辞中有一些"在某先王（日名）宗卜"事例，内容是商王在宗庙中卜问祭典、王亲自征伐之事、向先妣乞求保佑王配生育等重要事情。这表明当时人们相信宗庙是祖先神灵降临之地，在宗庙可与祖先沟通。第三，同姓贵族宗族共同祭祖。商王室宗庙除了商王主持王室成员参加祭祖外，子姓贵族亦可在王主持下参加王室祭祀高祖、先公与先妣先妣。这种祭祀有子姓贵族按照王的安排单独参加王室祭礼，也有众多子姓贵族参加王举行的合祭。

为坛祭之。去坛为鬼,适士二庙一坛。曰考庙,曰王考庙,享尝乃止。显考无庙,有祷焉,为坛祭之。去坛为鬼。官师一庙,曰考庙。王考无庙而祭之,去王考为鬼。庶士、庶人无庙,死曰鬼。"虽然后世的考古发掘与《礼记》的记载不尽相符,但是典籍的记载大致说明了周代宗庙的总体格局和礼典空间特质。

青铜铭文中有大量关于"礼典空间"的记载:

赐在寝。(《小臣系卣》)

叔氏在大庙。(《逆钟》)

王在吴,各吴大庙。(《师酉簋》)

王在周穆王大室。(《智鼎》)

王在周康烈宫。(《克钟》)

唯成王大袚在宗周。(《献侯鼎》)

王在周新宫。(《师汤父鼎》)

王在康宫。(《康鼎》)

用牲于京宫……用牲于康宫。(《作册令方彝》)

王在康庙。(《南宫柳鼎》)

王在周康穆宫。(《寰鼎》)

王在周康宫。(《此鼎》)

王在周康宫夷宫。(《吴虎鼎》)

太庙、太室、宫、寝等一系列宫室宗庙建筑,是册命、赏赐、祷祭、裸祭、飨礼、射礼、执驹、始渔、献俘、饮至等礼典经常举行的场所①,

---

① 何景成:《西周王朝政府的行政组织与运行机制》,光明日报出版社,2013年,第239页。

青铜器物是这些礼典的重要载体和重要见证。三代宗庙形成的"礼典空间",是"神话—仪式—祭祀—艺术"发生的场所,也是三代青铜器艺术幻象发生的场所。

青铜器物受到"礼典空间"的神圣影响,进入了神话叙事的范畴。

空间规定性是影响三代青铜器审美阐释和接受的重要维度,当三代的宗庙被赋予了神圣的空间属性以后,陈列于庙堂之上的青铜器物就脱离了日常生活范畴,变得与神圣空间同质,人们对它的理解,也必须在此维度上展开,审美幻象由此生成。西方的神话—仪式学派认为,神话、传说、历史与仪式互为表里,列维斯特劳斯(Claud Levi-Strausse)说:"仪式与神话之间有一种紧密的联系,神话属于观念层面,而仪式则是属于动作层面。在这两种情况下,可以事先假设两者之间的对应关系,也就是说,两者同源对等。"①在夏商周三代各自的宗庙中,因不同礼典的需要,对天地神灵的颂歌,对祖先神话传说的吟唱,对前代辉煌业绩的展现,是宗庙固定性、仪节性的程序。三代的祭坛,既是礼典发生的场所,也是神话、传说、史诗展演的场所,神圣性是礼典空间必然的规定性特质。

《诗经》中的"三颂"以及《大雅》、《小雅》中的一些篇目,是三代宗庙经常上演的礼典作品。

清代学者阮元在《释颂》中考证,"颂"即"容",《诗经》之

---

① 法文原文:Entre le rite et le mytheil y a une relation etroite et que le mythe est sur le plan conceptuel ce que le rite est sur le plan de Taction. Dans les deux cas, on presuppose une correspondence parfait entre les deux-c'est-a-dire-ume homologie. 转引自 Franco Tonelli, L'Estherique de la cruaute, Editions A.-G. Nizet, Paris, 1972, 第36页。

"三颂各章皆是舞容,故称为'颂'。"①又说:"'容'、'养'、'羡'一声之转……所谓'商颂'、'周颂'、'鲁颂'者,若曰'商之样子'、'周之样子'、'鲁之样子'而已,无深义也。"②如果考虑到"三颂"的演出地点都是在宗庙之内,再联系到"庙,貌也"的典籍常诂,那么"貌"与"容"之间似乎是有一些必然联系的。即是说,"颂"之"容",即祖先之"貌"。因而,商颂、周颂、鲁颂,其实可能并非"商之样子"、"周之样子"、"鲁之样子",而是各自祖先的样子。就夏代而言,《周礼》于夏代古乐有"九夏"之名③,《国语》有"三夏"之称,韦昭注《国语》曰:"《肆夏》一名《樊》,《韶夏》一名《遏》,《纳夏》一名《渠》,此三夏曲也。"④高亨说:"《肆夏》、《昭夏》、《纳夏》的别名正是根据它们舞容所象征的治水劳动而给予的。《尔雅·释言》:'樊,藩也。'古语称编制藩篱为樊,《诗经·齐风·东方未明》'折柳樊圃',正用此意。《肆夏》的舞容当是象征治水时,为了筑堤而编制藩篱,所以这个乐曲又叫做《樊》。《尔雅·释诂》:'遏,止也。'《昭夏》的舞容当是象征治水时在编制藩篱之后,填土筑堤来遏止水流,所以这个乐曲又叫做《遏》。渠是水沟,用作动词即开水沟。《纳夏》的舞容当是象征治水时,开凿沟渠以通水,所以这个乐曲又叫做《渠》。"⑤高亨的话似乎可以证明,"三夏"恰是夏人在宗庙内用以祭祀夏禹的礼典颂歌,名之为"夏颂"亦未尝不可。当夏代的

① 〔清〕阮元撰,邓经元点校:《揅经室集》,中华书局,1993 年,第 18 页。

② 《揅经室集》,第 18—19 页。

③ "凡乐事,以钟鼓奏九夏:王夏、肆夏、昭夏、纳夏、章夏、齐夏、族夏、祴夏、骜夏。"参〔清〕孙诒让著,汪少华整理:《周礼正义》,中华书局,2015 年,第 2270 页。

④ 俞志慧:《国语韦昭注辨正》,中华书局,2009 年,第 64 页。

⑤ 清华大学国学研究院主编:《高亨文存》,江苏人民出版社,2018 年,第 266 页。

"九鼎"被放置于宗庙中时,鲧腹生禹、鲧化黄熊、禹娶涂山氏、禹驱应龙、大禹治水①的神话和传说都应有所展演。从商代来讲,《商颂》中的《那》、《烈祖》、《玄鸟》、《长发》、《殷武》等篇目,玄鸟生商,商汤征服韦、顾、昆吾是诗篇中固定的叙述内容。至于《周颂》中的《大武》,则是关于周人灭商的伟大史诗②,周武王、太公、周公、召公等依次出场,蕴含了周人神圣的历史内容。三代之人在宗庙于无形中将神话、传说和历史的神圣色彩,赋予了青铜器物。"物体一旦成为外在力量的容器,这力量即会使它与周遭的环境有所分别,并赋予它意义与价值。这外力可能寓于此物的本质中,也可能寓于其形表。"③人们在对青铜器物进行观照时,宗庙的神圣气氛指引着人们审视青铜器物的理解方向,青铜器物在此时变成神话的负载物,变成神圣历史的外化显现,成为先代圣王辉煌功业的见证物,器物自身的艺术感染力与神圣的礼典氛围融为一体。

另一方面,三代礼典以巫觋为主体,青铜器物在"礼典空间"中成为沟通人神的法器,其审美幻象经由巫的视角而生成,并传达给"礼典空间"中的其他人员。

《国语·楚语》记载:

> 观射父曰:……古者民神不杂。民之精爽不携贰者,而又能齐肃衷正,其智能上下比义,其圣能光远宣朗,其明能

---

① 见于《山海经》、《天问》、《吕氏春秋》等文献。

② 傅道彬:《象乐的"戏礼"形态与"演唱"式史诗形式》,《中国文化研究》2013年第2期。

③ [罗马尼亚]米尔恰·伊利亚德著,杨儒宾译:《宇宙与历史:永恒回归的神话》,联经出版事业公司,2000年,第3页。

光照之，其聪能听彻之，如是则明神降之，在男曰觋，在女曰巫。是使制神之处位次主，而为之牲器时服，而后使先圣之后之有光烈，而能知山川之号、高祖之主、宗庙之事、昭穆之世、齐敬之勤、礼节之宜、威仪之则、容貌之崇、忠信之质、禋洁之服，而敬恭明神者，以为之祝。使名姓之后，能知四时之生、牺牲之物、玉帛之类、采服之仪、彝器之量、次主之度、屏摄之位、坛场之所、上下之神、氏姓之出，而心率旧典者为之宗。

应当承认，观射父的论述是春秋时代"哲学突破"特殊的背景下产生的，其对于巫的论述，更多的是从人文理性的层面上展开的，是"理性驱魅"的产物，将巫的宗教神秘性的一面放在了次要论述的位置，与自春秋以来的"神话历史化"的话语取向一致。事实上，"鼓之舞之以尽神"才是巫最原始的文化职能，"沟通人神"的角色才是他原初的身份。但是，观射父毕竟说明了巫在礼典中的重要作用。在观射父看来，后世礼官虽然名称各异，或称太祝，或称宗伯，但其实皆来自巫。巫之执掌，或知山川之号，或知宗庙之事，或知彝器之量，或为牲器时服，皆与礼典祭祀、器物陈列有关。巫在三代的礼典中是起主导性作用的，各种礼典事宜的安排都受到巫的影响和节制。一定意义上，礼典中巫的视角其实代表了全体礼典参加者的视角，礼典参加者正是在巫的指引下对礼典中的器物达成特殊的认知的。

巫的世界，是一个神话的世界，也是一个幻象的世界，这个世界直接参与了"神圣空间"的构成：

东方不可以托些。长人千仞，惟魂是索些。十日代出，流金铄石些。彼皆习之，魂往必释些……南方不可以止些。雕题黑齿，得人肉以祀，以其骨为醢些。蝮蛇蓁蓁，封狐千里些。雄虺九首，往来倏忽，吞人以益其心些……西方之害，流沙千里些。旋入雷渊，靡散而不可止些。幸而得脱，其外旷宇些。赤蚁若象，玄蜂若壶些。五谷不生，丛菅是食些。其土烂人，求水无所得些。彷徉无所倚，广大无所极些……北方不可以止些。增冰峨峨，飞雪千里些……君无上天些。虎豹九关，啄害下人些。一夫九首，拔木九千些。豺狼从目，往来侁侁些。悬人以嬉，投之深渊些。致命于帝，然后得暝些……君无下此幽都些。土伯九约，其角觺觺些。敦脄血拇，逐人伓伓些。参目虎首，其身若牛些。此皆甘人。（《楚辞·招魂》）

《楚辞·招魂》神巫巫阳以语言方式描述的视觉幻象，有"蝮蛇蓁蓁，封狐千里"，"雄虺九首，往来倏忽"，"豺狼从目，往来侁侁"，"土伯九约，其角觺觺"，"参目虎首，其身若牛"这些夸张的变形的在神话世界中存在的生物。学者从文化人类学的角度，解释了巫在宗教礼典中幻象产生的原因。古时巫者及参加者，于礼典举行时都会服下致幻的药剂或饮品以引发宗教的迷狂。据周策纵考释，《周礼·天官·酒正》项下指汤药的"医"字，陆德明《经典释文》云："本或作毉。"北宋天圣、明道本《国语》和《说苑》卷十八《辩物》用"毉"字称医师或医疗。唐写本王仁昫《刊谬补缺切韵》"之"部也作"毉"，下注："于其反，俗通醫。"《广韵》和《集韵》同部于"醫"后也复出"毉"字。古者巫、医、药三者不分，医字古体之所以有巫、酉二字，是因为酉在卜辞中常借为酒字,巫者以酒为媒,交通神灵,后又以酒为疗伤之药①。萧兵说:"狂饮的目的之一是沉醉,沉醉到快'昏迷不醒'的时候就接近或类似'死亡',正常的生命和理性停止了,巫师就可以以'非人'的身份'超凡入圣',跟对立于平凡生存的'另一世界'的鬼神灵怪打交道,所谓'以事无形'。几乎一切的'迷幻通灵'都具有这种'超生存'和'超经验'的生理—心理状态。"②众所周知,"酒以成礼"是三代通行的礼典仪文。从考古的发现来看,商代人的墓葬中酒器多于食器,商人纵情于饮酒更是自古皆知的事实。周人虽有《酒诰》禁止重蹈殷商覆国旧辙,但同时也说"饮惟祀",《小雅·楚茨》则见证了周人以酒行礼、巫以酒为媒的实况。

巫在宗教迷狂中产生的幻象,恰恰成了青铜器纹饰造型的原初来源。

李泽厚谓:"青铜器纹饰的制定规范者,则应该已是这批宗教性政治性的大人物。"③著名作家阿城同样从文化人类学的角度,证实了李泽厚的这一结论:"我在好几年前就提出,也得到张光直先生认可,那就是掌握祭奠大权的巫师们可能服用大麻、香料、酒精,然后产生幻觉。屈原的诗歌,提到的椒、蕙、兰,都有致幻作用。巫时代是催眠时代,巫师是催眠的引导者,靠族群中每个人自我催眠是不行的,达不到祭祀的目标例如飞升到天上的一个目标。巫时代的造型,都要在催眠中并且在巫师的引导

---

① 周策纵:《古巫医与"六诗"考中国浪漫文学探源》,上海古籍出版社,2009年,第64页。

② 叶舒宪、萧兵、[韩]郑在书:《山海经的文化寻踪——"想象地理学"与东西文化碰触》下,湖北人民出版社,2004年,第1585页。

③ 李泽厚:《美的历程》,天津社会科学院出版社,2002年,第42页。

下,造成活动的幻象,像岩画、彩陶纹样,包括青铜器纹样,都会活动起来。巫时代的造型是活动的,类似电影。"①韩少功谓:"他(阿城)认为中国古代艺术都是集体性和宗教性的,因而也就是依赖催眠幻觉的。那时的艺术源于祭祀,艺术家源于巫师,即一些跳大神的催眠师,一些白日梦的职业高手。他们要打通人神两界,不能不采用很多催眠致幻的手段。米酒、麻叶、致幻蘑菇,一直是他们常用的药物,有点相当于现代人的毒品——阿城曾目睹湖北乡下一些巫婆神汉,在神灵附体之前进食这些古代摇头丸。这样,他们所折腾的楚文化,如果说有点胡乱摇头的味道,有些浪漫和诡谲甚至疯狂,那再自然不过。先秦时期青铜器、漆器、织品上的那些奇异纹样,还有宋代定名的饕餮纹,那些又像牛脸又像猪脸又像鳄鱼头的造型,还值得后人费解吗?它们飘浮升降,自由组合,忽而狂扭,忽而拉长,忽而炸裂,发出尖啸或雷鸣,其实都是催眠成功后的真实幻象。"②这即是说,巫所在的礼典现场,是一场集体迷狂的仪式,在巫的幻象语言的引导下,礼典现场的参与者达到了一种宗教审美和神圣价值的高度认同,因而产生了审美幻象:

> 昔夏之方有德也,远方图物,贡金九牧,铸鼎象物,百物而为之备,使民知神、奸。故民入川泽山林,不逢不若。螭魅罔两,莫能逢之,用能协于上下以承天休。(《左传·宣公三年》)

---

① 长江日报编辑部编:《庆祝有意义》,长江文艺出版社,2018年,第11—12页.

② 韩少功:《山南水北》,安徽文艺出版社,2015年,第140页。

　　所谓"使民知神、奸"，"协于上下"乃是一个统一信仰和价值的过程，而实现这一过程的媒介则是"远方图物"、"铸鼎象物"，即青铜礼器的审美幻象的生成。审美幻象一方面通过巫师的宗教迷狂幻觉传达到青铜礼器纹饰造型方面，同时又由于青铜礼器的礼典在场性特征，其神秘的纹饰助力参与者与巫共同交接神灵，融入"神圣空间"、"礼典空间"，造成审美幻象的二次生成。

　　总体而言，青铜器物审美幻象的生成，受到三代礼典空间神圣特性的影响。一方面，青铜器物独特的礼典材质，赋予了青铜器审美幻象生成的物质基础。另一方面，三代礼典空间以其神圣性指向，赋予了礼典空间独特的空间属性。再次，礼典空间内的艺术表演以及巫觋的幻象呈现，赋予了青铜器物神话叙事的特殊属性。青铜礼器的物质属性、纹饰造型、幻象叙事，与礼典空间相互生成，为青铜器礼器审美幻象的生成奠定了基础条件。

　　　　　　　　　　　（吉林师范大学文学院）

五行与五方:方位词语从完全确指到
非完全确指的文化过程

陈纪然

古典文献中的方位词语大都属于完全确指。这里所谓的完全确指,是指按方位词语的空间指向可以指明它的地平角度、相关地点、空间距离等。《尚书·禹贡》、《水经注》等古典文献中的方位词语大都属于完全确指。古典诗文中的很多方位词语有的属于完全确指,有的属于非完全确指。这里所谓的非完全确指,是指古典诗文中的很多方位词语固然还透露着地平角度、相关地点、空间距离等信息,但透露这些信息已经不是唯一意义,更多的意义是作为时空文化符号,带着文学意象属性,表达诗文作者的诗心和文思。

一、五行与五方相配:方位词语成为
文化符号的一个思维路径

清代翟灏的《通俗编》曾引用《兔园册》里记载的一个趣事:

明思陵谓词臣曰:"今市肆交易,止言买东西,而不及南北,何也?"辅臣周延儒曰:"南方火,北方水,昏暮叩人之门户,求水火无弗与者,此不待交易,故惟言东西。"思陵善之。①

　　明思陵即明思宗朱由检,崇祯皇帝。崔灏记述这个趣事,是为了说明人们之所以把物品称作"东西"的原因。周延儒的解释也呈现着方位词语由完全确指到非完全确指的一个路径:在五行学说影响下,语词可以生成新的含义。

　　对于人们把物品称作"东西"的原因,还有一些其他看法。有一种看法认为,"东西"原指物品交易场所。郎业成认为,在古代,"市"作为固定的交易场所,于城中分为东、西两部分,人们买卖东、西两市,"东西"后来也就指代物品②。还有一种看法认为,"东西"是以部分代指整体。翟灏认为周延儒的解释"此特一时捷给之对,未见确凿",并且认为:"古有'玉东西',乃酒器名。《齐书·豫章王嶷传》:上谓嶷曰:'百年亦何可得,止得东西一百,于事亦济。'已谓物曰'东西'。物产四方而约言'东西',正犹史纪四时,而约言'春秋'焉耳。"③翟灏不同意周延儒用五行学说所作的解释,但是周延儒的解释也可以作为一种说法而存在。陈望道《修辞学发凡》引用梁章钜《浪迹续谈》卷七的一段话"通行之语……谓物为东西。物产四方而后举东西,犹史记四时而后举春秋耳。"并进而认为"东西"是借代修辞格,是以部分代替全体。④ 此外,还有一种看法认为"东西"一语突

---

① 〔清〕翟灏:《通俗编》(附直语补证),商务印书馆,1958 年,第 572 页。
② 郎业成:《说"东西"》,《宁夏大学学报》(社会科学版)1983 年第 4 期。
③ 《通俗编》(附直语补证),第 572 页。
④ 陈望道:《修辞学发凡》,上海教育出版社,1997 年,第 86 页。

出反映事物生灭的过程。姜亮夫曾说:"日之东升西坠,实与一切生物之生老死亡及一切事物之生灭全为同步同轨。物质世界如此,思维方法亦如此,此全同之义即日月运行而可知之,故以东西表事物,遂成为最理致、最为自然、最合逻辑之一反映。"①这些看法有不同之处,也有相同之处,都觉得"东西"这个方位词语经历了文化赋予,才在方位含义基础上逐渐生成新的词义。

在方位词语的词义演变和新的含义生成过程中,五行学说起到过重要作用。周延儒用五行说解释人们把物品称作"东西"的原因,虽说未必是唯一正确解释,但却反映古人凡事好用五行进行解释的思维习惯。方位词语的完全确指词义,常常在这种思维习惯中开始生出新的词义,变得具有非确指词义。

五行学说在什么时期产生?从古典文献来看,《尚书·洪范》的"五行说"是五行学说的早期记载。《尚书·洪范》有"五行",证明五行观念产生的时间或可早至夏禹以前。汉代,董仲舒《春秋繁露》倡言五行学说,使战国时期邹衍的"五德终始说"在汉代社会产生切实影响。五行学说作为一种思想体系本与其他思想体系有很多不同,但随着西汉统一政权的建立和发展,汉代学术开始呈现"大一统"的博大气象。在"大一统"学术气象影响下,各种思想体系不断融合。这种融合曾经体现出以五行为主的特征。《史记·日者列传》褚先生补记有言:

> 臣为郎时,与太卜待诏为郎者同署,言曰:"孝武帝时,聚会占家问之,某日可取妇乎?五行家曰可,堪舆家曰不

---

① 姜亮夫:《古汉语论文集》,《姜亮夫全集》(18),云南人民出版社,2002年,第276页。

可，建除家曰不吉，丛辰家曰大凶，历家曰小凶，天人家曰小吉，太一家曰大吉。辩讼不决，以状闻。制曰：'避诸死忌，以五行为主'。"人取于五行者也。①

"取"即"娶"。对"某日可取妇乎"这一问题，五行家、堪舆家、丛辰家、建除家、历家、天人家、太一家没有给出意见一致的回答，七家给出七个答案，"某日"娶妇是所谓吉还是所谓凶，没有一定，这让当时的人无所适从。众家"辩讼不决"，汉武帝决断说："以五行为主"，于是，"人取于五行者也"。汉武帝的选择和主张，以及当时人逐渐采用五行有关学说，这可见汉代逐渐出现以五行学说为主的思想倾向和社会风气。

当然，多种思想体系的相互融合作为一种历史文化现象，它的出现时间未必开始于汉代。葛志毅说："自《周易》出现之日始，阴阳自阴阳，五行自五行的状况已开始改变，并表现出阴阳、五行二说交相渗透、合流共存的潜在趋势。"②这一认识让人们看到"阴阳"和"五行"两个思想体系的相互融合，早在《周易》时代已经开始。殷商甲骨卜辞中以四方配以风名，实际是殷商时期出现的多种知识体系相互融合的现象。

殷商甲骨文有曰：

> 东方曰析，风曰劦。
> 南方曰因，风曰岜。

---

① 〔汉〕司马迁：《史记》（修订本），中华书局，2014 年，第 3914 页。

② 葛志毅：《水火之义及改火、改水习俗考论》，《谭史斋论稿续编》，黑龙江人民出版社，2004 年，第 233 页。

西方曰夷，风曰彝。

［北方曰］伏，风曰殳。

（《合集》14294）

这就是殷代四方风卜辞。冯时认为："殷代四方风卜辞明确显示，四风与四方有着固定的对应关系，这种观念在中国古文献中得到了充分的反映。四方为东、南、西、北四个正方向，并之东北、东南、西北、西南四维，即成八方。八方与风相配，便构成八风……一些学者认为，殷代四方风即后世八风的滥觞，这是极精辟的见解。"①"风"是自然的信使，古人对风有很多观察和体验。《周易·姤卦·象辞》："天下有风。"《汉上易传》："风者，天之号令，以时而动。"②马王堆汉墓帛书《称》篇有言："巢居者察风，穴处者知雨。"③把风名与方位相配，目的是给人事活动以时空指南。《史记·天官书》记载："汉魏鲜集腊明正月旦决八风。风从南方来，大旱；西南，小旱；西方，有兵；西北，戎菽为，小雨，趣兵；北方，为中岁；东北，为上岁；东方，大水；东南，民有疾疫，岁恶。"④"气"是非常抽象的概念，有时需要借助"风"这个词才能说明。魏鲜以岁始日的风向来占断一年的所谓吉凶美恶，即所谓候风占风、观测风雨等，一个重要目的是安排人的各种事务。这和殷商甲骨卜辞卜问四方风在旨趣上有相合之处。从中也可见自殷商至西汉，人们越来越着意把方位知识和其他知识相融合。汉代以五行学说为主的思想倾向和社会风气，使

① 冯时：《中国天文考古学》，社会科学文献出版社，2001年，第171页。
② 〔宋〕朱震：《汉上易传》，九州出版社，2012年，第150页。
③ 湖南省博物馆编：《马王堆汉墓帛书》（一），岳麓书社，2013年，第261页。
④ 《史记》，第1597页。

得其他知识体系、思想体系的有关要素，需要按照五行及其顺序来配属。

二、水火为先：五行的排列顺序 及五方的文化色彩

很多古典文献中出现过五行内容，五行的排列顺序在不同的古典文献中不完全相同。

第一种顺序：水、火、木、金、土。《尚书·甘誓》："威侮五行，怠弃三正。"在这里未对"五行"作哲学意义上的阐述。《尚书·洪范》："五行：一曰水，二曰火，三曰木，四曰金，五曰土。水曰润下，火曰炎上，木曰曲直，金曰从革，土爰稼穑。润下作咸，炎上作苦，曲直作酸，从革作辛，稼穑作甘。"《洪范》谈及五行、五事、八政、五纪等所谓《洪范》九畴的时候，明确提出"五行"概念，并使五行和五味等配属，已经属于哲学意义上的阐述。《左传·昭公元年》："天有六气，降生五味，发为五色，征为五声，淫生六疾。"五味、五色、五声已经与五行配属。具体的配属情况，西晋杜预《左传》注认为是："金味辛、木味酸、水味咸、火味苦、土味甘。"杜预注在把五行和五味配属时，按照"金、木、水、火、土"次序排列五行。唐孔颖达《春秋左传正义》认为古代典籍对五行配属多有记载，因此他说："此注所言五味、五色、五声配五行者，经、传多有之。"孔颖达认为，杜预之前的古代典籍中，五行顺序有三种。"《洪范》本文，以生数为次，水、火、木、金、土；《大禹谟》六府之次，水、火、金、木、土、谷；《月令》于四时之次，木、火、土、金、水；杜数五味之次，以五行相循，更互相代，其次不以为常，随便言耳。"孔颖达认为五行顺序"《洪范》是其

本,《月令》尤分明"①。意在表明五行顺序要么是按"水、火、木、金、土"排列,要么是按"木、火、土、金、水"排列,不能随便排列。其实,杜预未必是随便排列,当是自有来历。除了《洪范》五行是"水火"为先的顺序,其他典籍也有这样的五行顺序。《孔子家语·五帝》:"天有五行,木火金水土,分时化育,以成万物,其神谓之五帝。"②廖名春、邹新明的校勘记有言:"丛刊本作'水火金木土'。"③丛刊本当是延续"水火"为先的顺序。马王堆汉墓帛书《要》篇:"不可以水火金木土尽称也。"④虽然《要》篇五行顺序与"水火木金土"有所不同,而且有否认五行学说的意味,但也可见《要》篇在表述五行时,采用了"水火"为先的五行顺序。"水火"为先的五行顺序应该是极古老的一种五行顺序。葛志毅认为:"水火二者与人们的思想生活结成紧密联系,乃至人们在以何种方式解释世界的物质构成时,都不得不吸纳它们。"⑤

第二种顺序:金、木、水、火、土。《国语·郑语》记载,史伯曾说:"夫和实生物,同则不继。以他平他谓之和,故能丰长而物归之;若以同裨同,尽乃弃矣。故先王以土与金木水火杂,以成百物。是以和五味以调口,刚四支以卫体,和六律以聪耳,正七体以役心,平八索以成人,建九纪以立纯德,合十数以训百体。出千品,具万方,计亿事,材兆物,收经入,行姟极。故王者居九

---

① 〔清〕阮元校刻:《十三经注疏》,中华书局,1980 年,第 2025 页。

② 〔三国魏〕王肃著,廖名春、邹新明校点:《孔子家语》,辽宁教育出版社,1997 年版,第 66 页。

③ 《孔子家语》,第 137 页。

④ 《马王堆汉墓帛书》(一),第 70 页。

⑤ 《谭史斋论稿续编》,第 338 页。

畎之田，收经入以食兆民，周训而能用之，和乐如一。夫如是，和之至也。"①这种"金木"为先的五行顺序，在其他典籍中也出现过。《说苑·辨物》："所谓五星者，一曰岁星，二曰荧惑，三曰镇星，四曰太白，五曰辰星。欃枪、彗孛、旬始、枉矢、蚩尤之旗，皆五星盈缩之所生也。五星之所犯，各以金木水火土为占。"②《白虎通义·五行》："五行者何谓也？谓金木水火土也……水位在北方……木在东方……火在南方……金在西方……土在中央。""水味所以咸……北方咸者……木味所以酸何？东方……火味所以苦何？南方……金味所以辛何？西方……土味所以甘何？中央者，中和也，故甘。""北方其臭……北方水……东方者木也……其臭膻。南方者火……其臭焦。西方者金……其臭腥。中央者土……其臭香也。"③《白虎通义》对五行多有解说，其"总论五行"和"论五行之性"、"五味五臭五方"等章节的五行顺序有不同之处，但其对五行顺序的看法当依"总论五行"、"金、木、水、火、土"的顺序。"五行"又称"五材"，《左传·襄公二十七年》："天生五材，民并用之，废一不可。"杜预注："金、木、水、火、土也。"④由此看来，杜预在《左传·昭公元年》把五行和五味配属时按照"金、木、水、火、土"次序排列，这不是偶然和随便。"金木"为先的五行也是起源时间相当早、延续时间相当长的五行排序。

第三种顺序：木、火、土、金、水。《管子·四时》篇不但是这种顺序，而且把五行与其他文化符号的相配关系也说得很清楚：

① 徐元诰：《国语集解》，中华书局，2002 年，第 470—472 页。
② 向宗鲁：《说苑校证》，中华书局，1987 年，第 443 页。
③ 〔清〕陈立：《白虎通疏证》，中华书局，1994 年，第 166—173 页。
④ 《十三经注疏》，第 1997 页。

"东方曰星,其时曰春,其气曰风……此谓星德……南方曰日,其时曰夏,其气曰阳,阳生火与气……此谓日德。中央曰土……此谓岁德……西方曰辰,其时曰秋,其气曰阴……此谓辰德……北方曰月,其时曰冬,其气曰寒……此谓月德。"①方位、时序、五材、五德、天象等在这里相配。《管子·五行》:"日至,睹甲子,木行御","睹丙子,火行御","睹戊子,土行御","睹庚子,金行御","睹壬子,水行御"②。《管子》中的五行文字总是保持这个"木火"为先的顺序,其反映"东、南、西、北"四方顺序。按"东、南、西、北"顺序排列方位,自有其历史形成过程。江林昌认为,这个过程就是"东西"到"东西南北"再到"东南西北"的过程,在《尧典》,"已是方位与季节的完整配合"③。睡虎地秦简《日书》也有"东方木,南方火,西方金,北方水,中央土"等五行内容④。

汉代,董仲舒《春秋繁露》也采用"木、火、土、金、水"的五行顺序。《春秋繁露·五行对》:"天有五行,木、火、土、金、水是也。木生火,火生土,土生金,金生水。水为冬,金为秋,土为季夏,火为夏,木为春。春主生,夏主长,季夏主养,秋主收,冬主藏。"⑤《春秋繁露·五行之义》:"天有五行:一曰木,二曰火,三曰土,四曰金,五曰水。木,五行之始也;水,五行之终也;土,五行之中也,此其天次之序也。"⑥《春秋繁露》还有《同类相动》、

---

①　黎翔凤:《管子校注》,中华书局,2004 年,第 842—855 页。

②　《管子校注》,第 868—878 页。

③　江林昌:《甲骨文四方风与古代宇宙观》,《殷都学刊》1997 年第 3 期。

④　武汉大学简帛研究中心、湖北省博物馆、湖北省文物考古研究所编,陈伟主编:《秦简牍合集》(1),武汉大学出版社,2014 年,第 809 页。

⑤　苏舆:《春秋繁露义证》,中华书局,1992 年,第 315 页。

⑥　《春秋繁露义证》,第 321 页。

《五行相生》、《五行相胜》、《五行顺逆》、《五行五事》等篇章，从多个角度构建五行新学说。总体上看，董仲舒的《春秋繁露》有关篇章是在"木、火、土、金、水"的五行顺序下阐发五行哲学的丰富变化和丰富内涵，是汉代五行学说的重要成果。

《淮南子·天文训》谓："壬午冬至，甲子受制，木用事，火烟青。七十二日丙子受制，火用事，火烟赤。七十二日戊子受制，土用事，火烟黄。七十二日庚子受制，金用事，火烟白。七十二日壬子受制，水用事，火烟黑。七十二日而岁终，庚子受制。"①《淮南子·天文训》把五色、干支与五行相配，把一年均分为五个时段，每段七十二日，进而把一年与五行相配。五行顺序是木、火、土、金、水的顺序。《淮南子·天文训》："何谓五星？东方木也，其帝太皞，其佐句芒，执规而治春。其神为岁星，其兽苍龙，其音角，其日甲乙。南方火也，其帝炎帝，其佐朱明，执衡而治夏。其神为荧惑，其兽朱鸟，其音徵，其日丙丁。中央土也，其帝黄帝，其佐后土，执绳而制四方。其神为镇星，其兽黄龙，其音宫，其日戊己。西方金也，其帝少昊，其佐蓐收，执矩而治秋。其神为太白，其兽白虎，其音商，其日庚辛。北方水也，其帝颛顼，其佐玄冥，执权而治冬。其神为辰星，其兽玄武，其音羽，其日壬癸。"②这是五方与五行、五时、五星、十天干相配的代表性意见。此外，还把天干地支与五行相配。《淮南子·天文训》："甲乙寅卯，木也。丙丁巳午，火也。戊己四季，土也。庚辛申酉，金也。壬癸亥子，水也。"③由于"戊己"与"四季土"配，所以对应"辰丑

---

① 何宁：《淮南子集释》，中华书局，1998年，第225—226页。
② 《淮南子集释》，第183—188页。
③ 《淮南子集释》，第277页。

戌未"四地支。十二地支与五行相配,无法平均分配,因此必然要有四个地支与五行之一相配。至于为什么一定把"辰丑戌未"四地支居中,简单来看,这只能说是当时的一种观念。有的时候,《淮南子》就把另外四地支何为一组,其他地支两两一组,形成五种类型,与其他概念相配。《淮南子·天文训》:"子午、卯酉为二绳,丑寅、辰巳、未申、戌亥为四钩。东北为报德之维也,西南为背阳之维,东南为常羊之维,西北为蹄通之维。"①二绳是指子午线和卯酉线——南北走向的经线和东西走向的纬线,四钩是四维、四角,都具有方位意义,当天干地支与方位相配以后,古老的干支计时体系被完整地纳入到五行学说体系中。此外,《淮南子》还有一些其他相配观念。《淮南子·天文训》:"何为五官?东方为田,南方为司马,西方为理,北方为司空,中央为都。"②东汉桓谭《新论·离事》:"五声各从其方,春角、夏徵、秋商、冬羽,宫居中央,而兼四季,以五音须宫而成。可以殿上五色锦屏风谕而示之:望视则青、赤、白、黄、黑各各异类;就视,则皆以其色为地,四色文之。世欲为四时五行之乐,亦当各以其声为地,而用四声文饰之,犹彼五色屏风矣。"③这是对五声与方位、时令等相配的具体描述。

第四种顺序:木、金、火、土、水。马王堆汉墓帛书《五星占》:"东方木,其神上为岁星。西方金,其神上为太白。南方火,其神上为荧惑。中央土,其神上为填星。北方水,其神上为辰星。"马王堆汉墓帛书另有《五行》篇,此篇没有关于"五材"、

---

① 《淮南子集释》,第207页。
② 《淮南子集释》,第199页。
③ 〔汉〕桓谭:《新论》,上海人民出版社,1977年,第46页。

"五行"的明确表述，只有"仁"、"义"、"礼"、"智"、"圣"五德。如果马王堆汉墓帛书《五行》篇的五行顺序，与《五星占》顺序大致相同，那么"仁"、"义"、"礼"、"智"、"圣"五德和"木、金、火、水、土"相配，体现"木金"为先的五行顺序。

梳理古典文献中五行的顺序，我们不但看到五行有不同的顺序，而且看到从《尚书·洪范》到《春秋繁露》、《淮南子》，从先秦到汉代，古典文献所见的五行与各种要素的配属越来越丰富。在五行与各种要素配属的情况下，五方也会形成多种顺序，并且带上丰富的文化色彩。

方位不但与五行相配，而且与阴阳相配。《周易·说卦》："震，东方也。""巽，东南也。""离……南方之卦也。""兑，正秋也。""乾，西北之卦也。""坎……正北方之卦也。""艮，东北之卦也。"①《说卦》把卦与方位配合，是《周易》阴阳学说与《洪范》五行学说融合的一个契合点。在这种契合点上，方位早已带有《周易》阴阳学说的色彩。

除了上面所提及的五行配属情况，古典文献还有很多内容记录五行配属情况，比如五行与五脏、五志（五种情志）等要素的相配，这里不再赘引。总体上看，五行学说认为世界的产生、变化离不开五种具体物质，这是朴素的唯物主义思想。在五行学说不断融合发展的历史过程中，它虽然思想根基朴素，但已经能够通过逻辑上比较自洽的体系解释很多复杂问题。五行学说的产生和发展使人们的认识走向理性方向。傅道彬说："以五行为代表的数理文化之所以形成一个系统，这同数的本质是相关的。抛开纯数学的计算不谈，数的实质是一种秩序。要使世

---

① 《十三经注疏》，第 94 页。

界从混沌到清晰,从无序到有序,必须进行数的归纳……数是人们对客观事物理性而有序的认识。因此任何一个民族理性的觉醒都伴随着对'数'的认识与掌握。"①五行就是五性,五性就是五生,五生就是世界万事万物得以产生和发展的五种物质:金、木、水、火、土。从"五"这个数来说,五行学说体现"理性的觉醒";从金、木、水、火、土这些具体物质来说,五行学说具有"用具象认识世界"的思维方式。正是这种思维方式的存在,使五行学说在走向理性的过程中,其诗性思维特征仍然十分突出。

三、五行学说下五方的具象化:方位词语
诗性意蕴的一个生成途径

五行和五方、五时、五味、八卦、干支等不断配属的过程,也就是五行学说和各种认识世界的学说融合的过程。在这个过程中,五行学说占据了主要地位。为了便于直观审视五行学说背景下五行、五方、五时、五色、五音、五味、五数、干支、八卦等要素的配属情况,我们把古典文献中所见五行配属整理、制作为一个简单的表格(五行五方与各元素配属表)。研究五行配属关系、制作五行配属表,古人早有相关著述。隋代萧吉《五行大义》序中称其书"凡配五行"②云云。清黄式三著有《释五行配属·五行配属图》③。这类著述注重爬梳资料、区分类聚、多种推演,值

---

① 傅道彬:《阴阳五行与中国文化的两个系统》,《学习与探索》1988 年第 1 期。

② 〔隋〕萧吉:《五行大义》,上海书店出版社,2001 年,第 2 页。

③ 〔清〕黄式三:《儆居集》,《黄式三全集》第五册,上海古籍出版社,2014 年,第 103 页。

得参考。我们在整理、制作"五行五方与各元素配属表"时也参考此类著述。

五行五方与各元素配属表

五行	木	火	土	金	水
五方	东	南	中	西	北
五时	春	夏	长夏	秋	冬
五色	青	赤	黄	白	黑
五气	燠	旸	风	寒	雨
五音	角	徵	宫	商	羽
五味	酸	苦	甘	辛	咸
五数	八	七	五	九	六
五德	仁	礼	圣	义	智
五官	田	司马	都	理	司空
五脏	脾	肺	心	肝	肾
五志	怒	喜	思	悲	恐
十天干	甲乙	丙丁	戊己	庚辛	壬癸
十二地支	寅卯	巳午	辰未戌丑	申酉	亥子
八卦	震巽	离	坤艮	乾兑	坎
……	……	……	……	……	……

哲学是世界观的学问,哲学体系的建立从对世界的命名开始。五行学说对万物进行诗性命名。五行、五方、五色、五音……木火土金水,东南中西北,青赤黄白黑,角徵宫商羽……这种命名和概括体现以人度物的思维特征,让万物充满生命的色彩。五行学说下的世界是天籁交鸣、五音交响;是口鼻沁香、

五味相次，是色彩斑斓，五色叠生……世界既有水一样的和柔，也有火一样的热烈；既有草木风摇之妙，也有金石交击之韵。

如果仅就方位角度来看，五方与其他要素配属，使得方位既有原本的空间意义，也逐渐生成时间意义、色彩意义、情感意义等。也可以说，五方作为一个组成部分融入五行学说体系，必然要和其他要素互相赋予意义，五方等方位因此可以不完全确指方位，也可以有其他的意义指向。

比如，"东"因为与时（春）、与色（青）、与味（酸）等配属，逐渐成为一个文化符号，人们使用它，可以强烈表达"生机"、"阳光"等意义。《说文解字·東部》："東，动也，从日在木中。"段玉裁注："木，榑木也。"①《叒部》："日初出东方汤谷，所登榑桑。叒，木也。"②榑桑，又叫扶桑、若木，是传说中的神木，实际当是桑树。先民以身边的草木为参照来"辨方正位"，这应该是先民早期的自然行为。在历史生活中，先民越来越习惯用桑树作为参照物，随着它能给人们以时空指引，先民后来视之为神木。这是参照物固定化和神圣化的过程。之所以固定在桑树上，是因为它的"桑叶沃若"，给人的印象深刻；是因为它有桑蚕之利，给人的恩惠甚多。神木与初升的太阳结合而成的文化图像被称为"东"。"东"的词义是完全确指方位，同时也有对生命、生机的隐喻义。

甲骨文、金文中的"東"并不是"从日在木中"的字形，而是"東"（《甲骨文合集》06058 正）、"東"（《甲骨文合集》33422）、"東"（《臣卿鼎》，《殷周金文集成》2595）、"東"（《辟东卣父乙

---

① 〔清〕段玉裁：《说文解字注》，上海古籍出版社，1988 年 2 版，第 271 页。
② 《说文解字注》，第 272 页。

尊》，《殷周金文集成》5869）等字形。徐中舒、丁山、姚孝遂等很多学者认为从甲骨文、金文来看，東是象形字，東的字形、字义当是"橐"。姚孝遂认为许慎对"东"的解释"乃据小篆立说"，因此才会说"东，从日在木中"，认为东是会意字。姚孝遂认为："东南西北表方位之字，皆无形可象，假借为之。徐中舒谓东乃古橐字，其说是正确的。字本象实物橐中，束其两端之形。既不从木，亦不从日。"①古人借古"橐"字表示方位"东"字。按道理来说，许慎《说文解字》对"东"所作的解释不符合甲骨文、金文的情况。无论是他没见到甲骨，还是他不知道东字在小篆之前的字形，他的解释都因为不符合东字的早期字形而发生了错误。但是许慎用"日在木中"这一图景解释东的字形和字义，却更加生动地传达了"东"字的时空方位意义。可以想见，应当是人们在生活中经常在东方看到"日在木中"这一让人印象深刻的图景，许慎才根据生活经验和思维习惯对"东"作出这种解释，而不是别种解释。这种经验和思维，体现出人们有的时候倾向于选用天象加物象对事物做出人文化的解释。既关注天象，又体察生活，还建立导向，这也可以视为"观乎天文，以察时变；观乎人文，以化成天下"的一种情况。

《周易》阴阳学说和《洪范》五行学说及其相互融合，构成传统文化的主要体系。在传统文化体系下，东、南、西、北、中，各有文化意义，各有文化色彩。《金匮要略》："桑东南根（白皮十分，三月三日采）。"②《风俗通义》："梧桐生于峄阳山岩石之上，采

---

① 于省吾主编：《甲骨文字诂林》（4），中华书局，1996年，第3011页。
② 〔汉〕张仲景：《金匮要略》，中国医药科技出版社，2016年，第100页。

东南孙枝以为琴,声清雅。"①托名黄帝的《宅经》:"宅水沟东南
流,五实。"②从汉唐典籍中的这些文字来看,古人对有些事似乎
有个非"东南"不可的习惯。为什么有些事一定要非"东南"不
可呢？对这个问题,就是当时人也有弄不明白的时候。古代曾
经祭祀灵星以祈愿农业事务顺利。《风俗通义》记载,有一位县
令问他的主簿:"灵星在城东南,何法？"主簿仰答曰:"唯灵星所
以在东南者,亦不知也。"《风俗通义》的编撰者应劭解释说:"辰
之神为灵星,故以壬辰日祀灵星于东南,金胜木为土相。"③应邵
用五行学说做解释,认为灵星是"辰之神",十二地支的辰在五
行学说中与东南方相配,为了与星位相合,所以在东南方祭祀灵
星。"金胜木为土相",当是指使用农具去田地农耕。对于为什
么在城的东南方位祭祀灵星这个问题,除了应邵,汉代至明清还
有不少学者曾经用星占学、五行说等进行解释。这些解释在今
天看来似乎很牵强附会,但在当时人来说却是顺理成章。我们
看其中一个例子。

> 　　《前汉·郊祀志》云:"高祖令天下立灵星之祠,尝以农
> 　时祠以牛。"张晏注云:"龙星左角曰'天田',农祥也,晨见
> 　而祭之。"《后汉·祭祀志》云:"汉兴八年,高祖令天下立灵
> 　星祠,以后稷配祭,谓天田也。"汉高去周未远,其所建立当
> 　得古制。又《淮南子》"灵"作"零",云:"零星之户,俨然渊
> 　默,而吉祥受福。"《风俗通》云:"辰之神为灵星,故以辰日

---

① 王利器:《风俗通义校注》,中华书局,1981 年,第 486 页。
② 《宅经》,中华书局,2011 年,第 150 页。
③ 《风俗通义校注》,第 358—359 页。

祀于东南。"①

　　诸如此类的解释是一种客观存在的文化现象。透过这些解释可以看到，古人观念中的"东南"既可以确指日出东南这个时空方位，又有美好、希望、阳光、生机等文化意蕴。当然，其他方位词语也各有其确指意义和文化意蕴，也可以说方位词语具有确指意义和文化意蕴叠加的双重特征。正因为这种双重特征，我们对古典诗文中的方位语进行文学分析时，就既不能忽视它的确指意义，也不能忽视它的文化意蕴。

　　古典诗文中的方位词语，既传达原本的时空意义，也生成多重的文化意蕴。先秦两汉诗文中的方位词语尤其是非完全确指意义上的方位词语，大多带有时空文化意蕴。正因为这样，非完全确指意义上的方位词语进入文学作品中大多便会变成带有时空意味的文学形式。当然，文学作品中究竟使用哪些方位词语，究竟让这些词语带有怎样的意味，这和作者的个人观念和习惯也有关系。就拿《庄子》来看，《庄子》的特征是喜欢使用"南北"这两个方位词语。在《庄子》中，有很多重要的意象——由北冥飞往南冥的大鹏、一南一北的倏忽二帝、游乎赤水之北的黄帝、北游的知——都和南北方位有关。

　　东南作为文学意象，作为带有意味的文学形式，不仅诗歌里有，小说里也有。就以吴敬梓《儒林外史》第一回"说楔子敷陈大义，借名流隐括全文"中的一段文字为例，其中的"东南"一词是个关键词语、关键意象：

---

　　① 〔清〕黄中松：《诗疑辨证》（6），《四库全书珍本初集》，商务印书馆，1935年，第94页。

> 王冕左手持杯，右手指着天上的星，向秦老道："你看
> 贯索犯文昌，一代文人有厄！"话犹未了，忽然起一阵怪风，
> 刮的树木都飕飕的响，水面上的禽鸟格格惊起了许多，王冕
> 同秦老吓的将衣袖蒙了脸。少顷，风声略定，睁眼看时，只
> 见天上纷纷有百十个小星，都坠向东南角上去了。王冕道：
> "天可怜见，降下这一伙星君去维持文运，我们是不及见
> 了！"当夜收拾家伙，各自歇息。①

《儒林外史》的写作意图是书写读书人的天然使命和现实
际遇。在具体的行文中，《儒林外史》围绕东南地区叙述一伙
"维持文运"的所谓"文曲星"也就是读书人的"厄"运经历。东
南在《儒林外史》中占有比较重要的叙事地位，发挥着比较重要
的叙事功能。无论是作者在隐括中把"贯索犯文昌"、"坠向东
南角"结合起来做叙事预示，还是在正文中实际以在东南胜地
南京大祭泰伯祠为叙事收束，都可以看到"东南"是吴敬梓为作
品叙事而做的有意选择。在对东南的重重书写下，东南在《儒
林外史》中已经成为带有一定意味的文学象征。不论这种文学
意味是《儒林外史》在主题上意有所指，在情感上情有所系，还
是在审美上心有所向等，都可见文学作品中的方位词语，不会是
无缘无故出现的，应该是方位文化因素和作者个人因素共同作
用下的一种有意的艺术选择。

（哈尔滨师范大学文学院）

---

① 〔清〕吴敬梓：《儒林外史》，人民文学出版社，1958年，第11页。

"书"类文献"小邦周"叙事视角背后的民族记忆与思想维新

傅　博

在"书"类文献中以殷末周初为叙事历史时段的篇章中，存在一种"小邦周"视角。文献中周人称商为"大邑商"或"天邑商"，称自己为"小邦周"，这样的称呼在谦辞的意义之外，与周人关于自身和夏商两族先后成为天下共主的民族记忆有关。取代商人之后，他们更形成一种反思的心态。在这种忧患意识下，他们对信仰体系进行反思与改造，逐渐剥落祖先的神性，将具有血缘关系的天神信仰转变为以德为准的天命信仰。特殊的民族记忆与特定时期的历史心态，产生独特的叙事视角，影响了一系列"书"类文献篇章的书写。

一、"书"类文献概念视域下的独立叙事单元

如果我们以"书"类文献这一概念的视野进行观照，则除《尚书》之外，又可以把《逸周书》和《清华大学藏战国竹简》之中相关篇章纳入考察范围，这两个文本系列为我们提供了更为

丰富的文本来源①。在这些写制年代和文体都较为复杂的篇章
之中,以所谓"周初八诰"为代表的一系列文本,可以作为独立
的叙事单元来讨论,原因在于这些篇章的叙事背景大致统一,即
以殷末周初为叙事的大致时间范围,主要的叙事内容为周民族
在取代了商人成为天下共主之后,面对艰难局面时所做出的思
考与行动,当时的局面被苏轼概括为"安殷之难":

> 自《大诰》、《康诰》、《酒诰》、《梓材》、《召诰》、《洛
> 诰》、《多士》、《多方》八篇,虽所诰不一,然大略以殷人心不
> 服周而作也。予读《泰誓》、《牧誓》、《武成》,常怪周取殷
> 之易也。及读此八篇,又怪周安殷之难也。②

与"安殷之难"相比,"取殷之易"一方面说明了周人使"克
殷"成为既定事实所用的时间相较其计划的要短,在周人的预
期中,取代商人成为天下共主的过程,很可能要更加艰苦。与预
期的差距越大,克殷之后的心理震撼也就变得更加深刻,因此这
一部分篇章在"书"类文献中具有相当的分量。

"按照历史人类学家的看法,历史人类学中存在两大类别,
一是历史民族志,即利用档案资料和当地的口述史资料,研究过
去如何导致现在,或进行对过去的历时性和共时性研究;二是所
谓对历史的人类学研究(anthropology of history),即集中注意特
定族群'藉以拟想、创造和再造他的过去,以致把过去和他们身

---

① 目前"书"类文献的划定标准尚未明确,本文暂时取其广而不限其窄。此问
题的具体讨论可参看章宁:《"书"类文献刍议》,《史学史研究》2019年第1期。

② 〔宋〕苏轼:《东坡书传》,曾枣庄、舒大刚主编《三苏全书》第二册,语文出版
社,2001年,171页。

处的现在连接在一起的各种方法和文化理路',其中既研究过去的建构如何用来解释现在,也研究过去是如何在现在被创造出来的。"①如果我们把周取代殷作为一个时间节点,在克殷以前,周民族积累了自身与商人乃至于夏人共处一片天下的丰富的记忆②,而在克殷之后,他们又必须基于民族记忆,对现实做出反应,对历史作出反思,从而在以"周初八诰"为代表的诸多"书"篇之记叙与书写中,呈现出一种独特的叙事角度,即"小邦周"视角。这一视角存在特定的历史时期的限制,又随周民族心态的变化而消逝。

二、周人的民族记忆与"小邦周"叙事视角

周人"小邦周"心态的形成,有其深层的历史渊源,首先便是当时的国家形态或者说社会治理模式。以往按照文献记载与后世朝代更迭的规律,我们可能会将夏、商、周看做是相继产生的三个接续王朝,即依照所谓"王朝循环"模式去看待夏、商、周的关系。然而,如后世封建王朝更迭的认识并不符合上古时期的历史实际,应该说,三代处于社会形态的同一个发展阶段即"介于部落(史前时代)与帝国(秦汉)之间的王国阶段"③,夏、商、周三代尤其是周,虽然在社会管理等方面已经具备了较为明

---

① 赵世瑜:《祖先记忆、家园象征与族群历史——山西洪洞大槐树传说解析》,《历史研究》2006年第1期。

② 此处的记忆,主要指周人的民族记忆,乃是一种集体记忆而区别于个人体验,王明珂总结了集体记忆理论的主要论点,可参看:《华夏边缘——历史记忆与族群认同》,允晨文化实业有限公司,1997年,第50、51页。

③ [美]张光直:《中国青铜时代》,生活·读书·新知三联书店,1983年,第74页。

显的国家形态,但是"在总体上他们不过是一个比五帝时代更为高级的血缘单位联合体而已,整个社会组织仍以血缘为基础而非地缘为基础来划分居民并加以统治"①。这一特征,在西周之前的社会历史中表现得尤为突出,林沄就认为,夏代并不是中央集权式的大国,当时的国家形式应该是"国与国的联合体"②。所以,当时国家联盟的中央部分对于王都以外的地方组成部分的控制,并不如后世专制王朝那样层级分明和绝对有力,尤其是夏和商这两个王朝,他们与方国之间的关系,仍比较松散。夏的考古资料目前还不能为我们提供清晰可靠的认识,但《史记·夏本纪》中太史公曰:"禹为姒姓,其后分封,用国为姓,故有夏后氏、有扈氏、有男氏、斟寻氏、彤城氏、褒氏、费氏、杞氏、缯氏、辛氏、冥氏、斟戈氏。"③这可能就是在描述夏后氏为共主领导下的方国林立的形态。《竹书纪年》中也有这样的记述:"帝少康。十一年,使商侯冥治河……帝杼。十三年,商侯冥死于河。"④这里将商人先祖冥称为"商侯",可以看出,商人要响应共主的号召,但这与西周的模式还是有不同之处,商人仍然保持着自身民族一定的独立性,这样的状态也就使他们在对自身和夏人之间关系的认识上存在着一定程度的疏离感。商人与其方国之间的关系与之类似,有学者的研究提供了一个很好的观察角度:商代国家的范围,取决于商王的强大程度,如果可以使遥远的地方族

① 江林昌:《中国上古文明考论》,上海教育出版社,2005年,第63页。
② 林沄:《关于中国早期国家形式的几个问题》,《吉林大学社会科学学报》,1986年第6期。
③ 〔汉〕司马迁撰,〔日〕泷川资言考证:《史记会注考证》,文学古籍刊行社,1955年,第192页。
④ 《竹书纪年》,广益书局,1936年,第33页。

群臣服,那么其领土范围迅速扩张;商王力量衰弱时,又迅速萎缩①。同理,面对夏王朝时,周民族与商人有着同样的身份,而商人继夏人之后成为天下共主,周人看待商人的视角也随之改变,这就是需要注意的周人灭商之前的商周关系。其实,我们今天所谓的"三代",一定程度上可以说是周人的视角,如许倬云认为:"'夏'之地位提升为三代统绪之首,未尝不可能是由于周人从新石器时代晚期几个古国之中,特别表彰夏人的地位而造出'三代'之说。到了东周,'三代'更成为古代黄金时代的代号。'三代'作为专用名词,似在东周始出现,即以《左传》所见,凡有五次(成公八年、昭公七年与十八年、定公元年、哀公六年),都已在春秋晚期。其中原故,可能是周人自居为正统向古代投射为三个连续的朝代;可能是西周已亡,可以将三代当作一贯的朝代系列;也可能是春秋时世不宁,时人遂投射其理想于遥远的过去,缅想一个已离的好时光。"②这可以为我们考察周人如何回忆与书写历史记忆提供一个思考的角度。

在《清华大学藏战国竹简》(一)中有《皇门》一篇,篇中周公对诸位"大门宗子"说:"朕寡邑小邦,蔑有耆耉虑事屏朕位,肆朕冲人非敢不用明刑,维莫开余嘉德之说。"③此处的"寡邑小邦",李均明认为与"下邑小国"义同,乃周之谦称④,而类似称谓还有更为丰富的文化意义。山西襄汾陶寺遗址 H3403 出土的

---

① 李峰:《早期中国社会和文化史概论》,台湾大学出版中心,2020 年,第 138 页。

② 许倬云:《万古江河——中国历史文化的转折与开展》,上海文艺出版社,2006 年,第 49—50 页。

③ 此引自牛鸿恩:《新译逸周书》,三民书局,2015 年,第 375 页。

④ 李均明:《周书〈皇门〉校读记》,中国文化遗产研究院编《出土文献研究》第十辑,中华书局,2011 年,第 3 页。

陶扁壶上有朱书文字,其中的"文"字,学界基本无异议,而另一字据冯时考证,应为"邑"字,"文邑"正是指夏王朝的王庭之所在①。传世文献中多见"大邑"、"天邑"等词:

> 肆予敢求尔于天邑商。② (《尚书·多士》)
> 唯武王既克大邑商,则庭告于商。③ (何尊铭文)
> 惟臣附于大邑周。④ (《孟子·滕文公下》引《书》)
> 乃作大邑成周于土中。⑤ (《逸周书·作雒》)

邑制乃是在族邑基础上形成的制度,有大邑小邑之别,王庭之所在,应以大邑为制,所谓"大邑商",即是商人王庭所在之邑,又因王庭乃配帝庭在下,所以把"大邑商"神化而称之为"天邑商"⑥。甲骨卜辞中见"天邑商"之称(《合集》36535)并不奇怪,体现出商人之自矜,但记录于周人文献出于周人之口而称"天邑商"则有特殊的意义,这意味着在周人的记忆里,商人曾是名正言顺的天下共主,周人认同这一个事实,商人曾经远比他们强大。《左传·僖公十年》中,狐突言其所闻曰:"神不歆非

---

① 冯时:《文邑考》,《考古学报》2008年第3期。
② 〔汉〕孔安国传,〔唐〕孔颖达疏,廖名春、陈明整理,吕绍刚审订:《尚书正义》,北京大学出版社,1999年,第426页。本文所引《尚书》文本皆出自该书,以下引用《尚书》原文则不再出注。
③ 刘翔等编著,李学勤审订:《商周古文字读本》,商务印书馆,2017年,第61页。
④ 〔清〕焦循撰,沈文倬点校:《孟子正义》,中华书局,1987年,第434页。
⑤ 牛鸿恩:《新译逸周书》,第364页。
⑥ 冯时:《文明以止——上古的天文、思想与制度》,中国社会科学出版社,2018年,第262—263页。

类,民不祀非族。"①这与西周以前的情况不尽符合,很有可能是周人在灭商之后对原始宗教进行改造的结果。有学者认为,周人自称"西土之人",周民族心中存在"西土意识",这是摆脱天命束缚所形成的有别于东方氏族的意识形态化②。考古资料证明,最晚从史前晚期开始,宗教信仰、祖先崇拜和礼仪祭祀就一直朝着整合的方向发展,原本属于不同氏族或者方国的区域,自商以后,都采用商人的青铜礼器以及图案样式,模仿商人的宗教、礼仪和祭祀实践;而周原甲骨卜辞也说明,周人曾经祭祀商人的祖先③。从这一点上说,作为天下共主的商人,不仅依靠相对强大的军事动员能力,其以宗教信仰为核心的文化输出能力也是相当强大。周人在灭商之前,除了政治上处于依附地位之外,宗教信仰方面也采用了商人的模式,内在精神也存在认同,很可能是在其彻底取代商人之后才开始着手加以改造。历史给周人提供了相对于商人更加丰富的关于时代更迭的经验,他们目睹了夏商两个民族先后成为天下共主,这样的心灵体验必然会渗透进周人的历史书写与反思。在这一点上,商人与周人有着明显的区别,如李峰所说:"商代甲骨文中并没有任何有关被商人征服的夏代的信息。商代甲骨文只是与那些仍然影响商代国家政权的力量有关的占卜记录;他们对于所存在于遥远过去且不再影响商王

---

① 〔晋〕杜预注,〔唐〕孔颖达疏:《春秋左传正义》,阮元校勘《十三经注疏》,艺文印书馆有限公司,2001 年,第 221 页。

② 赵成杰:《今文〈尚书·周书〉异文研究及汇编》,兰台出版社,2015 年,第 25 页。

③ 〔美〕杨晓能:《另一种古史:青铜器纹饰、图形文字与图像铭文的解读》,生活·读书·新知三联书店,2017 年,第 366—367 页。也有学者认为一个民族的宗教信仰不会因为弱小而改变,周人祭祀商人祖先是由于两个民族有相同的远祖,见陈全方:《周原与周文化》,上海人民出版社,1988 年,第 125—126 页。

生活的敌对势力没有任何的历史好奇心。"①虽然李峰此论是针对夏代存在证据缺失所发，但是客观上指出了相较于周人，商人的历史意识是相对缺乏的。在《君奭》中：

> 君奭！我闻在昔成汤既受命，时则有若伊尹，格于皇天。在太甲，时则有若保衡。在太戊，时则有若伊陟、臣扈，格于上帝；巫咸乂王家。在祖乙，时则有若巫贤。在武丁，时则有若甘盘。率惟兹有陈，保乂有殷，故殷礼陟配天，多历年所。

这里，周公历数了伊尹、巫咸、甘盘等先商贤人，用以说明贤臣对于延长天命所在的重要性。从文献记载中可以看出，上古时期，具有谍报性质的活动可能就已经存在了。《左传·哀公元年》中，伍子胥说："（少康）使女艾谍浇，使季杼诱殪，遂灭过、戈，复禹之绩。祀夏配天，不失旧物。"②单从所述事件的发生年代上论，这可能是关于间谍活动的最早记录了。据郭旭东研究，甲骨卜辞中有商王命"目"的记录，此"目"即是商代负责情报的侦查人员，而且商代已经建立起比较成熟的情报传递制度，从边境向安阳传递情报，多则九日，少则三日③。另据《清华大学藏战国竹简》（一）中的《尹至》一文，伊尹从夏邑回到商地，向汤描述夏之境况时说："后，我来，越今旬旬日。余微其有夏众，不吉好；其有后厥志其爽，宠二玉，弗虞其有众。民沇曰：'余及汝皆

---

① 李峰：《早期中国社会和文化史概论》，第65—67页。

② 《春秋左传正义》，第991页。

③ 郭旭东：《商代的军情观察与传报》，《殷商文明论集》，中国社会科学出版社，2008年，第274—376页。

亡！'唯滋虐德,暴憧亡典。夏有祥,在西在东,见章于天,其有民率曰:'惟我速祸！'咸曰:'曷今东祥不章?'今其如台?"①类似记载见于多种先秦古书,我们虽不能据此类史料断定伊尹即是汤派往夏邑的间谍,但结合卜辞中所反映出的情况,至少可以推测,夏商时期,中央王国对于诸方国具有一定的监控手段,而怀有取而代之想法的方国对于中央王国的内部信息也存在着一定的获取渠道。《逸周书·酆谋》载:"维王三祀,王在酆,谋言告闻。王召周公旦曰:'呜呼,商其咸辜,维日望谋建功,谋言多信,今如其何?'"唐大沛说:"此伐纣前一年事。"②这可能是发生在周人灭商前夕的间谍活动,将商人发生统治危机的情况回报,无疑有着明确的目的。《程寤》在传世本《逸周书》中已佚,仅存目,佚文散见于多种文献,而《清华大学藏战国竹简》(一)中保留有完整的《程寤》,文中有如下记载:

> 惟王元祀正月既生魄,太姒梦见商廷惟棘,乃小子发取周廷梓树于厥间,化为松柏棫柞。寤惊,告王。王弗敢占,诏太子发,俾灵名凶,祓。祝忻祓王,巫率祓太姒,宗丁祓太子发。币告宗祊社稷,祈于六末山川,攻于商神,望,烝,占于明堂。王及太子发并拜吉梦,受商命于皇上帝。③

从全文来看,《程寤》多次使用"何保非道"一类的反问句式,而且有六句排比的形式,其最后写定之年代可能不早,或在

---

① 冯胜君:《清华简〈尚书〉类文献笺释》,上海古籍出版社,2022年,第83页。
② 牛鸿恩:《新译逸周书》,第198页。
③ 今本《逸周书》中,《程寤》缺,牛鸿恩据清华简补,见牛鸿恩:《新译逸周书》,第111页。

战国之世,但我们也不能排除以上所引部分有真实的史料来源。《史记·管蔡世家》中说:"武王同母兄弟十人,母曰太姒,文王正妃也。"①太姒身为文王之妻、武王之母,在商周两族形势日益严峻的背景下,以女性的敏感,她内心的焦虑程度恐怕并不亚于文王父子②。惊醒之后,她告梦于文王,文王的态度是"弗敢占",于是找来太子发,并进行了一系列仪式。文章结合周人对历史的认知和当时的形势,刻画出他们震惊而敬慎的态度,应该说符合历史真实。而从上述以及其他"书"篇的多处言说与书写中,我们可以看出,"小邦周"对"大邑商"的密切注视,很早就开始了,他们对商人的历史有很深的了解。在早期,可能是出于军事和文化都处于弱势的方国对于中央王国的仰视,后期则是如《逸周书》中的记载一般,是在为取殷而代之做准备。而当到了西周中期,周人再度回顾历史的时候,则不复当时的谨小慎微,如《大雅·皇矣》中有了"密人不恭,敢距大邦,侵阮徂共。王赫斯怒,爰整其旅,以按徂旅。以笃于周祜,以对于天下"这样的诗句,表现出面对异族的骄傲和自信。李山从通篇体现出的尚武精神认为此诗作于喜好开疆拓土的昭穆时期③,这与周初诸公如履薄冰的心态有所区别。关于商周的文化关系,徐复观总结说:"周原来是在殷帝国的政治、文化体系之内的一个方国;它关于宗教方面的文化,大体上是属于殷文化的一支;但在文物制度方面,因为它是方国的关系,自然没有殷自身发展得完备。殷之与周,决不可因偶有

---

① 《史记会注考证》,第 2254 页。

② 夏含夷认为此梦境可能预示着文王的去世,可参看[美]夏含夷:《说杼:〈程寤〉与最早的中国梦》,《出土文献》2018 年第 2 期。

③ 李山:《诗经析读》,南海出版公司,2003 年,第 363 页。

'戎殷'一词,便忘记了对'大邑商'而自称为'小邑'的情形,认为是两个不同质的文化系统。"①可以说,在商代末年的西土,怀有"小邦周"心态的周人,一直在窥视着"大邑商"。英国汉学家罗森曾考察了三个时段周人青铜器风格的变化:在克商以前,周人青铜器像是对商人的笨拙模仿;在克商后的初始阶段,在对商人青铜器风格的模仿之外,周人青铜器出现了一些怪异的特征,如尖锐的凸起;在政权巩固之后,这些特征消失,风格又与商人趋于类似;而在西周晚期,发生了礼制变革,成套的酒器被大规模的成套食器所取代,大型编钟引人注意,另外,青铜器的形制由西周早期的小巧精细变为巨大。罗森认为,西周早期的礼仪活动可能相对私人化,由与青铜器距离较近的少数人举行,西周晚期的青铜器则通过巨大的数量和体积,由远观达到礼仪效果,从这些现象看,周人可以说既是野蛮人,也是政治家②。处于周原的周人先民们,面对政治、文化和军事等方面都处于强势地位的商人之时,是以仰望为主;在克商之后的初期,学习商人之外,又必须保有自身一定程度的文化特质,以区别于覆灭了的殷商王室,凸显周代商而受天命的合法性,而统治趋于稳定之后,信仰与文化层面的斗争则趋于缓和。到了西周中晚期,各种制度渐臻成熟,礼制开始出现简化的趋势,由西周中晚期册命金文趋于模式化也可见一斑。礼制之变,也反映着心态的变化。

---

① 徐复观:《中国人性论史》(先秦卷),湖北人民出版社,2002年,第31页。
② [英]杰西卡·罗森:《是政治家,还是野蛮人——从青铜器看西周》,收入[英]杰西卡·罗森著,邓菲等译:《祖先与永恒:杰西卡·罗森中国考古艺术文集》,生活·读书·新知三联书店,2017年,第20—47页。

三、思想维新——信仰体系之突破

探讨周人如何努力建立起新的权力话语和信仰体系,需要从上古说起。夏代的"天",在先民心目中,很有可能还是一个自然性质的居所,到了商代,才逐渐有了人格化的倾向,且主要以"帝"的形式出现,至周代才发展为一个主宰一切的存在①。商人的精神世界相较于夏人和周人有其独特的一面,孔子曾评价:

> 夏道尊命,事鬼敬神而远之,近人而忠焉,先禄而后威,先赏而后罚,亲而不尊;其民之敝:蠢而愚,乔而野,朴而不文。殷人尊神,率民以事神,先鬼而后礼,先罚而后赏,尊而不亲;其民之敝:荡而不静,胜而无耻。周人尊礼尚施,事鬼敬神而远之,近人而忠焉,其赏罚用爵列,亲而不尊;其民之敝:利而巧,文而不惭,贼而蔽。②

这是说商人对于鬼神的重视,而鬼神很大程度上是一种泛称,对商人心灵世界影响最大的是天帝和祖先神的信仰。关于"帝"字,中外学者有不同的解释。上古时期,天象有极其重要的意义,据班大为研究,甲骨文"帝"字的字形,与一种用于对应

---

① 晁福林:《〈山海经〉与上古时代的"天"的观念》,《中原文化研究》2016年第1期。

② 〔汉〕郑玄注,〔唐〕孔颖达疏:《表记》,《礼记注疏》,阮元校勘《十三经注疏》,艺文印书馆有限公司,2001年,第915页。

北天区星象来确定北天极的装置有关①。而北天极正是先民心中天帝的居所,由于有这样的关联性,就用"帝"来指称居于北辰的至上神。刘复说:"大约'帝'的本意是花蒂,作'天帝'用是第二义。"他这样解释的本意与引申义之间的纽带:"因为天帝是万能的,是无所不归的。取花蒂来表示无所不归,正是一种已经很进化的象征观念。"②冯时认为,甲骨文中作为"上帝"用法的"帝"字是花蒂之"蒂"的象形文,作为本字的"帝"具有万物之祖的意义③。可见,在商人的神灵意识中,"帝"这一概念包涵了天帝和宗祖神两个意义,这在甲骨卜辞资料中,也可以找到证据④,这样的认识对于商人确证自己和上天的联系,有非常关键的意义。至上神与宗祖神的联结,使得天命之所在这一王权合法性问题具有了浓厚的血缘气息。只要地上的人王是商人王族的嫡子,那么天命自然降于其身,在这样的意识形态之下,无论是父死子继抑或是兄终弟及,从商人王族以外的视角来看,权力继承合法与否其实并没有本质的区别,具体的商王人选很大程度是王族内部事务,与外界无关。这样的观念,使得君权得以无条件地与神权挂钩。如此一来,看似可以千秋万载,背后却隐藏着极大的危险,因为其中存在着一个致命的逻辑陷阱,即如果天命因为亲缘的关系,注定归于商之王族,那么敬天、保民、修身等

---

① 班大为:《再谈北极简史与"帝"字的起源》,收入伊沛霞、姚平、陈致主编《当代西方汉学研究集萃》(上古史卷),上海古籍出版社,2016 年,第 219—227 页。

② 刘复:《"帝"与"天"》,《北京大学研究所国学门月刊》第一卷第三号,收入沈云龙主编《近代中国史料丛刊续编》第 66 辑,文海出版社,1982 年,第 314 页。

③ 冯时:《中国古代的天文与人文》,中国社会科学出版社,2006 年,第 68—69 页。

④ 见郭沫若:《先秦天道观之进展》,收入《郭沫若全集历史编》第一卷,人民出版社,1982 年,第 319—323 页。

道德层面的约束就会变得没有多大的意义,后世商王的贤与不贤,则很大程度上取决于个人对自己的道德约束。在《西伯戡黎》中,周文王攻灭黎国,《孔传》谓黎为"近王圻之诸侯,在上党东北",孔疏云:"黎国,汉之上党郡壶关所治黎亭是也。纣郡朝歌,王圻千里,黎在朝歌之西。"[1]结合商代的畿服制度,黎国应是与商王室关系非常密切的诸侯,与王室的距离也很近,区别于卜辞中常见的鬼方、人方等敌对或疏离势力。因此可以想见,黎国被灭这一事件给祖伊带来震撼,所以他奔告于纣王,而纣王的反应却是一句"我生不有命在天"这样的理直气壮的反问,的确有上引《礼记·表记》中孔子所说的"荡而不静,胜而无耻"的特点。根据陈梦家对卜辞语法的研究,商人称"我"与"余"或"朕"的意义是不同的,"我"是集合名词,代表"我们",与"余"或"朕"为商王自称不同[2]。那么此处纣王要表达的不仅仅代表个人,而且是指商民族得天之眷顾。《西伯戡黎》的写制年代,很可能并不在纣王之世,我们也不能保证其所言未经后人改动,但从文本出发,纣王此处的措辞确实反映出他潜意识里有商人王权天授的确证,再从前论关于商人观念中的天命与王权存在着血缘关联这一观点出发,纣王的反应就不难理解了。在他的意识里,自己的统治水平,即使比不上殷先哲王,上帝也不至于"遏终大邦殷之命",无非降下一些灾祸以示惩罚,因为,天命在于"我们"商人。纣王这样的表述,从表面上看,是出于亡国之君的自负与昏庸,而深一层说,则有可能是源于坚信天帝之命不

---

[1] 〔汉〕孔安国传,〔唐〕孔颖达疏,廖名春、陈明整理,吕绍刚审订《尚书正义》,北京大学出版社,1999年,第259页。

[2] 陈梦家:《殷墟卜辞综述》,科学出版社,1956年,第96页。

易的心理，与其民族信仰有关。

《盘庚》三篇是《商书》中比较可靠的篇章，其文本应保存了商代的原始材料。面对不愿迁都且作为民之代表的王室贵族，盘庚对他们说了这样两段话：

> 予念我先神后之劳尔先，予丕克羞尔，用怀尔然。失于政，陈于兹，高后丕乃崇降罪疾，曰："曷虐朕民？"汝万民乃不生生，暨予一人猷同心，先后丕降与汝罪疾，曰："曷不暨朕幼孙有比？"故有爽德，自上其罚汝，汝罔能迪。

> 古我先后既劳乃祖乃父，汝共作我畜民。汝有戕，则在乃心。我先后绥乃祖乃父，乃祖乃父乃断弃汝，不救乃死。兹予有乱政同位，具乃贝玉。乃祖乃父丕乃告我高后曰："作丕刑于朕孙！"迪高后，丕乃崇降弗祥。

这两段的书写，从话语方式上看，有别于其他"书"篇，盘庚的话语当中包含作为他本人祖先神灵的商人先王，也包括他训诰对象的先人。《尚书·周书》中，周公对康叔、成王等人的诰辞，也经常搬出文王，但是在他口中，文王只是作为一位已经去世的前王，周公提起文王的意图或是重申文王之遗训，或是称扬文王、武王之功烈。若只理解到上引文段是盘庚劝说众人迁徙的一种辞令这层意义，便过于简单。金兆梓认为，《盘庚》一文中，"众"自"众"，"民"自"民"，不可混为一谈，"众"是盘庚群臣，非一般庶民①。所以，盘庚面对的并不是可以靠一套神鬼迷

---

① 金兆梓：《尚书诠译》，中华书局，2010年，第8页。

信的说法可以应付的懵懂孩童,也不是普通的民众,而是与商王族关系密切的贵族阶层①。在这样的话语背后,如果不是有着一套商人由上至下共同认可的信仰体系,则难以能形成说服力与威慑效果。吕思勉评价此篇:"篇中屡以乃祖乃父,及我高后将降不详,恐喝其下,可见殷人之尚鬼。"②这里的"鬼"就是盘庚口中的先王,在商人的意识里,他们是仍然具有行动能力的类似于神明一样的存在。人在去世之后,尸身对于生者就不会有任何回应,从新石器时代的遗迹中,已经可见墓葬中关于逝者的尸体的种种安排,这可能是生者希望与逝者继续保持联系的一种努力,通过一些特定的仪式,使其灵魂可以超越对身体的依附。商人的祖先崇拜信仰中,通过定期向祖先提供肉类、血液、谷物、麦酒等,用以维护祖先的力量③。商人的先王可以质问盘庚为什么没有保护好自己留给他的臣民(曷虐朕民),也可以对现任的商王进行惩罚(崇降罪疾)。而且,贵族和方国的祖先也被纳入商王室的信仰体系中。如吉德炜说:"如果,照卜辞所揭示的,商王国产生于一个由众多独立团体组成的联盟,当这些团体领导者加入商联盟的时候,他们的庇护神灵被吸收到商王室的祖先世系或礼制结构中,那么商王应该曾经到过这些地方,并以某种具有象征意义但意味深长的方式,如向地方神灵供奉祭祀,在各个圣地授予或接收权力,由此加强与各地的宗教和血缘关

---

① 晁福林:《补释甲骨文"众"字并论其社会身份的变化》,《中国史研究》2001年第4期。

② 吕思勉:《中国文化思想史九种》(上),上海古籍出版社,2009年,第112页。

③ 吉德炜:《祖先的创造:晚商宗教及其遗产》,收入伊沛霞、姚平、陈致主编《当代西方汉学研究集萃》(上古史卷),上海古籍出版社,2016年,第4页。

系(不管是否为杜撰的),正是这种关系将商和各团体凝聚到一起成为商王国。当商王旅行时他发挥着文化与政治联合的作用,用其自身的语言、文字、奢侈、武器、趣味以及信仰给当地民众留下印象。"①

在甲骨卜辞中有这样几则材料:

贞:"疾止(趾),隹有害。"(《合集》13683)
乙亥贞:"太庚作害。""太庚不作害。"(《合集》31981)
"帝其作王祸。"(《合集 14182》)

可以看到,商人对于祖先确实是心存忌惮,甚至连脚趾有疾痛都要归因于祖先作祟,联系卜辞中的这几处书写,可以看出盘庚对众贵族的告诫基本符合商人的信仰。商人对于已经死去之祖先的信仰和忌惮,从远古时期流传而来。蒲慕州也指出,商王既然能通过宗教仪式来控制人民,则可以进行合理推测:人民也能够接受其宗教权威,所以商王室及其统治阶层之宗教应该也可以说是代表了至少相当程度当时一般人民之信仰②。如此,意味着当时的人们也接受商王室的信仰体系。而在周公的话语里,文王除了受天之命外,在一定程度上剥落了神性。

《酒诰》中,周公对康叔说:

封,我闻惟曰:"在昔殷先哲王,迪畏天,显小民,经德

---

① 转引自杨晓能《另一种古史:青铜器纹饰、图形文字与图像铭文的解读》,第364—365 页。

② 蒲慕州:《追寻一己之福:中国古代的信仰世界》,上海古籍出版社,2007年,第33 页。

秉哲,自成汤咸至于帝乙,成王畏相。惟御事厥棐有恭,不敢自暇自逸,矧曰其敢崇饮?越在外服,侯、甸、男、卫邦伯,越在内服,百僚庶尹惟亚惟服宗工,越百姓里居,罔敢湎于酒。不惟不敢,亦不暇。惟助成王德显,越尹人祇辟。"我闻亦惟曰:"在今后嗣王酗身,厥命罔显于民,祇保越怨不易。诞惟厥纵淫泆于非彝,用燕丧威仪,民罔不衋伤心。惟荒腆于酒,不惟自息乃逸,厥心疾很,不克畏死。辜在商邑,越殷国灭无罹。弗惟德馨香,祀登闻于天,诞惟民怨。庶群自酒,腥闻在上,故天降丧于殷,罔爱于殷,惟逸。天非虐,惟民自速辜。"

这一段文字,前半部分叙说殷商先王励精图治之风,后半部分批评后嗣王沉湎于酒。"在今"一句,徐刚有新论,认为应于"酗"字后点断,而且"身"当读为"信"①。则此句可写定为"在今后嗣王酗,信厥命,罔显于民,祇保越怨不易",这样与上文所引纣王之"我生不有命在天"正可相互参证。徐复观在《周初宗教中人文精神的跃动》中也说:"周人革掉了殷人的命(政权),成为新的胜利者;但通过周初文献所看出的,并不像一般民族战胜后的趾高气扬的气象,而是《易传》所说的忧患意识……'忧患'与恐怖、绝望的最大不同之点,在于忧患心理的形成,乃是从当事者对吉凶成败的深思熟考而来的远见;在这种远见中,主要发现了吉凶成败与当事者行为的密切关系,

---

① 徐刚:《以殷周之际天命观释读〈尚书〉例》,《语言学论丛》第二十五辑,商务印书馆,2002年,第298—299页。

及当事者在行为上所应负的责任。"①此处，徐先生指出周人在克殷之后，并没有表现出获胜民族的趾高气扬、得意忘形，反而很快进行反思，表现出深重的忧患意识，这是我们所熟悉的。中央王朝的易主一定会给商文化圈内的诸方国尤其周人自己都带来了巨大的心灵震撼，从忧患意识出发，更深一层，我们还可以看出周人重建信仰体系的努力。上文说到，从"书"类文献的一些篇章中可以看出周人在克殷之初，并不自信，面对商人建构的已经深入人心的信仰体系，要使自己的政权稳固，他们必须有所突破。当然，随着研究的深入，学界已经渐渐意识到，周初信仰体系和政治制度的演变，可能并不如王国维在《殷周制度论》中所言的那么剧烈。真正的巨变，是在西周中期，这段时期发生了一场深刻的礼制变革，这在传世文献和青铜器铭文和图像中可以找到证据②。但至少可以说，在西周初年，周人的政治精英们对商人的思想和信仰体系进行了反思与突破的努力③。

徐复观在讨论与忧患意识相对的心态时说："忧患意识，不同于作为原始宗教动机的恐怖、绝望。普通人常常是在恐怖绝望中感到自己过分的渺小，而放弃自己的责任，任凭外在的神为自己做决定。任凭外在的神为自己做决定后的行动，对人的自身来说，是脱离了自己的意志主动、理智导引的行动；这种行动

---

① 徐复观：《中国人性论史》（先秦卷），第32页。

② 参看夏含夷《由颂词到文学——〈诗经〉早期作品的仪式背景》，收入［美］夏含夷著，黄圣松等译，范丽梅、黄冠云修订《孔子之前：中国经典诞生的研究》，万卷楼图书股份有限公司，2013年，第147—167页；杨晓能《另一种古史：青铜器纹饰、图形文字与图像铭文的解读》，第380—381页。

③ 徐复观也总结了周人对商人传统宗教的转化，分四个方面，具体可参看徐复观《中国人性论史》（先秦卷），第35—40页。

是没有道德评价可言的,因而这实际是在观念的幽暗世界中的行动。由卜辞所描出的'殷人尚鬼'的生活,正是这种生活。"①针对商人,其观点尚有可进一步补充之处。周代的精神世界逐渐以人文精神为主,这个论断的对象人群是周以前的民族,当然也包括商民族,但是,商人面对神明有时恐怕并不如此卑弱。在这一问题上,至少存在着一体两面的因素,一方面,他们畏惧祖先神降下灾罚;另一方面,他们对于神明赋予他们的统治权力,应该说是很自信的。而周人对信仰的改造,前文已经说到,有剥落祖先的神性的因素。虽然在祭祀方面,祖先还有作为天帝与人间联系的纽带的性质(当然,文王的地位存在特殊性,天帝将大命授予他,后世周王如不敬德,则天命不再。这与纣王相信的天命常在商王家不同),但已经开始将他们作为榜样和荣耀一样的存在,更进一步则是将神性全部返归于"天",祖先的神性不再明显,则天命与人间的帝王之间的血缘联系就淡化了。关于这一点,牟复礼认为商文化已经可以说是"智者"文化,而非巫觋(hollyman)文化,到了周代,理性氛围变得更加明显,他这样描述中国上古时期仪式文化由宗教性向理性转变的过程:"到商朝时,仪式的缘由还是半宗教性的,人和神的和谐开始具有了伦理的意义,礼仪行为的权威来源最终从超理性的(superrational)转化为纯粹理性的。毫无疑问,这种不可思议的、衍生于早期商代神灵世界的事迹,构造成了虚拟的历史(pseudo-historical),仍带着些许宗教特征的圣王便取代了神灵,成了政府和社会获取知识的来源,他们积累的智慧被记录在书籍文献中,供人理性地解读。贤哲对经典

① 徐复观:《中国人性论史》(先秦卷),第32页。

的掌握取代了通灵者呼唤神鬼的异能。"①以后世对于三代的观照角度进行思考，就很好理解商人的文化心态了，若确如孔子所言，夏人和周人对待鬼神的态度都是"事鬼敬神而远之"，或可推知，作为第一任的天下共主，夏人并未进行商人那样的思想建设，即认为上帝将永远眷顾自己的王族。《左传·僖公五年》记载了发生在虞公与宫之奇之间的一段非常著名的对话：

> 公曰："吾享祀丰絜，神必据我。"对曰："臣闻之，鬼神非人实亲，惟德是依。故《周书》曰：'皇天无亲，惟德是辅。'又曰：'黍稷非馨，明德惟馨。'又曰：'民不易物，惟德繄物。'如是则非德民不和，神不享矣。神所冯依，将在德矣。若晋取虞，而明德以荐馨香，神其吐之乎？"②

从虞公的话语来看，他的思想是商人一脉的，而宫之奇正是以《周书》中的思想反诘之。《微子》篇中，父师对微子的回复中有"今殷民乃攘窃神祇之牺牷牲用，以容将食无灾"。在微子与父师的口中，商邑已经完全沦为失序的状态，商人不光从上到下沉醉于酒，没有馨香上闻于诸神明，而且小民竟然敢攘窃供奉神祇的牺牲祭品，如此神明必会降祸于殷邦，所以微子与父师等人才会表现出那样的末世情绪。

以上，我们从两个方面考察了"书"类文献叙事中的"小邦周"视角问题，该视角是特定时期和特定心态下的产物，而当周

---

① ［美］牟复礼著，王重阳译：《中国思想之渊源》（第二版），北京大学出版社，2016年，第75—76页。

② 《春秋左传正义》，第208页

人逐渐完成了礼制改革,历史也渐行渐远,"小邦周"视角所植根的心灵土壤也就不复存在了,取而代之的是回顾历史时的荣耀与自信。这是在面对以殷末周初为大背景的叙事作品时,理解文献中关于商周两族言行诸多书写的一个思考角度。

(大连大学教育学院)

安大简"牖"字异文与
《诗经·召南·采蘋》礼典

高中华

《采蘋》是《诗经·国风·召南》中少数正面描写祭典的诗篇之一,从《左传》等文献可知,该篇至少春秋以降即受到特别重视。但诗篇所述究属何种礼典,汉代以来,说法不一。详考诸说争议焦点,又在诗篇"宗室牖下"句"牖下"位置之所在。主张嫁前"教成之祭"者,以"牖下"为"户牖间之前"(《郑笺》);主张出嫁之后"助夫氏祭"者,以"牖下"为"奥",即"室西南隅"(王肃说,朱熹从之)。两家之外,自辟蹊径,提出新说者,则推清代学者马瑞辰。马瑞辰以为"牖象中霤",诗篇所祀乃"中霤"之神。文献难征,诸说得失长久以来难于质论①。近年刊布的安大简《诗经·采蘋》篇"牖"字存在异文,为此提供了新的讨论线索,或可佐证马瑞辰说。以下试申论之。

_____

① 向熹《诗经词典》"牖"字第一义项"窗;窗子",举《采蘋》为例,释义《郑笺》、《朱传》及马瑞辰三说并列,未作评论。见向熹:《诗经词典》(修订本),商务印书馆,2014年,第661页。

一

《召南·采蘋》三章章四句，全篇如下：

于以采蘋？南涧之滨。于以采藻？于彼行潦。
于以盛之？维筐及筥。于以湘之？维锜及釜。
于以奠之？宗室牖下。谁其尸之？有齐季女。

诗篇所述乃采摘蘋藻水草以至作为祭品的全过程。第一章
写采摘地点，第二章写所盛、所烹之器具，第三章前二句写祭祀
之地点，后二句写主持祭祀之人。安大简所存系残篇，其中首章
全部缺失，第二章仅存最末两字，第三章亦有缺失。残存部分据
整理报告分章释写如下：

……及盉（釜）。
于㠯（以）奠之？宗室枬下。篟（孰）亓（其）屟
（尸）……①

以上凡十三字，异文六。其中古今字二，"㠯"与"以"，"亓"
与"其"。同义互换者一，"篟"（与"孰"音近可通）与"谁"。繁

①　安徽大学汉字发展与应用研究中心编：《安徽大学藏战国竹简一》，中西书
局，2019年，第87页。本文所引安大简材料除特别说明外，皆据本书，下不另出注。

写或类化一例，"层"与"尸"①。异构者一例，"盔"与"釜"。二字声符相同而义符有别。"釜"从金，"盔"从土从皿。按"釜"为煮器，《毛传》"无足曰釜"。或金制，或陶制，其事皆属可能。故或从金，或从土，又兼从皿②。整理者疑"盔"为"釜"之"异体"，当属可信。最后一例，"枒下"，相当传世本之"牖下"，乃本文重点讨论。

整理者注：

"枒"，从"木"，"中"声。此字不见于《说文》。"中"属端纽冬部，"牖"属喻纽四等幽部。根据曾运乾"喻四归定"说，"中"、"牖"双声，韵部阴阳对转。"枒"可能是"牖"之异体。《说文·片部》："牖，穿壁以木为交窗也。"

整理者基于"枒"、"牖"二字的声韵关系：声类相同，韵部对转，并认为简文"枒"可能是"牖"之"异体"。整理者没有明确表述二字所以为"异体"的理由，不过，从其引用《说文》"牖，穿壁以木为交窗"，中有"以木"之语，而"枒"字"从木"，则所说"异体"，当是综合二者声音（如前所述）与意义上的关系（或从木，或"以木"）而得出的。

安大简"枒"字不见此前古文字材料，其字字形"牖"，右旁

---

① 姚小鸥注意到这一异文，指出"此字作层，凸显其祭祀的意指"（《〈关雎〉与周代礼乐文化的传播》〔未刊稿〕）。或谓"盔"乃"神主"义之"尸"的专字。见周翔、邵郑先：《安大简〈诗经〉专字丛考》，《汉字汉语研究》2020年第1期。

② 参看刘钊《古文字构形学》第十六章《古文字构形演变条例》之"古文字中金、皿二字在用做表意偏旁时有时可以通用"条，《古文字构形学》（修订本），福建人民出版社，2011年，第337页。

所从与一般"中"字字形似不尽相同。检字形表①,安大简"中"字字形或作"▼"(简 51)、"▼"(简 47),又写作从"宀"之"枈",字形如"▼"(简 3)、"▼"(简 13)、"▼"(简 112),皆楚系文字"中"常见写法。本篇"枈"字所从之"中"形,或可参考何琳仪的研究。何琳仪《战国古文字典》"中"字条收录字形 133 例,并指出:

> 中,商代金文作▼,象旗旒之形。或作▼,旗竿中间加点。或作▼、▼,点演变为圆圈。甲骨文作▼、西周金文作▼,均省旗旒。战国文字承袭商周文字,或省下部旗旒,或旗旒横穿旗竿,或收缩竖笔,或弯曲竖笔。燕系文字作▼、▼等,尤具地域特点。②

安大简"枈"字所从之"中"的最大特点,乃是上下旗旒俱存(楚系文字多省下方旗旒),且左右双向伸展(战国楚系文字多同侧尤其右侧伸展)。此两大特点均见于商代文字,如何琳仪所举之▼等。安大简《诗经》保存有甲骨时代的语言现象③,"枈"字或即该现象之存于字形上者④。

如前所引,整理者认为"枈"或"牖"字体,乃从声音着眼,将"枈"视为从木中声的形声字。其实,从意义的角度,能够对此

---

① 《安徽大学藏战国竹简一》,第 207 页。
② 何琳仪:《战国古文字典》,中华书局,1998 年版,第 272 页。
③ 参看黄德宽:《略论新出战国楚简〈诗经〉异文及其价值》,《安徽大学学报》(哲学社会科学版)2018 年第 3 期。
④ 参看程浩:《安大简〈诗经〉"同义换用"现象与"窗"字释读》,《文献语言学》第 14 辑,中华书局,2022 年,第 112—117 页。

异文的形成作出更为合理的解释。换言之,"枂"之所以为"牖"字异体,乃因从中从木之"枂"即会"牖"字之意。形声、会意之字互为异文,古文献中常见。如表滤酒义的"湑"字,见于《诗经·小雅·伐木》。《伐木》"有酒湑我,无酒酤我",《毛传》:"湑,茜之也。"字从氵胥声,为形声字。《说文》作"茜"①,从艹从酉,则为会意。滤酒需用茅草,故从艹。此字《左传》作"缩",从纟宿声,亦为形声。所以从纟者,盖以滤酒之茅草需"包束"之故,所谓"尔贡包茅不入,王祭不共,无以缩酒"(《左传·僖公四年》)。

现在的问题是,从木从中之"枂",如何会"牖"之意?我们以为,结合古代宫室制度可以对之进行说明。《说文》"牖"字曰:"穿壁以木为交窗也。谭长以为甫上日也,非户也。牖所以见日。"段玉裁注:"谭长者,博采通人之一。许篆作牖,而称谭说者,字久从户作,谭说有理,故称之。"②按阜阳汉简《诗经》存《采蘋》残句,"牖"字作"牖",右上从日不从户,与《说文》引谭长说同。整理者胡平生注释说:

> 《说文》:"牖,从片、户,甫声。谭长以为甫上日也,非户也。牖所以见日。"按:阜阳汉简《苍颉篇》"牖"字亦写作"牖",甫上从日不从户。据此则知谭长之说,当时亦有所本。从日与从户,或因形近而讹变。③

---

① 《说文》以为茜"象神歆之也",与"滤酒"之义不同。
② 〔清〕段玉裁:《说文解字注》,上海古籍出版社,1988年,第318页。
③ 胡平生、韩自强:《阜阳汉简诗经研究》,上海古籍出版社,1988年,第39页。

　　胡平生认为日与户乃"形近"致讹，或然①。《说文》引谭长说"甫上日"，以为"牖所以见日"，段注许其"有理"。所谓"牖所以见日"，正与古代宫室制度有关。上古穴居（或半穴居），其后渐移至地面之上。凡居室有在上之开口"牖"（兼通风、取明之用），以及在旁之开口"户"（供出入）。《诗经·豳风·鸱鸮》"迨天之未阴雨，绸缪牖户"、《老子》"凿户牖以为室"，皆指宫室的这一基本形制言。

　　著名建筑史家杨鸿勋根据新石器晚期如西安半坡等地遗址，以及人类学材料，复原新石器时代之居室图若干，如下图所示西安半坡 F37、F39 复原图（图 1、图 2）。杨著又引美洲加利福尼亚、内华达州印第安人居室示意图（图 3、图 4）作为比较②：

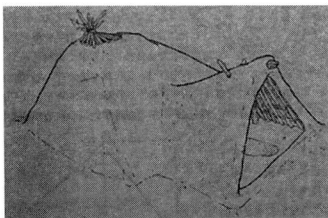

图 1:半坡 F37 复原图（半穴居）　　图 2:半坡 F39 复原图（地面）

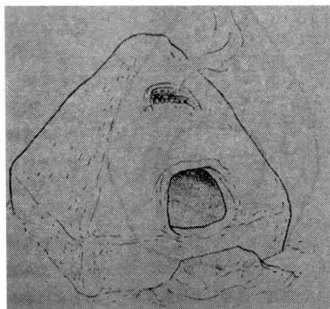

---

　　①　古文字材料显示，从日与从户之牖字，汉代确实并存，而以从日为普遍。参看胡旋《阜阳汉简〈诗经〉集释》，吉林大学硕士学位论文，2013 年，第 10—13 页。

　　②　杨鸿勋:《仰韶文化居住建筑发展问题的探讨》，《建筑考古学论文集》，文物出版社，1987 年，第 1—44 页。

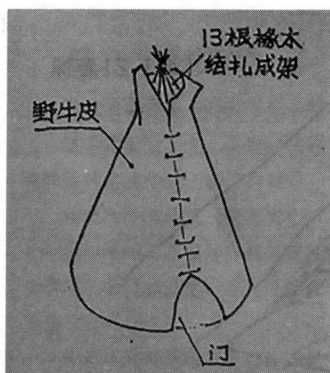

图3：美洲加利福尼亚印第安人野牛皮帐篷示意图

图4：美洲内华达山区印第安人住房示意图

据杨文可知，凡居室必开口在上者，乃宫室结构之必然要求。作室者，先立一大木为柱，四周斜架椽木交于柱头，椽木内外涂抹草筋泥面，形成屋壁。此立柱既为居室中心之所在，其顶端亦自然形成开口。杨鸿勋指出，此开口最初作为排烟通风之用（与入门处形成对流）。后为防止雨水侵入，开口由屋顶渐移至垂直的墙面。文献所见"牖"皆指室之南墙者，乃据后起之制度定名。若从其溯，则"牖"本在屋顶。特别值得指出的是，半坡F37例，杨文介绍说："傍中心柱增设一柱以及柱脚有泥土堆积加固,似乎反映了柱基受潮松动,以致柱有倾倒危险。据此可以推测,柱顶节点附近不涂草筋泥,留有排烟通风的孔隙(柱基的受潮,正是沿柱而下的雨水所致),略如美洲加利福尼亚印第安人用野牛皮所做帐篷的排烟处理方式。"①这一现象尤可说明,用于通风之"牖"最初确乎在一室之中心。杨公骥根据古代东北亚民族学材料以及文献所记对古代社会的这一居室制度也曾进行研究,著有《考论古代黄河流域和东北亚地区居民"冬窟夏庐"的生活方式及风俗》②长文,可以参看。

总之,从古代宫室制度的演变来看,作为居室基本功能的"牖",最初在居室屋顶之中央,其后虽渐次移至墙体,然长期生活的实践,使得"牖"与"中"的这一原初联系仍然深刻保留在人们的观念之中。安大简书手将"牖"字写作从木从中的"柙",当即这一观念影响的自然结果。

二

如本文开篇所述,对于《采蘋》礼典的认识,与对"牖下"的理解直接相关。一定程度上,明确"牖下"之所在,则诗篇所述礼典性质亦可明了。历代学者的分歧即主要集中在此。下面首先介绍汉魏学者的说法。

"牖下"所在,《毛传》无明文。郑玄以为"户牖间之前"。《郑笺》:

---

① 杨鸿勋:《仰韶文化居住建筑发展问题的探讨》,见氏著《建筑考古学论文集》,第4页。
② 杨公骥:《杨公骥文集》,东北师范大学出版社,1998年,第557—615页。

牖下,户牖间之前。祭不于室中者,凡昏事,于女礼设几筵于户外,此其义也与?

按"户牖间之前",据礼家所述宫室制度,指户东牖西。《汉书·晁错传》"家有一堂二内"。"一堂二内",指一堂一房一室,其形制据沈文倬研究,如图 5 所示[①]:

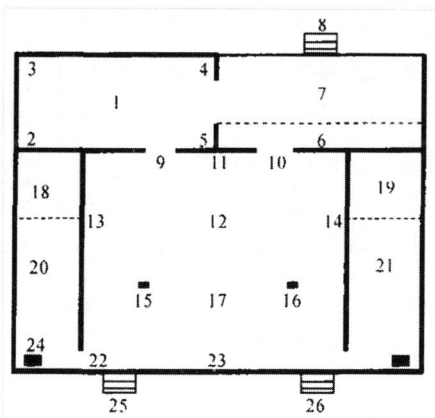

图 5:一堂一房一室图

标号 1 者为"室",6 为"房",12 为"堂",9 为"牖",10 为"户",11 为"户牖之间"。室为生人常居之处,婚礼卧房即在此。堂为主人会客行礼之处。房为堂上行礼陈放器具之所,亦夫妇活动的主要场所。房之南墙开户,室南向开牖,户西牖东即"户牖之间",乃堂上行礼最尊之处。郑玄谓"牖下"为"户牖间

---

① 沈文倬:《周代宫室考述》,《浙江大学学报》(人文社会科学版)2006 年第 1 期。

之前",即此处。①此处文献又作"牖间"。《尚书·顾命》记康王嗣位礼典,堂上设席,牖间南向一位,西序东向一位,东序西向一位,西夹南向一位。"牖间",孔颖达疏"户牖之间也"。王国维《周书顾命后考》:"昏礼与聘礼之几筵一,而此独四者,曰:牖间、东序、西序三席,盖为大王、王季、文王,而西夹南向之席则为武王。"②然则牖间之席为大王设,以其地最尊之故。

郑玄所以断"牖下"为"户牖间之前",乃据礼文推测。所谓"凡昏事,于女礼设几筵于户外",《孔疏》解释说:

> 正祭在室,此所以不于室中者,以凡昏事皆为于女行礼,设几筵于户外,取外成之义。今教成之祭,于户外设奠,此外成之义。与是语助也。《昏礼》云:"纳采,主人筵于户西,西上右几。"问名、纳吉、纳征、请期,皆如初。《昏礼》又云:"主人筵于户西,西上右几。"是其礼皆户外设几筵也。

女子出嫁,乃"外成"之象,故《昏礼》诸仪皆设席于户外。《仪礼·士昏礼》备记六礼名目仪节,纳采、问名、纳吉、纳征、请期、亲迎,"主人"(女氏)皆筵于"户西"。郑玄注:"筵,为神布席也。户西者,尊处,将以先祖之遗体许人,故受其礼于祢庙也。"郑玄以为《昏礼》既皆设筵户外(《孔疏》以"外成"之意申

---

① 或谓士有东西两房,即室之左右两旁各一房,房各有户,室户牖各一,而"户牖之间"指室之户西牖东。今人绘仪礼图者或持此说(如钱玄《三礼通论》、杨天宇《仪礼译注》)。总之,"户牖之间"当堂上东西向之中点则同。又寝、庙建筑式样基本相同(可看看沈彤《周代宫室考述》)。

② 王国维:《观堂集林》,中华书局,1959年,第65页。

述之,详下),《采蘋》乃嫁前"教成之祭",当亦如此,故设奠不于室中,而在户外("户西",即"户牖之间")。

按《采蘋》所述礼典,《郑笺》以为"教成之祭"。第一章"于以采蘋? 南涧之滨。于以采藻? 于彼行潦",《郑笺》:"古者妇人先嫁三月,祖庙未毁,教于公宫;祖庙既毁,教于宗室。教以妇德、妇言、妇容、妇功。教成之祭,牲用鱼,芼之以蘋藻,所以成妇顺也。此祭女所出祖也。法度莫大于四教,是又祭以成之,故举以言焉。"自"古者妇人先嫁三月"至"所以成妇顺",《礼记·昏义》文。盖古代有此制度。《采蘋》既说采蘋采藻,又以"季女"主祭,故郑即以《昏义》"教成之祭"当之①。

虽然如此,释"牖下"为"户牖间之前",究属不能密合。所谓"误以牖下为牖间,亦似未确"(详下马瑞辰说)。且如《孔疏》指出,经典祖祢之正祭皆在"室中",祭于牖间堂上者,未闻其说。郑玄斟酌礼文而立"户牖间之前"说,然似亦未能自信,故谓"凡昏事,于女礼设几筵于户外,此其义也与"。用一"与"字,似已表明其不能自坚的态度。

鉴于上述困难,故魏王肃以为"牖下即奥",其说见引于孔颖达疏(详下)。然此说亦非妥当。《孔疏》:

> 王肃以为此篇所陈皆是大夫妻助夫氏之祭,采蘋藻以为菹,设之于奥,奥即牖下……经典未有以奥为牖下者矣。

---

① 《毛传》则表述为"将嫁之祭"。第三章"谁其尸之? 有齐季女",《传》:"古之将嫁女者,必先礼之于宗室。牲用鱼,芼之以蘋藻。"两者于礼典之名称表述略异,然地点相同("宗室")、祭品相同("牲用鱼,芼之以蘋藻")。故前人多谓《传》之所谓"将嫁"者,亦指"教成之祭",《传》、《笺》似异实同。参看〔清〕胡承珙:《毛诗后笺》,黄山书社,1999年,第83—84页。

据《传》"礼之宗室"与"大夫士祭于宗室"文同，"芼之以蘋藻"与经"采蘋采藻"文协，是毛实以此篇所陈为教成之祭矣。孙毓以王为长，谬矣。

按"奥"乃室西南隅（图五标号2），礼经袓祢正祭在"奥"。如《仪礼》之《少牢》、《特牲》，皆然。《孔疏》虽然援引王肃，然并不认同其说，且明确反驳："经典未有以奥为牖下者"，又谓"孙毓以王为长，谬矣"。推求王肃所以谓"牖下即奥"者，乃以诗篇所述祭礼为"大夫妻助夫氏之祭"。依其说，诗篇所述为女子嫁后助祭宗庙，而非将嫁之祭。然就《采蘋》本文推求之，其说难以信据。诗篇明言"谁其尸之？有齐季女"，则女为祭主，与嫁后助祭者不同。清代学者胡承珙举《小雅·车舝》证"季女"乃"将嫁者"之称①，可信。《传》、《笺》皆以诗篇所述为"教成之祭"，毛、郑于古为近，若无坚强之证据，实难以证否。盖《诗序》有"大夫妻能循法度"之文，故王肃以为经文述嫁后之祭。其实《序》文与经文不可简单对应，《孔疏》对此早有说明："作《采蘋》诗者，言大夫妻能循法度也……谓已嫁为大夫妻，能循其为女时事也。经所陈在父母之家作教成之祭，经序转互相明也。"既承认经文与《序》之差别，又试作沟通联络，所谓"转互相明"。其说当属圆通。

三

鉴于旧说皆难以通讲，清代学者马瑞辰另辟蹊径，提出新

———

① 《毛诗后笺》，第82—83页。

说,以为"牖象中霤"。《毛诗传笺通释》卷三《采蘋》"宗室牖下"条:

> 《笺》云:"牖下,户牖间之前祭。"王肃云:"牖下即奥。"瑞辰按:古者宫室之制,户东而牖西,至奥则在室中西南隅。《孔疏》云"古未有以奥为牖下者"以难王肃,是已。至《笺》以牖下为"户牖间之前祭",则又误以牖下为牖间,亦似未确。
>
> 今按:古者牖一名乡,取乡(向)明之义,其制向上取明,与后世之窗稍异。牖下对上而言,非横视之为上下也。古者祭祀先祖,未必设奠于牖下,惟蔡邕《独断》言"祀中霤之礼在室,祀中霤设主于牖下",则奠于牖下盖祀中霤之礼。《月令正义》曰:"古者窟居,开其上取明,雨因霤之,是以后人名室为中霤。开牖者,象中霤之取明也。"牖象中霤,故祀中霤必于牖下。《礼记》言"家主中霤",故教成之祭必于牖下,祀中霤耳。[①]

马瑞辰首先依据《孔疏》排除王肃"牖下即奥"说,又指出郑玄以"牖下"即"牖间"亦"未确",从而提出:古者牖制向上取明,故牖"下"乃对上而言,非横视之户东牖西之处。故援据汉代学者蔡邕《独断》,指出"奠于牖下"即"祀中霤"。

这一段论证颇为艰难,其间容有以意推之者。然就其关键环节而言,实不为无理。以下试就马说作一疏通。

首先,马瑞辰指出"古者牖一名乡,取乡明之义"。按:《诗

---

① 〔清〕马瑞辰:《毛诗传笺通释》,中华书局,1989年,第81—82页。

经·豳风·七月》"塞向墐户",《毛传》:"向,北出牖也。"古以居室南墙之窗为牖,北向则称"向"。这一制度已为考古发现所证实。江苏邳县大墩子遗址出土新石器时代之陶制房屋模型即有"向"即后窗①。马氏又谓"其制向上取明,与后世之窗稍异"。按"向上取明",即后世所谓"天窗"者。其考古学证明可见前引杨鸿勋之研究。所谓"牖下对上而言,非横视之为上下也",意谓此"牖下"乃自屋顶而下通于"牖"之"下",非所谓"户东牖西"之以"横视"(即东西向)为上下者。

分析至此,马瑞辰据蔡邕《独断》所载,提出"奠于牖下盖祀中霤之礼"。他说:"古者祭祀先祖,未必设奠于牖下,惟蔡邕《独断》言'祀中霤之礼在室,祀中霤设主于牖下',则奠于牖下盖祀中霤之礼。"所谓"古者祭祀先祖,未必设奠于牖下",指礼经所载正祭多在"奥"(室西南隅),而非"牖下"(前孔颖达疏已论及)。而文献所载祀典之"奠于牖下"者,唯"中霤"之祀,见于蔡邕《独断》。按《独断》一书,杂记诸制度及帝系之等。是书记"五祀"称名(门、户、行、灶、中霤)及其祭仪,其说"中霤"之祀云:

> 中霤,季夏之月,土气始盛,其祀中霤。霤神在室。祀中霤,设主于牖下也。②

---

① 参看杨鸿勋:《仰韶文化居住建筑发展问题的探讨》图八、注28,《建筑考古学论文集》,第12、43页。

② 〔汉〕蔡邕:《独断》,《风俗通义 独断 人物志》合刊本,上海古籍出版社,1990年,第7—8页。按《独断》一书宋代已有所颠错,王应麟有《新定独断》(详《四库全书总目》)。王氏之本今不传,通行有《四库全书》本。

按《礼记·月令》"中央土,其祀中霤",郑玄注:"中霤,犹中室也。土主中央,而神在室。古者复穴,是以名室为霤云。"①两相比较,可知蔡邕之说或出《月令》。唯《月令》不言祭祀处所。《独断》云"祀中霤,设主于牖下",盖汉世通行之仪,故记之。

马瑞辰又谓:"《月令正义》曰:'古者窟居,开其上取明,雨因霤之,是以后人名室为中霤。开牖者,象中霤之取明也。'牖象中霤,故祀中霤必于牖下。"此乃援孔颖达《月令疏》所述古代宫室制度,作为"牖象中霤"的理据。

刘熙《释名·释宫室》:"中央曰中霤。古者窷穴后室之霤,当今之栋下直室之中,古者霤下之处也。"②郑注《礼记·月令》谓:"中霤,犹中室也。土主中央,而神在室。古者复穴,是以名室为霤云。"此后诸儒说"中霤"皆援汉人旧说,以古代宫室制度即所谓"复穴"者说之。《孔疏》所谓"古者窟居,开其上取明,雨因霤之",即如此。又清儒毕沅《释名疏证》、段玉裁《说文解字注》"霤"字亦然③。

出土文献对此有所印证。楚简多有"五祀"及"中霤"的相关记载。杨华曾将相关材料整理成表格,尤便学者,今引用如下④:

① 《十三经注疏》,第 1372 页。

② 〔清〕王先谦:《释名疏证补》,中华书局,2008 年,第 181 页。

③ 毕沅说见前揭《释名疏证补》。段玉裁说见《说文解字注》,第 573 页。

④ 杨华:《"五祀"祭祷与楚汉文化的继承》,《江汉论坛》2004 年第 9 期。收入氏著《古礼新研》,商务印书馆,2012 年,第 379—401 页。今据后者录入。楚简"五祀"材料蒙季旭昇先生告知。

表1

出处	"五祀"称名
新蔡葛陵楚简	户、行、门/门、户、行/门、户/户、门
包山楚简"五祀"神牌	户、灶、室(中雷)、门、行
《礼记·月令》	户、灶、中雷、门、行
睡虎地秦简《日书(乙)》	灶、内中土(中雷)、户、门、行
《曲礼》郑注	户、灶、中雷、门、行
《王制》郑注	司命、中雷、门、行、厉
《礼记·祭法》	司命、中雷、门、行、厉
《白虎通义·五祀》	门、户、井、灶、中雷
《汉书·郊祀志》	门、户、井、灶、中雷
《后汉书·郊祀志》注	门、户、井、灶、中雷

　　根据杨华文章可知,包山楚简(战国中晚期)时代"五祀"系统已发展成熟。季旭昇指出清华简《筮法》中也存在"五祀"祭祀系统①。值得注意的是,包山楚简与"中雷"相当者称为"室",清华简《筮法》称为"室中",睡虎地秦简《日书(乙)》则称为"内土中"。这表明汉代学者所说"中雷,犹中室也"(《礼记》郑注)、"中央曰中雷"(刘熙《释名·释宫室》)实渊源有自②。

───────────

　　①　季旭昇:《谈清华肆〈筮法〉第二十六节〈祟〉篇中的"㤤(竈)"字》,"出土文献与上古汉语研究(简帛专题)研讨会",中国社科院语言所简帛语言文字研究学科,2017年8月14—16日。贾连翔根据清华简第八辑材料也进行了相关研究。见氏著《释清华简〈筮法〉中的"灶"祀》,《周易研究》2020年第6期。

　　②　又杨华五祀表曾列《望山楚简》"行(宫行)、灶",《九店楚简》"户牖、门、行"两条(见季旭昇文章引)。其中《九店楚简》"户牖"之"牖"与"中雷"的关系尤有兴味。

  无论如何,诸家以"中霤"为"室之中央",与前述考古所见新石器时代宫室制度之室基本相合。杨公骥亦据古代宫室制度及传世文献材料明确指出穴居时代"窟顶中央开着一个类似天窗的'口'"即古代名为"中霤"者①。唯"开其上"者,本因构室之自然要求,不一定专为取明而设(故杨鸿勋谓"牖"主通风换气,取明乃后起之说)。后世制度变改,屋顶中央的开口虽或不予保留,然以其地位之重要,故仍存其意,且被以"中霤"之名。从前述考古材料及文献记录可知,后世称之为"中霤"者,其功能与"牖"的原始功能正相吻合。马瑞辰谓"牖象中霤",所谓"象",当"存其遗制"之谓。

  牖与中霤的这一关系,从声音上或可得到说明。"牖"、"霤"古音接近。查唐作藩《上古音手册》,"牖"幽部喻母,"霤"幽部来母。二者韵部相同。又"牖"喻母,据曾运乾喻四归定,则与"霤"(来母)同属舌音。足见二者古音之密切。《说文》以为"在墙曰牖,在屋曰囱","囱"与"牖"、"柙"音亦相近②。试列表如下:

表 2

	声	韵	备注
牖	喻四(定)	幽	声:端定来(舌),初清(齿)。 韵:幽冬、侯东对转。幽侯旁转。③

----

① 杨公骥:《考论古代黄河流域和东北亚地区居民"冬窟夏庐"的生活方式及风俗》,《杨公骥文集》,第 557—615 页。

② 此条蒙季旭昇先生提示。

③ 相关者尚有"屋漏"。前引杨公骥文指出《诗经·大雅·抑》篇之"屋漏"即"屋霤",亦即"中霤"。"漏/扁"上古音侯部来母,与"霤"(幽部来母)声母相同,韵部接近(《诗经》幽侯合韵者多见,参看王力《诗经韵读》,上海古籍出版社,1980 年,第 31—32 页)。"屋漏"一词见于《诗经》,《尔雅》以为"室西北隅"。这一问题可进一步讨论。

续表

	声	韵	备注
柼	端	冬	
霝	来	幽	
囱	初	东	
	清	东	

总之,如古代宫室制度所表明,"牖"者取明,开口在上,居一室之中。"柼"之作为"牖"字异文,正是上述制度及观念的产物。马瑞辰说"牖象中霤",于此可谓得一佐证①。

四

"礼之所尊,尊其义也。"从"礼之义"的角度考察,马瑞辰之"祀中霤"之说或亦有其胜处。最后试从"礼之义"角度就《采蘋》"祀中霤"之礼略作阐述。

如前所述,汉儒以来多以此篇所述为"教成之祭"。马瑞辰主张教成之祭"祀中霤",所以如此者,乃以"家主中霤"的缘故:

---

① "牖下"文献多见。《礼记·檀弓上》子游述丧礼:"饭于牖下,小敛于户内,大敛于阼,殡于客位,祖于庭,葬于墓,所以即远也。"《礼记·坊记》有类似说法,"饭于牖下"前有"浴于中霤"之句。可见当时观念,区分"中霤"与"牖下",以"中霤"乃上古宫室之遗迹,存其名,而"牖"已由窟顶移至墙体。据"所以即远"之句,知"牖下"较"户内"为近,宜在室中。生人日常起居坐卧皆在室,故自"牖下"至"户内"至"阼阶"(指堂上当阼阶处),至"客位"(堂上当西阶处),至"庭"(堂下),正是渐行渐远之象。《左传·哀公二年》晋郑戚之战,赵简子巡列,勉士卒,曰:"毕万,匹夫也,七战皆获,死于牖下。"所言"牖下",当即《檀弓》"饭于牖下"之"牖下"。杜注"死于牖下,言得寿终",盖失之泛。

"《礼记》言'家主中霤',故教成之祭必于牖下,祀中霤耳。"按《礼记·郊特牲》:"家主中霤而国主社,示本也。"郑玄注:"中霤亦土神也。"①孙希旦《礼记集解》:"中霤者,宫内之土神也,一家之中以为主;社者,境内之土神也,一国之中以为主。主,谓家、国之所依以为主也。"②结合前引《礼记·月令》注"中霤,犹中室也。土主中央,而神在室。古者复穴,是以名室为霤云",足知古人以"中霤"为一室之主,故奉以为神。所谓"礼也者,反本修古,不忘其初者也"(《礼记·礼器》)。

前引《礼记·昏义》"教成之祭"之"四教"皆以"成妇"为宗旨,所谓"妇德、妇言、妇容、妇功"。结合《诗经·周南·葛覃》等篇来看,其说当来源甚早。《葛覃》篇述女子之刈葛煮濩以制衣,即"妇功"的主要内容。《孟子》所谓"一女不织,或受其寒"。"四教"既以"成妇"为宗旨,则"教成之祭"必与此同一精神。古代社会分工,女子主持中馈,承室事之重。故"昏辞曰:'吾子有惠,贶室某也。'"(《仪礼·士昏礼》)。郑玄注:"室犹妻也。"又妇至成礼,厥明见于舅姑,舅姑飨妇以一献之礼,礼毕,"舅姑先,降自西阶;妇降自阼阶"(《仪礼·士昏礼》),郑玄注:"授之室,使为主。"教成之际,祭祀"中霤",以其当室之中,神之所在故也。

(聊城大学文学院)

附记:论文于 2021 年 4 月 15 日、2021 年 5 月 16 日先后提

---

① 《十三经注疏》,第 1449 页。
② 〔清〕孙希旦:《礼记集解》,中华书局,1989 年,第 686 页。

交聊城大学简帛学研究中心读书会、出土文献文本释读与文学研究学术研讨会,得中心同仁及与会学者赐正,谨致谢忱! 聊城大学特聘教授季旭昇先生审阅初稿,多所指正,深表感谢!

本文为"古文字与中华文明传承发展工程"阶段性成果。

放马滩秦简《丹》之"柏丘"
考与简文性质新证

"柏丘"一词,出自 1986 年发掘的甘肃天水放马滩秦简中的《志怪故事》。简文内容自 1989 年首次公布以来,学者们就其释文、命名、所涉时间、地点及反映的思想等方面均进行了较为激烈的讨论,但是对于简文的定名、排序、性质,以及简文中出现的时间、地名等问题并没有取得共识。现依据孙占宇的观点,以《丹》为本篇篇名。简文载:"因与司命史公孙强北之赵氏之北地柏丘之上。"诸家不只对这条简文的释文颇有争议,而且对于简文中出现的地名"柏丘"也有不同的见解。对此,学界主要有两种观点:

一是认为"柏丘"是现实中的地名。如李学勤认为"柏丘"处于赵国北地郡,将简文中的"邦"改释为"柏",并将此句释为:"因与司命史公孙强北出赵氏,之北地柏丘之上。"孙占宇采用了李学勤的释文,也认为"柏丘"是真实存在的地名,属赵国①。

① 孙占宇:《放马滩秦简〈丹〉篇校注》,武汉大学简帛中心网(www. bsm. org. cn),2021 年 7 月 31 日。

晏昌贵将出土文物战国末期的赵国货币"白人刀"、兵器"柏人戈",与在今河北隆尧、临城之间的"柏人"这一地名联系起来,提出:"赵氏即赵国,北地为赵国的北部地区,为区域名,柏丘则为北地之具体小地名。"又说:"柏丘无考。"①

二是认为"柏丘"是冥界之地。如连劭名认为"柏丘"不是现实中的地名,而是"鬼之廷","赵氏之北地"也是指阴间②。陈侃理也指出"柏丘"实为北方幽冥之地③,黄杰同意陈侃理的观点,认为柏丘是指北方的幽冥之地、死后世界④。

从上述诸家的观点可知,目前学界还没有确定"柏丘"是真实存在的地名,还是"幽冥之地"。另外一个相关的问题是,"柏丘"地名的确认还关乎这篇简文性质的判定:《丹》究竟是写实的记录,还是文学的想象?

本文在学者们对《天水放马滩秦简》的释文和校订的基础上,从历史地理背景、早期城市总体格局、先秦时期地方行政系统与基层行政组织的关系三个角度,对《丹》篇中出现的"柏丘"地名进行考证,进而判定比简文性质,以此就教于方家。

一、文献记录、遗址追寻与"柏丘"的地理位置

在《丹》"赵氏之北地柏丘之上"这句简文中,所记地名

---

① 晏昌贵:《天水放马滩木板地图新探》,《考古学报》2013 年第 3 期。

② 连劭名:《云梦秦简〈诘〉篇考述》,《考古学报》2002 年第 1 期。

③ 陈侃理:《放马滩秦简〈丹〉篇札记》,武汉大学简帛中心网(www. bsm. org. cn),2012 年 9 月 25 日。

④ 黄杰:《放马滩秦简〈丹〉篇与北大秦牍〈泰原有死者〉研究》,《人文论丛》2013 年卷,中国社会科学出版社,2013 年,第 435 页。

为"柏丘",而在《中国历史地图集》春秋、战国时期的地图中,赵国境内并没有以"柏丘"为名的地点,但是却有一处名为"柏人"的地点。据史料记载,春秋时期晋国已有"柏人"这个城邑,大约是晋文公时期所建。《左传·哀公四年》中有:"九月,赵鞅围邯郸。冬,十一月,邯郸降。荀寅奔鲜虞,赵稷奔临。十二月,弦施逆之,遂堕临。国夏伐晋,取邢、任、栾、鄗、逆畤、阴人、盂、壶口。会鲜虞,纳荀寅于柏人。"①春秋时期,柏人属邢国,卫国灭邢后,归属于卫国。晋文公伐卫后,柏人成为晋国城邑。据《史记·赵世家》所载,春秋后期,柏人归属于赵:"晋定公二十一年,简子拔邯郸,中行文子奔柏人。简子又围柏人,中行文子、范昭子遂奔齐。赵竟有邯郸、柏人。"②因晋卿内斗,范氏和中行氏曾逃至柏人。公元前 403 年,韩、赵、魏三家分晋,柏人城归属赵国。《史记·赵世家》记载:"幽缪王迁元年,城柏人。"③赵国后期,柏人城为赵国的县。汉时柏人县仍然存在,汉高帝八年(前 199 年)刘邦在东垣攻打韩王信的余党,经过赵国的柏人城。胡三省注"柏人"时引班《志》曰:"柏人县属赵国。"引《括地志》曰:"柏人故城,在邢州柏人县西北十二里。"④

2016 年河北省文物研究所、邢台文物管理处和隆尧县文保所组成的考古队对赵国柏人城遗址进行首次考古发掘。该遗址位于今河北省邢台市隆尧县城正西 12.5 公里,今双碑乡亦城、

---

① 李学勤主编:《春秋左传正义》,北京大学出版社,1999 年,第 1630—1631 页。

② 〔汉〕司马迁:《史记》,中华书局,2014 年,第 2161 页。

③ 《史记》,第 2205 页。

④ 〔宋〕司马光:《资治通鉴》,中华书局,1956 年,第 381 页。

城角二村周围,处泜河南岸的台地上,据考古证明古城始建于春秋,至战国时期,柏人城已经成为仅次于邯郸赵王城的第二大城市[①]。1984 年在河北临城县东柏畅村的柏畅城遗址,发掘出了一件刻的"柏人"字样的兵器"柏人戈"[②],加上之前出土的带有"白人"字样的战国时期的赵国刀币,据此晏昌贵认为:"赵国货币有'白人刀'、兵器有'柏人戈',柏人在今河北隆尧、临城之间。西汉巨鹿郡又有柏乡侯国,治今河北柏乡、临城间,正当柏人北方,简文'柏丘'或当在此。这里正当赵国北部地区,当然也位于魏都大梁的北方。"[③]晏昌贵用出土的货币、兵器、柏人城遗址,与文献记载相互印证,认为柏丘位于为赵国北部地区柏人的北方。从柏人城遗址的地理位置上来看,"邯郸城向北约 25 公里是阳城集群区,再向北约 25 公里是邢台集群区,继续向北约 33 公里是柏人城集群区"[④],位在赵国都城邯郸最北部的柏人城集群区,正是以柏人城为核心而形成的集群区。简文将"柏丘"的地理位置表述为"赵氏之北地",这正与柏人城集群区的地理位置相一致,因此,《丹》简所记的"柏丘"的地理方位应该就在柏人城附近。

二、古人"丘居"之俗与"柏丘"的地理位置

按《说文解字》所释:"丘,土之高也,非人所为也。从北、从

---

① 井中伟:《河北隆尧柏人城遗址发掘取得重要收获》,《中国文物报》2019 年 9 月 27 日第 8 版。

② 刘龙启、李振奇:《河北临城柏畅城发现战国兵器》,《文物》1988 年第 3 期。

③ 晏昌贵:《天水放马滩木板地图新探》,《考古学报》2016 年第 3 期。

④ 段宏振:《赵都邯郸城研究》,文物出版社,2009 年,第 194 页。

一。一地也,人居在丘南,故从北。中邦之居,在昆仑东南。一曰四方高,中央下为丘。"①"丘"字的本意是指自然地貌,是自然形成的高土堆;也可表示地点,是根据当时人们多居住在丘的南面这一生活习惯而言的;也表示一种四方高而中央低下的地貌特征。徐中舒根据黄河流域发现的史前穴居遗址,认为《说文》中"四方高,中央下"也可以为"丘居"之丘,是一种人们早期的聚落形式②。学者们认为黄河中下游地区因地理环境的影响多发水患,人们只有居住在高丘上,才能够在大洪水暴发的时候免于水患,所以丘就被当时的人所注意。岑仲勉认为"丘"这个地名的形成与洪水有关,"远古风俗质朴,制度简陋,还没有像'县'、'州'、'府'等人为的区划,只按着地方的性质作称谓,故丘有帝丘、楚丘,陵有二陵、穆陵。洪水的恐慌,远古时在亚洲很普遍,人们的住所或都邑,自然拣靠近山岭的高地,后来人口繁殖,才被迫地降落平原"③。这种抵御洪水的方式,也反映出当时人们在丘上居住的生活方式以及对自然环境的依赖。

因丘地的海拔要高于平原,有利于人们攻守,所以多选择在丘地聚居,这些聚落常常以丘为名,由这些聚落扩大而成为的城邑往往也以丘为名。钱穆认为"故国皆居丘"④,丘地不仅是古人定居之地,还是早期诸侯国国都所在地,甚至是后来州、郡、县的所在地。学者们据考古资料和文献记载考证,先秦时期有许

---

① 〔汉〕许慎:《说文解字》,社会科学文献出版社,2005年,第445页。
② 徐中舒:《先秦史论稿》,巴蜀书社,1992年,第8页。
③ 岑仲勉:《黄河变迁史》,中华书局,2004年,第94页。
④ 钱穆:《中国古代山居考》,生活·读书·新知三联书店,2009年,第41页。

许多多的地名以丘(包括京、陵、阜等)命名①。随着地理环境的变化、社会的发展、时代的变迁,一些丘地的名称也发生了改变。

竺可桢《中国近五千年来气候变迁的初步研究》认为,战国时代的温暖气候可能孕育更多的降水,因而导致水灾事件的时有发生。从气候条件来看,现今的邯郸一带气候与东周时代相仿,因位于暖温带半湿润季风气候区,所以气候条件四季分明,但夏季降水集中,易发山洪,引起水患灾害②。因柏人城曾在唐玄宗天宝元年(742)遭遇泜河水患,而被淤泥覆盖,所以原址于地下得到完好保存。从今天的赵国柏人城遗址来看,柏人城城东、南、西三面1000米以外皆为低缓的岗坡丘陵③,城址东南1.5公里的光泰岗,呈西北—东南走向,长1.8公里;正南1.5公里的木花岗(又名牧猪岗),南北0.6公里,东西长1公里;西南2公里的马棚岗,呈西北—东南走向,长1.2公里;在城东北方与尧山隔泜水河相望。洪水暴发之时,柏人城附近的山与丘陵自然是城中居民躲避洪水的地点。北朝时期颜之推在《颜氏家训·书证》中记载了柏人城附近有尧山:"柏人城东北有一孤山,古书无载者。唯阚骃《十三州志》以为舜纳于大麓,即谓此山,其上今尤有尧祠焉;世俗或呼为宣务山,或呼为虚无山。"④可知远古时候,大麓叫作宣务山或虚无山。据《隆尧县志》记

---

① 王明德统计:"郑逢源从古代文献中梳理了163个以丘虚命名的地名;凌纯声根据《春秋》、《左传》及地方文献资料,考证出了160余个丘虚地名;史念海根据文献记载,列举了黄河中下游地区的数十个丘虚地名;陈爱平考证出《春秋》、《左传》中所载的53个丘虚地名的地望及分布情况。"见王明德:《从丘虚地名看早期城市起源》,《商丘师范学院学报》2014年第7期。

② 《赵都邯郸城研究》,第186—187页。

③ 《赵都邯郸城研究》,第170页。

④ 王利器:《颜氏家训集释》(增补本),中华书局,1993年,第498页。

载:"宣务山,又称尧山。"①所以,颜之推所记录的大麓就是尧山。尧山"为太行山东麓伸入山前倾斜平原内的残丘地貌,位于隆尧城西北6.4公里处,呈一孤山状,卧西南、东北向,最高处海拔156.9米"②。它与干言山、宣务山、卧牛山、茅山相连,呈东北—西南走向,形成一条带状的山丘,尧山是这几座山丘的总称。

柏人城附近的尧山应该就是城中居民躲避水患的最佳地点,"柏丘"之名符合古人以"丘"命名人类聚居的重要聚落形式的习惯。《尔雅·释丘》共录入三十八种丘名,从其中对这些丘名的解释来看,这些以"丘"为名的地名,多为与其地形、地貌相关,如:"水潦所止,泥丘。""宛中,宛丘。""左泽,定丘。右陵,泰丘。如亩,亩丘。"③以此推断,"柏丘"之名,也应该与其地望有关联。所以,从丘地的命名情况与历史文献记载结合起来看,柏人城附近的尧山应该就是柏丘。

三、早期中国城市总体格局与"柏丘"聚落形成

从古代城市起源来看,许多早期城市多是由丘发展而成。早期城市的建设与当时社会结构密切相关,西周时期的社会结构特征是"体国经野",《周礼》载:"惟王建国,辨方正位,体国经野,设官分职,以为民极。"④目的是通过在地域上划分为"国"、"野"两大不同的空间,来分而治之。"国"的范围,包括王或诸

---

① 董树仁主编:《隆尧县志》,生活·读书·新知三联书店,1998年,第99页。
② 《隆尧县志》,第99页。
③ 李学勤主编:《尔雅注疏》,北京大学出版社,1999年版,第203—206页。
④ 李学勤主编:《周礼注疏》,北京大学出版社,1999年,第223页。

侯的都城及其四郊,郊内分乡;郊以外的地区,皆称为"野"或"遂"。"国"为国人所居,"野"为庶人所居。在国野制度的影响下,早期城市的总体格局包括核心城区、近郊、远郊及邻近地区的附属城邑群和广大的村落,在它们彼此之间存在着密切的有机联系,是城市与周边地区聚落结构关系的一种体现。

公元前386年,赵敬侯将邯郸定为都城。《战国策·赵策三》中赵奢描述赵国当下城邑的盛况时说:"今千丈之城,万家之邑相望也。"[①]正是战国晚期赵国都城邯郸发展至全盛顶峰时期的真实写照。段宏振描述了赵国形成了以邯郸为中心的城镇集群区群团的总体格局,由核心到表层的结构中有着四个层次的布局:第一层次,是以王城宫殿区为核心,东北面的大北城与之紧邻,是为赵国的"国"之所在;第二层次,是王城与大北城的周围近郊是若干村镇、墓地、赵王陵园等,它们共同构成了一个以邯郸城主城区为核心的近郊城镇集群区,即所谓的"郊"之所在;第三层次,远郊的两个集群区,即午汲—固镇集群区、阳城集群区,午汲—固镇集群区是铁业中心,阳城集群区是陪都或副都地区;第四层次,邻近地区的三个城镇集群区——柏人城集群区、邢台城集群区、北界城—讲武城集群区,并且这三个城镇集群区各自均呈组团状格局。邯郸城总体格局结构中的第三到第四层次体系,是邯郸城的附属城镇与乡村领域,是相对于邯郸城之"国"的"野"之所在,也是邯郸城生存与运行的直接资源供养地域[②]。

司马迁曾记录了邯郸的地理优势和交通优势:"北通燕、

①　缪文远等译注:《战国策》,中华书局,2012年,第572页。
②　《赵都邯郸城研究》,第239—240页。

涿,南有郑、卫。"①正是出于赵国北进战略以及都城对南部中原地区控制的考虑,使之成为赵国的都城,促使邯郸成为北方军事重镇。"太行山东麓的山前狭长地区,西依太行,东临河水,自史前以来即为南北向交通的重要走廊地带,同时也是大型聚落城邑的分布带"②。邯郸城正位于太行山东麓的南北大道上,因为其赵都的特殊地位,也让南北向交通的联系变得更加密切和频繁。"赵国邯郸王城区发现两条道路,一条在大北城中部南北一线所在的位置,正处于自古以来太行山东麓的南北大道上。在这条贯通南北的大道附近,均匀地散落着邯郸城镇群团的其他几个城镇集群区,由邯郸城向北约 25 公里是阳城集群区,再向北约 25 公里是邢台集群区,继续向北约 33 公里是柏人城集群区,再向北约 26 公里即郜城遗址,而由邯郸城向南约 36 公里则是讲武城集群区。从最南端的讲武城址向北依次为邯郸城址、阳城城址、邢台城址、柏人城址、郜城城址等,这些城邑群的分布基本呈南北带状一线,间距约 25 ~ 35公里。这样的间距正是古代匀速骑马或步行大约一天的行程距离,因此这些城邑重镇的诞生地点和布局间距的形成,绝非一种偶然性,而依托这些城邑进而形成更大规模的城镇集群区也是一种必然。"③

虽然柏人城镇集群区位于由邯郸城北面城镇群的最北面,但却对邯郸城有着重要的军事意义。自公元前 491 年,赵简子攻破邯郸、柏人起,赵国开始了向东方拓展进程。在向北

---

① 〔汉〕司马迁:《史记》,第 3962 页。

② 段宏振:《太行山东麓走廊地区的史前文化》,《河北考古文集》(二),北京燕山出版社,2001 年,第 349 页。

③ 《赵都邯郸城研究》,第 194 页。

扩张时,攻伐位于赵国和燕国包围之中的中山国,随后武灵王为了攻占中山国,在九门城外,建造野台。在这期间,邯郸与柏人城,一南一北成为赵国的军事重邑,既是向北扩张路上的前锋重地,也是拱卫邯郸的要地。赵国后期,在秦攻邺城之后,幽缪王在邯郸面临危机的情况下,对柏人城进行了加固。可见柏人城是邯郸城北方的重要门户。现柏人城集群区聚落遗址以柏人城为核心,包括固城店、柏人、临邑、柏畅等四座城邑及 30 余处普通聚落遗址。城邑建设与都城邯郸类似,也是呈组团状格局。在柏人城城内遗址中出土了铜镞、"白人"刀币和陶器残片等,在城址西南郊区到东南郊区的双碑、木花、小干言一带,发现有大面积东周至汉代的墓葬,当为城内居民的墓地①。兵器、陶器以及墓葬的出土,都意味着这是一个成熟的聚落。其中的双碑、木花、小干言,据《隆尧县志》所载,干言岗又名光泰岗、双碑岗又名牧猪,"隆尧县的丘陵岗呈北东走向,北起东尹村、西尹村北,经过北村至大干言,连接木花、双碑,绵延委婉,时断时续"②。柏人城附近的宣务山,又称尧山,为太行山东麓伸入山前倾斜平原内的残丘地貌,位于隆尧城西北6.4 公里处,呈一孤山状,卧西南、东北向,最高处海拔 156.9米③。可见尧山与干言山、卧牛山、茅山、木花、双碑相连,呈东北—西南走向,是一条带状的山丘,正是在依据当时城邑组团状格局建造的习惯,这一带才存在着众多聚落,尧山极有可能被称作"柏丘"。

①《赵都邯郸城研究》,第 171 页。
②《隆尧县志》,第 99 页。
③《隆尧县志》,第 99 页。

四、战国时期郡县的发展与"柏丘"之名的消失

从先秦社会政权管理及组织形式来看,丘是一种重要的基层地域组织。"丘以农业生产为主,兼营渔业和田,同时又是军赋的具体承担者;丘中居民的身份可能是普通民众;西周、春秋时代实行国野分治的政治制度,野中的行政系统(春秋早、中期)是井、邑、丘、甸、县、都;战国初年的政治经济改革破坏了井田制度,彻底清除了国野界四业之民杂居共处,编户齐民成为新社会制度的群众基础,原先存在于国、野中的两套行政系统混一。"①"丘"作为野中的政权组织,是实现行政管理、征收赋税的基本单位。如春秋中期,晋国"作州兵",鲁国"作丘甲",郑国子产"作丘赋"等都是破除旧制,开始对野人征赋,同时也获得了服兵役的权利和义务。经济与军事制度的变革促使"国"、"野"之间的界限逐渐消失,虽然各国的地方行政组织不尽一致,但都存在逐渐向里、乡两级演变,或融入新的政治组织的情况。

伴随着战国时期生产力的发展、各国经济力量的提升、军事力量的壮大,兼并战争愈演愈烈,各国的领土皆已广地千里,边地也逐渐繁荣,也就更加重视地方行政体系的建设。各国先后设置了县、乡、里这样的地方行政机构。秦国于秦孝公十二年(前350年)迁都咸阳,"并诸小乡聚,集为大县,县一令,四十一县"②。据班固《汉书·百官公卿表》载:"县令、长,皆秦官,掌治

---

① 张怀通:《先秦时期的基层组织——丘》,《天津师范大学学报》2000年第1期。

② 《史记》,第257页。

其县。"①秦国聚小邑为大县,并且是最早设立县令官职的诸侯国。在出土的秦简中有许多以"丘"为名的县名,如"甲,尉某私卒,与战刑(邢)丘城。"②"法(废)丘已传,为报,敢告主。"注曰:"废丘,秦县名。"③赵国也设置了许多县一级的地方行政单位。虽然在史籍中赵国的置县所记不多,但是在出土的赵国兵器、钱币、官印的铭文上能看到许多置县名,或是"某令"的字样,可由此判断出赵国的置县情况。如赵惠文王八年(前291年)的"八年兹氏令戈"铭文曰:"八年,兹氏令吴庶,下库工师长武。"④在现存传世史料中,没有战国时期兹氏的记录。据"八年兹氏令戈"可知,在战国时期赵国已经置兹氏县。又如赵孝成王二年(前264年)的"二年邢令戈"铭文曰:"二年,邢令孟东庆、□库工师乐参、冶明执剂。柏人。"⑤赵孝成王二年,由邢县县令孟东庆、□库工师乐参、冶吏明负责铸造。只用于柏人县。据"二年邢令戈"铭文可知,在赵孝成王二年时,赵国有柏人县。

从赵国兵器铭文来看,县令是地方的最高监造者,也就意味着能建造武器的地方一定是置县之地。这样的城邑是赵国经济、文化繁荣的重镇,为了加强防御,所以设官置冶,往往冶铸兵器,也铸造货币⑥。在赵国柏人城遗址的城内出土遗物中发现

---

① 〔汉〕班固:《汉书》,中华书局,1962年,第742页。

② 睡虎地秦墓竹简整理小组:《睡虎地秦墓竹简》,文物出版社,1978年,第153页。

③ 《睡虎地秦墓竹简》,第156页。

④ 中国社会科学院考古研究所:《殷周金文集成》(七),中华书局,2007年,第6096页。

⑤ 刘启龙、李振奇:《河北临城柏畅城发现战国兵器》,《文物》1988年第3期。

⑥ 黄盛璋:《试论三晋兵器的国别和年代及其相关问题》,《考古学报》1974年第1期。

有"白人"刀币,"白人"即"柏人"。《史记·赵世家》中记有:"幽缪王元年,城柏人。"①根据史料及出土文物可知,柏人县是赵国后期所置,其周围的丘城已经纳入国家的地方行政体系,这些丘城因具有了县的名称,便不再单称"柏丘"。

五、"柏丘"地名考证与放简《丹》的简文性质

目前,学者对《丹》简文性质主要有以下几种观点:一是为墓主记,将简文中的主人公"丹"视为放马滩一号墓主人,简文所述的内容是墓主人丹的真实经历②;二是认为简文与睡虎地秦简《日书》"诘咎"篇及悬泉汉简《日书》残篇基本接近,应是乙种《日书》中的一篇③;三是认为简文是一个喜好方术之人做的记录④;四是具有志怪的性质⑤;五是邸丞谒报御史的官府文书,或者是模仿此类官府文书的"阴府冥书"⑥。学者们从简文的出土地点,以及简文中出现的时间、地点、人物经历、行文格

① 《史记》,第 2205 页。
② 何双全:《天水放马滩秦简综述》,《文物》1989 年第 2 期;张修桂:《天水〈放马滩地图〉的年代》,《复旦学报》(社会科学版)1991 年第 1 期;李纪祥:《甘肃天水放马滩〈墓主记〉秦简所反映的民俗信仰初探》,《民间信仰与中国文化国际研讨会论文集》,汉学研究中心,1994 年,第 167—179 页;张宁:《放马滩〈墓主记〉的文学价值》,《秦文化论丛》第七辑,西北大学出版社,1999 年,第 452—457 页;雍际春:《天水放马滩木板地图研究》,甘肃人民出版社,2002 年,第 32—37 页。
③ 孙占宇:《放马滩秦简乙 360—366 号"墓主记"说商榷》,《西北师大学报》(社会科学版)2010 年第 5 期。
④ 陈长琦:《天水秦简〈墓主记〉试探》,《战国秦汉六朝史研究》,广东人民出版社,1990 年,第 70—84 页。
⑤ 李学勤:《放马滩秦简中的志怪故事》,《文物》1990 年第 4 期。
⑥ 晏昌贵:《天水放马滩木板地图新探》,《考古学报》2016 年第 3 期。

式、官职称谓等对简文的性质做出了判断。在这些观点中，简文所体现出的明显的公文性，引起了学者们对于公文真实性的研究。李学勤认为《丹》"所述丹死而复活的故事，显然有志怪的性质。与后世众多志怪小说一样，这个故事可能出于虚构。也可能丹实有其人，逃亡至秦，捏造出这个故事，借以从事与巫鬼迷信有关的营生"①。2009 年出版的《天水放马滩秦简》采纳李学勤的意见而改为《志怪故事》，但认为"全文以谒书形式陈述，似上呈文，有纪年，有职官，有事由"，"根据内容看，尽管是离奇的神怪传说故事，但与一号墓主不无关系，很可能是依墓主的特殊而编创的故事，所以有一定写实的因素"②。晏昌贵将篇名改为《邸丞谒御史书》，并说柏丘位于战国中晚期邸县境内，邸县县丞将丹死而复活并从魏国大梁北上至赵国北地之柏丘一事上报御史，是邸丞谒报御史的官府文书，或者是模仿此类官府文书的"阴府冥书"③。

前文考证了"柏丘"是真实存在的地点，现结合简文中的时间，将简文中丹起死复生的经历还原至战国时期的户籍管理制度中，对简文的性质进行再商榷。

简文中有"犀武论其舍人尚命者，以丹未当死，因告司命史公孙强，因令白狐穴屈（掘）出。丹立墓上三日，因与司命史公孙强北之赵氏之北地柏丘之上"④。犀武认为丹罪不至死，所以

① 李学勤：《放马滩秦简中的志怪故事》，《文物》1990 年第 4 期。
② 《天水放马滩墓葬发掘报告》，甘肃省文物考古研究所编《天水放马滩秦简》，中华书局，2009 年，第 130 页。
③ 晏昌贵：《天水放马滩木板地图新探》，《考古学报》2016 年第 3 期。
④ 孙占宇、晏昌贵：《放马滩秦墓简牍》，《秦简牍合集》（四），武汉大学出版社，2014 年，第 203 页。

司命史公孙强就把他送到了赵国北地之柏丘。据史载:"秦败魏将犀武军于伊阙,进兵而攻周。"①"秦败东周,与魏战于伊阙,杀犀武。"②犀武是魏国将军,死于伊阙之战。伊阙是韩、魏门户,地势险要,韩、魏联军于伊阙据险扼守,秦将白起以少胜多,一举歼灭24万韩、魏联军,杀其主将犀武。依史载,伊阙之战始于秦昭王十三年(前294年),结束于秦昭王十四年(前293年),即犀武死于秦昭王十四年。

据简文可知,丹到柏丘的那一年,犀武还活着,所以丹一定是在公元前293年以前到达的柏丘。丹在到达柏丘之后的第三年复活,满四年时渐渐恢复了正常人的行动。因为丹是魏国大梁人,柏丘是在赵国,简文出土于秦地,所以简文首句"八年八月己巳"中的"八年"就一定会是在公元前293年之前的秦、魏、赵三国纪年中的"八年"。战国时秦用周历,秦昭王八年是公元前299年,查《中国先秦史历表》,秦昭王八年八月并无己巳日③。还有学者提出"犀武是魏将,于秦昭王十四年(前293年)在秦魏伊阙之战中战死。故《丹》篇篇首的'八年八月己巳'当为魏国纪年无疑","联系犀武的活动时间,则此纪年可能为魏襄王八年(前312年)或魏昭王八年(前289年)。根据杨宽先生的研究,魏国沿用晋国历制,使用夏历,查《中国先秦史历表》,这两个年份的八月均有'己巳'日",但他认为"简首纪年为魏昭王八年的可能性更大"④。晏昌贵曾以"邸"在今河北境内,

---

① 《战国策》,第39页。

② 《战国策》,第701页。

③ 张培瑜:《中国先秦史历表》,齐鲁书社,1987年,第202—206页。

④ 李龙俊:《放马滩秦简〈丹〉篇所涉年代新考》,《珞珈史苑》2016年卷,武汉大学出版社,2017年,第23—29页。

在战国时属于赵国。简文当为赵国的邸丞赤上报御史，认为简文"用赵国纪年当然是合乎情理的。在这期间的赵国纪年应为赵惠文王八年（前291年），查张培瑜《中国先秦史历表》，赵惠文王八年八月实历丙寅朔，其他各历或丙寅朔或乙丑朔，己巳则为第四日或第五日"①。此二说在时间上干支相合，且与后文的"犀武"生平也大致相符合。

从丹的身份来看，简文有"吾犀武舍人"这句话，李学勤将此句意译为"是由于本来是犀武的舍人"②，史料中有"诸嫪毐舍人皆没其家而迁其蜀者"③、"胡亥以李斯舍人为护军"④。其中"嫪毐舍人"是指嫪毐的舍人，"李斯舍人"是指李斯的舍人，出土秦简中也有"识劫女冤案"简，其中有对建、昌、积、喜、遣的听证，简文曰："●建、昌、贵、喜、遗：故为沛舍人"⑤。他们五人原来都是沛的舍人。可见简文中"吾犀武舍人"，确如李学勤所言，意为丹本来是犀武的舍人。

战国时期的舍人具有家臣的性质，《史记·廉颇蔺相如列传》中有："蔺相如者，赵人也，为赵宦者令缪贤舍人。"⑥《史记·吕不韦列传》："嫪毐家僮数千人，诸客求宦为嫪毐舍人千余

---

① 晏昌贵：《放马滩秦简〈邸丞谒御史书〉中的时间与地点》，《出土文献》第四辑，中西书局，2013年，第302页。

② 李学勤：《放马滩秦简中的志怪故事》，《文物》1990年第4期。

③ 《史记》，第3049页。

④ 《史记》，第3115页。

⑤ 朱汉民、陈松长主编：《岳麓书院藏秦简》（三），上海辞书出版社，2013年，第164页。整理小组注："舍人，私门吏员。《汉书·高帝纪上》颜师古注：'舍人，亲近左右之通称也，后遂以为私属官号。'同书《王莽传上》注：'舍人，私府吏员也。'"

⑥ 《史记》，第2957页。

人。"①其中的舍人都有门客之意。舍人的主要工作是辅佐主人，为主人出谋划策，完成主人交办的各种事务。《史记·平原君虞卿列传》中记载，秦围赵国邯郸，赵王曾派平原君去楚国求援，平原君打算在门下食客中选二十名有勇有谋、文武兼备的食客，但还差一人，于是毛遂自荐。因毛遂在与楚顷襄王的谈判过程中表现惊人而受到了楚王的关注，向平原君打听毛遂："客何为者也?"平原君曰："是胜之舍人也。"②据《战国策·齐策二》记载，秦惠文王去世后，秦武王即位。张仪在面临国内外巨大的政治压力的情况下，"使其舍人冯喜之楚，藉使之齐"③，通过外交手段赢取秦武王的信任，借此化解来自国内的政治压力，保全身家性命。从史料中可见，战国时期舍人所进行的活动与主人的活动息息相关，明显地具有家臣的性质。

丹作为犀武的舍人，犀武认为丹罪不至死，所以司命史公孙强就把他送到了赵国北地之柏丘。三年后复活，四年之后渐渐恢复了正常人的行动。而在此之前，"丹【刺】伤人垣离里中，因自【刺】殴，□之于市三日，葬之垣离南门外。三年，丹而复生"④。丹在垣离里因伤人而自杀，被弃市后葬在垣离里，三年后复生。在《丹》篇出现以前，《左传·宣公八年》记载了一次起死复生的事件："夏，会晋伐秦。晋人获秦谍，杀诸绛市，六日而苏。"⑤晋国在鲁宣公八年夏天，征伐秦国。这次行动中获得一位秦国间谍，并将他杀死于绛市。《周礼·秋官·掌戮》说："掌

---

① 《史记》，第 3048 页。

② 《史记》，第 2876—2877 页。

③ 《战国策》，第 269—270 页。

④ 《放马滩秦墓简牍》，《秦简牍合集》（四），第 203 页。

⑤ 李学勤主编：《春秋左传正义》，北京大学出版社，1999 年，第 618 页。

戮,掌断杀贼,谍而搏之。郑玄注:谍,谓奸寇反间者。谍与贼,罪大者斩之,小者杀之。"①秦国间谍被处死,却在六日后苏醒了。起死复生之说,既满足了法律的制裁,也挽救了秦国间谍的性命。如前文所言,"柏丘"是柏人城附近的尧山一带,是属于柏人城镇集群区的范围,是赵国向北扩展和拱卫都城邯郸的重地。犀武把丹送到"柏丘",一是为了让丹能够摆脱法律的制裁,二是为了让丹在赵国做魏国的军事间谍。

战国期间诸侯国之间兼并战争频繁,间谍活动在这些战争中发挥了重要的作用,史料中多有在秦、赵、韩、魏的征战之间用间谍的实例。赵国名将李牧不只是擅长作战,也因"多间谍,厚遇战士",所以取得"击破秦军,南距韩、魏"②的成效。魏国的信陵君曾在赵魏边境安插眼线:"公子与魏王博,而北境传举烽,言'赵寇至,且入界'。魏王释博,欲召大臣谋。公子止王曰:'赵王田猎耳,非为寇也。'复博如故。王恐,心不在博。居顷,复从北方来传言曰:'赵王猎耳,非为寇也。'魏王大惊,曰:'公子何以知之?'公子曰:'臣之客有能探得赵王阴事者,赵王所为,客辄以报臣,臣以此知之。'"③信陵君暗中安插门客打探赵王的行动,能获得赵王行动的信息。《孙子兵法·用间》中有:"凡军之所欲击,城之所欲攻,人之所欲杀,必先知其守将、左右、谒者、门者、舍人之姓名,令吾间必索知之。必索敌人之间来间我者,因而利之,导而舍之,故反间可得而用也。"④丹作为犀武的舍人,被安插在赵国的军事重镇,想必也是出于用间的考

① 《周礼注疏》,第960页。
② 《史记》,第2968页。
③ 《史记》,第2889—2890页。
④ 陈曦译注:《孙子兵法》,中华书局,2011年,第240页。

虑。从这个角度思考,丹必然是犀武在世之时安插在柏丘的。伊阙之战之后,犀武死去,丹也就没有了作为犀武的眼线的意义,那么丹就只能是在伊阙之战开战之前复生才能起到间谍的作用。依照"八年"为魏昭王八年说,丹于魏昭王元年(前296)伤人、并自杀,于魏昭王四年(前293)复活,这一年伊阙之战结束,丹的主人犀武已经身亡,丹即便复活也不可能起到当犀武眼线的作用了,因此"八年"为魏昭王八年说便不能成立。而晏昌贵的赵惠文王八年说,是完全符合简文中的干支和犀武、丹的经历的,是可以成立的观点。

伊阙之战韩、魏联军失败之后,魏国实力下降,魏昭王派使臣去赵国,意图将国土献与奉阳君李兑,从而借赵国来压制秦国。公元前292年,秦、赵关系破裂,秦军攻下魏国河东地区,在秦国强大的军事攻势面前,赵国也进退两难,甚至失去了在中原发展的契机①。在这样的情况下,丹在赵国柏丘也就成为一颗无用之棋,只能选择自保。伊阙之战结束之后的第二年(前291

---

① 《史记·秦本纪》:"十四年,左更白起攻韩、魏于伊阙,斩首二十四万,虏公孙喜,拔五城。十五年,大良造白起攻魏,取垣,复予之。攻楚,取宛。十六年,左更错取轵及邓。冉免,封公子市宛,公子悝邓,魏冉陶,为诸侯。十七年,城阳君入朝,及东周君来朝。秦以垣为蒲阪、皮氏。王之宜阳。十八年,错攻垣、河雍,决桥取之。"(《史记》,第267页)秦昭襄王十四年(前293年),韩、魏攻秦,秦国任命白起为帅,在伊阙(河南洛阳南)打仗,打败了二国联军,大获全胜,斩了24万人,掳获了魏国大将公孙喜。秦昭襄王十六年(前291年),秦国攻打韩国,攻占了宛城(河南南阳)。秦昭襄王十七年(前290年),魏国割河东(山西)400里、韩国割武遂地(山西运城垣曲东南)200里给秦国。秦昭襄王十八年(前289年),秦国的大良造白起、客卿司马错,率军攻打魏国,军队打到了轵城(河南济源县),攻占了大小61个邑。云梦秦简《编年记》载:"十三年,攻伊阊(阙);十四年,伊阊(阙)十五年,攻魏;十六年,攻宛;十七年,攻垣、积(帜)"。(《睡虎地秦墓竹简》,文物出版社,1987年,第4页)

年)以起死复生的名义恢复常人的身份。战国时期,各国为了达到国富民强、巩固政权、稳定统治的目的,也为了保证国家在节省时间、方便行政的前提下,进行征发赋税和各种役事,实行了一系列加强对土地与人口控制管理的措施,通过户籍将社会人口按户纳入国家社会行政编制,以便进行管理和控制。所以,人人必须登记户口,户籍信息登记必须准确,并且有着严谨的户籍管理规定,以便严格控制户籍变动的最基本情况。居民要迁徙户口,必须向官府办理"更籍"手续,如果是非正常迁徙则十分不易。如《史记·商君列传》中载:"令民为什伍,而相牧司连坐,不告奸者腰斩,告奸者与斩敌者同赏,匿奸者与降敌者同罚。"①秦国的什伍编制,严格有效地控制了人口的迁徙。人们只有拥有户籍后才能依法享有政府给予的田宅,及承担对国家所应履行的义务,才能过正常的生活。丹只有借起死复生的名义,才能够顺理成章地编户成民。这份简文"是战国、秦汉以来的官府公文用语,属于上行文书格式。其中体现了战国时期的官制名称及公文呈报等信息"②,属于地方官员呈报御史的行政公文。但不可否认的是,其中也有丹为了让自己获得正常的户籍身份,虚构了自己死而复生的离奇经历。

《史记·赵世家》中载:"(赵王迁)七年,秦人攻赵……以王迁降。八年十月,邯郸为秦。"③赵国被秦所灭之后,邯郸成为秦国属地,秦国要掌握邯郸一带的土地与人口信息,于是秦国官员就见到了记录丹的公文简,简文内容也得以流传到了秦国。学

---

① 《史记》,第2710页。

② 甘肃省文物考古研究所、天水市麦积区文化馆:《甘肃天水放马滩秦墓群的发掘》,《文物》1989年第2期。

③ 《史记》,第2206页。

者根据墓葬规模和随葬器物推测放马滩一号墓主的职务大概相当于县乡一级的地方官吏①,与《丹》同时出土的除了竹简甲种《日书》、乙种《日书》之外,还有7幅木板地图,学界将之总称为《放马滩地图》,"由木板地图的内容,可知其性质是墓主人生前实用地图,各图所反映地域的大小,或系墓主人生前职掌地域范围有所变化之故"②。《丹》篇中纪年、地名、官职等具有一定的真实性,行文也采用了公文书格式,具有真实行政公文书的性质,其中所记录丹离奇的起死复生经历当是在当时社会、历史、政治、文化的影响下形成的折射。从先秦时期的典籍记录里存在着复生情节来看,人们的意识中存在着万物一体、流转循环的生命观。《丹》篇中不只记录了丹的复生,还记录了丹亲口讲述的他所见到的鬼怪的生活习性,这两个离奇的情节出现在行政公文中,为原本就很难实现的死而复生提供了证明,死亡不是生命的结束而是下一个开始,支撑起人们的生命信仰,以及对生命永恒的渴望与追求。

(哈尔滨师范大学文学院)

---

① 晏昌贵:《天水放马滩木板地图新探》,《考古学报》2016年第3期。
② 晏昌贵:《天水放马滩木板地图新探》,《考古学报》2016年第3期。

早期文学理论与批评

文化诗学视域中《乐记》的诗学思想

张　烨

　　《乐记》作为"中国古代最早最专门的美学文献"[①]、"音乐美学方面带有总结性的著作"[②]，在《礼记》中独立成篇，是华夏礼乐文明的绝佳注脚。自汉至今，相关研究论著可谓不可胜数。以之为研究对象的当代专著中，最具代表性的是王祎《〈礼记·乐记〉研究论稿》、孙星群《言志·咏声·冶情:〈乐记〉研究与解读》和薛永武《〈礼记·乐记〉研究》，既有文史哲领域，又有音乐学领域的。在音乐学领域，吕骥、孙星群、蔡仲德、周武彦等前辈均有影响颇深的专业性论述，本文不做列举。而在文史哲领域，相关研究成果也极夥，主要可分三类:第一类是从文献学方面对《乐记》成书及作者进行考证，此方面研究历经百代，尚无定论;第二类是将《乐记》与《周易》、《吕氏春秋》、亚里士多德《诗学》等进行对照互证，此方面研究思辨性强，却难免有未周之处;第三类则是对《乐记》中文艺美学思想的总结，也是与本文关系最为密切的，最具代表性的当推薛永武、牛月明专著《〈乐记〉与中

----

　　① 李泽厚:《美的历程》，生活·读书·新知三联书店，2009年，第54页。
　　② 宗白华:《美学散步》，上海人民出版社，1981年，第57页。

国文论精神》和张恩普《〈礼记·乐记〉文学批评思想探讨》。此方面研究论说性强,仍可在实与新两方面进一步提升。

此外,徐宝锋《〈礼记〉诗学问题研究的现状和不足》虽非专门研究《乐记》,然已给后来者提供新思路,即"应该援引一种文化诗学的视域,把《礼记》作为一个系统文本予以整体探究,以一种宏观的诗性视角敞开《礼记》所包蕴的儒家早期伦理世界,而非断章取义,纠缠于单一的伦理或者诗学观念"①。然而《乐记》毕竟是独立成篇的,因此,将这一思路运用于探究《乐记》的诗学思想也未尝不可。

关于"文化诗学"的含义,张文涛有如下阐述:

> "文学批评"向"文化批评"的扩张,这是"文化诗学"向整体性诉求最重要的表现。这一最大的整体性,蕴含了两个整体,一个是文学活动本身的完整性,这一完整性包括作者、作品和读者文学性视野下的共同合作;第二是文学性与作为跟文学性平行的其他文学相关性的相互构成的完整性。从第二个表现,自然地推衍出文学作为文化的一种表现方式,"文化诗学"就是号召多种学科来解读文学。以往从文学到文学的局面要打破,在人文学科内部的哲学、历史学、社会学、人类学、民俗学以至自然科学中的地理学等作为解读方法都可以用在文学批评上。②

---

① 徐宝锋:《〈礼记〉诗学问题研究的现状和不足》,《沧州师范专科学校学报》,2010年第3期。

② 张文涛:《"文化诗学"的"诗学"含义》,《福州大学学报》(哲学社会科学版)2012年第2期。

以上阐述正如童庆炳所言,其构想是:"以审美评价活动为中心的同时,还必须双向展开,既向宏观的文化视野拓展,又向微观的言语的视野拓展。我们认为不但语言是在文学之内,文化也在文学之内。审美、文化、语言及其关系构成了文学场。文化与言语,或历史与结构,是文化诗学的两翼。两翼齐飞,这是文化诗学的追求。"①由是,在文化诗学的视域里,从宏观的诗性视角观照《乐记》不仅是合理的,而且也是必要的。以下分而论之。

一、《乐记》作者及其诗学精神

《乐记》作者问题至今尚无定论,但从文本看,当是自儒家经典与孔门后学相关论述中摘录汇编而成,其成书有世代累积性,非一人一时所编著。《乐记》作者在思想流派上从属于儒家,时间上当为战国至西汉武帝时期。无论从相关历史文献,还是《乐记》成书与作者相关研究成果看,上限应为公孙尼子,下限为河间献王刘德、毛生等人。这一时间范围的儒家学人在思想上有其内在一致性,正如班固所说:

> 儒家者流,盖出于司徒之官,助人君顺阴阳明教化者也。游文于六经之中,留意于仁义之际,祖述尧舜,宪章文武,宗师仲尼,以重其言,于道最为高。孔子曰:"如有所誉,其有所试。"唐虞之隆,殷周之盛,仲尼之业,已试之效

---

① 童庆炳:《文化诗学:宏观视野与微观视野的结合》,《甘肃社会科学》2008年第6期。

者也。①

上文虽未明确提到"乐"这一名词，但"明教化"要借助礼乐，六经中也包括《乐》，更不必说在诗乐舞一体的时代观诗即是观乐，赋诗以明志实际上是歌诗以道志了。孔子曰"兴于诗，立于礼，成于乐"（《论语·泰伯》），实际上是将乐置于诗、礼之上的。孔子本人也曾学琴于师襄，击磬于卫国，他的诗教也是乐教。儒家重视"乐"（雅乐），事实上是重视"乐"对个人与社会的教化作用，这种诗学精神用徐复观的话说，是"为人生而艺术"②的精神。后世儒家学人承孔子而来，自然对此要有述论。非独专著《乐论》的荀子，《乐记》的作者也当是"为人生而艺术"而重视"乐"，最终才编成《乐记》的。

二、《乐记》文本及其诗学精神

一切文学作品皆由语言构成，而又超越语言本身。故论文本可从语言之内与语言之外两方面论述。先察《乐记》语言之内的诗学思想。从语言形式上讲，《乐记》语言上的形式美，应该是有意识的追求。具体体现在：

1. 语音上，音调谐和，节奏鲜明。

且举两例说之：

> 是故其哀心感者，其声噍以杀；其乐心感者，其声啴以

---

① 〔汉〕班固：《汉书》，中华书局，1962年，第1728页。
② 徐复观：《中国艺术精神》，九州出版社，2014年，第38页。

缓;其喜心感者,其声发以散;其怒心感者,其声粗以厉;其敬心感者,其声直以廉;其爱心感者,其声和以柔。①

上文第二第三个分句的尾音韵母相同,第四第五个分句的尾音声母相同,声韵上是谐和的;且句式整齐,哀乐、喜怒、敬爱三组情感彼此反差对应,相应的"声"也形成反差对应,节奏上是鲜明的。

凡奸声感人,而逆气应之,逆气成象,而淫乐兴焉。正声感人,而顺气应之,顺气成象,而和乐兴焉。②

上文两句句中都用了"之",句末都用了"焉",声韵谐和;句式整齐,且用词上语意相对,节奏鲜明。

2. 修辞上,修辞手法多样,运用恰切得当。

例如:

感于物而动,故形于声;声相应,故生变;变成方,谓之音。比音而乐之,及干戚羽旄,谓之乐。③

此处用顶针修辞,不仅结构整齐,文气畅通,便于记忆,而且前后递进,环环相扣,易于理解。

---

① 《十三经注疏·礼记正义》,中华书局,1980年,第1527页。
② 《十三经注疏·礼记正义》,第1536页。
③ 《十三经注疏·礼记正义》,第1527页。

> 故礼以道其志,乐以和其声,政以一其行,刑以防其奸。礼乐刑政,其极一也,所以同民心而出治道也。①

此处前半句排比,不仅有很强的节奏感,而且紧扣后文"礼乐刑政,其极一也",极具条理,说理清晰透辟。

> 故歌者上如抗,下如队,曲如折,止如槁木,倨中矩,句中钩,累累乎端如贯珠。②

此处连用比喻,将抽象的声音具象化,令人易于理解。

以上各类例子在《乐记》中十分常见。若非有意为之,《乐记》语言形式上怎会具有如此的美感? 语言的形式美,是《乐记》创作上重视"文"的鲜活注脚。

从语言内容上讲,《乐记》阐述的诗学思想有如下几方面:

第一,从乐的起源上讲,《乐记》提出了"感于物而动"的观点。

> 音之起,由人心生也。人心之动,物使之然也。感于物而动,故形于声;声相应,故生变;变成方,谓之音。比音而乐之,及干戚羽旄,谓之乐。③
> 乐者,音之所由生也,其本在人心之感于物也。④

---

① 《十三经注疏·礼记正义》,第 1527 页。
② 《十三经注疏·礼记正义》,第 1545 页。
③ 《十三经注疏·礼记正义》,第 1527 页。
④ 《十三经注疏·礼记正义》,第 1527 页。

这里的"感于物"既非再现纯然客观的镜子,亦非表现纯然主观的灯,而是应当类似王阳明对观花的阐释——"你未看此花时,此花与汝心同归于寂;你来看此花时,则此花颜色一时明白起来。便知此花不在你的心外"①。因为对纯然客观的反映,不同人会得到不同的结果,而这种结果如何又不是主观能决定的。正如世界之于全色盲与世界之于常人,虽然影像一致,但有黑白和彩色之别;又如从正面和侧面画杨桃,会画出形态迥异的画面。乐的"感于物",其实就是"借助理性与艺术的光辉映照历史与现实、心灵与情感的广阔世界……将被遮蔽的生活从无边的幽暗中呼唤出来,让生活显现,让人的本性在艺术中出场,达到澄明之境,从而实现艺术的永恒"②。上古的先民是感性的诗性的,那么,"感于物而动"更加确切的说法就是借助诗性的光辉映照历史与现实、心灵与情感的世界,将原本幽暗的生活照亮,让生活与人的心性在乐音中出场,达到澄明之境,从而实现诗意的栖居。

第二,从乐的功用上讲,《乐记》从乐对个人和社会两方面的影响加以阐释,说明了乐对个人与社会的巨大影响。

对个人的影响,《乐记》中如是说:

> 君子曰:礼乐不可斯须去身。致乐以治心,则易直子谅之心油然生矣。③

> 夫乐者,乐也,人情之所不能免也。乐必发于声音,形

---

① 〔明〕王阳明撰,邓艾民注:《传习录注疏》,上海古籍出版社,2012年,第231页。

② 傅道彬:《光的隐喻:文学照亮生活》,《人民论坛》2018年第1期。

③ 《十三经注疏·礼记正义》,第1543页。

于动静,人之道也。①

以上两例一方面明确表述了乐于人的不可缺失,另一方面也说明了乐陶冶心性的作用,且将乐上升到"人之道"的程度。乐不仅是"乐",更是在教育、心理、精神超越上发挥重要作用。"以艺术为核心的教化是古典世界的精神核心"②,乐自是毫无争议地属于艺术,其教化作用是不可估量的。"凡音者,生人心者也"③,音乐的雅俗与正邪会将人心向相应的方向同化。精神不同于心理,是高于心理的。正如丹尼什以生物、心理和精神划分人存在的三个层次④,人"感物而动"是精神的活动,是"心理"一词无法取代的。这里的陶冶心性,实际上是人精神的超越过程。

对社会的影响《乐记》阐述得更多,这一方面更加为人熟知。例如:

> 治世之音安以乐,其政和。乱世之音怨以怒,其政乖。亡国之音哀以思,其民困。声音之道,与政通矣。⑤
> 故乐行而伦清,耳目聪明,血气和平,移风易俗,天下皆宁。⑥

由个人而社会,乐的社会功用其实可以看做是对人影响的扩大

---

① 《十三经注疏·礼记正义》,第1544页。
② 傅道彬、于莆:《文学是什么》,北京大学出版社,2002年,第118页。
③ 《十三经注疏·礼记正义》,第1527页。
④ 参见[瑞士]丹尼什:《精神心理学》,社会科学文献出版社,1998年,4—5页。
⑤ 《十三经注疏·礼记正义》,第1527页。
⑥ 《十三经注疏·礼记正义》,第1536页。

化,所以第二个例子的表述也是由个人而社会,由人的感官、身体而精神,最终推广到整个社会的。当然,此处乐的社会功用影响的是大多数人,主要是作为"民"的存在。而对于"无恒产而有恒心"的士人,乐的功用仍应参照上文。

第三,从乐的创作上讲,《乐记》主张顺应自然,文质并重。

> 春作夏长,仁也;秋敛冬藏,义也。仁近于乐,义近于礼。乐者敦和,率神而从天;礼者别宜,居鬼而从地。故圣人作乐以应天,制礼以配地。礼乐明备,天地官矣。①
> 和顺积中而英华发外,唯乐不可以为伪。②

以上第一个例子从四季运行讲到作乐要"率神而从天",顺应天道自然,这不仅是《乐记》对作乐者的要求,也是"感于物"的必然结果。而第二个例子则词约义丰,既在质的方面要求"和顺积中",又在文的方面要求"英华发外",在文质兼美的同时还在求真。在对真与美的追求上,《乐记》是并重的。而这种求真又要求人顺应自然与真实感受,不同于西方还原物象的真实,而是中国一直以来崇尚的写意的真实。

第四,从乐的品评上讲,《乐记》崇尚德音礼乐,以中和与雅正为美。

> 德者,性之端也;乐者,德之华也。③

---

① 《十三经注疏·礼记正义》,第1531页。
② 《十三经注疏·礼记正义》,第1536页。
③ 《十三经注疏·礼记正义》,第1536页。

乐也者,情之不可变者也。礼也者,理之不可易者也。乐统同,礼辨异,礼乐之说,管乎人情矣。穷本知变,乐之情也;著诚去伪,礼之经也。礼乐负天地之情,达神明之德,降兴上下之神,而凝是精粗之体,领父子君臣之节。是故,大人举礼乐,则天地将为昭焉。①

乐之隆,非极音也;食飨之礼,非致味也。清庙之瑟,朱弦而疏越,一倡而三叹,有遗音者矣。大飨之礼,尚玄酒而俎腥鱼,大羹不和,有遗味者矣。是故先王之制礼乐也,非以极口腹耳目之欲也,将以教民平好恶而反人道之正也。②

大乐必易,大礼必简。乐至则无怨,礼至则不争。揖让而治天下者,礼乐之谓也。③

《乐记》通篇有 27 个"德"字,其中实际与"乐"发生联系的有 20 处。且篇中引子夏的话里明确说明"德音之谓乐",第一条例证亦是直言"乐"是"德"之华(花)。

以大羹、玄酒、腥鱼为类比来描述礼乐雅乐,《乐记》所崇尚的雅乐风格可想而知。大羹、腥鱼都是极简加工的祭品,祭祀中的玄酒其实就是清水。相应风格的乐音乐调趋向必然是平和的,节奏必然是缓慢的,旋律必然是简易的。这样的乐曲听来应该是寡淡的,也无怪乎魏文侯听儒家拒斥的郑卫之音"不知倦",听古乐则会"唯恐卧"了。魏文侯尚如此,大众的审美趋向更不难推知。古乐虽有陶冶净化精神之效,然终归走向式微,应

---

① 《十三经注疏·礼记正义》,第 1537 页。
② 《十三经注疏·礼记正义》,第 1528 页。
③ 《十三经注疏·礼记正义》,第 1529 页。

当与儒家对乐的审美风格有很大关联。丝竹清音是从前的流行音乐，如今听来也雅；而真正的古乐呢？当下怕是很难听到了。不得不说缓慢的节奏和简易的旋律是古乐式微的重要原因。

再说《乐记》语言之外的诗学思想。此方面指《乐记》之"味外味"。"象外象"与"味外味"本是司空图用以论诗的，然从"六经皆诗"的角度上讲，亦如上文所言，《乐记》是有诗性精神的，也是注重修辞的，因而探索其"味外味"也是合理的。

《乐记》的"味外味"其实就是教化——通过种种方式说理而达到这一目的。"诗教"本就是我国古代士人的必修课，甚至达到"不学诗，无以言"的程度。而《乐记》无论从何种角度、举何样事例、打哪些比方说理，其内在精神都是教化。亚里士多德也有"通过对作品的观察，他们可以学到东西"[①]的说法，可见这种诗学精神在中西方是相似的。

三、《乐记》时世及其诗学精神

《乐记》成书虽晚于春秋时期，但其秉持的思想与品格却是实实在在的春秋君子所拥有的。具体到诗学精神上，就是崇尚和合与雅正。事实上，这也是儒家君子的"仁"与"礼"在诗学上的反映。

"君子"一词从阶层概念到春秋三百年逐渐演化成道德与阶层相结合的概念，后世尽管各种统治者大多失落了君子人格及精神，儒家士人也一直以成为君子作为修身的标准。由是，若

---

① ［古希腊］亚里士多德著，陈中梅译注：《诗学》，商务印书馆，1996 年，第 47页。

要把《乐记》时世的诗学精神尽量还归，就要从儒家士人的思想及诗学精神上去回溯爬梳。儒家士人重礼尚仁，以君子的人格标准要求自身，这些都反映在了《乐记》中，如：

> 今夫古乐，进旅退旅，和正以广，弦匏笙簧，会守拊鼓，始奏以文，复乱以武，治乱以相，讯疾以雅。君子于是语，于是道古，修身及家，平均天下。此古乐之发也。①

这是子夏答魏文侯的话，也是儒家士人，特别是先秦儒家士人对"古乐"的看法。通读《乐记》全篇，"君子"一词出现了15次，和合雅正按词频统计，分别是："和"出现了40次，"正"出现了13次，"合"出现了12次，"雅"出现了5次。这种诗学精神是礼乐教化滋养出来的，不仅是儒家士人的审美情趣，更是一个崇尚君子人格的时代三观乃至信念的缩影。

（哈尔滨商业大学基础科学学院）

---

① 《十三经注疏·礼记正义》，第1538页。

共情:魏晋时代的情感宣泄与文学表达

王洪军

文学是感动的产物,是动情的结果,前提是还要有才情。刘勰说:"人禀七情,应物斯感,感物吟志,莫非自然。"①实际上,《礼记·乐记》已经强调"感于物而动,性之欲也",感动是人之本性。《周易·咸》卦孔颖达疏曰:"感物而动,谓之情也。天地万物皆以气类共相感应,故观其所感,而天地万物之情可见矣。"②经学上的所感和文学上的感动还是有区别的。经学上的感是阴阳之间、天地之间、物类之间的感而后动,而见花落泪,见月伤心,则是文人的自我感动;前者是哲学上的,而后者是文学上的,是见乎性情的最本真的情感流露。然而二者又不是各自独立的。古人认为,人也是生物学上的阴阳构精而成,这种感动在天地、物类、人之间是相通的。但是,无论如何感动,儒家还是强调要节制自己的情感。《中庸》谓:"喜怒哀乐之未发,谓之中;发而皆中节,谓之和。中也者,天下之大本也;和也者,天下

---

① 范文澜:《文心雕龙注》,人民文学出版社,1958年,第65页。

② 〔唐〕孔颖达等:《周易注疏》卷四,阮元校刻《十三经注疏》,方向东点校,中华书局,2021年,第255页。

之达道也。"朱熹注释说:"喜、怒、哀、乐,情也。其未发,则性也。无所偏倚,故谓之中。发皆中节,情之正也,无所乖戾,故谓之和。"①处事的准则在于中庸,情感也要中庸化,这是儒家人性论最基本的要求。然而到了魏晋,时代风气丕变,被儒家教化遮蔽了的人的真性情被激发出来,感而后动的深情尤为动人。所以,我们就从"感而后动"角度分析,三国魏晋时代发生了什么令天地感动、令文人伤怀的事件。

先从物候上来看,竺可桢说:"直到三国时代曹操(公元155—220年)在铜雀台种橘,只开花而不结果,气候已比前述汉武帝时代寒冷。曹操儿子曹丕,在公元225年到淮河广陵(今之淮阴)视察十多万士兵演习,由于严寒,淮河忽然冻结,演习不得不停止。这是我们所知道的第一次有记载的淮河结冰。那时气候已比现在寒冷了。这种寒冷气候继续下来,直到第三世纪后半叶,特别是公元280—289年的十年间达到顶点,当时每年阴历四月(等于阳历五月份)降霜。徐中舒曾经指出汉晋气候不同,那时年平均温度大约比现在低1—2℃。"②显然,竺可桢的研究说明,三国魏晋时期天气变冷了,特别是"公元280—289年的十年间达到顶点",而这一时间恰恰是吴国灭亡后的第一个十年,也就是在这个时段最后的几年陆机、陆云入洛了,很不幸的是,不久发生了八王之乱。秦冬梅认为:"到公元280年左右,气候状况进一步恶化,各种自然灾害频发,惠帝即位后,政治混乱,王室内部为争权夺利发生了持续十六年之久的'八王之

① 〔宋〕朱熹:《四书章句集注》,中华书局,2012年,第18页。
② 竺可桢:《中国近五千年来气候变迁的初步研究》,《考古学报》1972年第1期。

乱’,政府失去了对国家的控制权,自然灾害发生后,国家无力赈灾,往往酿成大规模的饥荒,引发更大的社会动乱,这正是此时发生的少数民族势力在中原地区纵横驰骋,纷纷建立政权现象的直接动因。"①而王铮等人的研究成果也说明了这一点:"历史时期,气候变冷与中国的内部分裂期的重合,很难认为是偶然的。国家的分裂,一般来讲有两方面的原因,第一是中央王朝权力的凋落,第二是地方利益与中央利益的严重对峙。在中国古代生产力水平下,气候变冷确实提供了这种条件……气候变冷,促使中国农业收成普遍下降,京畿地区提供的粮食有限,中央军队的粮草构成了问题,而一旦大量从外省调粮,又加剧中央与地方的利益冲突,所以气候变冷同时产生了国家分裂的两个条件。"②对于二陆、"五俊"来说,亡国非其时,入洛又非其时,"亡国之余"的命运可想而知了。

很多研究者都认为晋武帝泰康年间的自然灾害达到了高峰,笔者根据《晋书·五行志》、《宋书·五行志》的记载,继年按月排出了晋武帝(265—290)统治时期的灾异表:

> 泰始三年三月戊午,大石山崩。
>
> 泰始四年七月,泰山崩坠三里。九月,青、徐、兖、豫四州大水。
>
> 泰始五年四月辛酉,地震。
>
> 泰始六年六月,大雨霖。甲辰,河、洛、伊、沁水同时并

---

① 秦冬梅:《试论魏晋南北朝时期的气候异常与农业生产》,《中国农史》2003年第1期。

② 王铮、张王远、周清波:《历史气候变化对中国社会发展的影响:兼论人地关系》,《地理学报》1996年第4期。

溢,流四千九百余家,杀二百余人,没秋稼千三百六十余顷。

泰始七年五月闰月旱,大雩。六月,大雨霖,河、洛、伊、沁皆溢,杀二百余人。六月丙申,地震。

泰始八年五月,旱。

泰始九年,自正月旱,至于六月,祈宗庙社稷山川。癸未,雨。

泰始十年四月,旱。六月,蝗。太始十年,大疫。吴土亦同。

咸宁元年九月,徐州大水。十一月,大疫,京都死者十万人。

咸宁二年五月旱,大雩。至六月,乃澍雨。七月癸亥,河南、魏郡暴水,杀百余人。闰月,荆州郡国五大水,流四千余家。八月庚辰,河南、河东、平阳地震。

咸宁三年六月,益、梁二州郡国八暴水,杀三百余人。七月,荆州大水。九月,始平郡大水。十月,青、徐、兖、豫、荆、益、梁七州又大水。

咸宁四年六月丁未,阴平广武地震,甲子又震。七月,司、冀、兖、豫、荆、扬郡国二十大水,伤秋稼,坏屋室,有死者。

太康二年旱,自去冬旱至此春。二月庚申,淮南、丹杨地震。六月,泰山、江夏大水,泰山流三百家,杀六十余人,江夏亦杀人。

太康三年春,疫。四月旱。

太康四年七月,兖州大水。十二月,河南及荆、扬六州大水。

太康五年正月朔壬辰,京师地震。五月丙午,宣帝庙地陷。六月,旱。七月,任城、梁国暴雨,害豆麦。九月,郡国四大水,又阴霜。是月,南安等五郡大水。南安郡霖雨暴雪,树木摧折,害秋稼。是秋,魏郡西平郡九县、淮南、平原霖雨暴水,霜伤秋稼。

太康六年三月,青、梁、幽、冀郡国旱。四月,郡国十大水,坏庐舍。六月,济阴、武陵旱,伤麦。七月己丑,地震。十月,南安新兴山崩,涌水出。

太康七年二月,朱提之大泸山崩,震坏郡舍,阴平之仇池崖陨。夏,郡国十三大旱。七月,南安、犍为地震。八月,京兆地震。九月,郡国八大水。

太康八年四月,冀州旱。五月壬子,建安地震。六月,郡国八大水。七月,阴平地震。七月,大雨,殿前地陷,方五尺,深数丈,中有破船。八月,丹杨地震。

太康九年正月,会稽、丹杨、吴兴地震。四月辛酉,长沙、南海等郡国八地震。夏,郡国三十三旱,扶风、始平、京兆、安定旱,伤麦。七月至于八月,地又四震,其三有声如雷。九月,临贺地震,十二月又震。

太康十年二月,旱。十二月己亥,丹杨地震。

太熙元年正月,地又震。二月,旱。

在这样一个天地异变的大时代,文人之生是其幸,生活在这样一个自然灾害频发的大环境中又是不幸的,而从另一个角度来说,人生的舞台是丰富多彩的,生命的选择也是丰富多样的。在这样一个灾害频繁发生的时代,聪敏的士人感觉到天地以及时代的变化,文人感而后动的特质在他们面对自然环境、政治环境种种变化而产生的焦虑甚至是恐惧情绪的影响与触发逐渐加深，但个体又无力改变现状，只能尝试改变自我。马小虎认为："在中国古代社会一直忽隐忽现的、基于'恐惧感—保护感'心理调节机制之上的个体退避反应机制，在这一时期由于严酷的政治环境和生存环境而以其独有方式完全地、典型地暴露出来，这一历史现象在中国古代历史上也是较为突出的。"①实际上，马小虎是在谈竹林七贤式的个体隐逸，但可贵的是，他看到了弥漫于社会的恐惧感，这种恐惧感有政治的原因，更有自然强加于人类社会的恐慌。这种恐慌经过长时间的酝酿和发酵，最终爆发出来的就是魏晋人鲜活的精彩纷呈的个体人格，点染精美的人生华章。

如果说从汉武帝建元五年（前136年）罢黜百家而建立五经博士制度以来，三百多年的浸润涵养，儒生已经形成了以典雅持重尊礼为特征的彬彬君子人格，在日蚀、地震、山川崩竭等自然灾害面前，他们可以做政治和人文的思考，但是在地震、洪水、疾疫、战争等所造成的死亡面前，他们就会给出具有个性化的人生思考和答案。如果说，魏晋玄学的产生是反对僵化的礼教而来，是哲学史、思想史发展的必然结果，不如说是面对困窘、死亡的一种生命样态的自我选择，而这种选择和魏晋的玄学思潮与人生旨趣相结合，就形成了在今天看来病态的人生以及病态的社会。一旦长期形成的礼教的外衣被剥去，魏晋人精彩的人生就显现出来。魏晋人百态的人生范式，其共同的特点就是钟情，我们称之为共情。这个所共之情就是自然奔放、热烈活泼而不加雕饰的自然性情，是打破儒家礼教遏制后自然流露出的情感。

---

① 马小虎：《魏晋以前个体"自我"的演变》，中国人民大学出版社，2004年，第469页。

一、悲情

建安二十二年（217）春，曹操攻打孙权，大军屯居巢，发生大瘟疫，丞相主簿司马朗（171—217,47 岁）、丞相侍中王粲（177—217,41 岁）染疫而亡，孙权所封横江将军鲁肃（172—217,46 岁）亦亡。曹丕时为五官中郎将，这年冬天十月成为魏王太子。《世说新语·伤逝》记载："王仲宣好驴鸣，既葬，文帝临其丧，顾语同游曰：'王好驴鸣，可各作一声以送之。'赴客皆一作驴鸣。"①这一声声驴鸣，预示着礼教约束下所形成人格的彻底破碎，宣告着任情重情时代的到来。回顾历史，永和六年（141）三月上巳，大将军梁商大会宾客于洛水之滨，佐以乐歌，以挽歌《薤露》为终，举坐流泪。以挽歌为乐歌，为汉末埋下了悲伤的种子，这种悲伤的情绪无限制放大，就会驱使个体摆脱焦虑进行自我救赎，人性的自我解放在汉末已经发生。曹丕等人的驴鸣，宣告一个新时代的到来。

王粲死后曹植为之作诔，其序曰："呜呼哀哉！皇穹神察，哲人是恃。如何灵祇，歼我吉士。谁谓不痛，早世即冥！谁谓不伤，华繁中零！"其辞有曰："孰云仲宣，不闻其声。延首叹息，雨泣交颈。嗟乎夫子，永安幽冥。人谁不没，达士徇名。生荣死哀，亦孔之荣。呜呼哀哉！"②痛苦心情袒露无余，同时也表达了对于生命无常的无奈，而这种无奈会加重对于人生的思考。

---

① 余嘉锡：《世说新语笺疏》，中华书局，2007 年，第 748—749 页。
② 〔魏〕曹植：《王仲宣诔》，严可均：《全上古三代秦汉三国六朝文·全三国文》卷十九，中华书局，1958 年，第 1155 页。

情是魏晋人的生命底色，伤情往往令人感动。《晋书·王蒙传》载：王蒙，字仲祖，容貌甚美，尝尝览镜自照，自称其父王讷字说："王文开生如此儿邪！"自恋如此。王蒙与沛国刘惔齐名，友善。刘惔字真长，累官至丹杨尹。自认为是东晋的第一风流人物。《晋书》称"凡称风流者，举蒙、惔为宗"。"（王蒙）疾渐笃，于灯下转麈尾视之，叹曰：'如此人曾不得四十也！'年三十九卒。临殡，刘惔以犀杷麈尾置棺中，因恸绝久之。"①无论多么天资聪颖、风流倜傥，三十九岁的生命在自我的感叹声中谢幕。这是个体的悲哀，也是那个时代的悲哀，是一代知识人的宿命缩影。然而，这件事的记载似乎并没有完，刘惔三十六岁卒于官，孙绰与褚裒谈及，流涕感叹说："可谓人之云亡，邦国殄瘁。"②死亡的诅咒似乎弥漫在魏晋的时代，逝者的年龄往往令人感叹。

在魏晋时代，父母之情、儿女之情、夫妻之情、兄弟之情、朋友之情的描写，非常普遍并且深入。阮籍居母丧"举声一号，吐血数升"；王戎丁母忧"容貌毁悴，杖然后起"；张翰"遭母艰，哀毁过礼"；荀顗年已六十，丁母忧去职，"毁几灭性"等等，表现出了魏晋人不拘礼法的真情、深情，悲伤吐血、容貌毁悴、哀毁过礼这些都是传统礼教所不允许的，自然而然的情感流露，却能够被解读出别样的人情意味、异样的精神风采。

才名冠世的潘岳"美姿仪，辞藻绝丽，尤善为哀诔之文"，最擅长的是悼亡诗赋。更有甚者，夫妻双双为情而死。《世说新

---

① 〔唐〕房玄龄等：《晋书·外戚列传·王蒙传》，中华书局，1974年，第2419页。

② 《晋书·刘惔传》，第1992页。

语·惑溺》载："荀奉倩与妇至笃,冬月妇病热,乃出中庭自取冷,还以身熨之。妇亡,奉倩后少时亦卒。"荀奉倩就是荀粲,荀彧的儿子。刘孝标注引《粲别传》曰："(粲)岁余亦亡。亡时年二十九。粲简贵,不与常人交接,所交者一时俊杰。至葬夕,赴期者裁十余人,悉同年相知名士也。哭之,感恸路人。"①文采风流的荀奉倩,二十九岁而亡,他的妻子是曹洪的女儿,应该比他的年龄还要小。无论是病逝,还是殉情,千古自是真情动人心。

《世说新语·任诞》载：

> 张湛好于斋前种松柏。时袁山松出游,每好令左右作挽歌。时人谓："张屋下陈尸,袁道上行殡。"

袁山松,博学能文章,又善音乐。旧歌有《行路难》曲,袁山松文其辞句,婉其节制,每因酣醉纵歌之,听者莫不流涕。"初,羊昙善唱乐,桓伊能挽歌,及山松《行路难》继之,时人谓之'三绝'。时张湛好于斋前种松柏,而山松每出游,好令左右作挽歌,人谓'湛屋下陈尸,山松道上行殡'。"②显然,无论是任诞也好,还是无路彷徨也罢,魏晋人在任情任性的情感发抒的情态下,体现出的是一个畸形时代的悲怆,其中当然有政治的原因,更有着天地自然环境丕变对人情感的影响,只是那个时代的人不自知罢了。

王徽之(子猷)、王献之(子敬)兄弟情笃,有人琴俱亡的悲哀。张翰吊顾荣抚琴悲,总是真情显露,令人痛彻肺腑,扼腕而

---

① 《世说新语笺疏》,第 1075 页。
② 《晋书·袁山松传》,第 2169 页。

叹息。王珣与谢安交恶，谢安卒，王珣吊丧，"哭甚恸"。儿子郗超之亡，老父郗愔"一恸几绝"到"恨死晚"。最为动人的是从曹魏竹林走来的名士王戎，《世说新语·伤逝》载：

> 王戎丧儿万子，山简往省之，王悲不自胜。简曰："孩抱中物，何至于此？"王曰："圣人忘情，最下不及情；情之所钟，正在我辈。"[1]

圣人之情的高远，我们且不去讨论。士人对于真挚情感的追求是个体自然人格的真实体现，这种真情不仅仅会体现在"我辈"即政治精英身上，还体现在大众身上，而大众的真情、深情，只是并没有机会被纳入到文人的视野而已。从曹魏竹林中走来的王戎，显然已经完成了玄学思想下的自我解放、林下精神的思想救赎，两晋已经进入了真情肆意的时代。而真情的解放，也就是文学的解放，文学理论的解放。

二、欢情

建安十六年（211）春正月，魏王世子曹丕被封为五官中郎将，即为副丞相，可以置官署，时封曹植为平原侯。徐幹、应玚、苏林、刘廙、刘桢都曾为五官将文学。由于曹丕兄弟喜好文学，身边聚集了一批文学之士。《三国志·魏书·王粲传》载："始文帝为五官将，及平原侯植皆好文学。粲与北海徐幹字伟长、广陵陈琳字孔璋、陈留阮瑀字元瑜、汝南应玚字德琏、东平刘桢字

---

[1] 《世说新语笺疏》，第 751 页。

公幹并见友善。"①当然友善的不仅仅是这些人，我们关注的是一个近侍文学团体的形成。曹丕与吴质的往还书信怀旧时提到：昔日宴游的诸友，高谈娱心，"行则同舆，止则接席，何尝须臾相失！每至觞酌流行，丝竹并奏，酒酣耳热，仰而赋诗"，在建安末期，诸侯交兵的岁月里，文人难得以才情以文学相娱乐，这种欢情不仅可贵而且短暂，也就更加令人难忘。集体的文学活动，产生了大量的诗文，也促使着那个时代的文学进行理论性的思考，同时它又开启了魏晋宴饮娱乐共情艺术人生的先河。

正始十年（249）的高平陵之变，何晏、曹爽、邓飏等八族高官名士被夷三族，连带着天下名士减半，清谈派名士几乎全部被诛亡。《晋书·阮籍传》称"魏晋之际，天下多故，名士少有全者"，又一代名士几乎也就是在这个时间成长起来，"忧思独伤心"的阮籍，"优游容与"的嵇康，"至性简静"的山涛，"以酒为名"的刘伶，"大畅玄风"的向秀，"未能免俗"的阮咸，"复来败人意"的王戎，二三相遇，四五相随，便是欣然神解，携手入林，肆意酣畅地饮酒，共同沐浴在玄风之中，忘却世俗和烦恼。无论是一种逃避，还是一种标榜生活样态的宣誓，他们都开启了一种共情的模式，成为让人模仿和歌咏的人生范式，甚至是一种精神信仰。

《晋书·光逸传》载：东晋小吏光逸，字孟祖。某一天，"（胡毋）辅之与谢鲲、阮放、毕卓、羊曼、桓彝、阮孚散发裸裎，闭室酣饮已累日。逸将排户入，守者不听，逸便于户外脱衣露头于狗窦中窥之而大叫。辅之惊曰：'他人决不能尔，必我孟祖也。'遂呼入，遂与饮，不舍昼夜。"②时人有"八达"之谓。所谓"八达"都

---

① 〔晋〕陈寿：《三国志·魏书·王粲传》，中华书局，1982 年，第 599 页。
② 《晋书·光逸传》，第 1385 页。

是渡江而来，这是颓废派的典型代表。

在历史上乃至文学史上，著名的园林是很多的，魏晋时期的华林园、金谷园都与文学息息相关。园林是宴饮、游玩、休憩的地方，因为有文人的参与，这样的园林就变成了文学的乐园。《文选》卷二十选应吉甫《晋武帝华林园集诗》一首。汝南应氏以文学名家，累世冠冕相袭，为郡中名门望族。应贞，字吉甫，善谈论，以才学著称，深得夏侯玄器重。晋武帝为抚军大将军，以应贞为参军。晋武帝践祚，迁给事中，泰始五年卒。本传称"帝于华林园宴射，贞赋诗最美"，诸家作《晋武帝华林园集诗》。李善注引干宝《晋纪》曰："泰始四年二月，上幸芳林园，与群臣宴，赋诗观志。"①《晋书·罗宪传》记载，泰始四年（268）三月，罗宪从帝宴于华林园，诏问蜀大臣子弟情况。《初学记》"华林"条载：荀勖《三月三日从华林园诗》曰："清节中季春，姑洗通滞塞。玉辂扶渌池，临川荡苛慝。"三月三日是古人聚会宴游的节日，又称上巳节。所以，干宝所谓"泰始四年二月"应是三月之误，《艺文类聚》卷四有王济《平吴后三月三日华林园诗》可证。泰始四年三月三日的宴饮王济也参加了，《北堂书钞》卷八十二录有王济《从事华林诗》四句："郁郁华林，奕奕疏圃。燕彼群后，秩秩有序。"《晋书·文苑列传》赞曰："夫赏好生于情，刚柔本于性，情之所适，发乎咏歌，而感召无象，风律殊制。至于应贞宴射之文，极形言之美，华林群藻罕或畴之。"②

泰始四年的三月三日宴会群臣，显然有故蜀汉大臣参与。太康元年（280）二月，孙皓已经请降，把玺绶送于琅琊王司马

① 〔梁〕萧统：《文选》卷二十，李善注，中华书局，1977年，第286页。
② 《晋书·文苑列传》，第2406页。

仙,所以才会有平吴后三月三日华林园大宴群臣的举动。实际上,在华林园宴饮群臣,魏帝曹髦即有过这样的举动。《初学记》卷十二载:"《魏高贵乡公集》曰:幸华林,赐群臣酒。酒酣,上援笔赋诗,群臣以次作。二十四人不能著诗,授罚酒。黄门侍郎钟会为上。"①三月上巳节帝王与群臣宴饮游乐赋诗是一种常见的共情方式,这种共情方式流传甚广,尤其是到了东晋,士人欢聚共情的记载不绝于典籍。如《晋书·谢安传》载:谢安性好音乐,"及登台辅,期丧不废乐。王坦之书喻之,不从,衣冠效之,遂以成俗。又于土山营墅,楼馆林竹甚盛,每携中外子侄往来游集,肴馔亦屡费百金,世颇以此讥焉,而安殊不以屑意"②。私家园林的雅集并不始于竹林七贤,而是从金谷园开始的。

在早期中国古代文学史上还有一座著名的私家园林,就是那位追求"身名俱泰"的石崇的金谷园。《水经注·谷水》记载:"谷水又东,左会金谷水。水出太白原,东南流,历金谷,谓之金谷水。东南流,径晋卫尉卿石崇之故居也。石季伦《金谷诗集·叙》曰:'余以元康六年,从太仆卿出为征虏将军,有别庐在河南界金谷涧中,有清泉茂树,众果竹柏,药草蔽翳。'"③这是石崇的私家园林。石崇崇尚奢侈,园中亭台楼阁、奇花嘉树、池鱼落雁,无不毕尽,实在是享受生活的理想场所,一座文学史上的名园,那个时代的文学家基本都到过这个园林中游玩,宴饮赋诗,逞才斗志。石崇自己就说:"余与众贤共送往涧中,昼夜游宴,屡迁其坐。或登高临下,或列坐水滨。时琴瑟笙筑,合载车

---

① 〔唐〕徐坚:《初学记·职官·黄门侍郎》,中华书局,2004 年,第 283 页。

② 《晋书·谢安传》,第 2075—2076 页。

③ 杨守敬、熊会贞疏,杨苏宏、杨世灿、杨未冬补:《水经注疏补·谷水》,中华书局,2016 年,第 382—383 页。

中,道路并作。及住,令与鼓吹递奏。遂各赋诗,以叙中怀。或不能者,罚酒三斗。感性命之不永,惧凋落之无期。故具列时人官号、姓名、年纪,又写诗著后。后之好事者,其览之哉!凡三十人,吴王师、议郎、关中侯、始平武功苏绍字世嗣,年五十,为首。"①石崇的金谷园聚会不止一次,参加人数最多的就是元康六年(296)这次离别之聚会,以贾谧为首的二十四友是否全部参加不得而知。从文献记载可知,参加宴饮的有潘岳、欧阳建、苏绍、王诩、杜育、曹摅、曹嘉、枣腆、刘琨、刘舆,还有萧绎《金楼子》记载的三个人:邵荥阳、潘豹、刘邃。萧绎当趣事去记录这件事,他说道:"高贵乡公赋诗,给事中甄歆、陶成嗣各不能著诗,受罚酒。金谷聚,前绛邑令邵荥阳、中牟潘豹、沛国刘邃不能著诗,并罚酒三斗,斯无才之甚矣。"②显然这是一幅娱情共乐、昼夜欢饮的世俗生活画卷。罗宗强认为,纵欲与奢靡的生活,"成了当时的一种价值标准,以豪奢为荣"③,而我们看到的是一种炫耀的奢华,与众乐乐的共情人生。《晋书·潘岳传》载:"初被收,俱不相知,石崇已送在市,岳后至,崇谓之曰:'安仁,卿亦复尔邪!'岳曰:'可谓白首同所归。'岳《金谷诗》云:'投分寄石友,白首同所归。'乃成其谶。"④西晋时代的一场奢华、一种风雅就这样以"白首同所归"的形式落幕了,但是远响绍续,永和九年(353)三月三日,王羲之和他的朋友们在兰亭把酒临风、吟诗作赋、畅叙幽情。

《兰亭集序》说:"群贤毕至,少长咸集。此地有崇山峻岭,

---

① 《世说新语笺疏》,第 628 页。
② 许逸民:《金楼子校笺·杂记篇》,中华书局,2011 年,第 1327 页。
③ 罗宗强:《魏晋南北朝文学思想史》,中华书局,2006 年,第 61 页。
④ 《晋书·潘岳传》,第 1506—1507 页。

茂林修竹，又有清流激湍，映带左右，引以为流觞曲水，列坐其次。虽无丝竹管弦之盛，一觞一咏，亦足以畅叙幽情。"①不仅因为醉酒而飘飘欲仙状态下写就的《兰亭集序》本身，还是《兰亭集序》其书法，在文学艺术史上都是被人称道的。《世说新语·企羡》载："王右军得人以《兰亭集序》方《金谷诗序》，又以己敌石崇，甚有欣色。"②本传称："或以潘岳《金谷诗序》方其文，羲之比于石崇，闻而甚喜。"③无论是将《兰亭集序》与《金谷诗集序》相比，还是王羲之与石崇、潘岳相比，风雅集会的意义是一样的，文人集会的社交宴饮欢歌方式，为晋以降的中国文人所追慕和模仿，形成特定的生活方式以及文学生成模式。

三、离情

蜀汉炎兴元年（263）亡国，曹魏景元五年（264）三月丁亥，郤正、张通等人随侍后主刘禅到了洛阳，刘禅被封为安乐县公。《汉晋春秋》记载了司马昭和刘禅的一段对话：

> 司马文王与禅宴，为之作故蜀技，旁人皆为之感怆，而禅喜笑自若。王谓贾充曰："人之无情，乃可至于是乎！虽使诸葛亮在，不能辅之久全，而况姜维邪？"充曰："不如是，殿下何由并之。"他日，王问禅曰："颇思蜀否？"禅曰："此间乐，不思蜀。"郤正闻之，求见禅曰："若王后问，宜泣而答曰

---

① 《晋书·王羲之传》，第 2099 页。
② 《世说新语笺疏》，第 743 页。
③ 《晋书·王羲之传》，第 2099 页。

'先人坟墓远在陇、蜀，乃心西悲，无日不思'，因闭其目。"
会王复问，对如前，王曰："何乃似郤正语邪！"禅惊视曰：
"诚如尊命。"左右皆笑。①

这段话经常被研究者用以佐证刘禅的"暗愚"或"大智若
愚"，无论刘禅有情与否，我们不探讨在强势政治人物面前亡国
之君的苟活之道，刘禅侍者表现得却是普通人也是正常人的情
感，怀念亲人、怀念故乡，大而言之怀念故国。我们把这种过江
之悲，称为离情之悲。魏晋时期，有三次大规模的过江活动，当
然都是因为战败不得不过江，于是产生离情别绪，这一点西晋东
渡士人的情感表现尤为显著。虽然蜀汉与孙吴也是亡国，但是
士人的伤怀并不是非常明显和强烈。因为，曹魏、蜀汉、孙吴三
国是大一统汉帝国分裂所造成的，是诸侯割据的产物，大一统的
士人意识和思想并没有远离。而豪族化的政治体制的形成，国
家虽亡，除了对蜀汉举族东迁的士族影响较大外，还不能从根本
上动摇豪族自身的利益，蜀汉、孙吴亡国之悲戚少，尤其是蜀汉
的士人，现存文学作品几乎鲜有离情愁绪。

或许像刘禅"此间乐，不思蜀"一样，在政治的高压下，士人
内心隐秘的情感、情绪不敢有所表现。李密在晋武帝面前仅仅
是发发牢骚，其在朝堂上作诗有云："人亦有言，有因有缘。官
无中人，不如归田。明明在上，斯语岂然！"②直接触怒晋武帝，
即便晋武帝很是赏识李密的才情，并且李密的个人孝行非常符
合晋武帝的治国方略，但还是直接免去李密汉中太守的官。晋

① 《三国志·蜀书·后主传》，第902页。
② 《晋书·李密传》，第2276页。

武帝的举动或许震慑了蜀汉士人去国之情的表达，即便是怀乡的诗文也不见只言片语。但是，《华阳国志》载，晋武帝因为文立有怀旧之情，乃令使者护持丧事，还葬于蜀，郡县修筑坟茔。显然，文立有故国、故乡之情怀的。

有一点也是我们不得不注意的，除了举家、举族东迁的蜀汉士人之外，即便是被征辟到晋廷而入洛，蜀汉士人还是愿意回到巴蜀地区去任职。王崇、寿良、李密、陈寿、李骧、杜烈同时入洛，只有陈寿没有在蜀地做过晋朝的官，并且卒于洛阳。王崇官至上庸、蜀郡太守。寿良较为复杂，从黄门侍郎，到梁州刺史，又迁散骑常侍、大长秋，卒葬洛阳北邙山。李密为温令，转州大中正，左迁汉中太守。杜烈为犍为太守，转湘东太守。李骧则是比较有个性，在朝廷做了尚书郎，拜建章太守，"以疾辞不就，意在州里，除广汉太守"①。这就造成了五人虽然被公认为梁益二州之"标俊"，文名卓著，但是鲜有文章被记载流传下来，可能和蜀地艰险、道阻且长与中原隔绝有关。如果不是有常璩《华阳国志》的记载，蜀人的文采风流减其半矣！以上诸人大部分都是谯周的弟子，诸人能够出仕与谯周的政治选择有着很大的干系，从这个角度来说，李密的感叹就显得矫情了许多。

无论是情非得已，还是主动出仕，在政治高压下故国之情是无法咏怀的，但是这并不妨碍怀乡之情的抒发，这在孙吴士人身上表现得特别鲜明。《晋书·顾荣传》载：顾荣入洛后，循例拜为郎中，历尚书郎、太子中舍人、廷尉正。但是，其惟畅快淋漓地酣歌纵酒，并且对其好友张翰说："惟酒可以忘忧，但无如作病

---

① 〔晋〕常璩：《华阳国志·后贤志》，齐鲁书社，2010年，第185页。

何耳。"①顾荣和张翰的饮酒，我们不能一概以嗜酒而论，虽然那个时代纵酒无度。《张翰传》道出了缘由：

> 翰谓同郡顾荣曰："天下纷纷，祸难未已。夫有四海之名者，求退良难。吾本山林间人，无望于时。子善以明防前，以智虑后。"荣执其手，怆然曰："吾亦与子采南山蕨，饮三江水耳。"翰因见秋风起，乃思吴中菰菜、莼羹、鲈鱼脍，曰："人生贵得适志，何能羁宦数千里以要名爵乎！"遂命驾而归。②

过江之后所造成的漂泊感、政治无常的无力感以及生命安放的无所适从都造成了士人的集体生存以及生命困境。似阮籍旷达的张翰，世有"江东步兵"之称，视身后名如一杯酒，因秋风起吟起了思乡之歌："秋风起兮佳景时，吴江水兮鲈鱼肥。三千里兮家未归，恨难得兮仰天悲。"(《秋风歌》，又作《思吴江歌》)命驾而归的张翰躲过了八王之乱，保全了性命。然而陆机却没有这样幸运，行走在死亡的边缘上浑然不觉，顾荣、戴若思等都劝陆机还吴，陆机自负其才气，拒绝还乡。就其现存文集所载的篇什来看，漂泊感尤为浓烈。

《思归赋》序云："余以元康六年冬取急归。而王师外征，职典中兵，与闻军政，惧兵革未息，宿愿有违。怀归之思，愤而成篇。"其辞有曰："伊我思之沉郁，怆感物而增深。叹随风而上逝，涕承缨而下寻。冀王事之暇豫，庶归宁之有时。候凉风而警

---

① 《晋书·顾荣传》，第1811页。
② 《晋书·文苑列传·张翰传》，第2384页。

策,指孟冬而为期。"①在怀乡之思已使他泪流满面的时候,见秋风起也警醒自己,把归乡的时间定在冬天。《述思赋》尤为伤悲,词曰:"亮相见之几何,又离居而别域。观尺景以伤悲,抚寸心而凄恻。"②离乡而无法回归,还是不想回归,仅在心头在梦中萦绕,这是有质的区别的。从陆机的一生行事看来,并没有像张翰、顾荣那样,毅然决然地回乡,有乡而无法归去。《叹逝赋》序云:"余年方四十,而懿亲戚属,亡多存寡;昵交密友,亦不半在。或所曾共游一涂,同宴一室,十年之内,索然已尽。以是思哀,哀可知矣。"③所以只能在诗歌中寄托无法归乡、怀恋亲人的愁情别绪。傅道彬认为:"真正的生命是需要远行的,故乡是属于远行者的。每一次告别都是出发,每一次出发都是升华。而每一次归来都是精神的满载而归,无论是奋斗者的收获,还是失意者的落寞。即便是千般依恋,故乡终究是用来告别的。"④陆机的执着的远行,显然是无法归去了,因为他带着士人执着的理想,又有着久负盛名才人的高傲,毅然进入了带着诱惑的权力场域,然而缺少审时度势而又高屋建瓴的眼光,在乱世之中挣扎,最终被挤压、被抛弃。直到临刑前,陆机依然没有清醒,还是在认为:"今日受诛,岂非命也。"⑤到死才想起来华亭鹤鸣,和李斯黄犬逐兔的梦想,同样让人感喟,发人深思。

历史往往有戏剧性的一幕,蜀汉、孙吴的士人东下西进,无法缅怀故国的悲伤情思,只能抒发怀乡之情。西晋东渡之后,无

---

① 杨明:《陆机集校笺》卷二,上海古籍出版社,2016年,第106页。
② 《陆机集校笺》,第131页。
③ 《陆机集校笺》,第133页。
④ 傅道彬:《故乡是用来告别的》,《南方周末》2022年11月25日。
⑤ 《晋书·陆机传》,第1480页。

论如何跳脱通达,对于故乡的怀恋,浓重的离别愁绪自然而然地流露出来,悲怆之感跃然纸上。

《世说新语·言语》载:

> 卫洗马初欲渡江,形神惨悴,语左右云:"见此芒芒,不觉百端交集。苟未免有情,亦复谁能遣此!"①

> 过江诸人,每至美日,辄相邀新亭,藉卉饮宴。周侯中坐而叹曰:"风景不殊,正自有山河之异!"皆相视流泪。唯王丞相愀然变色曰:"当共戮力王室,克复神州,何至作楚囚相对!"②

> 温峤初为刘琨使来过江。于时江左营建始尔,纲纪未举。温新至,深有诸虑。既诣王丞相,陈主上幽越,社稷焚灭,山陵夷毁之酷,有《黍离》之痛。温忠慨深烈,言与泗俱,丞相亦与之对泣。③

"形神惨悴"、"相视流泪"、"言与泗俱",故国陵夷而发出的《黍离》之悲痛,故乡难就的惨淡愁绪,竟然无法遣怀。在这里,主战派刘琨表现得尤为悲痛和决绝,他在《答卢谌》诗序中云:"自顷辀张,困于逆乱,国破家亡,亲友雕残,块然独坐,则哀愤两集;负杖行吟,则百忧俱至。"《重赠卢谌》又云:"宣尼悲获麟,西狩涕孔丘。功业未及见,夕阳忽西流。时哉不我与,去乎若云浮。朱实陨劲风,繁英落素秋。狭路倾华盖,骇驷摧双辀。

---

① 《世说新语笺疏》,第 111 页。
② 《世说新语笺疏》,第 109 页。
③ 《世说新语笺疏》,第 115 页。

何意百炼刚,化为绕指柔。"①国破家亡的乱世情怀,人生老去而功业未建的惆怅、悲哀,读之让人感喟。所以,王世贞读此诗激发了情感的共鸣,说:"未尝不掩卷酸鼻也。"②而陈祚明则指出:"越石英才,遭此失路,万绪悲凉。前诗不能自已,重有此赠。拉杂繁会,哀音无次,有《离骚》之情,用《七哀》之意,沉雄变宕,自成绝调。"③此二诗,无疑奠定了刘琨在魏晋文学史上的地位。

魏晋人钟情、任情,甚至可以为情而死,这是玄学思想下人性得到彻底解放的产物。贺昌群云:"魏晋人醉心于人格之美,最重抒情。"④为了追求人格的自然之美,释放出了自然的天性,才可以有如此富有个性色彩、张扬而无拘束的情感抒发形式,完全突破了儒家所谓的彬彬君子人格范式意义。同时,真情的直接发泄,又为时代奠定了感伤的色调。李泽厚说:"这种对生死存亡的重视、哀伤,对人生短促的感慨、喟叹,从建安直到晋宋,从中下层到皇室贵族,在相当一段时间中和空间内弥漫开来,成为整个时代的典型音调。"⑤深受天地骤变的大的自然环境的影响,儒道思想在阴阳之间的自我调和运转,使魏晋玄学思想得到解放,并成为一个时代的潮流,感而后动的思想家、文学家,任情任性地发出哀伤的歌唱。

(哈尔滨师范大学学术理论研究部)

---

① 丁福保:《全汉三国晋南北朝诗·全晋诗》,中华书局,1959年,第415—416页。

② 〔明〕王世贞:《艺苑卮言》卷三,丁福保:《历代诗话续编》,中华书局,1983年,第991页。

③ 〔清〕陈祚明:《采菽堂古诗选》卷十二,清康熙刻本。

④ 贺昌群:《魏晋清谈思想初论》,商务印书馆,2011年,第77页。

⑤ 李泽厚:《美的历程》,生活·读书·新知三联书店,2009年,第91页。

中西早期诗歌的艺术分野:说唱与演唱

孟冬冬

在上古的文艺体系中,文学常常表现出文史哲不分、诗乐舞一体的典型特征,这种现象是与当时的社会发展状况相一致的。尤其在文学文本尚未与音乐分离之前,诗歌与音乐的关系是最为紧密的,在这一点上古希腊与先秦时期呈现出了文化的共通性。就古希腊而言,早在荷马时代就产生过大量的吟游诗人,他们整体文化水平不高,游走于各个城邦,以口头传唱的形式讲述神话或英雄故事,并以此作为职业,有时甚至也会出现在宫廷宴会中为贵族助兴。例如最著名的《荷马史诗》就是吟游诗人的集体性作品,经过历代更迭最终由荷马整理完成,正是这些作品为后来的古希腊戏剧以及中世纪民间演唱文学的产生与发展奠定了历史基础,并成为西方文学的重要源头。就先秦时代而言,《乐记·乐象》中记载"诗,言其志也;歌,咏其声也;舞,动其容也",三者彼此交织构成了古代中国独特的音乐文学传统,尽管随着文学的发展与独立,到汉代后期出现了诗乐分离的状况,但音乐的音律之美仍以格律的形式得以保留和继承,从而使这种音乐文学传统焕发出内在的生命力,绵延千年,经久不衰。总而言之,轴心时代的中国文学和古希腊文学都以音乐为重要载体,以"唱"为主要表现形式，并由于文化间的差异而在"唱"的形态和主题层面表现出一定的差异性。

一、史诗结合与百兽率舞："唱"的不同回溯

现已知古希腊最早的文学样式是神话和史诗，与中国上古音乐文学浓厚的抒情特征相比，其叙事属性更加明显，主旨在于讲述关于神或英雄的故事，因此使得它们"讲"的特征更为突出，因此本文将其以"说唱"或"讲唱"命名。一般认为，自公元前12世纪到公元前8世纪是古希腊从氏族制向奴隶制过渡的时期，这一时期恰恰是民间讲唱文学开始萌芽的时期，也就是史称的"荷马时代"。这些游走在民间的吟游诗人以民众喜闻乐见的方式不断对故事进行再创作，最终形成传诵至今的艺术作品，其突出代表就是《神谱》与《荷马史诗》。这些作品很好地实现了演唱与叙事、音乐与情节的和谐统一，从而为其后琴歌与戏剧的产生与盛行奠定了经验基础，并对西方叙事文学的形成带来持续而深远的影响。

（一）从古希腊说唱形态观叙述形式之奠基

1. 说唱形式的产生

从神话和史诗来看，由于时间的久远，我们已经无法获知吟游诗人演唱的具体形式，更无法还原其配乐的曲调和风格，但通过当时的社会风气，以及神话和史诗中流露出的音乐内容进行适当的推测。从神话层面上看，在希腊神话中，最富有音乐才能的神是掌管光明的太阳神阿波罗，他能够以七弦琴演奏出美妙的音乐，而这种七弦竖琴正是古希腊吟游诗人以及戏剧配乐演

奏的主要乐器。从词源层面上看，Music 一词源于缪斯（Muse），即文艺九女神的总称，常于众神聚会时载歌载舞，带来欢乐，而古希腊"诗人"（aoidos）则同时含有"歌手"的意思。神话中有关此类的记载还有许多，它们向我们展示出音乐与神之间的某种密切关联，由此可以看出荷马时代的吟游诗人所采用的音乐在现实生活中扮演着某种重要而隐秘的角色，因其形式简单，往往带有即兴表演的性质。

2. 说唱诗行的音律

以《荷马史诗》为例，其每个单个词语单元采取的是扬抑抑格（即一个音步由三个音节组成，遵循"重—轻—轻"的节奏形式）。就整个句子而言，其格律符合长短短格六音步体，"即每行有六音步，每音步有一个长音和两个短音或者每部有两个长音……例如，荷马史诗《伊利亚特》诗行的音律，形式如下：

长短短 | 长短短 | 长长 | 长短短 | 长短短 | 长长

长短短 | 长长 | 长短短 | 长长 | 长短短 | 长长

极偶然见下述这种的模式：

长长 | 长长 | 长长 | 长长 | 长长 | 长长"[①]

这种格式很好地解决了叙事节奏的问题，旋律朗朗上口，富有美感，更加夯实了游吟诗人以说唱为主要形式叙事的可能。

[①] 江枫：《就〈暴风雨夜〉译文再答辜正坤先生》，《江枫论文学翻译及汉语汉字》，华文出版社，2009 年，第 196 页。

3. 说唱的艺术类型

古希腊以说唱形式存在的艺术类型主要包括神话、史诗、教诲诗、琴歌以及戏剧。其中,集神话叙事与英雄颂歌于一体的传世作品当属《荷马史诗》。而教谕诗严格来讲则属于史诗的分支,它在内容上更加重视哲理的倡导与日常知识的普及,是兼具史诗形式与严肃内容的诗体形态。黑格尔在谈到克赛诺芬和巴门尼德的教谕诗时称他们"采取了诗的形式。诗的内容是变化无常的个别特殊现象和永恒不朽的太一之间的对立",同时,"对深思过的内容进行阐述仍带有实事求是的史诗性质"①。古希腊教谕诗的代表作品是赫西俄德的《工作与时日》,这首长诗与同时期其他史诗相比具有鲜明的现实主义色彩,通过民众喜闻乐见的方式将关注的焦点集中于现实世界,从而实现了"寓教于乐"雏形的产生。而古希腊说唱的抒情诗则源于民间歌谣,有笛歌和琴歌等表现形式,其中尤以琴歌最为典型。琴歌往往由诗人独立创作并进行弹唱,以里拉琴为演奏乐器,与我国史诗、教谕诗不同,此类作品主要以歌颂爱情、友情以及自然风光为主,因而带有明显的抒情特征。以萨福为代表的作家因其作品的抒情性特征,决定了其与音乐之间更加密切的联系。古希腊说唱的戏剧,主要包括悲剧和喜剧两部分,其中悲剧尤为重要。悲剧演出通常包括开场白、进场曲、戏剧场面、退场四部分,在整个悲剧演出过程中,音乐始终处于在场地位,因而相比于其他文体,悲剧的"演"与"唱"结合得相对紧密,但本文仍将之定位为"说唱"艺术,其原因在于它具备相当鲜明的叙事性,或者

---

① [德]黑格尔著,朱光潜译:《美学》第三卷(下),商务印书馆,1981 年,第105 页。

说它作为一种综合性艺术，"演"的层面更加接近于对动作和剧情的模仿，而非"演唱"之"演"，即更多地仍属于"唱"的范畴，因此根据其对声音、节奏、情感等因素的适当发挥的内涵将之定义为"说唱"。

（二）从"百兽率舞"观抒情艺术之萌芽

与古希腊的"说唱"传统不同，中国的先秦文学主要以"演唱"为主，两者的区别在于"唱"的指向性不同，由于"说唱"植根于深厚的神话、史诗文学土壤中，因此其叙事性成分较多，而"演唱"则由于往往通过歌唱或音乐的形式表达情感，其表达方式则更注重抒情性。如果借用美国学者 M. H. 艾布拉姆斯《镜与灯》一书中的术语，"说唱"与"镜"的关系更为密切，而"演唱"则更倾向于"灯"。概而言之，"说唱"与"演唱"作为"有意味的形式"，展示出了中西文学在原初阶段的不同存在形态。

"百兽率舞"的记载最早见于《尚书》，《舜典》（一为《尧典》）中有帝命夔做典乐官的记录，夔的回答是"於！予击石拊石，百兽率舞"。《益稷》中亦有类似记载："下管、鼗鼓，合止柷、敔。笙、镛以间，鸟兽跄跄。《箫韶》九成，凤凰来仪……予击石拊石，百兽率舞，庶尹允谐。"[①]从表面来看，中国上古时期的拟兽舞蹈与古希腊时期的酒神颂歌具有一定的相似性，古希腊人在祭祀酒神的过程中通常也会以动物形象出现，但不同的是，他们的舞蹈在狂欢化抒情的同时并未对承载的艺术本体产生进一步影响，或者说这种情感形式在后续发展过程中并未实现与艺

---

① 〔汉〕孔安国、〔唐〕孔颖达：《尚书正义》，上海古籍出版社，2007年，第179—180页。

术的进一步融合。反观中国上古乐舞，其抒情性却与艺术观念形成了同构关系，即这些乐舞在"娱己"、"娱神"过程中逐渐从表达效果变成了艺术的主体，而不再处于附属地位。在《尚书·舜典》中"百兽率舞"之前，出现了"诗言志"的观点，在后续的理论建构中又有《乐记》"乐者……其本在人心之感于物也"、"乐由中出"的提出，以及《诗大序》"诗者，志之所之也"等理论表述，由此可见，"百兽率舞"的艺术形式在后世发展过程中获得了理论层面的遵奉，从而形成了中国古代一脉相承的理论建构史与艺术发展史。

"百兽率舞"作为较早出现的艺术命题，其对后世抒情艺术的影响主要集中在两个层面。一是在起源论层面建构了情感与艺术发生之间的联系。这一点上文已经有所涉及，宗教、艺术、神话某种程度上都是人类情感的外在展现形式，"在一个野蛮人看来，一个人所跳的舞，就表达了他的部落、他的社会习惯、他的宗教"①。"百兽率舞"的过程就是人类情感外化的过程，尽管最初会不可避免的带有巫术甚至宗教色彩，但这种情感经过沉积与提纯之后，逐渐演化成了对精神产品萌动的概括性表述，从而成为中国艺术"言志"传统的最早例证。二是对艺术功能论的建构。就是说，这一命题不仅彰显了情感对艺术表现的作用，同时也赋予了乐舞更为强大的功能。《周礼·春官·大司乐》云："凡六乐者，一变而致羽物，及川泽之示；再变而致赢物，及山林之示；三变而致鳞物，及丘陵之示；四变而致毛物，及坟衍之示；五变而致介物，及土示；六变而致象物，及天神。"②认为乐舞

① ［英］霭理士：《生命之舞》，生活·读书·新知三联书店，1989年，第31页。
② 杨天宇：《周礼译注》，上海古籍出版社，2004年，第328页。

不仅可以招致各种动物的到来,也可以与神明相通,使诸神降临。很显然,其整体逻辑仍然是"百兽率舞"、"神人以和"的表述方式,由此不难看出这种艺术功能论已经成了当时的共性认知。

"百兽率舞"对中国抒情艺术中诸多"轴心观念"的形成具有重大的原型意义。它不仅向我们展示了乐舞与情感之间的密切联系,从起源论和功能论的层面使"言志"具有了双重意义,同时也将艺术功能论向"言志"之外的更广大空间进行拓展,从而在乐舞层面为抒情艺术在中国艺术中特殊地位的确立奠定了基础。

二、叙事艺术与抒情艺术:"唱"的不同蕴藉

(一)说唱艺术的叙事策略

公元前5世纪后说唱的表现形式愈发丰富而多样,说唱活动的展开也愈发普及,颂诗者的地位得到显著提升。柏拉图《伊安篇》记载过一段伊安的表述:"我从台上望他们……我不能不注意他们,因为如果我惹他们哭,我得了赏钱就会笑;如果我惹他们笑,我失了赏钱就得哭。"①伊安是当时以吟诵《荷马史诗》为业的说唱者,这段话除了向我们展示表演者对现场的灵活把控之外,更加说明他们为迎合欣赏者的心理,会对说唱的内容和方式进行随机调整,以达到更好的表演效果。这在一定程

---

① [古希腊]柏拉图著,朱光潜译:《柏拉图文艺对话集》,人民文学出版社,1963年,第10、11、56页。

度上说明了史诗内部蕴含的巨大叙事潜能，而这一方面源自史诗创作者最初的艺术创造，另一方面也与说唱者的艺术加工不无关系，更不提大多数情况下创作者与说唱者在身份上又往往是合二为一的。因此，在重点讨论说唱作品的叙事策略问题时，我们总体上可以将这种叙事策略分为叙述与模仿两种。叙述是指以近乎全知的视角对故事情节、人物性格进行交代，又具体可以分为神性叙述和巫性叙述。而模仿则是以第一人称限知性视角的方式进行叙述，生动再现人物的行动和内心，相比于神性叙述和巫性叙述，其属于人性叙事。

　　首先来看神性叙述。这种叙述方式的直接来源是人类幼年蒙昧期的基本世界观，神作为世界的主宰，世界和人是被动的创造物，因此在神话和史诗的叙述过程中叙述者由于缺乏自信，通常会转化为神的口吻讲述他们的故事。希腊神话和史诗习惯于借助这种方式交代故事背景，比如"黄金时代，地球上最初有了居民。这是一个天真无邪和幸福的时代，真理和正义主宰一切……接下来是逊于黄金时代的白银时代……白银时代之后就是青铜时代，人们的秉性更加粗野，动辄就要大兴干戈，但是还没有达到十恶不赦的地步……最后到了最棘手最糟糕的时代——黑铁时代"[①]，我们不难看出这段叙述的主体当然是说唱者，但他采取的角度却绝不是凡人视角，而是从神的视角来介绍时代的更迭。除了较为典型的社会背景介绍之外，在对人物关系和故事源头的介绍上往往也采用这种方式，代表性作品如赫西俄德的《神谱》。在《神谱》中，叙述是这样开始的："伟大宙斯

---

　　① 　陶洁等选译：《希腊罗马神话一百篇》，中国对外翻译出版公司、商务印书馆（香港）有限公司，1989 年，第 7 页。

的能言善辩的女儿们说完这话，便从一棵粗壮的橄榄树上摘给我一根奇妙的树枝，并把一种神圣的声音吹进我的心扉，让我歌唱将来和过去的事情。"①这里的"我"显然不是真实的作者本人，而应该是与宙斯及其女儿们同时存在的某位天神，只有他有权利并有可能见到奥林匹斯山的一切事件。诸如此类的叙述策略在其他作品中也有大量出现，起到了很好地交代背景、评价人物的作用。

其次，来看巫性叙述。这种叙述模式介于神性与人性之间，与前述神性模式相比，它的使用范围更为广泛和灵活。在古希腊神话和史诗中，叙述者往往以低于神灵、高于凡人的姿态讲述故事，其方式与神性叙事相似，都具有全知全能的特点。对于创作者或说唱者而言，这种叙述方式是最容易把握的，因为在这种叙事视角下，叙述者同时也在某种程度上赋予了自己想象性的角色，并获得了身份确证。来看《伊利亚特》中关于战争的一段评述：

> 歌唱吧，女神！歌唱裴琉斯之子阿基琉斯的愤怒，
> 他的暴怒招致了这场凶险的灾祸，
> 给阿开亚人带来了受之不尽的苦难，
> 将许多豪杰强健的魂魄打入了哀地斯，
> 而把他们的躯体，作为美食，
> 扔给了狗和兀鸟，从而实践了宙斯的意志，
> 从初时的一场争执开始，当事的双方是

---

① ［古希腊］赫西俄德著，张竹明、蒋平译：《神谱》，商务印书馆，2009年，第27页。

阿特柔斯之子、民众的王者阿伽门农和卓越的阿基琉斯。[1]

这显然是一位祭司在祭祀过程中发表的祷词，它既包含对众神故事的全面把握，同时也热情洋溢地发表了自己的感慨，并以此引起听众情感的强烈震荡与共鸣。这说明事实上随着神的时代逐渐远去，希腊人对神的态度也愈发理性起来，这也促使了英雄时代的来临，但这一过程并非一蹴而就的，因此体现在文学叙述方面便出现了神性叙事与巫性叙事的扭结，以类似祭司的口吻对故事进行交代，这样既避免了绝对神性叙事的空洞，同时又在与读者拉近距离时保持了必要的神圣性和审美距离。

下面考察第二类叙事策略，即模仿。与前述"叙述"方式中多采用的神性叙述和巫性叙述不同，模仿所用的是一种人性叙述，即采取身临其境的方式，尽量真实地再现故事中人物的所思、所感、所想，这种方式在现代叙事学中往往以第一人称限知视角加以命名。在《奥德赛》中从第九卷开始直到第十三卷结束都是采取了这种方式，比如当奥德修斯回忆他在冥界的经历时，是这样叙述的：

冥界里，我见到了米诺斯，宙斯光荣的儿子，

坐着，手握金杖，发布判决的号令，对着死人的灵魂，

围聚在王者身边，请他审听裁夺，

有的坐着，有的站着，在宽大的门外，死神的府居前。

接着，我见着了硕大的俄里昂，

---

[1] ［古希腊］荷马著，陈中梅译：《伊利亚特》，花城出版社，1994年，第1页。

在开着常春花的草野拢赶着被他杀死的野兽，

在荒僻的山脊上，手握一根永不败坏的棍棒。①

在此之后，奥德修斯又见到了提图俄斯、唐塔洛斯、西绪福斯、赫拉克勒斯等人，并从自身的视角出发对他们的样貌、行为以及在地狱中所受的痛苦进行了描摹，从而产生了极大的震撼力。诸如此类的例证在《荷马史诗》中还有很多，限于篇幅，此处不一一列举。可见与"叙述"相比，"模仿"主要以参与者的视角切身描绘自我的感受，表达对周围人、事的理解，因此更具逼真性，这种方式在后来的悲剧中得到了很充分的运用。因为悲剧需要演出者亲自上台表演，所以他们必须与被扮演者融为一体，这样，模仿便必然暗含其中，亚里士多德甚至认为戏剧创作者和表演者应该向优秀的画家学习，"他们画出了原型特有的形貌，在求得相似的同时，把肖像画得比人更美"②，这里的"比原来的人更美"无疑需要表演者在设身处地模仿的基础上进行艺术加工，即达到模仿的最高境，使得观众在观看后感受到真正的"怜悯和恐惧"并获得灵魂的净化。

罗兰·巴特说："叙事是与人类历史本身共同产生的，任何地方都不存在、也从来不曾存在过没有叙事的民族。"③诚如所述，叙事是人类的本能表达，其超越了地域和种族的限制，同时也在历史的演进过程中从稚嫩走向成熟。古希腊讲唱作品中的

---

① ［古希腊］荷马著，陈中梅译：《奥德赛》，燕山出版社，1999 年，第 194 页。

② ［古希腊］亚里士多德著，陈中梅译：《诗学》，商务印书馆，1996 年，第 113 页。

③ ［法］罗兰·巴特：《叙事作品结构分析导论》，张寅德《叙述学研究》，中国社会科学出版社，1989 年，第 2 页。

叙事策略呈现出神性叙述、巫性叙述、人性叙述相互交织的现象，虽然就其技巧本身而言还尚显原始粗疏，但却为后世叙事文学乃至叙事理论的发展开了先河。

（二）乐舞一体的抒情原则

先秦时期诗、乐、舞不分的现实，使得关于它们的理论言说也往往是统一而论的。《乐记》作为中国最早的美学专论，犹如一座巨大的理论宝藏，蕴含着一系列重要的理论思想与理论命题，众多启迪后世的艺术观念均萌芽于此。《乐记》中除了对音乐本性、礼乐关系、礼乐功能等方面进行系统的论述外，其对"乐舞"的突出强调同样具有重要的理论价值，进而成为"唱"与"演"合论的典型著作。

在艺术发生的问题上，《乐记》提出了著名的"感物说"，《乐记·乐本》言"音之起，由人心生也。人心之动，物使之然也……乐者，音之所由生也，其本在人心之感于物也"，认为外物触动人心而产生情感并由此物化为音声，同时，声、音、乐亦不是一个层面的概念，声类似于自然界的声响，音是将声有规律的排列组合，而乐则是在音的基础上配备"干戚羽旄"的产物，这表明《乐记》中所言之"乐"实际上是"乐舞"的泛称。如其所述，"乐舞"的发生是情与物相互交融的产物，这就明显不同于以孤立再现或表现来解释艺术发生的西方理论。在《乐记》看来，外物是艺术的最根本源头，情感是艺术能够产生的最直接动因，在艺术发生的具体过程中，前者更多时候是一种被主动隐去的存在或是一种主体心中的朦胧"实体"，而后者则具体可被欣赏者所感知，所以《乐记》用大量篇幅讨论情感与乐舞之间的关系，这也是很多研究者误将《乐记》的艺术发生观归为"心本论"或"情本论"的原因。

《乐记·师乙》言："故歌者,上如抗,下如队,曲如折,止如槁木,倨中矩,句中钩,累累手端如贯珠。如歌之为言也,长言之也。说之,故言之;言之不足,故长言之;长言之不足,故嗟叹之;嗟叹之不足,故不知手之舞之足之蹈之也。"歌唱是对语言的艺术化处理,其中包含了各种具体的技巧,而这些技巧又是与情感密切相连的,因此当反复咏叹不足以表达强烈的感情时,就会"手之舞之足之蹈之"。可以想见,在先秦时期的乐舞表演过程中,配合着诗人的动情歌唱,钟磬之音以及款款舞蹈与之相得益彰,将仪式气氛逐步推向高潮,表演者展示了自己对作品的理解,听众则神游其中,驰骋想象,这便是轴心时代最为典型的"演唱"画面。

需要进一步强调的是,尽管《乐记》对乐舞一体进行了大量笔墨的书写,并强调"情"与它们之间的密切联系,但这个"情"在其看来绝不等同于不加约束的个人情感。《乐记·乐化》称"故听其《雅》、《颂》之声,志意得广焉;执其干戚,习其俯仰屈伸,容貌得庄焉;行其缀兆,要其节奏,行列得正焉,进退得齐焉",这段话在强调乐舞的教化功能的同时,实际上隐含了乐舞内在的重要道德属性,这些构成了上述乐舞功能的前提。同时,《乐记》较为重视"和",并认为它是涵盖礼与乐、乐与舞、情与德、表达与想象的总体性概念,强调乐舞并非助"欲"的工具,而是返"德"的手段,因此,情与德的和谐便成了乐舞之"和"的重要表现,从而形成了对《乐记》"情本论"的更完满表达。

《乐记》除了对乐舞进行抽象的理论言说之外,还提供了具体的例证进行分析。如《乐记》认为《大武》乐舞是"象成"(象征事业成功)之产物,即先贤圣王的功业是乐舞的模仿对象。

但就其本质而言，"象成"是笼罩在"象德"体系之中的，帝王功成名遂的前提是德行高尚，作为理想乐舞形态的六代乐舞都有此种性质。因此，《乐记》实际上是以乐舞为言说对象，进而总结了抒情艺术的情感属性，情感一方面要有现实之源，即"感于物而动"，另一方面它也并非无节制的自然欲望所呈现的表层情感，而是与"德"相互扭结的伦理化情感，以上两方面构成了后世抒情艺术的基本原则。

（三）《荷马史诗》的叙事逻辑与诗骚"情兼雅怨"抒情内涵

1.《荷马史诗》的历史逻辑与说唱逻辑

《荷马史诗》是古希腊乃至整个西方文学的一座高峰，它见证了古希腊民族由神的时代向英雄的时代转变的历史过程，同时也以长篇叙事歌谣的方式为后世叙事文学的发展奠定了基础。整部《荷马史诗》由《伊利亚特》和《奥德赛》两部分组成，这两部作品向我们展示了古希腊史诗特有的叙事逻辑，即历史逻辑与说唱逻辑的遵奉和整合。

首先，在历史逻辑方面，《荷马史诗》实现了叙事可能性与历史完整性的统一。无论在《伊利亚特》还是在《奥德赛》中，故事都是有头有尾的完整整体，这种完整性不仅体现在故事起因的交代上，同时也完整展示了故事发展过程的时间线索，并最终交代了故事的结局，使读者有明晰的过去、现在、将来的时间意识。对于《伊利亚特》而言，"不和的金苹果"是艺术层面的起源，希腊人对富庶的特洛伊城的觊觎是历史的起因，而在十年的战争中阿基琉斯、阿伽门农、赫克托耳等英雄形象的塑造则实现了历史真实与艺术真实的统一，结尾处木马计的运用更加使历史事件多了一层艺术的味道。至于《奥德赛》，则更是将个人的经历与大的历史背景相结合,实现了宏大叙事与微观叙事、神话与现实的结合,并仍然遵循"有头有尾"的叙事逻辑。就某种程度上来说,这种方式恰恰体现了叙事与历史的融合,或是说,这体现了处于萌芽期的叙事艺术对历史书写的借鉴。

就说唱逻辑这一层面而言,这是《荷马史诗》最为突出的叙事策略。前文已分析,史诗带有明显的说唱痕迹,是在长期民间艺术实践基础上发展成熟的。这就说明,我们在从纯文学角度分析其艺术性的同时,是不能够忽视它的实践性的,即说唱者在表演的过程中根据故事的可读性或可听性而进行的创作与调整,这往往是民间艺术能够存活并流传不绝的关键所在,因此如何结构故事,如何引人入胜,如何使故事明白晓畅的同时又不乏文质彬彬等,都是说唱者必须考虑的问题,而对这些问题的重视就形成了最早的叙事技巧或叙事理论。美国学者洛德在谈到古希腊的民间歌手时说"歌手在脑海里必须确定一支歌的基本的主题群,以及这些主题出现的顺序"①,这里的"主题"与"情节"或"事件"都表达着同样的意义,实际上这种对主题"顺序"的布局和运用,与同线索的贯穿和情节的详略一样重要,它们都是使故事具有可听性的关键前提。以《奥德赛》为例,整个故事的叙述中既有倒叙,又含插叙,且在时间维度中形成了过去、现在不断交织的叙事线索,在空间维度实现了虚化空间与现实空间的不断渗透和转化,这些方法的运用产生了良好的艺术效果,使其历经几个世纪的流传并最终得以定型。

---

① [美]阿尔伯特·贝茨·洛德著,尹虎彬译:《故事的歌手》,中华书局,2004年,第137页。

2.《诗》、《骚》"情兼雅怨"的共性抒情内涵

《诗经》和《楚辞》是中国文学的两座高峰,也是音乐文学早期的集大成者。它们以演唱的表现方式,委婉蕴藉、曲折有度的抒情表达,开后世抒情文学之滥觞,而就抒情内涵而言,"怨刺"是两者的共同主题。《论语·阳货》言"小子何莫学夫《诗》?《诗》可以兴,可以观,可以群,可以怨",孔安国释"怨"为"怨刺上政",由此可知早在春秋时期,人们已经对《诗经》的怨刺特征有了清晰的认知。据统计,《诗经》305 篇中怨刺诗就达 103 篇之多,约占总篇幅的三分之一,这进一步印证了孔子和孔安国的观点。在这些怨刺诗中既包括闺怨诗、刺政诗、劝谏诗等,相比之下,虽然主要表现政治上以下劝上的劝谏诗在《诗经》中主要集中于大小《雅》,且并不占数量优势,但其特有的抒情模式却对《楚辞》尤其是屈原的作品产生较大影响。从《小雅·十月之交》上看,这首诗表现了幽王时一个下层官吏,因不满执政者荒淫无道、不理朝政,而导致天灾人祸频繁的局面,表达出怨刺之情,其最后一段中"民莫不逸,我独不敢休。天命不彻,我不敢效我友自逸"的句子与《离骚》"长太息以掩涕兮,哀民生之多艰"、"亦余心之所善兮,虽九死其犹未悔"的感叹异曲同工,由此不难看出《诗经》与《楚辞》在怨刺上政抒情主题上的某些联系。

文学史上很多学者都从"怨"的层面将《诗》、《骚》并提,其中司马迁在《史记·太史公自序》中称"《诗》三百篇,大抵贤圣发愤之所为作也"①,在《史记·屈原列传》中他又说"屈平疾王听之不聪也,谗谄之蔽明也……故忧愁幽思而作《离骚》"、"屈

---

① 〔汉〕司马迁:《史记》,中华书局,1959 年,第 3300 页。

平之作《离骚》,盖自怨生也"①。虽然班固以"露己扬才"为由认为屈原怨恨太甚,但亦承认"屈原以忠信见疑,忧愁幽思,而作《离骚》"②的创作初衷。到了东汉,王逸在《楚辞章句》中提出屈原是"履忠被谗,忧悲愁思,独依诗人之义,而作《离骚》,上以讽谏,下以自慰"③,进一步对《离骚》的感情基调进行申说。上述观点在某种程度上也成了后世文学史家看待屈原及其作品的共性认知。屈原作品中所表达的"怨刺"往往是有分寸的,有些诗作与《诗经》相比甚至更加"止乎礼义",比如《小雅·巷伯》表达了春秋时期的孟子对周幽王的讽刺,其中有对进谗言者的诅咒:"彼谮人者,谁适与谋? 取彼谮人,投畀豺虎;豺虎不食,投畀有北;有北不受,投畀有昊。"这种几近咒骂的口气多少与《诗经》的雅正之风有所抵牾。相形之下,屈原更加含蓄委婉,当怀王、襄王不能听进忠言,一众奸小更加横行无忌时,屈原只是以"众不可户说兮,孰云察余之中情"(《离骚》)、"举世皆浊我独清,众人皆醉我独醒"(《渔父》)聊以自慰,甚至在《九歌》之中完全将自己寄托于超验的现实,追求理想世界中的诗意生存。

3. 史诗融合的叙事影响与诗骚抒情的文学滥觞

《荷马史诗》在叙事逻辑上实现了"史"与"诗"的完满融合,并对后世叙事文学的发展产生深远影响。而从讲唱角度重新对其审视,又会发现其对丰厚历史内容的承载,以及对诸多叙事技巧的运用,和源自天然的民间实践性。讲唱型的民间故事

---

① 《史记》,第2482页。

② 〔宋〕洪兴祖撰,黄灵庚点校:《楚辞补注》,上海古籍出版社,2015年,第77页。

③ 《楚辞补注》,第71页。

往往具有趋同性的主题和叙述策略，这是一个时期的社会心理、审美心理的反馈和体现，而讲唱者在故事的叙述过程中必然要考虑到传播实践，因此在这个意义上《伊利亚特》和《奥德赛》是时代艺术原则和传播实践完美结合的典范。

而《诗》、《骚》究其源流，两者具有一脉相承的抒情内涵，其中最主要的就是雅与怨、个人与社会、露才与中和的统一，这种统一使轴心时代的诗歌作品既具有个人抒情的真实感，同时亦展现出主题的深刻性，遂被后代诗人所欣赏、效仿，最终作为抒情原则被固定下来。

三、人性世界与神性世界："唱"的不同指向

上文已述，说唱是古希腊文学的主要表现形式，演唱是先秦文学的主要展现方式，这种不同对西方叙事艺术与中国抒情艺术的最终形成具有重要影响。从现象学角度来讲，形式与内容并非各自为政，两者实际上水乳交融，"内容的形式化"与"有意味的形式"已经成为共识。因此，可以说中西轴心时代的文学表达方式是文学关注内容的具体化，下面就从"唱"的不同指向性进行考察。

（一）先秦演唱文学中的人性基因及表现

当中国哲学、中国文学从短暂的神性崇拜中脱离出来之后，首先关注的是人性问题，并且成了轴心时期的基本思维逻辑和艺术主题，最终演化为后世思想史和艺术史无法绕开的话语模式，正如历史学家科林伍德所说"历史的知识是关于心灵在过去曾经做过什么事的知识，同时它也是在重做这件事，过去的永

存性就活动在现在之中"①。

当人具有生命形式之后,人性便随之产生,经过短暂的混沌时期后,对其进行理性思考和热情歌咏成了必然,两者看似对立,却在先秦时期同时发生并互相影响。先秦社会"去神趋人"的思想落实到文学作品上,则由"唱"成为其最主要的表达方式。《诗经》由《风》、《雅》、《颂》三部分组成,而如果按照时间先后顺序进行排列,则是颂诗出现较早,而风诗相对晚出,这样排列后既显示出了神性表达、族性表达和自我表达三个阶段的时间性演进,同时也符合认知发展基本逻辑。虽然风诗晚出,但占比却最大,对个人性情的表达也最为直接,尽管我们现在所见的风诗经过儒家汰选,但我们还是能够透过诗作推测出其余大量风诗自由抒发性情的可能,而从人性论角度来看,它们实际上是先秦人性观最直观而诗性的表达,其中包含着丰富的时代思想密码。《诗经》风诗中的情诗或是春女思归,或写吉士辗转,或者两情相悦,它们类似于一个微缩窗口,向我们展示出了当时整个社会青年男女的真实生活风貌,也侧面折射出人们对人之真性情表达的渴望。从新历史的角度来讲,书面记载与社会现实之间不可避免地存在某种偏离,《诗经》时代的民间演唱文学对性情的自由歌咏必然要比留存下来的诗作丰富得多,轴心时代的礼教束缚更多地发生在显性层面,尚未形成强制化的全面干预。因此,轴心时代对人性的理性讨论,与文学层面的感性表达之间形成了某种呼应,共同向我们展示出了一个有情性的文化开端期。

---

① [英]R·G·科林伍德著,何兆武译:《历史的观念》,中国社会科学出版社,1986年,第247页。

(二)神人二元性在古希腊说唱文学中的表现

如果说轴心时代的先秦社会展示出了关注性情、歌咏人性的早熟的一面,那么古希腊文化则更多地表现出神性与人性的博弈,或者说对两者的双重礼赞。在古希腊人的观念中,神与人的关系是微妙的,在最初的神话世界中神与人处于平等地位,当宙斯获得众神之王的权利之后,新的宇宙秩序被建立,这种背景下神与人的关系势必要被打破。普罗米修斯扮演了最初的人类拯救者角色,先是在人与神分割食物的事件中设计袒护人类,然后为人类盗来火种。事实上,分割食物事件就造成了人类与神之间等级性的确立,人类表面胜利的背后却为饥饿、劳作以及为争夺食物进行的战争埋下祸根,而神族则没有这些困扰,所以"骨"与"肉"实际上成了理性与感性、永恒与短暂、文明与愚昧的最早区分性意象,也成了神与人之分的最初宿命。神话本身就带有某种预言性,其中渗透了对人类原始劣根性的描绘,狡诈、自私、贪婪是人性与生俱来的"原罪",因此人类便世世代代在对神性的向往中度过,并无条件接受神对自己命运的安排,因为神所获得的"骨头"相比于"肉体"更加具有永恒性和支配性①。这样,古希腊人只有通过祭祀的方式获得与神接近并得到庇佑的机会,并心甘情愿地接受命运的安排,"祭祀是要把他们(古希腊人)安置在各自合适的位置上和所需要的形式之中,使他们依照诸神主宰的世界秩序与人间的存在融合"②。

---

① [法]让·皮埃尔·韦尔南著,曹胜超译:《众神飞飏:希腊诸神的起源》,中信出版社,2003年,第52页。

② [法]让·皮埃尔·韦尔南著,杜小真译:《古希腊的神话与宗教》,商务印书馆,2015年,第64页。

通常我们将古希腊文学分成神的时代、英雄的时代、人的时代,神的时代的代表性文学样式是神话,英雄时代的代表性文学样式是史诗,而戏剧往往被视作人的时代的主导艺术形式。那么是否在人的时代,人的地位就得到了彻底的突围呢?不妨以具体作品分析为例。在索福克勒斯的《俄狄浦斯王》中,展现了人类在命运面前的无所遁形,而命运的主宰者就是神。面对神谕,俄狄浦斯试图改变命运,却依旧踏入冥冥之中注定悲剧的结局,它从一个侧面反映出索福克勒斯本人对神明的态度,"在索福克勒斯看来,第一重要的品德是敬信神明,其次是谨慎、慎思或明智"①,他将对神的敬服看成是高于现实道德之上的一种品质,这种观念势必会影响到他的作品,所以,索福克勒斯试图在神的地位出现松动的时代背景下,重新建构神的权威,神仍然是高高在上的监督者,人性只有在神的提炼之下才最终没有偏离正轨,并臻于完善。

这种情况在欧里庇得斯的戏剧中也有类似表现。与《俄狄浦斯王》不同,《希波吕托斯》中的人物的悲剧结局并非因为人的过错,而是由于神之间的嫉妒所致,作品中神的地位再一次被肯定。客观而言,在公元前5世纪到公元前4世纪的背景下,人们对神的信奉已经开始出现松动,现实英雄成了人们关注的对象,这一时期人的地位获得了空前的提升,而这一过程又并非一蹴而就的,或者说去神化的过程不可能整齐划一,甚至这一现象几乎贯穿了整个西方思想史。这种背景下,《希波吕托斯》就带

---

① [苏]谢·伊·拉茨格著,陈洪文译:《关于索福克勒斯的世界观问题》,陈洪文、水建馥编《古希腊三大悲剧家研究》,中国社会科学出版社,1986年,第197页。

有了欧里庇得斯的现实思考，神在作品中不再是具有高尚品质，值得信赖的光辉形象，他们往往是现实灾难的制造者，欧里庇得斯借希波吕托斯之口，说到"我愿凡人也能把诅咒加在神灵身上"①，很显然，在这个悲剧中神的过错大于人的过错，相反，以希波吕托斯为代表的人类则具有理性、刚毅的高尚品格，这也无形中显示出一个巨大的隐喻，神的神圣地位动摇了，人的时代终将来临。

必须看到，即便欧里庇得斯在展示人性高尚一面所做出了努力，但他仍然为神在故事中留下了必要的位置，神虽然成了反面典型，但他们对人类的命运仍然具有相当的操控权，也就是说《希波吕托斯》一方面对神的形象进行了解构，但另一方面却依然承认神的优越性。从这个意义上来说，其与《俄狄浦斯王》的基本预设有一定程度的相似性，尽管两部作品在神与人品质孰优孰劣方面的认知有所不同，但它们都表现了人在神面前的无助与服从。某种程度上，这种情况就是古希腊讲唱文学人神关系的基本缩影，人性与神性之间复杂的关系甚至成了西方文学绵延千年的潜在叙述对象。

综上所述，虽然轴心时代的中西文学都属于音乐文学的范畴，但在"唱"的方式下，因其各自特征而呈现出了"说"与"演"的差异。古希腊文学以"说唱"为主，其基本类型包括神话、史诗、教诲诗、琴歌、戏剧等，其模式主要为神性叙事、巫性叙事和人性叙事等，为后世叙事文学乃至叙事理论的发生发展开了先河。《荷马史诗》作为说唱文学的代表，一方面重视对历史客观

---

① ［古希腊］欧里庇得斯著，罗念生译：《欧里庇得斯悲剧五种》，上海人民出版社，2016年，第618页。

性的遵奉,另一方面也体现出对文学可读性的追求,在叙事逻辑上实现了"史"与"诗"的完满融合,从而对后世叙事文学的发展产生了深远影响。而先秦文学以"演唱"为主,"百兽率舞"的早期表达是洞悉中国文学抒情性的窗口,同时也暗示了诗与音乐的同源关系。《诗经》、《楚辞》作为早期演唱文学的范本,尽管在音乐性的程度和表现方式上有所差异,但都体现出"情兼雅怨"的共性抒情模式,在中国抒情文学传统中扮演着重要的文化原型的角色。就"说唱"与"演唱"文本特征来看,"说唱"形式更适合叙事性文学的表述,而抒情性文学则更适合"演唱";就"说唱"与"演唱"的表现主题而言,前者体现为神与人的二元性,凸显出"说"的理性特征,后者主要言说对象是人,突出体现了"演"的过程中主体力量的张扬。从这个意义上说,"说"与"演"既具有"形式"特征,更具有"内容"特征,是"有意味的形式"。

(哈尔滨师范大学文学院)

域外汉学

新声与盲点:美国汉学界的《诗经》讽寓之辩及研究理路

孙鸣晨　张乐平

　　西方理论术语中"讽寓"通常指的是一种阐释方法,它的突出特点就是从字面意思延伸出一种指向政治、伦理和道德的言外之意。1919 年,法国汉学家葛兰言(Marcel Granet)将《诗经》注疏定义为"讽喻式诠释"①,这是西方术语"讽寓"和中国《诗经》的阐释传统首次被对应起来。随着汉学研究中心的转移,《诗经》研究的中心也由欧洲转移到美国。从 20 世纪七八十年代开始,美国汉学界对是否能够用西方理论中的"讽寓"一词来理解《诗经》注疏,以及"讽寓阐释"与《诗经》原义之间是否存在真实关系进行了激烈的讨论。这场争论从余宝琳(Pauline R. Yu)强烈反对开始,张隆溪、苏源熙(Haun Saussy)、范佐伦(Steven Van Zoeren)、宇文所安(Stephen Owen)、顾明栋、柯马丁(Martin Kern)等汉学家的争论几乎延续至今。到了 21 世纪中国学者逐渐参与其中,例如罗钢《当"讽喻"遭遇"比兴"———一

---

　　① 　[法]葛兰言著,赵丙祥、张宏明译:《古代中国的节庆与歌谣・导论》,广西师范大学出版社,2005 年,第 5 页。

个西方诗学观念的中国之旅》(2013)、《再论"比兴"与"讽寓"——答张隆溪教授之一》(2022)。虽然目前国内对于《诗经》阐释讽寓问题的讨论做了积极的回应,但并没有对汉学家的研究理路进行系统的反思和整理,这就难免在一定程度上沦为西方汉学家的传声筒,失去了自己的立场。实际上,五十多年的《诗经》讽寓论争是一个长期的、复杂的过程,包括了从定性、命名、反驳、重释、再定义、转向几个阶段,他们对中国传统《诗经》阐释的理解也随之经历了从"讽寓"到"语境化阅读"、"讽寓阐释"、"规范性阅读"、"开放性阐释"、"文本阐释"等不同阐释范式。各阶段论争集中体现了美国汉学界不同的学术思潮和研究理路,并且能够反映出中西诗论碰撞时的发展转向。

一、定义:"讽寓"理论及《诗经》"讽寓"论的提出

西方的"讽寓"理论分别包括"讽寓"、"讽寓阐释"两层含义,其意义有着漫长的累积和嬗变。《诗经》讽寓之辩也始终围绕着这两层含义展开。

(一)"讽寓"、"讽寓解释"的理论嬗变

"讽寓"(Allegory)[①],源于希腊语中的 allegoria,其词源结构为"Allos"(other)和"Agoreuein"(speaking)的组合,可直译为另

---

① "讽寓"是一个翻译术语,目前"allegory"在国内的译介情况是比较混的。"allegory"中文翻译,除了"讽寓"外,还被译为"寓意"、"寓言"、"讽谕"等。为了避免与"fable"和"parable"的中文翻译混淆,同时也为了与中国古代文学批评传统里的"寓言"、"讽谕"、"比喻"等术语有所区分,所以这里参考了卞东波为苏源熙《中国美学问题》一书有关"Allegory"的翻译。

一种说话，也可理解为在表层含义之下还有更深一层的寓意。古罗马演说家昆体良（Quintillian）对"讽寓"的界定在其后的研究中得到了继承与阐扬，即："讽寓……文字上指某物，而意义上指另一物，也可以是意义和文字表达相反的内容。"（Allegory…… either presents one thing in words and another in meaningor else something absolutely opposed to the meaning of words. ）①这种表面意义之外还有另一种深意的修辞方法还有"比喻"和"寓言"，我们必须要区分的是："讽寓"比"比喻"的范围更大，"比喻"指的是一句话或者几句话的局部，但是"讽寓"可以指向整个作品，所以"讽寓"也可以被看做是持久的"比喻"；"讽寓"比"寓言"更复杂，"寓言"多以动物为主角，形式和寓意都比较明晰，但是"讽寓"更多的是与经典作品有关。

"讽寓阐释"（Allegoresis）是随着"讽寓"而出现的阐释方式。"讽寓"指向的是作品本身的意义结构，而相应的"讽寓阐释"则是指对作品的解读或者是解释法②。正如《新普林斯顿诗学辞典》（The New Princeton Encyelopedia of Poetry and Poeties）中对"讽寓"一词的解释："西方的讽寓概念指两种互补的程式：创作文学的方式和解释文学的方式。"③最初，西方学者证明经典作品正典性的根本方法就是借助"讽寓解释"，阐释在"讽寓"性作品的更深层、更高级、更符合宗教、伦理、政治等要求的精神

---

① 昆体良对讽寓的定义见于《雄辩术原理》（Institutio Oratoria），参考 Quintilian, *The Institution Oratoria of Quintilian*, trans. Ml. H. EButler, Cambridge：Harvard University Press, 1959, Ⅷ. p. 327.

② 赵一凡等主编：《西方文论关键词》，外语教学与研究出版社，2006 年，第 127 页。

③ Preminger A，Brogan T V F. *The new Princeton encyclopedia of poetry and poetics*. Princeton, NJ：Princeton University Press, 1993. p. 31.

或道德意义。

"讽寓"始终是与经典作品和宗教学术息息相关的。"讽寓"和"讽寓阐释"的观念最早是为《荷马史诗》的辩护而产生。公元前 6 世纪,在面对哲学和诗之争时,已经有学者自觉使用了"讽寓"观念来研究《荷马史诗》并为其正名。因为《荷马史诗》中的神具有人格化的特征:他们并不全能,也不永生,也有着冲动、自私、道德混乱的一面。这引起了哲学家如克塞诺凡尼(Xenophanes)、毕达哥拉斯(Pythagoras)等人的不满,甚至柏拉图(Plato)认为诗人是理想国中最不受欢迎的人。这种贬斥引起了哲学家如忒根尼(Theagenes)、墨忒若都儒斯(Metrodoros)等人的辩护,他们认为诗人是在用隐晦的方式表达宇宙自然秩序以及人类伦理道德。

在公元 1 世纪至 3 世纪,基督徒们直接引用《圣经》的内容来解读"讽寓阐释"。在 1 世纪初,犹太人斐洛·尤迪厄斯(Philo Judeaus)最早以"讽寓"来解释《圣经》,他认为《圣经》宗教信条存在有两重意义,一重为表面的字面意义,一重为隐匿的象征精神意义,相较之下第二重解读更为重要。公元 2 至 3 世纪的基督教教父长老奥利根(Origen)在解释《圣经》旧约《雅歌》一卷的时候就完全否定了文本婚恋性爱内容,解释为圣洁的精神之爱。这被后来的基督教徒继承,逐步推广到了基督教世界,成为阐释《圣经》的标准。奥利根对《圣经》的解读方式使得"讽寓解释"达到了一定的方法论高度,即对经典作品文本外的另一重解释。这种解释往往具有强烈的意识形态意味,目的在于加强经典的道德和政治意义。

古罗马时期到中世纪之间,在"讽寓"、"讽寓阐释"的基础上发展出了"讽寓创作"的写作原则。罗马文学中第一部讽寓作品《埃涅阿斯纪》就是诗人维吉尔(Virgil)以讽寓手法自觉创作的。到了中世纪,但丁(Dante)将讽寓创作进行了理论化总结,提出了著名的"诗为讽寓说"。在《神曲》地狱篇第九章的创作中,但丁特意提醒读者要留心隐藏在诗句背后的深奥含义。到了18世纪末,随着教会力量的衰弱,"讽寓"的重要性逐渐衰弱。在19世纪,"讽寓"被认为只是纯粹指向文本外在意义的一种解读方法,因而遭逢到浪漫主义和象征主义的苛评。但是到了20世纪,本雅明将"讽寓"从文学批评维度转向了哲学批判的维度,"讽寓"这一术语的多义性得以彰显。而后,后现代主义者认为讽寓"言此而意彼"的内涵可以成为语言和意义之间断裂关系的代表。因此在后现代主义文学理论思潮的涌动中,"讽寓"又重新焕发了生机与活力。这也是20世纪下半叶围绕《诗经》及其注疏与讽寓和讽寓之辩所发生的学术思潮背景。

(二)《诗经》怨刺传统与"讽寓"阐释

在《诗经》外传过程中,以《毛诗序》为代表的历代注疏与《诗经》歌谣表面含义之间存在的不一致性引起了汉学家们的注意。在研究过程中,西方对经典文本《荷马史诗》与《圣经》的"讽寓"阐释研究为他们提供了现成的借鉴,两种阐释方法似乎有耦合之处。

汉学家们的这种联想比附基于两重逻辑。第一,"讽寓"和"讽寓解释"始终保持与经典相关。在西方,"讽寓"观念的产生就与经典文本的解释有关,尤其是对《圣经》中《雅歌》的阐释最具有代表性。《雅歌》原文大胆热烈地表述了婚恋中的激情和欢脱,有亲密的结合和真挚的相思。这一卷长达117节的文本中没有宗教上的名词术语,只有一处提及神,但是基督教在解读时几乎完全忽略了其中的性爱色彩,仅仅解释为是上帝与教会的圣洁之爱。这种对《圣经》解读的思维被汉学家们比附在中国儒家经典《诗经》的解读中。虽然中国诗话中没有"讽寓"这一术语,但是他们发现中国古代学者也常以美刺、讽谏来解释《诗经》,如《关雎》意指"后妃之德"、《葛覃》为指"后妃之本"、《静女》指向"卫君无道,夫人无德"等。第二,"讽寓"的主题始终与宗教、哲学、政治、道德、历史相关联。在《普林斯顿诗与诗学百科全书》中,作者就将"讽寓"分为了历史与政治讽寓和观念讽寓两种主要类型,并且将观念讽寓定义为是道德的、哲学的、宗教的或科学的讽寓。① 西方对于经典的"讽寓阐释"是为了维护哲学或者宗教的影响力。但丁更是提出了"诗为讽寓说",包括了字面的、隐喻的、道德的、讽寓的四重意义。汉学家们所理解的《毛诗序》等注疏也是从精神意识角度对儒家思想地位的捍卫。因此,汉学家们单纯地认为中西这两种解读的目的都是以阐发思想主题来维护和保证经典的地位。

这种联想比附最初是由欧洲的翻译家们发现的。虽然他们还未明确提出"讽寓"这一概念,但已将汉唐注疏看做是一种道德阐释方式,并不约而同地反感这种道德说教式的解读方式。1871 年,英国翻译家理雅格(James Legge)的《诗经》(*The She King or the Book of Poetry*,1871)译本中就包含了《诗大序》的英译②,而且理雅格的翻译将汉儒的许多解《诗》诗篇贬斥为了荒唐的谜语。1937 年,英国阿瑟·韦利(Arthur Waley)翻译的《诗经》

---

① Alex Preminger, Frank J. Warnkeand B. Hardison, *Princeton Encyclopedia of Poetry and Poetics*, New York：The Macmillan Press, 1974, p. 12.

② 由牛津大学出版社出版,后有很多重印本。

(*The Book of Songs*) 附录中声称《诗经》中 120 首诗都被"寓言化注释"(allusive quotation) 了, 并且认为这是一种再阐释(re-interpretation)[①]。1942 到 1946 年, 瑞典学者高本汉(Bernhard Karlgren)发表在《远东古博物馆学报》上的《诗经》注释[②]更直言许多《诗》的注解文献几乎毫无价值, 可以置之不理, "因为总有绝大多数都是些传道说教的浮词"[③]。晚清来华的德国传教士欧德利(E. J. Eitel)则认为可以用"讽寓性阐释"来理解《诗经》。1872 年, 他对理雅格所翻译的《诗经》进行了评论, 将基督徒对《雅歌》的讽寓阐释与儒家评注者们的注释进行比较, 认为儒家评注是"讽寓性阐释(allegorical hermeneutics)"[④]。随后, 英国汉学家赫博特·翟理斯(Herbert Gilles)在 1897 年出版的《中国文学史》(*History of Chinese Literature*)提出中国诗学中《诗经》的阐释传统是经学家们通过附加上大量措辞进行了曲解误读, 将日常的乡间民谣解读出来道德和政治原则[⑤]。

对该问题正式做出定义则是法国汉学家葛兰言 1919 年提出的"讽喻阐释"这一命名。葛兰言在《古代中国的节庆与歌谣》(*Fetes chansons anciennes de la Chine*)一书中将《诗经》的汉

---

① Arthur Waley, *The Book of Songs*, New york: Grove Press, 1960, pp. 335—336.

② 1950 年高本汉翻译的《诗经》以全本形式重印, 1964 年《诗经语词汇注》则以全本形式重印。

③ [瑞典]高本汉著, 董同龢译:《高本汉诗经注释·作者原序》, 中西书局, 2012 年, 第 1 页。

④ EITEL E J. "The She-King, a Review of the 4th volume of Dr. Legge's 'Chinese Classics'", *The China Review, or Notes and Queries on Far East*, vol. 1, no. 1 (Feb. 1872), pp. 3—6.

⑤ [英]翟理斯著, 刘帅译:《中国文学史》, 首都师范大学出版社, 2017 年, 第 9—15 页。

唐注释定义为"讽喻式阐释"和象征主义①。此后几十年间,讽寓性阐释这一命名得到了欧洲汉学界的普遍认同。20 世纪 70 年代开始,以"讽寓"来定义《诗经》注疏被美国学界所接受。1974 年由台湾留美任教的王靖献在伯克利加州大学出版的《钟与鼓——〈诗经〉的套语及其创作方式》(*The Bell and the Drum*:*Shih Chingas Formuilaic Pbetry in an Oral Tradition*)一书中,直接将秦代以后的《诗经》学定义为"寓意阐释学"②,并且认为这种阐释是曲解了《诗经》的渊源和"诗"的原始定义③。随后在 1988 年出版的《从礼仪到寓言:中国古代诗歌论集》(*From Ritual to Allegory*:*Seven Esays in Early Chinese Poetry*)一书中更是将《诗经》中的"大雅"当作与《荷马史诗》媲美的文王"史诗"来解释④。可见以"讽寓阐释"来代指《诗经》的注释传统在当时颇为流行。

很明显,上述 20 世纪上半叶的翻译家和汉学家们以"讽寓"这一西方术语来指称中国本土话语中的《诗经》注释传统,带有较强的贬低意味,在他们看来这一传统就"在胡乱对应文本与注释"⑤。但是,从 20 世纪 70 年代开始,美国汉学家对该问题的研究明显更具理性、批判的特点。在参照西方阐释学理论的基础上,他们对中国传统《诗经》的注解方法进行了现代意义的重新阐述和争论,争论内容主要围绕着两个方面:一是《诗

---

① 《古代中国的节庆和歌谣·导论》,第 5 页。

② 王靖献著,谢谦译:《钟与鼓——〈诗经〉的套语及其创作方式》,四川人民出版社,1990 年,第 6 页。

③ 《钟与鼓——〈诗经〉的套语及其创作方式》,第 2 页。

④ C. HWang, *From Ritual to Allegory*:*Seven Essays in Early Chinese Poetry*, Hong Kong:The Chinese University Press,1988,pp. 73—114.

⑤ Haun Saussy, *The Problem of A Chinese Aesthetic*, Stanford:Stanford University Press,1993,p. 20.

经》是不是一部"讽寓"性的作品；二是《诗经》注疏传统是否能以"讽寓阐释"一言以蔽之。

二、反驳：余宝琳《诗经》阐释的"语境化"阅读

余宝琳是最早对葛兰言等人的《诗经》"讽寓"论提出反驳的学者。其中具有代表性的成果有《隐喻与中国诗歌》(*Metaphor and Chinese Poetry*, 1981)、《讽寓、讽寓阐释和〈诗经〉》(*Allegory, Allegoresis, and The Classic of Poetry*, 1983)、《中国诗歌传统中的意象读法》(*The Reading of Imagery in the Chinese Poetie Tradition*, 1987)。这一系列成果对《诗经》"讽寓"论进行集中驳斥，认为西方传统中的"讽寓"理论不能应用于中国文学，主张用另一术语"语境化"(contextualization)来代之。与余宝琳保持类似观点的还有宇文所安和刘若愚(James J. Y. Liu)、叶奚密(Michelle Yeh)等学者。

（一）中西诗学差异观下的《诗经》讽寓反思

余宝琳将《诗经》非"讽寓"性作品这个问题上升到了中西诗学差异性的高度来论证。认为只有承认中西方诗学的差异性并深究这种差异产生的原因才是合适的方法，即"要进行任何有效的比较，就必须从这一支文学得以产生的概念、传统及规则相关的知识着手"①。余宝琳对《诗经》讽寓问题的研究就建立在她对中西宇宙论的差别、非虚构的诗学传统两方面的理解。余宝琳一方面否定了中西诗学观互通的可能性，从而否定了在

---

① ［美］余宝琳著，王晓路译：《间离效果：比较文学与中国传统》，《文艺理论研究》1997 年第 2 期。

中国文化语境内诞生西方术语"讽寓"的可能性。另一方面,基于中国哲学传统和批评传统,余宝琳认同中国诗具有与西方诗异质的"非虚构"特征,诗歌所诞生的能指和所指的都是现实世界,所以不具备"讽寓"产生的条件。具体而言:

其一,余宝琳认为,回答《诗经》"讽寓阐释"这个问题首先要对中西方诗学思想所赖以生成的文化和哲学背景进行系统地梳理。她直截了当地言明,部分汉学家之所以会过于自信地直接将西方价值观念套用到中国诗学上,是因为回避了中西方哲学间的差异。西方二元论哲学思维导致创作主体有意识地模仿客体自然,通过虚构表现出超越本质的想象世界。中国一元哲学认为宇宙是整体的,主客体是交互感应是一体的。于是,余宝琳指出西方文学更多是一种"行动的模仿",而中国文学是诗人对周围环境"直接反应的记录"。因此,中国文学也就不存在讽寓作品所呈现出的能指与所指之间的差异特征。

其二,余宝琳的中国非虚构诗学观念是在中西哲学的差异中提出的。在她看来,中国诗歌是非虚构的,也就是现实主义的,这与西方诗歌的模仿自然和虚构性是迥然不同的。哪怕余氏在《隐喻与中国诗歌》一文中提出中国有"类比"、"起兴"、"用典"、"象征"等概念共同建立的"中国诗歌的隐喻类比模式"(the models for analogues of metaphor in Chinese poetry),它们非常接近于西方隐喻。但是"类"、"比"、"兴"的双方仍然属于且指向的是现实世界,所以中国诗歌中没有隐喻①。《间离效果:比较文学与中国传统》一文中进一步指出,基于中国哲学传

① 陈小亮:《隐喻、寓言与抒情诗:比较语境下余宝琳中国非虚构诗学研究》,《华文文学》2020 年第 4 期。

统中一元宇宙论的"刺激—反应"模式,中国诗人的创作是诗人对外部世界的"文学反应"(literal reaction),其中既没有诗人虚构出来的"我",也没有指向超验的世界。余氏列举了《诗大序》、《文赋》、《文心雕龙·物色》篇为例,说明了中国诗的非虚构性①。

进而,余宝琳从"讽寓"的定义入手,从三方面对葛兰言等人观点进行了逐一反驳。第一点,根据中国非虚构诗学传统,余氏认为《诗经》与"讽寓"判然有别。西方文学中的讽寓基本上是以"系统叙事"(structured narrative)为主的一种"虚构文体"(fictional mode)②。所谓系统叙事,也就是强调情节上要有连贯性和连续隐喻。从连贯性角度而言,《诗经》诗歌多为一串孤立的事件组成,情节"空虚",不是系统性、连续性、结构性的叙事。从隐喻角度而言,《诗经》诗歌隐喻的对象无从猜测,如《关雎》中"淑女"和"君子"是否隐喻国王和王后,"采摘荇菜"是否暗喻求偶这类问题没有统一定论的。第二点,余宝琳认为在一元宇宙论之下的《诗经》指向的现实世界,与讽寓指向的理念世界不同。讽寓概念的标志在于"登场人物"(dramatis personae)是抽象观念(abstract concepts),正如《普林斯顿诗与诗学百科全书》中给出的解释,讽寓指涉的总是抽象的概念,或道德的、或哲理的、或宗教的,总之不是具体的人或事③。然而,《诗经》并没有利用文本的字面意义来创造出一个抽象的理念世界。第三

① [美]余宝琳著,王晓路译:《间离效果:比较文学与中国传统》,《文艺理论研究》1997年第2期。

② [美]余宝琳著,曹虹译:《讽寓与〈诗经〉》,载莫砺锋主编:《神女之探寻:英美学者论中国古典诗歌》,上海古籍出版社,1994年,第8页。

③ Alex Preminger and T. V F. Brogan, *Princeton Encyclopedia of Poetry and Poet*, Princeton: Princeton University Press, 1993, pp. 31—32.

点,余宝琳提出凡讽寓应有其透明性,这种"透明性"的前提有二,一是作者已经清楚指出了他笔下的"意象对事件与格言的关系";二是作者有意诱导"评论家如何着手评注其创作意图"①,此时才可称为讽寓,而《诗经》中绝大多数诗篇并不具备这一特性。如此就明确限定了读者的解读范围,避免了歧义、含混情况的发生。当我们回顾历代评注者对《诗经》的注解,会发现众说纷纭,充斥着歧义、多义的状况,这也是由于《诗经》的文本并没有明晰地限定其解读范围。

(二)《诗经》注疏传统的"语境化"阅读

余宝琳既然否定了《诗经》作为一部讽寓性作品,那么其身上萦绕的注疏传统自然也就不是"讽寓阐释",而是对于环境的某种反应,可以被总结为"语境化"的产物。她从"兴"的概念出发,厘定评注者对于"兴"作用的解读不是"讽寓阐释"。古代评注者发现了"兴"的作用是能够将意象和与意象具有某种相似或类比关系的主题联系起来。在余氏之前的汉学家眼中,古代评注者对于《诗经》中的"兴"所引发的关联性的理解可以被称为讽寓化的解读。但是余氏认为:

> 绝大多数《诗经》传统注疏者都留意到了在意象与诗的主题之间存在着某种相似或类比关系。这样,人们便可藉此意象把眼前的处境置于一个更大、更广泛的上下文中,也就是把它与属于某一类型的其他篇目联系起来,这个类型可以是《关雎》和其它大量婚姻与求爱歌谣中正当的(或

---

① 《讽寓与〈诗经〉》,《神女之探寻:英美学者论中国古典诗歌》,第12页。

不正当的）男女行为，或《葛覃》和《凯风》中的子女对长辈的孝顺关系，或《螽斯》中的子孙繁多。①

在余氏看来"兴"的意味牵连出的自然物象或者人生处境属于同样的事件范畴，并不是由诗人创造出来的。评注者阐发的意象与诗主题之间的类比关系，与西方讽寓文学中两个不同系列之间的联结不同，不属于超验世界，而是更接近于类型学。对此余氏明确地认为："批评家的任务仅在于辨认二者共同归属的总类型。在这方面，传统的阅读方法与其说接近讽寓，也许不如说更接近类型学。"②在讽寓文学中存在抽象概念或者符号，但在类型学中，不管是预示性的事件还是被预见的事件都没有失去其原来的历史真实。

评注者们解释上的一致性让余氏认为缠绕在《诗经》上的传统注疏不是"讽寓阐释"。其一，评注者们的理解都是道德的或寓意的。即便是《诗经》中看不出什么道德意图的诗歌，评注者也会将其理解为含蓄的道德诗。这是"为了证明这部诗集与历史、礼仪、占卜之书一起被尊为经典著作是应当的"③。其二，评注者的解释植根于具体的历史背景中来让这部诗集合理化。例如《关雎》与《周南》中其他十首诗被认为是歌咏周代第一位统治者文王与其王后的美德；《唐风》、《秦风》、《陈风》等里面的一些诗都被看成是对有关地区历史生活习俗的不同方面的记录④。第三，评注者们对单个意象作尽可能具体的理解，对还可

① 《讽寓与〈诗经〉》，《神女之探寻：英美学者论中国古典诗歌》，第 16 页。
② 《讽寓与〈诗经〉》，《神女之探寻：英美学者论中国古典诗歌》，第 16 页。
③ 《讽寓与〈诗经〉》，《神女之探寻：英美学者论中国古典诗歌》，第 22 页。
④ 《讽寓与〈诗经〉》，《神女之探寻：英美学者论中国古典诗歌》，第 19 页。

能暗含的其他意义于不顾。总之,这些道德化的解读往往发生在某种特定的文化语境中,因此并不等于讽寓阐释。据上,余宝琳得出这样一个结论:因为中国传统《诗经》注释发生在一种特定的语境中,所以只能说是一种置文本于历史背景中加以解读的"语境化"产物。

另外,美国著名汉学家宇文所安和华裔学者刘若愚、叶奚密①对余宝琳的观点都有部分的赞同。其中,1979 年时,宇文所安在《透明:解读唐代抒情诗》(*Transparencies*:*Reading The T'ang Lyric*)一文就指出了中国诗歌是"历史经验的实录式呈现"②。1985 年,宇文所安在《中国传统诗歌与诗学:世界的征象》(*Traditional Chinese Poetry and Poetics*:*Omen of the World*,1985)中也认为中西文学在"虚构性"和"非虚构性"上有差别,中国诗歌是体现历史真实,西方诗歌是艺术虚构,因此在中西文学传统中存在不同的解读规则是合理的③。宇文所安所提倡的《诗经》解读方式与余宝琳也颇有相近的地方:

> 如果我们渴望成为这样一首诗的真正读者,而不仅仅是文字的考古学家,我们不仅必须要恢复或重现那些早期诗人和读者的沉默语境,而且我们必须以某种特殊的方式栖居其间。④

---

① 参见[美]叶奚密:《中西诗学中的"比"与"隐喻"》,李达三、罗钢主编《中外比较文学的里程碑》,人民文学出版社,1997 年,第 120—139 页。

② Stephen Owen,"*Transparencies*:*Reading The T'ang Lyric*",Harvard Journal of Asiatic Studies,vol. 39,no. 2,1979,p. 234.

③ [美]宇文所安著,陈小亮译:《中国传统诗歌与诗学:世界的征象》,中国社会科学出版社,2018 年,第 30 页。

④ 《中国传统诗歌与诗学:世界的征象》,第 2 页。

宇文所安所提倡的阐释方式，也是读者要回到曾经失落的历史当下去细读，这是跨越阅读和理解障碍的方法。

三、重释：张隆溪求同策略下的"讽寓阐释"

1987 年，张隆溪发表《文字或圣灵：〈雅歌〉，讽寓解释与〈诗经〉》一文，对余宝琳的观点提出异议。张隆溪没有全盘否定《诗经》及其注疏与"讽寓"、"讽寓阐释"之间的联系，而是以委婉的口吻指出《诗经》或许称不上一部"讽寓"性的作品，但千年来儒者们对《诗经》的阐释传统却具有"讽寓"性。

（一）跨文化的经典阐释之道

张隆溪着眼于跨文化交流的可能性，旗帜鲜明地批判了余宝琳等人文化对立的立场。在张隆溪看来，文化的完全同一和文化的决然对立都是骗人的假象。在西方学术史上，"东西文化的对立"一直是学界公认的，从黑格尔到德里达、福柯等人都是如此。到了 20 世纪甚至发展出了文化相对主义，中国文化被视为他者，与西方截然不同，甚至沦为西方的非我陪衬。在张隆溪看来，余宝琳的研究也容易流向差异绝对化的失误。

张隆溪在其师钱锺书身上获得启发，试图绕开欧洲中心主义的陷阱。钱锺书曾对文化对立偏见发表过观点：

> 使东西海之名理同者如南北海之马牛风，则不得不为承学之士惜之。①

---

① 钱锺书：《管锥编》（一），中华书局，1986 年，第 2 页

相似地,张隆溪在《同工异曲:跨文化阅读的启示》中也表示学者在研究过程中必须关注文化之间的"相通之处"及其文化之间的"接触点"①。就此,张隆溪提出了与文化相对论相反的主张,即"求同策略":

> 后退几步之后,或者爬上楼梯之后获得新的眼界和视野,以那样的眼光看出去,就可以见到东西方文学极为丰富的宝藏,见到多种多样的形式、体裁、修饰手法和表现方式,而这多样又并非没有一定的契合和秩序。这多元的范畴又并非没有可见的模式、明确清晰的轮廓和形状。②

对于文学研究来说,这种打破语言、文化和各种分界去欣赏全部文学的方法在张隆溪看来才是合适的,如此这般才能使我们挣脱文化对立论、种族中心主义和民族主义等狭隘短浅的看法。德里达等学者为我们徐徐展开了西方文化中一幅清晰的"逻各斯中心主义"画图,包括思想与言说之间存在悖谬关系、口头语言要更加接近真理、言语比文字更加优越等观念。作为推论,西方学界认为西方的拼音是语音的书面记录,比表意的汉字更具有优越性,能够更清晰地传达真理。张隆溪试图在汉语中找到一个词揭示思想与言说之间的悖谬关系,以回击上述论断,那就是"道"③。在《道与逻各斯》一书中,

---

① [美]张隆溪:《同工异曲:跨文化阅读的启示》,江苏教育出版社,2006年,第1页。

② 《同工异曲:跨文化阅读的启示》,第20页。

③ [美]张隆溪著,冯川译:《道与逻各斯——东西方文学阐释学》,四川人民出版社,1998年,第75页。

张隆溪将道与逻格斯进行了类同比较，旨在证明中西方思维并不存在绝对差异。

张隆溪的学术研究对钱锺书的传承不仅表现为求同策略的提出，还表现在对阐释学研究的继承。钱锺书的《管锥编》是国内较早提到阐释学的典籍，其中首次提到了"阐释之循环"，他认为对于文艺鉴赏和批评的解释尤其是鞭辟入里的解释，应以具体的审美经验为基础，而不必依赖于空洞的理论框架和抽象的名词术语。张隆溪认为钱先生的这一观念和德国学者伽达默尔的阐释学思想之间有一定的耦合性。后者也强调理解和解释不是一套方法，解释不必也不能以作者的意愿为全部标准，读者可以掺入自己的主观经验成分。尽管阐释学的系统理论来自德国哲学传统，但阐释意识是普遍存在的，中国文化传统也有极其漫长的围绕一部经典文本进行阐释的传统。

在领悟了钱锺书和伽达默尔的会通后，张隆溪标举阐释学最可能成为中西文学比较的根基。张隆溪精心建构的经典阐释理论体系有两个必要性前提：一是经典文本的意义决定的，二是经典的"无时间性"决定的。在第一点上，张隆溪提出了具有较强生命力影响力的文化往往会诞生经典及其评注，古埃及、古印度、古希腊、罗马、犹太、中国皆是如此。经典在民族文化和社会生活中占据了重要地位，包括了最基本的宗教信仰、哲学思想、伦理观念、价值标准、道德规范和行为准则，而经典要得以保存和发展，对其不断进行评注和阐释就是一个重要手段①。伽达

---

① ［美］张隆溪：《阐释学与跨文化研究》，生活·读书·新知三联书店，2014年，第178页。

默尔曾意识到这点："理解不应当被构想成是一种主体的行动，而应当被构想成是参与到传统实践中去，是一个传播的过程，在此过程中过去与现在不断汇合。"①简言之，阐释经典便是与经典对话，使其不断焕发出生命力。第二点，经典的"无时间性"决定了经典的现实意义以及阐释的需要。伽达默尔口中经典的"无时间性"并非指的是经典可以超脱于时空之外得以永存，而是说经典能够在一定程度上超越时空的局限，在长期的历史理解中几乎随时存在于当前②。张隆溪进一步提出，经典对我们的更多的意义，正是由我们现在的人决定的③。张隆溪借助伽达默尔的观点说明了既然经典能够对现在起到积极作用，那么也就有了经典阐释的意义。

进而，张隆溪提出经典阐释就是一种讽寓阐释。经典阐释理论是以对"两希"经典的讽寓解释传统为基础发展而来的，如对《荷马史诗》和《圣经》的讽寓解释。早期基督徒效仿了希腊人的讽寓阐释方法，追求建基于《圣经》具体经文之上的精神意义，如此这般才能够听到神圣的逻格斯的声音④。张隆溪意识到中国也有年久日深的经典阐释传统：一直以来在中国文化中占据统治主导地位的儒家学说主要就是以经学为依托，而经学本质上就是一种经典阐释学。在跨文化阐释学中，中西诗学之间并没有难以逾越的鸿沟，二者是可以交流的，毕竟中西诗学史

① Joel C. Weinsheimer, *Gadamer's Hermeneutics: A Reading of Truth and Method*, New Haven: Yale University Press, 1985, p. 290.

② Hans George Gadamer, *Truth and Method*, 2nd revised ed., trans. Joel Weinsheimer and Donald GMarshall, New York: Crossroad, 1989, p. 288.

③ 《阐释学与跨文化研究》，第 80 页。

④ ［美］张隆溪：《中西文化研究十论》，复旦大学出版社，2005 年，第 79 页。

上都围绕经典文本产生了极其丰富的阐释经验①。尽管张隆溪的观点存在着简单化的倾向,并不能作为跨文化研究的终极答案,但是在跨文化阐释学的影响下,"讽寓阐释"这一概念在张隆溪这里获得了通往中国诗学的门票。

(二)张隆溪的《诗经》"讽寓阐释"观

张隆溪采用了类似结构主义共时论证的方法,将《诗经》讽寓阐释问题一分为二,看成是"双重结构"论。在他看来"讽寓"和"讽寓阐释"要区分开,前者是"有意识地使用讽寓手法编织文本"(allegorical writing consciously applying the mode of allegorization in weaving the text),而后者则是"对非讽寓性作品进行讽寓性解读"(allegorical reading of a non-allegorical work)②。

首先,他否定了《诗经》是以讽寓手段而作的作品。在他看来,《诗经》、《荷马史诗》、《圣经》都不是有意识使用讽寓手法创作的作品。恰如埃里希·奥尔巴赫(Erich Auerbach)的话:"《荷马史诗》没有隐藏任何东西,它们不包含任何教义,也没有隐含的深层含义。"又借助斯蒂芬·巴尼(Stephen Barney)的观点说明"《圣经》的寓言式解经与圣经文本的性质几乎没有关系"。即便如此,也无法阻止后来的解读者们以讽寓的方式阅读作品,正如《荷马史诗》和《圣经》的阐释传统所示③。这就回答了部分《诗经》讽寓问题:《诗经》不一定能称得上是一部讽寓

---

① 《道与逻各斯——东西方文学阐释学》,第 15 页。

② ZHANG L X,"*The Letter or the spirit*:*The Song of songs*,*Allegoresis*,*and the Book of Poetry*",Comparative literature,vol. 39,no. 3,(Summer 1987),pp. 193—217.

③ ZHANG L X,"*The Letter or the spirit*:*The Song of songs*,*Allegoresis*,*and the Book of Poetry*",pp. 193—217.

作品,但也可以被讽寓解读。

其次,张隆溪认为经学本质上是一种经典阐释学,历代儒家学者对《诗经》的解读可以看做是"讽寓阐释"。张隆溪先是考察了非讽寓作品的《圣经》是如何被讽寓阐释的:基督徒奥利金在《圣歌的评论和讲道》中将《雅歌》解释为"一首上丘之歌,描绘的是新娘对新郎的爱,而新娘要么是教会,要么是个别基督徒的灵魂,新郎则是天主的圣言"①。如此,《雅歌》就有了超越文本之外的精神意义,证明了其作为《圣经》一部分的合法性。同样地,证明《国风》里大胆奔放、情趣盎然诗歌的经典地位和价值也是《诗经》注疏者面临的任务。在张氏看来,儒家评注者选择了与基督徒、犹太拉比们相似的做法,借助"言此意彼"的讽寓阐释方法追逐字面呈现的世俗之爱背后的寓意。以《关雎》为例,其作为一首描写男女恋爱的情歌,并没有透露出道德训诫之意,但《论语·八佾》中仍然记录了孔子对《关雎》"乐而不淫,哀而不伤"的评价。后来的批评家接受了孔子的暗示,为其灌注了更多的道德意味。汉代《毛诗序》强调了孔子的礼义精神与性情间的关联,提出了"发乎情,止乎礼义"。唐代《毛诗正义》进一步延伸了孔子在伦理方面为《关雎》的定义,孔颖达解释说此篇是在彰显"后妃之德"。"寤寐求贤"是说后妃进贤不妒,"参差荇菜"一句也意指后妃"能共荇菜,备庶物,以事宗庙"②。这种对诗歌的字面意思进行道德化、政治化、伦理化的阐释方法维护了《诗经》的权威和地位。来自《国风》中的诸多

---

① ZHANG L X, "The Letter or the spirit: The Song of songs, Allegoresis, and the Book of Poetry", pp.193—217.

② 《十三经注疏·毛诗正义》,中华书局,1980年,第273页。

诗篇都经过类似阐释。张隆溪认为这种借由"言"、"意"之间迁移来引申出合乎经典身份的义理的阐释方法，本质上就是在消除色情爱情的暗示，追逐超出字面意义的精神，这与基督徒和犹太人做出的《圣经》解释相似，是一种"讽寓解释"。

经过两相比较，张隆溪强烈表达了不管是西方的《圣经》还是中国的《诗经》，都需要经历"讽寓阐释"才能够维持其作为经典的合法地位。也就是说，当文本被确立为经典时，其文本就不仅仅具有自我指称能力了，而具有了"讽寓"的功能。读者总是需要越过文本去深入探究经典背后的"真实"意义，这一意义往往为宗教、伦理、政治、道德或哲学等，带有很强的意识形态色彩。这种所谓的"真实"意义并不是解释者在阅读的时候发现的，而是在阅读之前就已经预设了的。在跨文化的视域下，张隆溪找到了中西诗学中讽寓的普遍性依据，发现了西方讽寓阐释与中国《诗经》注释传统之间的相似性。

四、再定义：苏源熙《诗经》"讽寓"与规范性阅读

苏源熙和范佐伦对于余宝琳、张隆溪等学者的《诗经》讽寓观点持有不同态度。1993年，苏源熙在《中国美学问题》(*The Problem of a Chinese Aesthetic*)一书中，从修辞性阅读的角度出发，宣称《诗经》中的诗歌和《诗经》注释都可称为讽寓，而且《诗经》注释在整体上建构了一种阅读规范。

（一）解构主义思想下的修辞性阅读

苏源熙对于前述的余宝琳和张隆溪的观点都有非常明确的辩驳。苏源熙认为余宝琳对"语境化阅读"的使用实际上是一

种误用,并解构了此前学者们人为预设的中西文化之间的对立。在他看来,余宝琳对于讽寓的批驳仍是潜在地以西方文化为标准而展开的比较,是狭隘的无效的。在与张隆溪的辩论上,苏源熙也不赞同张隆溪对"讽寓作品"和"讽寓阐释"的区分,因为这种区分需要"确知相对于文本的讽寓性解释其字面上是何意",这显然是不可能的①。

在检视了汉学家们对讽寓问题的观点之后,苏源熙从莱布尼茨(Gottfried Wilhelm Leibniz)对翻译问题的解决方案中开辟了中西诗学比较的新空间。在莱布尼茨看来:

> 如果中国经典的作者否定赋予"理"或第一本原以生命、知识及权威,那么他们毫无疑问意味着所有这些东西都是按照人类感受的(anthropopathically),并适用于人类……在赋予"理"所有最伟大最完美的意义时,他们还要给予它比所有东西还要伟大的性质。②

中国哲学将"理"视为最基本的意义,否定狭隘的"意识"。莱布尼茨认为中国哲学语言对神性保持沉默,正是以一种否定性的方式反向证明了精神实体的存在。因为西方哲学语言虽然看似表达了神性,但归根结底只是触及了精神实体的影子,所以西方不见得把握住了精神实体。既然中西语言皆无法真正触及精神实体,那么中西诗学在形而上层面也就不存在全然的对立。

①　毛宣国:《"讽寓"概念论争与汉代〈诗经〉的讽寓阐释》,《华中师范大学学报》(人文社会科学版)2011 年第 6 期。
②　[美]苏源熙著,卞东波译:《中国美学问题》,江苏人民出版社,2011 年,第 49 页。

苏源熙将莱布茨尼对中国哲学文本的处理解读为一种"修辞性阅读"，并从中看到了语言修辞在调和中西诗学差异上的有效性。

"修辞性阅读"成了苏源熙讨论《诗经》"讽寓"问题的新空间，这一空间建立的学理背景是解构主义思想。苏源熙的解读思路可以从他在美国耶鲁读书时的老师保罗·德曼（Paul de Man）那里窥见一些端倪。保罗·德曼身为耶鲁学派解构主义批评家，认为阅读使用的是文本提供的语言，而语言的本质特征是修辞性的，所以阅读就是对语言修辞的解读①。这种"修辞性阅读"不同于传统阅读模式对文本原义、本义的确认，它是通过不断解释语言在字面以外的其他指涉意义，来解构文本原先被解读出来的确定意义，强调的是结构与意义生成之间的张力关系以及由此产生的多重的、歧义的不确定意义。苏源熙在中西诗学对话中找到了一个更具普遍性和共识性的标准——修辞，这既是他对以往汉学家关于《诗经》讽寓阐释问题观点的解构方法，也是搭建中西文化诗学交流的重要基点。在不同语言的交流和不同文化的碰撞中，须要重新构建一个最大限度达到互通的世界性的文化工程。在苏源熙看来，"修辞"是抵达这个文化工程的最为有效的中介②。由此出发，分析《诗经》及其注疏修辞间的细枝末节来回答讽寓与《诗经》的关系，这就是苏源熙提出的新方法。

（二）修辞性阅读与《诗经》讽寓的再定义

苏源熙主张修辞性阅读并从三个层次讨论了《诗经》及其

---

① 《中国美学问题》"译者的话"，第 16 页。

② 唐卫萍：《穿越修辞的迷宫——评苏源熙〈中国美学问题〉》，《文化与诗学》2010 年第 1 期。

注释的"讽寓"问题:《诗经》中诗歌的讽寓性特征、《诗大序》的讽寓诗学理论、整个《诗经》注释传统的规范性讽寓阅读模式。

其一,苏源熙态度鲜明地指出《诗经》是一部讽寓性作品。既然翻译学家们和部分汉学家认为《诗经》传统注释偏离了诗歌的"原义",那诗歌中的原义是否存在?苏源熙认为并不存在固定的原意,而是在不断地赋诗言志中被赋予了诗歌不同的意义。故而每一次赋诗言志,都是一次生成意义的过程。这也就意味着"志"并不是诗人表达的原意,而是赋诗言志者在吟诵场合中所要表达的"志"。早在西周时期,诗歌意义的产生就与"赋诗言志"的礼乐活动息息相关。到春秋时期,"赋诗言志"中"用诗"已然成了诗歌意义获得的条件之一。例如《左传·襄公二十八年》所记"赋诗断章,余取所求焉,恶识宗"一句就证明了诗歌的本意并不在赋诗的考虑范围内,赋诗的作用是实用主义,而不是阐释原意。在苏源熙看来,《诗经》持续处于言此意彼的状态,这使得《诗经》本身就蕴含着"讽寓"的内涵和特征,它"有资格被冠以讽寓的名称"①。苏氏认为《诗经》注释实质上是对诗进行修辞性阅读的体现,是假定"原意"和比喻义的存在。这种修辞性的阅读恰恰有力地证明了《诗经》的讽寓特征,因为讽寓本就是"言此意彼"。《诗经》是"讽寓"性作品,是它能被讽寓解读的前提,所以无论注释的可靠性如何,都是在将《诗经》视为一种讽寓性文本的基础上才得以进行的。

其二,苏源熙认为《诗大序》建构了一种"讽寓"的诗学主张。一方面是因为《诗大序》先在地规定了解读诗歌的原则是道德的、教化的;另一方面则是这种规定是解读的整体准则,而

---

① 《中国美学问题》,第88页。

不是在具体注释中偶然显露出来的意识形态色彩。这一观点是他在应用修辞性阅读法在《诗大序》、《乐记》的对读中发现的。《诗大序》中艺术的"心理—表现"（psycho logical-expressive）论继承了《乐记》中关于音乐表现的理论，且二者都包含了"美刺教化"的标准。苏源熙指出，音乐在《乐记》中与道德品质有着对应关系且有政治教化功能，《诗大序》对《乐记》有所继承，同样指出诗歌有政治性、道德性和制度规范性的一面，也就蕴含着言此意彼的讽寓特征。更进一步地，《诗大序》承袭《乐记》中的理论并将其改写为"美刺"说，"美刺"说将礼仪规范之外的"变风"、"变雅"定义为讽刺文学，从而使之有了政治寓意。《诗大序》构建的讽寓诗学理论成了统一各类诗歌解释原则的规范，达到了由上而下的教化和由下而上的讽谏的效果。苏源熙认为，《诗大序》和《乐记》的观点都是由荀子传下来的，荀子"圣人制礼"的思想可以引导我们了解《诗大序》注释的许多动机和方法论①。"圣人制礼"规定了《诗经》的解读必须在美学、道德的原则下进行，要"把《诗经》中的诗变为道德典范"②。传统儒生对《诗经》所做出的看似牵强附会的政治、道德意味的注释，其实就是受到了道德律令的指引。

其三，苏源熙认为《毛诗》为整个《诗经》注释传统建立起了一种讽寓的"规范性阅读"模式，并且是与现代读者否定的"讽寓"不同的古典语言模式的"讽寓"。他精心挑选了《桃夭》、《伐柯》、《公刘》等例子来证明诗歌中的自然意象均被注释者讽寓化地解读为富有政治道德意义的比喻对象。注释者将《诗

---

① 《中国美学问题》，第 113 页。

② 《中国美学问题》，第 117 页。

经》当成一种规范来读,正是为了起到规范社会的作用。他说:

> 《毛诗》解释传统仅知道一种历史,即诗学的讽寓性的
> 历史:说它是诗学的因为它产生了它所叙述的事件,说它是
> 讽寓性的因为它对事件的叙述与生产在相同的语词中发
> 生,尽管以不同的语言模式发生。[①]

苏源熙实际上是在说传统的注释者用讽寓阅读的方式将诗
歌解读为一种规范的历史,这不是真实的历史,而是诗学的历
史、美学的历史;是体现了"圣人制礼"的历史、王道的历史。如
此一来,中国传统《诗经》阐释在苏源熙这里又获得了一个新的
名字:"规范性阅读"。苏源熙敏锐地意识到《诗大序》中"赋"
是比"比兴"更具有讽寓性规范阅读的意义。在他看来,赋不仅
意味着"铺陈",还意味着"赋诗",即表演或者歌颂诗歌[②]。他又
从赋的第二重意思出发,认为比兴只是赋诗活动中的一种体裁,
是"构成赋的可能的情景材料"[③]而已。苏源熙用《鸱鸮》的《诗
序》来说明了赋的重要性。《诗序》中指出周公"赋"《鸱鸮》这
首诗的时候以兴的手法来隐晦其意,所以导致成王不明白诗的
意思。在他看来兴是"暗示历史",承担描述功能的赋是"谋划
了历史",因此"赋"更能对现实产生影响,也更具"讽寓"阐释的
规范性阅读价值。

相似的,范佐伦在《诗歌与人格:古代中国的解读、注释与

---

① 《中国美学问题》,第 129 页。
② 《中国美学问题》,第 24 页。
③ 《中国美学问题》,第 156 页。

阐释》一文中也对"规范性阅读"表示认同，并对《诗大序》中"风"、"志"、"情与志"对《诗经》学的影响进行了解释。在范佐伦看来，《诗大序》既是《诗经》阐释学的开端，也同样是经典阐释的起点规范。他做了一个生动的类比，如果说西方两千年的哲学是柏拉图的注脚，"中国阐释学则是《诗大序》的注脚"①。至于情和志对于《诗经》阐释的关系，范氏则认为《诗经》具有影响和感化读者的力量，基于此，中国阐释学的核心不是如何理解文本，而是怎么被文本影响②。

总之，苏源熙运用了修辞性阅读法，解释了《诗经》是讽寓性作品，传统注疏也是讽寓性阅读。《诗经》注释传统建立起了一种讽寓的"规范性阅读"模式，这并不是自我循环式的解读，是阅读文本方法的选择。这一系列观点是他解构以往汉学家的研究方法所得，也是他实现中西诗学交流和互通的重要基点。

五、转向：顾明栋、柯马丁《诗经》阐释的新策略

21 世纪前后，《诗经》阐释研究出现了新的转向。美国汉学家不再将阐释的重心放在"讽寓"辩论中，而是在回应前人"讽寓"争论的同时开始尝试新的阐释策略。

（一）顾明栋《诗经》解读的"开放场理论"

达拉斯得州大学顾明栋对葛兰言的"讽寓"论和余宝琳的

---

① Steven Van Zoeren, *Poetry and Personality: Reading, Exegesis, and Hermeneutics in Traditional China*, California: Stanford University Press, 1991. p. 81.

② Steven Van Zoeren, *Poetry and Personality: Reading, Exegesis, and Hermeneutics in Traditional China*. p. 112.

"语境化"阅读均不完全认同,他认为《诗经》"是一部具有开放性阐释空间的诗集,可以使不同时代的读者从中读出适合自己的意义"①。2005 年,他在《诠释学与开放诗学:中国阅读与书写理论》(*Chinese Theories of Reading and Writing:A Route to Hermeneutics and Open Poetics*)一书中提出了中国传统的文本阐释是开放性阐释这一观点,并且以《诗经》阐释史为例进行了深入分析。2019 年的《中国古诗的"开放场理论"——论〈诗经〉阐释实践蕴含的开放诗学》一文和 2021 年的《中西语言、诗学、美学批评视域的融合》(*Fusion of Critical Horizons in Chinese and Western Language*,*Poetics*,*Aesthetics*)一书都延续前期观点,对《诗经》阐释提出了新的研究范式。

顾明栋的研究理路和苏源熙类似,也是延续了解构主义批评家保罗·德曼解构修辞理论。保罗·德曼曾提出"盲视是洞见的前提"的著名论断,认为"修辞从根本上悬置逻辑"②,解构阅读就是要挣脱修辞的不确定性和多样性带来的误读,从读者的有利角度解读出批评家盲点之后的洞见。顾明栋明显接受了这一理论,在他的《诠释学与开放诗学:中国阅读与书写理论》一书讨论《诗经》阐释问题时标题变为"《诗经》诠释:盲点与洞见"。顾氏认为每一学派对《诗经》的阐释都有其洞见和盲点,自相矛盾的是"这些盲点证明是他们注入阅读的宝贵见解"③,这就是《诗

① 〔美〕顾明栋:《中国古诗的"开放场理论"——论〈诗经〉阐释实践蕴含的开放诗学》,《清华大学学报》(哲学社会科学版)2019 年第 4 期。

② Paul de Man, "*Semiology and Rhetoric*" in Tallahassee, *Critical Theory since 1965*, Florida:Florida State University Press,1992. p. 226.

③ 〔美〕顾明栋著、陈永国、顾明栋译:《诠释学与开放诗学:中国阅读与书写理论》,商务印书馆,2021 年,第 250 页。

经》阐释会出现众多意义的原因。

对于阐释的多义性，顾明栋称之为"开放场理论"。顾明栋认为《诗经》是开放性文本，历代的《诗经》阐释实践蕴含了开放诗学。"开放诗学"这一概念，是顾明栋从现代文学批评奠基人、符号学家艾柯（Umberto Eco）《开放的作品》中的定义而借用的，并将这一概念纳入到心理学、符号学的范畴内进行讨论。所谓的"开放诗学"是将文本看做是"一个可以产生无限多种诠释的空间，而不是一个传递有限信息的字词的封闭体"①。在顾明栋看来，中国的开放诗学比西方传统更早，甚至中国传统的文本阐释一开始就是开放性的。董仲舒的"诗无达诂"便是处理单一阐释的尝试，儒家学者们在尝试解读《诗经》中与"思无邪"偏离的诗歌时，也不得不诉诸多种阐释方法，这种多重解读就是开放了文本。《诗经》的开放性源自内、外两重条件。他以《关雎》文本和阐释为例，说明了文本开放的内在原因在于文本的未知和不确定因素，外在原因在于阐释的"外在语境"（outer context）的不确定性。因此，无论是从传统解读所提倡的道德政治解读范式，还是现代解读中的诗意解读范式都有局限，都没有穷尽所有可能的开放策略。

顾明栋对新的阅读范式的倡导在书中称之为"从讽寓到开放性阅读"（From Allegory to Open Readings），这一范式颇有读者批评理论的意味。顾氏认为余宝琳所提倡的"语境化"阅读阐释是"伪语境化"，传统的"讽寓"解读也是几乎全然忽视了文学的原始特征②。在这个意义上无论是传统阐释还是现代阐释

---

① 张万民：《英语世界的诗经学》，河北教育出版社，2021年，第394页。
② 《诠释学与开放诗学：中国阅读与书写理论》，第253页。

都是平等的——都可能是误读,只是误读的程度不同。在他看来,恢复诗人的原始意义是不可能的,读者每一次阅读都会掺入所处的背景。顾明栋的理论对于我们理解阐释的多元性是极有意义的,但是也很容易陷入"强制阐释"和"过度阐释"这两种文本意义异化的陷阱。

(二)柯马丁《诗经》文本书写研究与早期阐释

柯马丁对《诗经》阐释问题的理解,也是将《毛诗》中的"政治美刺"问题作为一个重点。但是他没有纠结于"讽寓"这一概念,而是将《诗经》阐释置于早期文化背景之中,结合出土文献讨论了《国风》的解读问题。

21 世纪之前关于诗经"讽寓"问题的讨论经常会涉及一个重点,即《诗经》是否存在一个原意。在柯马丁看来,《诗经》的意义也是不断生成的,没有单一的意义。他引用了"文本"这一概念企图证明在公元前 2 世纪之前,《诗经》并不存在一个标准的写本。"文本"概念一定层面上是指"文献",但也超越了传统文献学概念,更应该被看成是一个有所建构的对象,包含了符号生产、传播方式、物质材质、权力观念等视角,因此柯马丁的"文本"概念常常与"书写"这种历史动态活动联系讨论。这一研究理路与他的跨域学科研究理念息息相关,在他看来"可以游离于早期中国研究的体系之外、并且可以清楚界定的'早期中国文学'是不存在的"①,他认为现代意义上的历史、宗教、文学这样的学科分类是属于孤立视角,并不适用于讨论古代问题,所以

① [美]柯马丁著,何剑叶译:《学术领域的界定——北美中国早期文学(先秦两汉)研究概况》,《北美中国学:研究概述与文献资源》,中华书局,2010 年,571 页。

近年美国学者关于《诗经》研究的新趋势是由更擅长跨学科研究的早期中国领域的学者所作出的①。柯马丁的《诗经》文本书写研究所采用的方法也是综合的，涵盖有二重证据法、异文研究、文化记忆、符号学、考古学等。这在他的《方法论反思：早期中国文本异文之分析和写本文献之产生模式》(Methodological Reflections on the Analysis of Textual Variants and the Modes of Manuscript Production in Early China, 2002)、《毛诗之后：中古早期〈诗经〉接受史》(Beyond the "Mao Odes": Shijing Reception in Early Medieval China, 2007)、《中国早期的文本与仪式》(Text and Ritual in Early China, 2008)、《从出土文献谈〈诗经·国风〉的诠释问题》(2008)等系列成果中都有详细解说。

柯马丁运用了"文本"理论希望能证明《诗经》在生产时期不存在一个连续的写本谱系，也没有所谓的"原本"。这对于《诗经》原义的影响是，经典化之前不存在连续性一致性的文本，原义也就因差异未曾确定②。原义的不稳定性，也带来阐释的多重性。在周代，《诗经》是以记忆、表演方式传授，柯马丁甚至认为这样的传授是与古希腊时期的诗歌一样，是一种保存在占卜、宗教、政治行为中的视觉性、记忆性的语言，所以周代的阐释传统便是包含表演和接受的双重性。到了汉代，将《诗经》文本标准化后，阐释系统才发生了变化。所以《孔子诗论》和《毛诗》的阐释方式是有区别的。

柯马丁认为没有一个早期的《诗经》版本是独立于它自己

① 《学术领域的界定——北美中国早期文学（先秦两汉）研究概况》，《北美中国学：研究概述与文献资源》，575 页。

② Martin Kern, *Text and Ritual in Early China*, Seattle: University of Washington Press, 2008, pp149—193.

的阐释传统之外的。《孔子诗论》作为先秦《诗经》阐释的代表作,可以被看做是用诗指导手册,试图在《诗经》的运用中展现每首诗的本质;《毛诗》作为两汉《诗经》阐释的代表作,是在字词训诂中构建了具体的解读框架,目的在于生产出一个具有确定意义的文本。在葛兰言等人的定义中,历代对《关雎》的美刺被看做是"讽寓"的代表,但是柯马丁指出《孔子诗论》中第十简"《关雎》以色喻于礼"①和第十四简"以琴瑟之悦,拟好色之愿"②是一致的,都没有将"好色"与君主失德联系,而是"促使读者走向礼仪道德的最有力方式"。至于《论语》"乐而不淫"中的"乐"则是"好色"说的另一种说法。相对的,《毛诗》的解释系统是与《孔子诗论》不同的另外一种,采用的是"作者创作中心论的诗歌观"③。《毛诗》的阐释系统更加重视作者之义,将"重建《诗》的失去的历史背景"看作是"诠释《诗》的最重要的理所当然的任务之一"④。所以《毛诗》总是把《诗经》解释成政治的美刺,似乎《国风》也可以按照美刺对象重新排列。总之,柯马丁的阐释方式已经脱离了"讽寓"阐释的单一性,认为《诗经》只有在各自的阐释传统中,才能成为有确定意义的文本。

六、美国《诗经》阐释研究的新视野与缺陷

关于《诗经》"讽寓"争论的综论最重要的是找到这些论争

---

① 马承源:《上海博物馆藏战国楚竹书》(一),上海古籍出版社,2001 年,第 139 页。
② 《上海博物馆藏战国楚竹书》(一),第 143 页。
③ 张万民:《英语世界的诗经学》,河北教育出版社,2021 年,第 507 页。
④ [美]柯马丁著,何金俐译:《作为记忆的诗:〈诗〉及其早期诠释》,《国学研究》第十六卷,北京大学出版社,2005 年,第 329 页。

之所以产生的动机、态度以及原理。据上，我们能够清楚地看到葛兰言对于《诗经》"讽寓"定义的机械对应，是对《诗经》传统注疏带有一定的贬斥意味；余宝琳、宇文所安对《诗经》"讽寓"的驳斥，关注的是中西诗学的差异以及中西阐释学的独特性；张隆溪"讽寓阐释"的重释，始终坚守在阐释学的阵地，以结构主义的共时论证方法寻求概念转换的可能；苏源熙、范佐伦对《诗经》"讽寓"的再定义，是受到西方解构主义的影响，从修辞性阅读的角度展开了讨论；顾明栋和柯马丁在解构主义和跨学科思潮的影响下又提出了新的阐释策略。正是研究路径的不同，中国传统《诗经》的阐释也随之经历了从"讽寓"到"语境化阅读"、"讽寓阐释"、"规范性阅读"、"开放性阐释"、"文本阐释"等不同阐释范式。我们从中可以看到《诗经》及其传统注疏在异质文化语境中所产生的新声和盲点。

美国汉学界的《诗经》讽寓之辩对《诗经》学洞开了新的领域和声音。第一，《诗经》及其注释在争辩中进入了世界学术讨论。在 20 世纪初之前的汉学界对于中国古典文学研究还停留在简单的翻译阶段。翟理斯、韦利、高本汉等著名《诗经》翻译家尽管已经有意识思考《诗经》注疏，但是相关的深层问题并没有在世界学术活动中形成确定的学术传统，还只被看做是"异国情调"[①]。20 世纪中叶，欧洲汉学研究中心由欧洲转向了美国，现代理论方法取代了欧洲传统汉学研究方法，各种西学理论和西方文学作品成为《诗经》研究的新的参照系。结构主义、解构主义、阐释学、语言学等相关学术思潮和理论都借由《诗经》

---

① ［德］傅海波著，胡志宏译：《欧洲汉学史简评》，《欧美汉学研究的历史与现状》，大象出版社，2006 年，第 109 页。

讽寓之辩进入到《诗经》学的研究中。《诗经》讽寓之辩及中国传统诗学便是从这一时期美国汉学家的强烈争论中走向世界学术对话的平台。

第二，美国《诗经》阐释研究摆脱现代学术中对传统《诗经》注释的反感态度，在问题意识下裹挟了多重理论向经学的融入，向新的研究范式移进。《诗经》自产生之日起，两千多年来一直在不断地被重新阅读、阐释、理解，积攒了大量的阐释经验和关于阐释的反思性意见。其中阐释工作主要有两方面，一方面是遵循语文学的研究思路，进行考据与阐释，如实地追寻诗歌的原义；另一方面是恪守解经思路，进行义理的阐发。汉代经学家的"美刺说"以及宋代理学家对《诗经》中"修、齐、治、平"理想的追求都是属于后者。但是，宋代"尊序与废序"之争和近代古史辨派对此也提出了批判性的反思，如朱熹就指出《毛诗》这种"穿凿附会"的政教解诗只会破坏诗歌本身"吟咏情性"的特点，古史辨派的代表人物顾颉刚更是直言儒家的经学解释"愚笨到了极点"[1]。这种反感态度一直持续到了中国的现代学术中，所以现代学者们普遍主张从文学性、审美性、艺术性去解读《诗经》。但是从 20 世纪 80 年代开始，以余宝琳、张隆溪、苏源熙、顾明栋为代表的美国汉学家摒弃了欧洲汉学家、翻译家的偏激态度，以理论的目光重新审视传统经学及其背后的政治、文化、文学内涵。例如张隆溪就不再着意于批评传统注疏，而是意在重新阐释，以确定《诗经》的经典地位。苏源熙提倡的规范性阅读，不仅仅关注文本的潜在含义，更关注语言与意识形态之间的

---

[1] 刘梦溪主编：《中国现代学术经典·顾颉刚卷》，河北教育出版社，1996 年，第 224 页。

关系。顾明栋使用现代诗学的研究方法，对《诗经》可能有的新的阐释进行探讨，他认为《诗经》在中国传统中的重要地位是因为它具有开放性阐释空间，所以不同时代的读者都可以从中读出适合自己的意义和美感。

尽管西方阐释学如何恰当地定义中国传统注释仍是个未解之题，但汉学家的确是就此发掘出了《诗经》阐释的新空间。当然，不管是"讽寓"还是"语境化阅读"、"开放诗学"，这些都是西方阐释学中常见的术语，如果仅仅是简单的术语移植或者强制嫁接，必然会出现不可避免的副作用和盲点：

其一，美国汉学家们在判定《诗经》阐释传统时一直在用西方的标尺加以衡量。这种本土化倾向忽视了东西方社会文化各自的历史形态。黑格尔在思考世界历史时有一个著名的预设，即历史哲学中存在一个"普遍历史"①，这一推断是依据逻辑推演，并不是依据历史事实。这种历史观在欧美学术中很常见，例如社会学家马克斯·韦伯也简单地以新教伦理为模型推导"儒教"伦理②，回避了中国历史的复杂性。"讽寓"观念的嫁接也颇有这种意味。英语世界的学术思想从来没有脱离过宗教色彩，"讽寓"在欧美学术史上的地位沉浮与教会兴衰息息相关。"讽寓"发展的高潮是源于对宗教经典的维护。随着 18 世纪教会力量的衰弱，"讽寓"理论话语的重要性也随之逐渐衰退，被贬低为单纯寄寓教义的宣传工具。直到 20 世纪，后现代主义重新审视"讽寓"的重要性也只是为了区别于浪漫主义和现代主义的

---

① ［德］黑格尔著，王造时译：《历史哲学》，上海书店出版社，1999 年，第 1—84 页。

② ［德］马克斯·韦伯著，康乐、简惠美译：《中国的宗教：儒教与道教》，广西师范大学出版社，2010 年，第 200—236 页。

一种手段。汉唐对《诗经》解释虽然产生过政治效果,影响社会认知,但是从来没有像在西方世界中那样始终与宗教关联,恰如孙康宜所说:"西方的托喻往往指向道德与宗教的真理,而中国传统的托喻方式则指向历史与政治的事实。"①于连也曾点出历代解经家"努力要在诗文中读出的另外的意义不触及灵魂或神明的形态"②。这种单一标尺就导致"讽寓"理论在漂移中必然陷入比较的陷阱。

汉学家们的本土化倾向也始终没有完全跳脱出欧洲中心主义。欧洲中心主义是汉学界一个老生常谈的主题,很多汉学家都有反思,他们也试图通过文化对立来打破欧洲中心主义,恢复中国文学的地位。后现代理论家德里达(Derrida)、福柯(Foucault)等人的思想都是文化相对主义的表现,他们强调中国文化的独特性,甚至对中国文化表现出了某种寻亲意识③,认为可以拯救过于理性的西方文化。但是我们不难发现,有一些持文化对立观的汉学家背后的理论基础仍然是西方理论。余宝琳在进行讽寓之辩时,就认为注疏家总是将诗歌与具体历史故事联系起来,故而用"语境化"来重新定义《诗经》传统注疏。"语境化"这一语词本身就来自新实用主义文学理论家芭芭拉·赫姆斯坦·史密斯(Barbara Hermstein Smith)的"自然言说"(natural utterance)。在史密斯的理论中,这一类诗歌是在历史刺激下的

①　宁一中、段江丽:《跨越中西文学的边界——孙康宜教授访谈录(下)》,《文艺研究》2008 年第 10 期。

②　[法]弗朗索瓦·于连著,杜小真译:《迂回与进入》,生活·读书·新知三联书店,1998 年,第 49 页。

③　王岳川:《新世纪中国后现代文化美学踪迹》,《广西师范大学学报》(哲学社会科学版)2003 年第 2 期。

自然翻译，但是在他看来，刺激—反应类型的诗歌模式却是一种浅薄的模式。① 可见，余宝琳等对讽寓的驳斥仿佛也陷入了这一困境中。

其二，美国《诗经》讽寓之辩中表现出对中西诗学概念应用和中国经学史解读的简化倾向。大部分汉学家并没有充分认识到中国传统《诗经》学"意义整体"的动态生成和历史累积。其中苏源熙更是直言"最古老的评注和 19 世纪的评注间的区别是微小的"②。的确，传统《诗经》阐释在一定程度上存在着一致性，例如诗歌文字、音韵、训诂的确定性，劝诫功能的传承，后世阐释对前代正统话语的沿袭等等。但是这并不意味着历代《诗经》研究只是对古老注释的简单补充和遵循，而是发生了多次变动。事实上，由于社会语境的变化、文学思潮的革新再加上《诗经》面向读者群体的转变，中国传统《诗经》阐释学曾发生过多次转向。早期的歌诗还是诗乐舞一体的仪式文学，并不存在读诗、解诗的问题。春秋时期到西汉，《诗》是面向贵族子弟和统治者的，是培养他们执政能力的教材。再到汉中期以后，《诗经》才开始面向下层民众，在儒生的解诗中发展出了教化百姓的倾向。经历了南北朝动乱时期，《诗经》研究一度凋敝。直到唐朝，一跃成了科举考试的专用书目。至此，《诗经》才成为了统治思想的具象化，政治化、道德化意味愈发浓厚。而在宋代的"尊序与废序"之争中，朱熹反对"以序说诗"，主张"以诗说诗"、还原诗歌"里巷歌谣"的性质，《毛诗序》及其汉唐注疏的地

---

① 张万民：《见山是山？见水是水？——海外学者比较诗学研究的三种形态》，《文艺理论研究》2008 年第 1 期。

② 《中国美学问题》，第 127 页。

位急转直下。到近代,古史辨派更是彻底否定了道德化的经学阐释策略。《诗经》阐释史呈现出纷繁复杂的面貌,与苏源熙所言"微小区别"相去甚远。苏源熙等美国汉学家只注意到了其中的相似性,忽视了《诗经》阐释史的复杂性。

部分汉学家对诗歌怨刺传统的理解也存在简化倾向。从政治语境来看,怨刺传统与讽寓解释存在一定的一致性,这也是汉学界经常将两者混谈的原因。但是比起西方"垄断"式的讽寓性、教化性地解读经典,国内本土的怨刺传统有着更广阔的阐释空间。回顾西方"两希"经典的讽寓阐释历史,尤其是针对《圣经》的阐释,几乎是至高无上式的。在漫长的古代和中世纪,解释《圣经》的权力一直被垄断在教会手中,普通民众没有《解读》圣经的权力。这一垄断局面直到马丁·路德(Martin Luther)用民族与社会的语言出版《圣经》后才得以改变。而在我国的诗歌传统中,一是怨刺的维度更为丰富,二是有相当多的怨刺诗是以个体生命的真实展开的。第一点,在中国诗学史上,怨刺传统在不断地发生着变化。孔子论《诗经》时最早提出了著名的"诗可以怨"的观点,但是这并不是"愤怒出诗人"之义,反而是把"诗"看成是礼乐文化的一种表现形式,此时"诗可以怨"强调的是怨忿情感的有限度表达①。班固在《汉书·艺文志》中认为因为"周道始缺"才会产生怨刺诗。郑玄在《诗谱序》中也说:"政教尤衰,周室大坏,《十月之交》、《民劳》、《板》、《荡》勃尔俱作。"②同样地,何休"男女有所怨恨,相从而歌:饥者歌其食,劳

---

① 傅道彬:《"诗可以怨"吗?》,《文艺研究》2007年第11期。
② 《十三经注疏·毛诗正义》,第263页。

者歌其事"①的解诂与其不谋而合。这就明确了怨刺诗在批判社会现实时起到的作用。自此，"怨刺"的观念确立。经过唐代孔颖达的注疏阐释之后，其内涵和表达形式发生了新的变化。怨刺中"谏"的传统虽然还在，但其中的道德意味明显更加浓厚，表达形式也逐渐朝着"怨而不怒"、委婉含蓄的方向发展。宋元以来，儒学家倾向于从道德伦理角度探索出作品的微言大义，"怨刺"逐渐被"讽喻"、"托讽"取代，成为儒家诗学推崇的观念。第二点，《毛诗序》称怨刺诗多存于"变风"、"变雅"当中。这部分，不管是士大夫对统治者的忧患劝谏、士兵对绵延战乱的厌战情绪、思妇对丈夫的怨怼和依恋，还是普通人的情感倾吐，都可以歌诗而发。可见，怨刺也并非自始至终被权力垄断，也包含个体生命体验和情感共鸣。所以汉学家单纯的比附，对怨刺传统和《毛诗序》复杂性都还存在一定的误读和疏漏。

据上，这场长达五十多年的争论既有新声也有盲点。美国汉学界的《诗经》讽寓之辩及研究理路明显裹挟了理论上的冲动，呈现出向新范式移进的痕迹。中国传统诗学是不能忽略现代阐释的，但是如果仅仅以西方理论作为普遍研究范式的话，必然极易造成自身理论、自身历史的遮蔽，甚至还会引出更多误导性的问题。其实我们最应该了解的不是中国传统经典和解读中是否有西方式的"讽寓"，而更应该跟踪中西经典的表现与解读有哪些共性或差异，把比较作为问题提到自觉的层面上。

（辽宁师范大学文学院　郑州艺术幼儿师范学校）

① 《十三经注疏·春秋公羊传注疏》，中华书局，1980年，第2287页。

后　记

　　《早期中国文学与历史批评》力图以古典学的眼光审视早期中国文学的历史格局和精神气象。2020年我们申报的国家社会科学基金重大项目《古典学与早期中国文学的历史格局》获得了批准，这对我们是一次巨大的精神鼓励。申报项目期间新冠疫情正隆，我与项目申报组的王洪军、侯敏、郑晓峰、丛月明、徐佳超等几位学人，躲进哈尔滨友谊宫的房间里填报项目书。整个宾馆只有我们六位客人，焚膏继晷，昼夜兼程，不到一周的时间竟然完成了近二十万字的申报书。由于疫情阻隔，赵玉敏、李振峰、孙鸣晨等同学则在各自封闭的城市里通过网络参与了写作。至今想来，仍然感叹不已。《早期中国文学与历史批评》就是这一项目的阶段性成果。

　　古典学（Classics）是对古希腊和古罗马文明进行综合研究的学问和艺术，起源于对以《荷马史诗》为代表的古希腊历史文献的整理校订，强调的是历史、政治、哲学、地理、考古、文学、美术等多学科方法的运用。古典学本是对古希腊和古罗马历史文献的整理缀合，却成为文艺复兴时期打破中世纪思想黑暗的理论武器。古希腊、古罗马文明表现出来的思想的朴素性、艺术的想象力和历史的创造精神，为欧洲人文主义的思想兴起提供了精神和文化支撑。

马克思、恩格斯的著作是深受近代古典学影响的。"希腊人"和"希腊的古代"一直是马克思主义文艺思想的重要来源。马克思提出了"希腊人将永远是我们的老师"的主张,与马克思的这一思想相呼应,恩格斯也提出了文艺上"希腊的古代"的理论。马克思主义古典学一方面依据历史资料的缀合发现,一方面注重古典精神的接续和激活。

文学艺术在古典学中具有特殊意义。恩格斯在《自然辩证法·导言》中说"希腊的古代"令整个西方世界惊讶而兴奋:"在惊讶的西方面前展示了一个新世界——希腊的古代。"而在恩格斯那里,文学艺术是古希腊精神的重要体现,文学艺术始终是衡量古希腊精神影响的重要标准,"希腊的古代"的根本影响是欧洲文学回归了曾经的"古代文学"传统,开启了"最初现代文学"的序幕,实现了"前所未有"的繁荣。

古典学对中国古代文学的研究提供了一种新的学术目光和理论视野。中国古典学本质上是以夏商周三代为代表的古典文明为主要研究对象的学问,分为古典文明与古典学术两个时期:以夏商周三代古典文明为本体,而两汉至清对经典的文献整理、义理阐释和考据证明则构成了古典学术史的重要阶段。与西方古典学一样,早期中国文学在古典学研究中同样具有特殊意义。以古典学的眼光审视中国文学,早期中国文学不是简单的文学发源,而是一种决定性的历史突破。早期中国文学实现了从口语到笔语、从民间到宫廷、从文学到经典、从英雄到君子的历史跨越。早期中国文学不是早熟式的童年歌唱,而是成熟期的青年放歌,这一时期成熟的文学创作和艺术理论对后世中国文学的影响是决定性的。

　　本书的出版得到了人民文学出版社臧永清社长、孔令燕副总编辑的多方帮助，李昭、杜广学二位编辑认真校订了各篇文稿，补苴罅漏，字斟句酌，让我们避免了许多错误。郑晓峰博士从组织书稿到编辑整理，不惮烦劳，贡献良多。一件事情，有这么多人的帮助，我们没有理由不努力工作。

　　仲春二月，东风正暖，桃杏初红，唯愿我们的生活和事业，也如这个春天一样，充满生机和力量。

傅道彬

2024 年 3 月于京城